Das Buch

Rettet unser Freibad! Hinter dem Flugblatt wittert Kate eine Story für ihre Zeitung. Als sie das von Schließung bedrohte Freibad besucht, lernt sie Rosemary kennen, deren Erinnerungen wie lebendige Geschichte sind. Rosemary schwimmt jeden Tag um sieben Uhr ihre Runden, seit über sechzig Jahren. Nichts liebt sie mehr, als von der Kühle des Wassers umfangen zu werden, sich sanft vom Beckenrand abzustoßen, um dann ihre gleichmäßigen Bahnen zu ziehen, bei denen sie sich endlich wieder alterslos fühlt. Rosemary sieht auf den ersten Blick, dass Kate etwas für die Rettung des Schwimmbads tun kann.
Und dass Kate dabei viel gewinnen wird. Die junge Frau würde nie zugeben, dass sie einsam ist. Rosemary ermuntert sie, und Kate taucht kopfüber ein in einen Sommer aus Freundschaft, Liebe und das Schwimmen im Freien.
Der Roman ist zuvor unter dem Titel *Im Freibad* erschienen.

Die Autorin

LIBBY PAGE ist studierte Journalistin und hat für den *Guardian* und eine Wohltätigkeitsorganisation gearbeitet. Sie wollte schon immer Romane schreiben, und als die Nächte nicht mehr ausreichten, nahm sie sich eine Auszeit von sechs Monaten und schrieb diesen Roman. Neben dem Schreiben ist Schwimmen ihre zweite große Leidenschaft. Libby Page lebt in London und hat sich vorgenommen, alle Freibäder der Stadt auszuprobieren.

Libby Page

Schwimmen mit Rosemary

(Im Freibad)

Roman

Aus dem Englischen von
Silke Jellinghaus

Ullstein

Besuchen Sie uns im Internet:
www.ullstein.de

Ungekürzte Ausgabe im Ullstein Taschenbuch
1. Auflage Mai 2020
2. Auflage 2021
© für die deutsche Ausgabe Ullstein Buchverlage GmbH,
Berlin 2019/Ullstein Taschenbuch. © Elisabeth Page 2018.
Der Roman ist zuvor unter dem Titel *Im Freibad* erschienen.
Titel der englischen Originalausgabe: *The Lido* (Orion Publishing Group)
Umschlaggestaltung: zero-media.net, München, nach einer Vorlage von Louise Cand
Titelabbildung: © David Paire / Arcangel
Satz: Pinkuin Satz und Datentechnik, Berlin
Gesetzt aus der Minion
Druck und Bindearbeiten: CPI books GmbH, Leck
ISBN 978-3-548-06246-4

Für Alex Page
Meine schwimmende Schwester

Kapitel 1

Wenn man aus dem U-Bahnhof Brixton tritt, fühlt es sich an, als setzte man seinen Fuß in die große weite Welt. Die Welt ist ein Karneval aus Stahltrommeln, dem Rauschen des Verkehrs und dem Mann an der Ecke, der den Leuten »Gott liebt dich!« zuruft, selbst den weniger Liebenswerten.

»Karten für die Brixton Academy heute Abend!«, dröhnt ein Schwarzmarkthändler am Eingang des Bahnhofs. »Zu kaufen und zu verkaufen, Karten für die Brixton Academy!« Pendler schütteln die Köpfe, wenn ihnen Werbeleute Flyer oder Prediger Flugschriften in die Hand drücken wollen. Man drängt sich durch die Menge und geht an dem Rastafari vorbei, der vor Starbucks Räucherstäbchen und Platten verkauft. Auf der anderen Straßenseite steht das Kaufhaus Morleys, das zu keiner Kette gehört und das es schon seit Jahren gibt. Im benachbarten Schaufenster von TK Maxx strahlen in neonfarbenen Leuchtbuchstaben die Worte »Love Brixton«.

Heute blühen in den Kübeln am Blumenstand Frühlingsblumen: Narzissen, Tulpen und Pfingstrosen. Der Florist ist ein alter Mann mit dunkelgrüner Schürze, Erde unter den Fingernägeln und einer Goldkette um den Hals. Bei jedem

Wetter verkauft er »Verzeihung« und »Ich liebe dich« zu vernünftigen Preisen. Wickle es in braunes Papier und binde eine Schleife drum.

Gleich nach dem Bahnhof kommt die Electric Avenue: Sie wimmelt von Menschen und Ständen, an denen man von Gemüse bis zu Ladegeräten für Handys alles kaufen kann. Der Geruch von süßen Melonen und Fisch hängt in der Luft. Die Fische liegen auf weißen Eisbetten, die sie im Laufe des Tages rosa färben, was einen daran erinnert, dass man auch niemals rosa Schnee essen sollte.

Die Standbesitzer rufen über die Straße Preise hin und her, Rabatte werden einander zugeworfen wie Frisbees. Fang es schnell auf und wirf es zurück.

»Drei für einen Zehner, dreifüreinzehner.«

»Nicht verpassen, drei für einen Fünfer, DREIFÜREIN-FÜNFER!«

»Drei für einen Fünfer? Bei mir gibt's fünf für einen Fünfer!«

Eine junge Mutter mit Baby zieht einen Einkaufswagen über den Markt hinter sich her und umkurvt dabei die gefalteten Kartons und heruntergefallenen Bananenblätter. Sie geht langsam und bleibt hier und da stehen, um sich Gemüse genauer anzusehen. Dabei nimmt sie es in die Hand und wendet es hin und her wie ein Hundezüchter, der einen Welpen unter die Lupe nimmt. Das Erwählte wird gegen Münzen eingetauscht, die sie aus ihrer Handtasche fischt. Ein Mann macht ein Foto von einem Stand, die Augen durch die Kameralinse seines Handys hindurch fest auf die Farben des Gemüses gerichtet. Dann dreht er ab, um bei Iceland gefrorene Nahrungsmittel zu kaufen.

Auf der anderen Straßenseite geht Kate mit zügigen Schritten in die entgegengesetzte Richtung von ihrer Arbeit als Journalistin beim *Brixton Chronicle* nach Hause. Sie hat nicht die Zeit, Gemüse unter die Lupe zu nehmen. Vielleicht wüsste sie auch gar nicht, worauf sie dabei achten sollte. Möglicherweise ist es Frühling, aber Kate lebt unter einer Wolke. Sie folgt ihr auf Schritt und Tritt, und wie sehr sie ihr auch zu entkommen versucht, sie scheint sie nicht abhängen zu können. Kate schlängelt sich durch die Menschenmassen und kann es nicht erwarten, endlich zu Hause zu sein, die Tür hinter sich zuzuziehen und ins Bett zu fallen. Wenn sie nicht bei der Arbeit ist, verbringt sie die meiste Zeit im Bett. Auf der Straße versucht sie die Geräusche um sich herum auszublenden, damit sie sie nicht ausfüllen und überwältigen. Sie hält den Kopf gesenkt und die Augen auf den Gehweg gerichtet.

»Verzeihung«, sagt sie und weicht einer fülligen alten Dame aus, ohne aufzublicken.

»Entschuldigung«, sagt Rosemary und lässt Kate vorbei. Sie betrachtet den Rücken der jungen Frau, die weitereilt. Die Frau ist klein und hat einen mittellangen hellbraunen Pferdeschwanz, der im Rhythmus ihrer Schritte hinter ihr wippt. Rosemary lächelt und erinnert sich daran, wie es war, in Eile zu sein. Mit ihren sechsundachtzig geht sie selten schnell irgendwohin. Stattdessen nimmt sie ihre Einkäufe und geht langsam vom Markt in Richtung ihrer Wohnung am Rand des Brockwell Parks. Sie ist einfach, aber ordentlich gekleidet, trägt Hosen, bequeme Schuhe und einen leichten Regenmantel. Ihr dünnes, welliges graues Haar wird von einer Spange aus dem Gesicht zurückgehalten. Mit der Zeit hat sich ihr Körper so verändert, dass sie ihn kaum noch wiedererkennt, aber ihre Augen sind noch dieselben – leuchtend blau und lächelnd, selbst wenn ihr Mund nicht lächelt.

Heute ist Rosemarys Einkaufstag. Sie hat all ihre liebsten Geschäfte und Stände abgeklappert, Ellis begrüßt, den Früchte- und Gemüsemann, und ihre wöchentliche braune

Tüte voller Lebensmittel abgeholt. Sie hat im Antiquariat vorbeigeschaut, das Frank mit seinem Partner Jermaine betreibt. Die drei haben eine Weile geplaudert, wobei sich Rosemary die Fensterbank mit Sprout, dem Golden Retriever der beiden, geteilt hat und dabei ihren Blick über die Regale wandern ließ. Vielleicht gab es etwas Neues oder etwas, das sie möglicherweise letzte Woche übersehen hatte. Sie kauft dort gern ein und liebt den muffigen Geruch der vielen Bücher.

Nach der Buchhandlung teilt sie sich mit ihrer Freundin Hope ein Stück Kuchen in ihrem Lieblingscafé in Brixton Village, dem überdachten Markt hinter der Electric Avenue. Für Rosemary und Hope heißt der alte Markt immer noch Granville Arcades, es war der einzige Ort, an dem Hope ihr sehnlich vermisstes karibisches Essen bekam, als sie mit zwölf nach Brixton zog. Jetzt ist der Markt voller Restaurants, Läden und Stände. Die Veränderung erschreckt sie immer wieder aufs Neue, aber sie mögen das Café, in dem die junge Barista schon weiß, was sie bestellen werden, und anfängt, den Kaffee zu machen, sobald sie sie durchs Fenster kommen sieht. Und der Kuchen schmeckt köstlich.

Sobald Rosemary das Village betritt, schlägt ihr der Geruch von Gewürzen entgegen und der Gesprächslärm all der Leute, die an den Tischen in den Gängen sitzen und reden – es sind dieselben Geräusche und Gerüche, an die sie durch ihre wöchentlichen Besuche gewöhnt ist. Der Markt ist zugig, und manche Restaurants bieten Decken an, die sich die Leute beim Essen um die Schultern oder auf den Schoß legen. Lichterketten hängen von der hohen Decke und erzeugen sogar im Frühling den Eindruck, man wäre auf einem Weihnachtsmarkt.

Hope und Rosemary trinken ihren Kaffee und plaudern. Hope erzählt stolz von ihrer Enkelin Aiesha und ihrer Tochter Jamila, die wie immer mit ihrer Arbeit schwer beschäftigt ist. Rosemary erinnert sich zärtlich daran, wie Jamila, ihr Patenkind, das Examen in Medizin bestand. Sie hat ihr damals Blumen geschickt und eine Karte, die mit den Worten »Liebe Frau Doktor ...« begann.

Hope und Rosemary schwelgen wie jede Woche in Erinnerungen an die Zeit, als sie gemeinsam in der Bibliothek arbeiteten.

»Weißt du noch, wie Robert zum ersten Mal allen Mut zusammengenommen und dich zu einem Rendezvous eingeladen hat?«, fragt Rosemary lächelnd. Hopes Mann war, bevor er vor ein paar Jahren in den Ruhestand ging, Busfahrer. Als sie beide jung waren, kam er alle paar Tage nach seiner Schicht in der Bibliothek vorbei und blickte sich ungeduldig nach Hope und ihrer Sanduhrfigur um.

»Er hat ja auch lang genug dafür gebraucht«, sagt Hope. »Ich werde nie vergessen, wie du auf eine Leiter entschwunden bist und Bücher einsortiert hast, sobald er aufgetaucht ist, damit er mit mir sprechen musste.«

Die beiden Frauen lachen und kosten diesen Teil der Woche aus. Aber jetzt schmerzen Rosemarys Füße, und sie möchte gern nach Hause.

»Nächste Woche um dieselbe Zeit?«, fragt Rosemary, als sie sich trennen. Sie umarmt ihre Freundin und realisiert, dass Hope mit ihren achtundsechzig nun ebenfalls eine alte Frau ist. Sie drückt sie ein wenig fester. Für Rosemary wird Hope immer das fröhliche junge Mädchen bleiben, das mit achtzehn in der Bibliothek anfing und das sie unter ihre Fittiche nahm.

»Nächste Woche um dieselbe Zeit!«, antwortet Hope und tritt mit einem Winken auf die Straße, um Aiesha von der Schule abzuholen (der Höhepunkt ihres Tages).

Rosemary geht an den Schlangen vorbei, die an den Bushaltestellen warten, und überquert die Kreuzung mit dem alten Kino. Die Titel der aktuellen Filme stehen in weißen Lettern auf der schwarzen Tafel angeschrieben. Gegenüber ist ein großer Platz, auf dem ältere Männer auf Stühlen sitzen und rauchen, während Teenager auf ihren Skateboards um sie herumfahren.

Als sie sich weiter vom Bahnhof entfernt, werden aus Geschäften Reihenhäuser und Wohnblocks. Schließlich kommt sie vor dem Hootananny an, dem schmuddeligen alten Pub, der für seine Livemusik berühmt ist. Von den Bänken davor, auf denen Grüppchen sitzen und Bier trinken und rauchen, weht der Geruch von Marihuana herüber. Hier biegt sie links ab in die Straße, die sich um die Ecke des Parks windet und zu dem hohen Wohnblock führt, in dem sie wohnt.

Der Fahrstuhl, der oft kaputt ist, funktioniert, und sie ist erleichtert.

Rosemary hat den Großteil ihres Lebens in dieser Wohnung gelebt. Sie ist hier mit ihrem Mann George eingezogen, als das Haus neu gebaut war und sie frisch verheiratet waren. Die Wohnungstür öffnet sich direkt ins Wohnzimmer, in dem das Auffallendste das Bücherregal ist, das sich über die gesamte Länge der Wand rechts erstreckt.

In die Küche daneben passen ein Tisch, zwei Stühle und ein Fernseher, der auf der Waschmaschine steht. Als Rosemary ihre Einkäufe ausgepackt hat, durchquert sie das Wohnzimmer, öffnet die Türen und tritt auf den Balkon. Ihr marineblauer Badeanzug hängt an der Wäscheleine wie eine Flagge. Hier draußen stehen Pflanzen, ein paar Lavendel in Töpfen, nichts zu Extravagantes, es würde nicht zu ihr passen. Vom Balkon aus kann Rosemary den Brockwell Park sehen, der sich vor ihr ausbreitet. Es ist ein Ausblick, der sie weit weg trägt vom Lärm und den Menschenmassen in der Electric Avenue.

Der Frühling ist in vollem Gang, und der Park trägt ein neues grünes Kleid. Sie kann Bäume sehen, Tennisplätze, einen Garten und einen kleinen Hügel mit einem alten Haus, das einmal ein Landsitz war und nun für Veranstaltungen genutzt wird und um Eis und Snacks an Kinder mit klebrigen Händen zu verkaufen. Zwei Eisenbahnen schlängeln sich um den Park: die echte, die durch South London fährt, und eine Miniaturbahn nur für den Sommer und für sehr kleine Kinder. Die Sonne geht bereits unter, und Rosemary kann Menschen sehen, die nach der Arbeit einen Spaziergang machen und die länger werdenden Tage genießen. Jogger laufen den Hügel hinauf und wieder hinunter. Und in der Ecke des Parks, die direkt unter ihrem Balkon liegt, schließt ein flacher roter Backsteinbau seine Arme um ein makellos blaues Rechteck aus Wasser. Das Schwimmbad ist von Bändern gestreift, die die einzelnen Bahnen voneinander abtrennen, und sie sieht Handtücher hingetupft auf dem Deck. Schwimmer treiben im Wasser wie Blütenblätter. Es ist ein Ort, den sie gut kennt. Es ist das Freibad, ihr Freibad.

Kapitel 2

Jeden Morgen geht Kate auf ihrem Weg zur Arbeit an Unbekannten vorbei, die auf Busse warten oder aus Häusern zu geparkten Autos spurten. Aber es gibt auch bekannte Gesichter. Sie sieht sie jeden Tag, und ihre wechselnden Outfits und Frisuren, im steten Wandel wie das Wetter, markieren das Verstreichen der Zeit.

Auf der Hauptstraße begegnet sie einem sehr großen blonden Mann mit hoher Stirn, der bei jedem Wetter eine schwarze Lederjacke trägt. Je nachdem, wie früh oder spät sie dran ist, trifft sie ihn an einem anderen Punkt der Straße. Wenn sie ihm begegnet, solange sie noch am einen Ende der Hauptstraße ist, weiß sie, dass sie genügend Zeit hat, sich noch einen Kaffee zu holen. Wenn sie ihn am anderen Ende trifft, geht sie schneller, verfällt beinahe in einen Trab.

Dann ist da die junge Frau mit dem dunklen Haar und dem lebendigen Gesicht, die im Takt zu ihrer Musik mit dem Kopf nickt und manchmal auch mitsingt. Oft wird sie von einem jungen Mann in Doc Martens begleitet. Wenn er bei ihr ist, hängt sie sich ihre Kopfhörer um den Hals und unterhält sich mit ihm, untergehakt. Heute ist sie allein.

Als sie aneinander vorbeigehen, hätte Kate beinahe genickt, aber dann fällt ihr ein, dass sie diese Frau nicht kennt. Sie weiß ihren Namen nicht oder wohin sie jeden Morgen in die entgegengesetzte Richtung unterwegs ist. Sie sind sich nie vorgestellt worden, aber ihr Gesicht ist so vertraut wie der H&M auf der Hauptstraße, das Kino oder der Markt. Sie ist genauso sehr ein Teil von Brixton wie der Backstein, aus dem der Stadtteil erbaut ist.

Plötzlich bewölkt sich der Frühlingshimmel, und es beginnt zu regnen. Kate ärgert sich über sich selbst – sie hat ihren Regenschirm zu Hause stehen lassen. Der Schauer durchnässt sie schnell, und sie erreicht triefend den *Brixton Chronicle*. Auf der Treppe kommt ihr Jay entgegen, der Fotograf der Zeitung, und lächelt ihr zu. Er hat einen rotblonden Bart, sein lockiges Haar steht wie ein Glorienschein um seinen Kopf. Er ist groß und breit gebaut, aber mit weichen Konturen, und er nimmt im Treppenhaus den Großteil des Platzes ein. Sie haben bislang nicht viel zusammengearbeitet, begrüßen sich aber jeden Morgen und nicken oder winken, wenn sie einander in Brixton begegnen. Er scheint immer zu lächeln, und das bringt sie sogar an ihren schlechtesten Tagen ebenfalls zum Lächeln, auch wenn sie ihren Mund nicht ganz dazu bekommt, es zu zeigen.

»Morgen!«, sagt er, als sie auf der Treppe aneinander vorübergehen. Seine Stimme ist erfüllt vom Klang des starken Akzents von South London.

»Morgen! Bist du weg?«

»Ja, muss zu einem Auftrag« – er weist auf die Kameratasche auf seiner Schulter – »für eine Kritik. Ein Restaurant eröffnet in einem früheren alten Pub. Mein Dad sagt, er weiß noch, wie er da in meinem Alter immer was getrunken hat.«

»Okay, na ja, dann sehen wir uns später«, antwortet Kate. »Und vergiss nicht deinen …«

Bevor sie den Satz beenden kann, deutet er auf den Regenschirm, der hinten an seinem Rucksack hängt.

Sie nickt und macht sich auf den Weg nach oben ins Büro.

»Warst du schwimmen?«, fragt ihr Chefredakteur, als sie den nassen Mantel über ihre Stuhllehne wirft.

Phil Harris ist ein Mann, dessen Körper mit wenig Liebe behandelt worden ist. Seine Wangen weisen dauerhaft eine violette Schattierung auf. Sie haben dieselbe Farbe wie der Bordeaux, den er jeden Abend mit seiner Frau im nahe gelegenen Pub trinkt oder, wie Gerüchte besagen, manchmal auch mit Nicht-Seiner-Frau. Man kann die Steaks und Pommes um seine Hüften herum sehen wie einen Rettungsring aus Gummi, der ihn irgendwann in den Tod ziehen wird. Er ist nicht reich – er hat es nie die Leiter hinauf zu den landesweiten Tageszeitungen geschafft.

Sie schüttelt den Kopf. »Nein, bin nur in den Regen gekommen. Ich kann gar nicht schwimmen.«

Das ist eine Lüge. Sie kann schwimmen. Wenn sie aus Versehen in einen Pool fallen würde, könnte sie es bis zum Rand schaffen. Sie weiß, wie man Arme und Beine bewegen muss, um sich über Wasser zu halten. Sie ist nur einfach nicht mehr geschwommen, seit sie ein Teenager war. In der Schule hatten sie Unterricht, aber sobald man ihr selbst die Entscheidung überließ, entschied sie, damit aufzuhören. Das geschah in der Pubertät, in der sich für viele Mädchen ihre Körper anfühlen wie unbequeme Kleidung, die man gern abschütteln würde. Sie erinnert sich an die Transformation: Aus dem kichernden Haufen wurde ein gehemmtes Grüppchen am Beckenrand, in dem die Mädchen die Arme um sich schlangen, um die Peinlichkeit ihrer perfekten und doch so grässlichen Körper zu verdecken.

»Das könnte ein Problem werden«, sagt Phil. »Wir haben nämlich für dich einen Job im Freibad. Dafür ist es natürlich nicht nötig zu schwimmen, aber es könnte dir dabei helfen, tiefer in die Story einzutauchen, weißt du, zu verstehen, worum der ganze Wirbel gemacht wird ...«

Kate schmeckt Chlor auf der Zunge und die Furcht, vor ihren Klassenkameradinnen halb nackt zu sein. Ohne weitere Erklärung wirft Phil ein Flugblatt über den Zeitungsstapel, der ihre beiden Schreibtische trennt. Es landet auf ihrer Tastatur. Vorne ist das Schwarz-Weiß-Foto eines Schwimmbads unter freiem Himmel abgebildet. Ein hohes Sprungbrett steht am Rand, und ein Mann ist mitten im Sprung eingefangen, die Arme ausgestreckt wie die Flügel einer Schwalbe. Im Innenteil befindet sich ein Farbfoto des Schwimmbads, wie es wohl heute aussieht: leuchtend blaues Wasser und Kinder, die eifrig mit den Beinen strampeln und die Arme zur Seite ausstrecken.

»Rettet unser Freibad!« steht in großen, handgeschriebenen Buchstaben auf dem Flugblatt. Sie liest den Text im Innenteil: »Unser Freibad, das im Jahr 1937 eröffnet wurde, ist in Gefahr. Die Stadtverwaltung hat mitgeteilt, dass die Haushaltslage angespannt ist. Nun liegt ein Angebot der Immobilienfirma Paradise Living vor, die unser geliebtes Freibad in ein privates Fitnessstudio umbauen will. Wollen wir das zulassen? Wenn Sie unsere Kampagne unterstützen möchten, wenden Sie sich bitte an die Mitarbeiter des Brockwell-Freibads.«

In säuberlicher Schrift ist der Text mit »die Schwimmer vom Brockwell-Freibad« unterzeichnet. Das ganze Ding sieht aus, denkt Kate, als wäre es mit einer Schere und einem Kopierer zusammengeschustert worden. Es ist ein zutreffender Verdacht.

»Darüber soll ich schreiben?«, fragt sie.

Derzeit berichtet sie für den *Brixton Chronicle* über entlaufene Haustiere, Straßenbauarbeiten oder Baugenehmigungen. Sie schreibt die Artikel, die weiter hinten stehen, aber nicht ganz hinten, wo die Sportseiten sind. Die Artikel, die nicht gelesen werden. Es sind keine Storys, die sie ihren Tutoren aus dem Journalismus-Studium zeigen würde. Ihre Mum sammelt sie dennoch in einem Album, was es nur noch schlimmer macht.

»Wenn du berühmt bist, wirst du froh darüber sein, dass ich sie alle aufgehoben habe«, hat sie einmal gesagt, und Kate versank noch tiefer in der Scham, die sie trägt wie einen Mantel.

»Ja«, antwortet Phil, »ich glaube, da steckt was Gutes drin. Weißt du, dass Paradise Living in Brixton schon vier Wohnblocks gebaut hat? Die Wohnungen kosten Millionen. Sie denken, wenn sie aus dem Brockwell-Freibad einen privaten Fitnessclub machen, werden sich die Wohnungen noch leichter und für noch mehr Geld verkaufen.«

Er dreht sich zu Kate um.

»Also, du hast gesagt, du willst eine echte Geschichte«, fährt er fort. »Hier ist deine Geschichte.«

Geschichten waren Kates Freunde, bevor sie wusste, wie man mit Menschen umgeht. Sie spürte sie auf, versteckte sich zwischen ihnen in der Bibliothek und vertiefte sich in ihre Seiten. Sie schlüpfte in die Gestalt der Hermine Granger oder der George aus den *Fünf Freunden* oder in die von Catherine Morland aus *Northanger Abbey* und versuchte, einen Tag lang sie zu sein. Als sie auf die weiterführende Schule kam, waren ihre Freunde die Figuren, denen sie auf Buchseiten begegnete. Sie saßen mit ihr in der Bibliothek, wo sie ihre Sandwiches heimlich hinter Büchern aß, damit die Bibliothekarin es nicht bemerkte. (Die Bibliothekarin bemerkte es immer, tat aber so, als bemerke sie es nicht.)

Nun erzählt sie anderen Leuten Geschichten. Auch wenn sie jemanden nur zu seiner entlaufenen Katze interviewt, findet Kate das interessant. Oft sind die Leute überrascht von den Fragen, die sie ihnen stellt. »Was ist Ihre erste Erinnerung an Smudge?«, »Wie anders wäre Ihr Leben verlaufen, wenn Sie Milo nicht gekauft hätten?«, »Wenn Bailey sprechen könnte, aber nur einen Satz sagen dürfte, was, glauben Sie, würde er sagen?«

Normalerweise werden ihre Interviews auf die Kerninformationen gekürzt: »Die dreijährige Tigerkatze Smudge wird von Familie Oliver seit dem 3. September vermisst. Belohnung ausgesetzt.« Aber sie behält ihre Geschichten im Kopf und blättert sie durch wie die Seiten in einem geliebten alten Buch.

Diese Story ist wie ein Ball, den ihr Chefredakteur ihr zugeworfen hat, und sie wird ihn nicht fallen lassen.

Kapitel 3

Ohne Schwimmer wirkt ein Schwimmbad verloren. Es ist noch früh, und der Bademeister rollt die Abdeckung zurück, schläfrig und geräuschlos zieht er an der Plane. Von ihrem Platz auf dem Balkon aus sieht Rosemary den Dampf von der Wasseroberfläche aufsteigen, als wäre das Wasser etwas Lebendiges, das atmet. Der Himmel ist zwar blau, aber die Luft ist noch kalt. Sie legt die Hände um ihre Schüssel mit Porridge und sieht zu, wie der Bademeister in seinen Fleecepulli schlüpft und hineingeht, als seine Aufgabe erledigt und das Wasser freigelegt ist.

Es ist still, bis die beiden Stockenten kommen und beim Landen über die Wasseroberfläche flattern. Sie haben das Becken für sich. Rosemary beobachtet sie morgens gern, diese beiden Vögel, wie sie die Leere des Beckens genießen, während Sonnenschein wie Konfetti über das Wasser ausgeschüttet wird.

Schließlich kommen die ersten Schwimmer. Sie sind leise, teilweise aus Schläfrigkeit und teilweise aus Respekt vor der Stille und den Enten. Sie kennen die Enten gut und schwimmen um sie herum, bis die beiden beschließen, dass es Zeit ist, sich zu verabschieden. Dann rennen sie am Wasser entlang und fliegen über die Freibadmauer davon.

Der Bademeister überwacht das Becken von seinem Hochstuhl aus wie ein Schiedsrichter beim Tennis. Den Schwimmern bei ihrem Auf und Ab zuzusehen ist seine Morgenmeditation, genau wie Rosemarys. Sie isst ihren Porridge auf, geht hinein und nimmt ihre Schwimmtasche von ihrem Platz neben der Tür.

Jeden Morgen kommt Rosemary um sieben Uhr im Freibad an. Wenn sie umgezogen ist, stößt sie die Tür der Umkleide auf und tritt hinaus in die Kälte. Sie würde rennen, wenn sie könnte. Stattdessen geht sie zum Beckenrand, ihre Füße kommen ungefähr drei Minuten nach ihrem Verstand dort an. Ihr Körper ist nicht so stark wie ihr Wille. Das Altwerden zwingt sie zur Ungeduld.

Als sie auf die Leiter zugeht, betrachtet sie die anderen Schwimmer, ein Becken voller Arme, die die Wasseroberfläche durchstoßen. Nur die Brustschwimmer haben wiedererkennbare Gesichter.

Als sie sich die Leiter hinunterlässt, fühlt sich Rosemary wie ein Baum im Wind. Ihre Äste knarzen. Sie lässt los und wird vom Wasser aufgenommen, sie lässt sich von seiner Kühle umfangen und gibt sich Zeit, mit der Temperatur vertraut zu werden, bevor sie sich sanft vom Rand abstößt. Sie beginnt ihre gleichmäßige Bahn durch das Becken. Sie ist sechsundachtzig, aber im Wasser ist sie alterslos.

Rosemary hat ihr ganzes Leben in Brixton gelebt. Sogar im Krieg gehörte sie zu den wenigen Kindern, die zurückblieben. Abgesehen von den wenigen Malen, als die Feuerwehr das Wasser absaugte, um im Viertel Feuer zu löschen, blieb das Freibad geöffnet, und sie schwamm, sooft sie konnte. Zuerst hatte sie Schuldgefühle, weil sie im Wasser war, während ihr Vater und die Väter ihrer Freunde kämpfen mussten. Ein paarmal kam sie nur knapp mit dem Leben davon, wie damals, als Bomben in den Park hinter dem Freibad und auf die Dulwich Road davor fielen. Sie weiß noch, wie sie am Tag nach dem Einschlag in den Park ging und Familien mit rot geweinten Augen durch den Schutt stapfen sah. Nachbarn griffen ein und halfen ihnen, Besitztümer aus ihren zerstörten Wohnungen zu bergen.

Aber alldem zum Trotz gab es das Freibad. Und als die Monate ins Land zogen, wurde es unmöglich, den ganzen Tag zu trauern – es fühlte sich an, wie allzu lange in Sonntagskleidern herumzusitzen. Schließlich musste sie zappeln und sich die Bluse aus dem Bund ziehen und die Schuhe von den Füßen kicken und wieder ein Teenager sein. In diesen Jahren war es im Freibad still. Die Kinder von Brixton waren zum Großteil aus der Stadt in die Sicherheit ländlicher Gebiete evakuiert worden. Da die Männer fort waren und die Frauen arbeiteten, waren Bademeister schwer zu finden. Oft hatte sie das kühle blaue Wasser für sich allein.

Über die Freibadmauer hinweg hört sie einen Bus von der Haltestelle abfahren. Man hört auch die Züge, die am Herne Hill abbremsen, um dann schwungvoll um die Kurve in Loughborough Junction einzufahren. Rosemary hat ihr Leben zwischen den Mauern dieser Namen aufgebaut. Da sind die Hügel: Tulse Hill, Brixton Hill, Streatham Hill, Herne Hill. Dann die »Dörfer«: Dulwich, West Norwood, Tooting. Die Namen schmecken auf ihrer Zunge so vertraut wie Zahnpasta.

Früher kannte sie auch alle Ladenfronten, aber es wird schwieriger, diese im Kopf zu behalten. Manchmal glaubt sie, dass jemand ihr Streiche spielt. Jedes Mal, wenn ein ihr bekanntes Geschäft durch ein unbekanntes ersetzt wird, muss sie das alte aus der Karte in ihrem Kopf kratzen und es durch das neue Immobilienbüro oder Café ersetzen. Es ist nicht leicht, den Überblick zu behalten, aber sie bemüht sich. Würde sie diese neuen Geschäfte nicht kennen, wäre sie verloren in einer neuen Stadt, die nicht mehr die ihre wäre. Sie wünschte, es gäbe irgendeine Anerkennung für all das Wissen, das sie im Laufe ihres Lebens angesammelt hat. Wenn sie sich all die gespeicherten Zahlen und Namen und Straßen aus dem Kopf schlagen könnte, wäre sie vielleicht in der Lage, etwas Nützliches zu lernen, wie eine neue Sprache oder Stricken. Stricken wäre im Winter sicher nützlich.

Rosemary schwimmt mit regelmäßigen Brustzügen, taucht den Kopf ins Wasser und hebt ihn wieder, lässt sich die Ohren voll Wasser laufen. Sie sieht ihre zerknitterten Finger vor sich im Wasser, könnte aber nicht sagen, wie viele Falten dem Wasser geschuldet sind und wie viele ihrem Alter. Ihre Falten überraschen sie immer wieder. Junge Mädchen haben keine Falten. Sie ist ein junges Mädchen, das am Morgen seine Runden schwimmt unter den aufmerksamen Blicken der großen alten Uhr und des Bademeisters, der mit seiner Pfeife spielt. Sie schwimmt, bevor sie in die Bibliothek zur Arbeit geht – wenn sie es rechtzeitig schaffen will, muss sie sich schnell umziehen. Ihr Haar wird ihr auf den Rücken tropfen, während sie zwischen den Bücherregalen auf und ab geht.

»Bist du schon durch den Channel geschwommen, Rosy?«, fragt George, wenn sie am Abend nach Hause kommt.

»Arbeite noch dran.«

Doch nun ist die Bibliothek geschlossen, und George ist nicht da. Sie hält auf der Nichtschwimmerseite an und lehnt sich gegen den Rand, bevor sie langsam auf die Leiter zugeht. Sie stellt sich dieses Freibad als ein privates Fitnessstudio exklusiv für Mitglieder vor, und obwohl sie an das kalte Wasser gewöhnt ist, erschauert sie. Als sie hinausklettert, ist sie nicht mehr jung, und sie spürt schmerzhaft ihre Knie. Als sie jung war, ist ihr nie aufgefallen, dass sie Knie hatte. Jetzt gehören diese zu dem Teil ihres Lebens, den sie verabscheut, genauso wie ihr kostenloser Fahrausweis für Senioren. Sie bezahlt ihre Busfahrkarte trotzdem jedes Mal, aus Prinzip.

Kapitel 4

Kates Heimweg führt sie durch die Wohnanlagen an der Hauptstraße. Wenn sie an den Wohnungen und Wohnstraßen vorbeikommt, denkt sie gern über die Geschichten in den Gebäuden nach. Gelegentlich blickt sie vom Boden auf und in die Fenster hinein.

Eine Familie isst im vorderen Zimmer zu Abend. Das Flackern des Fernsehers lässt Ausdrücke von Überraschung, Niedergeschlagenheit und Langeweile auf ihren Gesichtern erkennen. Ein junges Mädchen übt auf einer alten Geige, und überraschende Bach-Klänge wehen vom fünften Stock eines Hochhauses herunter.

Im Stockwerk darunter raucht ein Paar auf dem Balkon einen Joint, den sie hin- und herreichen. Sie sind voll bekleidet, haben aber nackte Füße, die ganz nah beieinanderstehen und einander fast berühren, so wie ihre Körper. Der süßliche Geruch ist das Erste, was die Frau aus der Wohnung nebenan bemerkt, als sie von der Arbeit nach Hause kommt. Sie öffnet die Balkontür, wirft ihren Mantel aufs Sofa, legt sich darauf, die Hände über dem Bauch gefaltet, und atmet tief durch.

In der Küche einer Erdgeschosswohnung isst ein älteres Paar sein Abendessen. Sie sitzen nebeneinander und sehen beide aus dem Fenster einen Fuchs, der durch den Gemeinschaftsgarten schleicht. Als sie mit Essen fertig sind, halten sie unter dem Tisch Händchen.

In einem großen Townhouse ist eine Familie über die Zimmer verteilt, jeder in seinem eigenen Staat, aber unter einer gemeinsamen Flagge. Nebenan verkleiden sich zwei Mädchen, die eine als Prinzessin und die andere als Spiderman. Prinzessin und Spiderman halten sich an den Händen und hüpfen auf dem Bett.

Hinter manchen Fenstern sind die Geschichten traurig, hinter anderen gibt es Gelächter und Liebe, nicht laut oder auffallend, sie liegen leise in den Zimmern wie Teppiche.

Während Kate geht, stellt sie sich vor, dass irgendwo in der Stadt jemand wie sie allein in seiner Wohnung sitzt und Erdnussbutter direkt aus dem Glas löffelt. Sie fragt sich, ob irgendeiner von diesen Fremden sie verstehen würde, wenn sie ihnen erzählte, dass die Sache, die sie ihrer Familie nicht sagen kann … dass sie an manchen Tagen einfach nicht aufstehen will und dass sie vergessen hat, wie es sich anfühlt, glücklich zu sein.

Natürlich würde sie niemals zugeben, dass sie einsam ist. Wenn man erst Mitte zwanzig ist, darf man nicht einsam sein. Die Zwanziger sind dazu da, Freundschaften fürs Leben zu schließen und wilde Affären zu haben und verantwortungslose Urlaube zu machen, in denen man den allergrößten Spaß hat, indem man Schnaps von den Bäuchen der anderen trinkt. Sie verfolgt auf Facebook, wie die Menschen Geburtstage feiern und ausgehen, und es hat wirklich den Anschein, als hätten sie die beste Zeit ihres Lebens. Sie scheinen auf dem Display ihres Telefons förmlich aufzuleuchten. Es scheint, als würde das ganze Leben anderen Leuten aufgetischt, und für Kate bliebe kein Krumen mehr übrig. Zumindest fühlt es sich so an. Sie erzählt niemandem, dass sie sich oft wie ein trauriger, verfilzter Teddybär vorkommt, den man vergessen unter einer Bank oder in der U-Bahn findet. Sie möchte nur von jemandem aufgehoben und mit nach Hause genommen werden.

Kate wohnt in einer WG mit vier anderen – zwei Studenten und zwei, die irgendwas machen, sie weiß nicht genau, was. Sie kommen zu unterschiedlichen Zeiten nach Hause und machen die Türen zu ihren Zimmern zu, gelegentlich begegnen sie einander auf dem Weg zum einzigen Bad. Es sind Leute, die sie bei heißem Sex stöhnen hört und deren Schamhaare sie aus dem Duschabfluss gezupft hat, aber sie weiß nicht, wo sie alle vor ihrer Ankunft in diesem Haus herkamen oder was ihre Lieblingsfilme sind. Im Grunde kennt sie sie überhaupt nicht.

Und sie kennen ganz sicher Kate nicht. Aber was gibt es über sie auch schon zu wissen? Geschwister: ja, eine ältere Schwester, Erin. Eltern: eine Mutter, einen Stiefvater und einen Vater, der mit seiner Freundin auf Antigua wohnt und nur zu besonderen Gelegenheiten anruft (Geburtstage, Weihnachten und bestandene Abschlussprüfungen).

»Alles Gute zum Geburtstag, K.!«

»Danke, Dad! Scheint bei euch immer noch die Sonne?«

»Darauf kannst du wetten. Regnet es bei euch immer noch?«

»Darauf kannst du wetten.«

»Ich vermisse dich.«

»Okay. Tschüss, Dad!«

»Tschüss, Kate!«

Kate und Erin sind bei ihrer Mutter und ihrem Stiefvater Brian in einem Vorort von Bristol aufgewachsen. Ihre Mutter arbeitete in einer Kreativagentur, sie zog sich knallbunt an und erzählte gerne Witze. Brian war deutlich ruhiger. Er war Historiker und auf eine bestimmte Zeitspanne im Mittelalter spezialisiert, die sich Kate nie merken konnte. Er trug schwere Wollpullover und eine runde Brille. Als er von Erin erfuhr, dass solche Brillen unter ihren Schulfreunden in Mode gekommen waren, amüsierte ihn das sehr. Er zog ein, als Kate sieben war und zu jung, um irgendetwas infrage zu stellen. Ihr Leben war etwas, das ihr passierte, nicht etwas, von dem sie wusste, dass sie es selbst beeinflussen konnte. Erin, sechs Jahre älter als sie, war argwöhnischer, wie eine Katze, die um einen Besucher einen großen Bogen macht. Aber mit der Zeit hatten die vier zu der ungezwungenen Selbstverständlichkeit einer Familie gefunden. Sie hatten ihre festgelegten Rollen und spielten sie gut: Kates Mutter nahm sie mit in neue Ausstellungen und fragte sie, was sie über die Bilder dachten. Brian las laut aus der Zeitung vor, bot Hilfe bei den Hausaufgaben an und steckte Erin gelegentlich Geld zu, damit sie mit ihren Freundinnen ausgehen konnte. Auch Kate und Erin hatten ihre Rollen: Kate die schüchterne kleine Schwester, die ihre Nase immer in ein Buch steckte, Erin unnahbarer, sie kommandierte Kate herum und teilte hin und wieder Zuwendung aus wie Kekse an einen braven Hund. An ihrem ersten Tag in der weiterführenden Schule brachte ihre ältere Schwester ihr bei, wie man seine Schuluniform anziehen musste, um nicht mit der Rocklänge oder der Anzahl von Streifen auf der Krawatte anzuzeigen, dass man eine Streberin oder eine Unruhestifterin war.

Kate ging in Bristol auf die Universität, zum einen, weil es billiger war, zu Hause zu wohnen, aber hauptsächlich, weil sie sich nicht bereit fühlte auszuziehen. Nach ihrem Abschluss zog sie nach London, um einen Master in Journalismus zu machen, dann geriet sie an ihren Job bei einem Lokalblatt in Brixton.

Als sie nach London zog, ging Kate davon aus, dass sie viele Leute kennenlernen würde. Aber jetzt ist sie seit zwei Jahren hier, und es ist immer noch nicht passiert. Das Einzige, was sie hat, sind Mitbewohner, die wie beim Jenga-Spielen schmutziges Geschirr in der Küche aufstapeln und finden, dass schwarzer Schimmel die perfekte Badezimmerdekoration ist.

Ihre Freunde aus Bristol blieben dort und wollten nie nach London kommen. Sie sagten, sie seien gerne da, wo sie jeden kannten, und wenn sie ausgehen wollten, reichte ihnen Bristol aus. Sie fanden London teuer und wussten nicht, wozu es gut sein sollte, hinzufahren. Mit teuer hatten sie recht, aber Kate konnte es sich nicht leisten, dauernd nach Bristol zu fahren. Vor ungefähr einem Jahr hat sie damit aufgehört. Niemand scheint es bemerkt zu haben, und sie hat seitdem nicht mehr mit ihren Freunden in Bristol gesprochen.

Kates Einsamkeit fühlt sich manchmal an wie eine Magenverstimmung, ein anderes Mal wie ein dumpfer Schmerz hinter den Augen oder wie ein Gewicht, das ihre Gliedmaßen zu schwer macht für ihren Körper. Sie liest in der U-Bahn gern *Time Out* und stellt sich vor, welche der Sachen sie unternehmen könnte – vielleicht zum Speed-Dating nach Shoreditch gehen oder zu einer Silent Disco oben auf einem Gebäude in der City oder lernen, wie man eine Hose häkelt. Aber dann fällt ihr ein, dass Speed-Dating bedeutet, seinen Namen und seinen Job vor dreißig Fremden aufzusagen, dass Silent Discos allein weniger Spaß machen und dass eine gehäkelte Hose weniger lustig ist, wenn man selbst die Einzige ist, die darüber lacht.

Also geht sie stattdessen jeden Abend direkt nach Hause. Nur wenn der Kühlschrank gähnend leer ist, macht sie einen

Zwischenstopp im Supermarkt und nimmt ihr liebstes Fertiggericht mit und den Wein, der gerade im Angebot ist. Sie kommt nach Hause, wartet drei Minuten, bis ihr Essen in der Mikrowelle heiß ist, dann schließt sie die Zimmertür hinter sich.

Ihr Zimmer ist nicht groß, aber groß genug für ein Doppelbett und einen kleinen Schreibtisch. Sie hat kein Bücherregal, also stapeln sich ihre Bücher zu einsturzgefährdeten Stapeln an einer Wand. Auf ihrem Schreibtisch stehen ein Laptop und eine dürre Topfpflanze, die ihre Mutter ihr zum Einzug geschenkt hat. »Sei glücklich in deinem neuen Zuhause!«, steht auf dem Schildchen in Form einer Biene, das immer noch an dem Blumentopf hängt.

Sobald sie im Zimmer ist, öffnet sie den Wein und sieht sich Dokumentationen an mit Titeln wie *Der Junge, der seinen Arm absägen möchte*. Und sie weint, denn sie weiß auf seltsame Weise ganz genau, wie es sich anfühlt, wenn man aus seinem eigenen Körper krabbeln will, und da das nicht geht, ihn stattdessen abhacken und fortschweben möchte. Oder vielleicht liegt es nur am Wein. Jeden Abend trinkt sie ein Glas zu viel, weil es sie so schön benebelt, was besser ist, als bewusst die Angst im Nacken und die Wolke über sich zu spüren.

Sie bleibt lange auf und starrt in den Schein ihres Laptop-Bildschirms in der Hoffnung, dort Trost zu finden, eine Verbindung zu Menschen, deren Gesichter ebenfalls von ihren Computern erleuchtet werden. Wenn sie auf der Suche danach zu müde wird, klappt sie den Laptop zu und legt ihn neben ihr Bett. Manchmal weint sie weiter, und ihr Kissen wird um ihr Gesicht herum ganz nass. Sie versucht dabei leise zu sein, damit ihre Mitbewohner sie nicht hören, aber manchmal hört sie sich keuchend nach Luft schnappen, als würde sie ertrinken. Wenn sie so laut weint, fragt sie sich, ob ein Teil von ihr vielleicht gehört werden will: Damit jemand an ihre Tür klopft, sie in den Arm nimmt und ihr sagt, dass alles gut werden wird. Aber es kommt nie jemand. Wenn sie sich leer geweint hat, liegt sie mit offenen Augen im Dunkeln und fühlt sich ganz taub. Irgendwann schläft sie ein.

Kapitel 5

Die Kinder vom Schwimmkurs haben keine Angst. Rosemary sieht ihnen dabei zu, wie sie sich wie Kaulquappen die Bahnen auf und ab schlängeln. Sie sind jung genug, um völlig unbefangen zu sein, wenn sie am Rand stehen und darauf warten, ins Wasser zu springen. Sie drängeln und schubsen einander und ziehen ihre leuchtend bunten Badekappen tiefer über die Ohren.

Während sie vom Café aus zusieht, macht sie die geborenen Sportler aus: Es sind die, deren Körper zu lang für sie wirken und deren Oberkörper spitz zulaufen wie Eiswaffeln. Einige Kinder sind kleiner und haben Bäuchlein, die ihre Badeanzüge ein wenig ausbeulen, aber der Mut, mit dem sie ins Wasser springen, erstaunt Rosemary. Auf den Pfiff des Trainers hin hechten sie alle hinein wie umkippende Flaschen, in dem Vertrauen darauf, dass das Wasser sie mit einem Lächeln empfangen wird, dass ihre Körper reagieren und wissen werden, was zu tun ist, wenn sie untergehen. Rosemary wünschte, sie hätte so viel Vertrauen in ihren Körper. Sie kann sich nicht immer darauf verlassen, dass er tut, was sie ihm befiehlt.

»Sind Sie Rosemary?«

Rosemary wendet sich vom Schwimmbad ab und blickt zu der kleinen jungen Frau auf, die neben ihr steht. Sie hält ein Notizbuch und einen Stapel Papier in der Hand. Ihre Kleider in unterschiedlichen Schattierungen von Grau und Schwarz sehen aus, als wären sie ihr übergestülpt worden, und ihr Haar ist zu einem unordentlichen Pferdeschwanz gebunden.

»Ich hoffe, es ist Ihnen recht, wenn ich mich zu Ihnen setze?«, fragt die junge Frau. »An der Kasse hat man mir gesagt, dass Sie eine gute Adresse sind, wenn man über das Freibad sprechen möchte.«

»Ich bin Rosemary, ja. Was wollen Sie über das Freibad wissen?«

»Mein Name ist Kate Matthews, und ich arbeite für die Lokalzeitung. Wir möchten über die mögliche Schließung des Bads berichten. Haben Sie das hier gemacht?«

Sie hält das »Rettet unser Freibad!«-Faltblatt in die Höhe.

Rosemary errötet. Das Handschriftliche und Kopierte ist ihr peinlich – sie sieht jetzt, wie dilettantisch es aussieht. »Ja. Aber ich bin mir nicht sicher, ob ich Ihnen weiterhelfen kann.«

Plastik schleift über Stein, als Kate einen Stuhl zurückzieht und sich setzt. Sie folgt mit ihren Augen Rosemarys Blick zum Becken.

»Sie sind so süß«, sagt Kate. »Und richtig gut.« Zusammen drehen sie sich um und sehen zu, wie die Kinder den Anweisungen ihres Trainers folgen, zu »ziehen« oder »stärker mit den Beinen zu stoßen«. Obwohl sie so klein sind, sind sie schnell wie Fische.

»Ich möchte gern helfen«, sagt Rosemary.

Das Wasser schäumt weiß von bewegten Füßen und Armen. Die Gruppe kommt zum Ende der Bahn, und die schnellsten Kinder ziehen sich schon aus dem Wasser und hüpfen am Rand auf und ab. Der letzte Schwimmer nähert sich dem Rand mit noch heftigerem Beinschlag als seine Mitschüler.

»Ich konnte hier nicht einfach sitzen und nichts tun. Aber wie ich höre, hat Paradise Living viel Geld geboten, und die Kommunalverwaltung kann es sich einfach nicht leisten, Nein zu sagen.« Sie schweigt und blickt aufs Wasser. Die Sonne spiegelt sich auf der Oberfläche und fängt die Kinder ein, die eifrig auf und ab schwimmen. »Paradise Living.« Rosemary lacht. »Sie haben eindeutig wenig Ahnung vom Paradies.«

»Ich habe von denen gehört«, sagt Kate, »unsere Zeitung hat schon öfter über sie geschrieben, über irgendwelche todschicken neuen Wohnblocks, die sie gebaut haben.« Sie macht eine Pause. »Ich würde Sie gern interviewen, Rosemary«, sagt sie.

»Wozu wollen Sie mich interviewen?«, fragt Rosemary.

»Für die Zeitung. Ich glaube, es wäre schön, wenn wir neben dem Artikel ein Porträt von Ihnen bringen könnten. Das würde unsere Nachricht um eine menschliche Geschichte bereichern. Jemand, der seit Jahren herkommt, berichtet, was ihm das Freibad bedeutet. Der Geschäftsführer hat mir verraten, dass Sie die treueste Schwimmerin des Freibads sind.«

Rosemary lächelt bei dem Gedanken an Geoff, den Geschäftsführer des Freibads, den sie inzwischen gut kennt. Dann sieht sie Kate an und fragt sich, ob sie ihr trauen kann. Sie hat ein natürliches Misstrauen gegenüber Journalisten, auch wenn sie noch nie wirklich mit einem gesprochen hat. Diese junge Frau sieht nicht so aus, wie sie sich eine Journalistin vorgestellt hat. Sie sieht aus wie ein Kind.

»Wie lange kommen Sie schon in dieses Freibad?«, fragt Kate.

»Oh, schon immer.«

Rosemary kann sich an keine Zeit erinnern, in der das Freibad nicht Teil ihres Lebens war. Es gehört genauso zu ihrem Tagesablauf wie die Tasse Tee auf dem Balkon.

»Schwimmen Sie?«, fragt sie Kate.

»Oh nein, ich kann nicht wirklich, ich meine, ich …« Kate verstummt, sie scheint in ihrem Stuhl noch mehr zu schrumpfen. Auf der tiefen Seite des Beckens vollführt ein Mann einen perfekten Schwalbensprung ins Wasser. Rosemary beobachtet, wie Kate den Mann ängstlich im Blick behält. Kates Haare sehen aus, als müssten sie gewaschen werden, und unter ihren Augen liegen dunkle Ringe. Sie sitzt weit hinten im Stuhl, die Schultern leicht nach vorn gebeugt, als wollten sie den Rest des Körpers vor etwas schützen. Rosemarys Vorsicht zerplatzt wie die Wasseroberfläche beim Eintauchen des Springers.

»Ich gebe Ihnen das Interview, wenn Sie schwimmen gehen.«

Kate wirkt verblüfft. Ihre braunen Augen huschen unsicher hin und her. Einen Augenblick lang sagt sie nichts, dann nickt sie.

»Okay«, sagt sie langsam. »Wann passt es Ihnen für das Interview?«

»Nein«, antwortet Rosemary. »Schwimmen Sie erst mal, dann treffen wir eine Verabredung. Hier ist meine E-Mail-Adresse. Schreiben Sie mir, wenn Sie geschwommen sind. Und keine Sorge. Es ist wie Radfahren«, sagt sie. »Man verlernt es nicht.«

Als sie sich verabschiedet haben und Rosemary auf dem Weg zurück in ihre Wohnung ist, fragt sie sich, wieso sie die arme Frau zu dieser Vereinbarung gezwungen hat. Aber irgendetwas an Kate hat in Rosemary den Verdacht geweckt, dass sie das Schwimmen bitter nötig hat.

Kapitel 6

Im Freibad zieht sich eine schwangere Frau um. Sie staunt über ihren Körper. Sie ist ein praller Ballon, ein Planet, eine Welt. Sie zieht sich den Tankini über den Bauch, der kein Bauch mehr ist, sondern ein Berg. Sie spürt seine Tritte im Herzen ihrer Welt.

»Gut so, mein Liebes«, sagt sie leise. »Wir gehen schwimmen, Schätzchen.«

Niemand in der Umkleide scheint sich daran zu stören, dass sie mit sich selbst spricht. Wahnsinn scheint bei Schwangeren akzeptiert zu werden, hat sie festgestellt, genauso wie Stimmungsumschwünge, Pinkelpausen und der Konsum von zwei (okay, drei) Hamburgern pro Woche.

Ihr Bikinihöschen sitzt tief auf den Hüften, und aus dem Tankini blitzt unten Haut hervor. Letzte Woche hat er noch gepasst. Sie verriegelt das Schließfach, dann nimmt sie ihr Handtuch und hängt es sich über die Schulter.

Ein Mädchen im Teenageralter hält ihr die Tür auf. Diese Zuvorkommenheit wird sie vermissen, die um ihre Schwangerschaft herumwabert. Sie lächelt und tritt auf die Terrasse hinaus, und die Sonne auf dem Schwimmbad lächelt zurück.

Ihre Füße patschen leise auf den nassen Beton. Ihre Knöchel sind geschwollen und die Fußnägel unlackiert – sie kommt nicht mehr um ihren Bauch herum, um sie anzumalen. Sie spürt die Blicke der Leute auf sich, als sie die Länge des Beckens entlanggeht, und sie beobachtet, wie sie sie beobachten.

Noch nie hat sie sich so viel mit Fremden unterhalten wie in der Zeit ihrer Schwangerschaft. Schwanger sein ist wie das Wetter: Jeder möchte darüber reden. Man hat ihr empfohlen, sich auf die linke Seite zu legen, damit die geschwollenen Knöchel besser werden. Man hat ihr unzählige Fotos von Enkeln vor die Nase gehalten, und Fremde haben ihr Tipps für die Geburt gegeben. In Wahrheit mag sie die Aufmerksamkeit, die sie bekommt. Dass sie etwas ist, das ihr gehört und nicht ihrem Mann, trägt dazu bei. Zwar würde sie es niemandem gegenüber eingestehen, aber sie hat Angst, dass ihr Baby seinen Vater mehr lieben wird als sie.

Es ist ein Kampf, sich die Leiter hinunterzulassen, aber sobald sie im Wasser ist, verschwindet das Gewicht, das seit acht Monaten wächst – das Wasser trägt sie beide. Es ist eine angenehme Kälte. Eine Kälte, die den Körper besänftigt, der nun so oft unter der Schwere ihres Kindes schwitzt.

Während sie schwimmt, denkt sie banale Sachen wie *Ich darf nicht vergessen, Katzenfutter zu kaufen* und *Ist heute die Recycling-Tonne geleert worden?* und *Ich muss meine Schwiegermutter anrufen und mich für den Lunch bedanken.* Ihre Züge sind langsam, aber kraftvoll, sie beide durchpflügen das Wasser wie ein konstant an der Küste entlangsegelndes Schiff. Während sie unter dem Schatten der Äste hindurchschwimmt, denkt sie an ihren kleinen Garten und ob wohl eine Schaukel hineinpasst. Vielleicht muss er zuerst laufen lernen. Oder was kommt zuerst? Vielleicht können sie eine Babyschaukel kaufen.

Sie tritt und spürt ihn treten.

Eine Frau sitzt am Rand und zieht eine Badekappe über den Kopf ihres Kindes, und sie lächelt die Schwangere an. *So müssen sich besonders schöne Menschen fühlen*, denkt sie beim Weiterschwimmen.

Ihr Mann kocht heute Abend, tatsächlich hat er in letzter Zeit meistens das Abendessen gekocht. Sie fragt sich, was sie wohl essen wird, und hofft, dass es nichts Pfannengebratenes ist. Ihr Körper windet sich bei dem Gedanken an Nudeln, ohne dass sie einen besonderen Widerwillen dagegen hätte. Als sie ihm gesagt hat, dass sie schwanger ist, haben sie beide Tränen des Glücks vergossen. In der Nacht hat er nicht aufgehört, ihren Bauch zu küssen. Seine Lippen zärtlich auf ihren Bauchnabel und dann zwischen ihre Oberschenkel gedrückt.

Ein paar Wochen später haben sie beide vor Angst geweint. Sie kann sich nicht mehr an einen bestimmten Anlass dafür erinnern, aber sie hatte plötzlich das Gefühl, dass sie nur zwei Ruder hatten und gerade genug Kraft, um damit geradeaus zu steuern. Eine dritte Person würde sie sicher vom Kurs abbringen.

Es war er, der sie schließlich beruhigte. Er kaufte die Bücher und sorgte dafür, dass sie sich hinsetzten und sie zusammen lasen. Sie hatte das bislang vermieden aus Furcht, dass die Erwähnung von Milchpumpen und der außerordentlichen Weichheit von Babyschädeln sie überwältigen würde. Aber sie saßen beisammen und lernten wie Teenager vor Prüfungen, und es wurde wieder gut.

In der Nichtschwimmerhälfte legt sie eine kurze Pause ein, lehnt sich gegen den Rand und legt die Hände auf den nassen Stoff, der sich über ihrem Bauch spannt. Früher hat sie es gehasst, wenn schwangere Frauen in der Öffentlichkeit so ihren Bauch streichelten – es erschien ihr zu intim. Aber jetzt kann sie nicht anders.

Sie kann es nicht erwarten, dass ihr Baby geboren wird. Ihr Körper schmerzt vom Tragen, und ihr Herz schmerzt vom Sehnen. Aber wenn sie schwimmt, wünscht sie, es könnte ewig so sein – nur sie beide, so nah, wie sie einem anderen Menschen nie kommen werden. Das Wasser hält sie, und sie halten einander.

Kapitel 7

Kate hat nicht erwartet, dass es eine solche Herausforderung werden würde, einen Badeanzug zu kaufen. Sie steht unter dem grellen Licht in der Umkleidekabine und begutachtet ihren Körper im Spiegel. Sie ist immer zierlich gewesen, aber in den letzten Jahren hat sie von den täglichen Fertiggerichten und der Erdnussbutter zugenommen. Wenn sie in den Spiegel schaut, sieht sie jemanden, den sie kaum erkennt. Hüften: zu breit. Schenkel: zu rund und von Cellulite gezeichnet. Brüste: immer noch zu klein.

Kate ist kein Mensch, der gerne nackt ist. Sie duscht schnell und zieht sich danach noch im Bad wieder an. Sogar wenn sie sich zum Schlafen umzieht, beeilt sie sich. Als Kind lebte sie nicht in einem Zuhause, wo die Eltern vom Schlafzimmer nackt ins Bad liefen. Sie stammt nicht aus einer Familie, die oben ohne in der Sonne lag oder alles frei baumeln ließ. In ihren Venen fließt Prüderie.

Ihre Kleider liegen als schlaffer Haufen in einer Ecke der Umkleidekabine. Die Jeans formen noch ihre Beine nach und liegen da, als wäre ihr Schatten auf dem Boden zusammengesunken. Sie möchte so gern danach greifen, aber sie muss noch einen Badeanzug anprobieren, den vierten. Sie muss sich entscheiden.

Als Rosemary verkündet hat, sie müsse schwimmen, um ein Interview zu bekommen, hätte Kate beinahe Nein gesagt. Aber das hier ist ihre erste echte Story und eine Chance, sich Phil gegenüber zu beweisen. Eine Chance, damit zu beginnen, Artikel zu schreiben, die den Stolz ihrer Mutter verdienen.

Rosmarys Worte sind bei ihr hängen geblieben: »Es ist wie Radfahren. Man verlernt es nicht.« Denn es gab eine Zeit, in der Kate gern geschwommen ist. Als sie klein war, bevor sie sich mit der Gehemmtheit infiziert hat, ist sie mit Erin öfter ins Schwimmbad gegangen, wo Delfine und Robben auf den Beckenboden gemalt waren und eine Fontäne kreischende Kinder bespritzte. Erin schwamm unter Wasser zwischen Kates Beinen hindurch und hob sie sich auf die Schultern. Sie erinnert sich an die sorglose Glückseligkeit, die sie zusammen mit ihrer Schwester im Wasser empfunden hat. Wenn sie wenigstens versucht, wieder ins Wasser zu gehen, kann sie vielleicht zu diesem Gefühl zurückschwimmen.

Kate konfrontiert sich im Spiegel mit ihrem Bauch. Er ist weich, und eine dünne Spur von dunklen Haaren flieht vor ihrem Bauchnabel hinunter in den Bund ihres Höschens. Das ist Teil des Erschreckenden am Erwachsenwerden gewesen. Warum mussten all diese Haare aus all diesen unpassenden Stellen wachsen? Seit sie vierzehn war, hat sie versucht, sich zu rasieren und zu waxen und Haarentfernungscremes zu benutzen, die nach Knete rochen. Nichts schneidet oder zieht oder wäscht dieses Teenager-Unbehagen weg, mit dem sie all die Haare entdeckt hat.

Sie fasst nach dem Badeanzug, der um ihre Knöchel liegt und zerrt ihn sich über die Hüften und Brüste. Der Geruch von Elasthan steigt ihr in die Nase und gibt ihr das Gefühl zu ertrinken, bevor sie es überhaupt ins Schwimmbad geschafft hat. Es ist heiß in dem Geschäft, so heiß, dass sie ein vertrautes Prickeln unter den Armen und Schwindel verspürt.

Es ist die Panik. *Nicht jetzt*, denkt sie, *nicht hier*. Aber die Panik ist schon bei ihr in der Umkleidekabine und lässt den Raum unerträglich klein erscheinen. Sie ist um sie herum, füllt die winzige Kabine aus, dringt von außen auf sie ein und platzt aus ihrem Inneren heraus. Sie zwingt sie zu Boden, bis sie im Badeanzug in die Knie sinkt und ihr Atem sie mit Keuchen und Röcheln überholt. Es gibt nicht genügend Luft. Sie braucht etwas zu trinken, aber ein Griff in ihre Handtasche sagt ihr, dass sie die Flasche zu Hause gelassen hat. Ihre Lungen heben sich schwer, während sie verzweifelt versucht, sich über Wasser zu halten. Die Panik legt zwei Hände auf ihre Schläfen und drückt zu.

Nicht weinen, nicht weinen, denkt sie, als Tränen über ihre Wangen laufen.

Eins. *Es ist zu heiß*. Zwei. *Bitte hör auf!* Drei. *Ich kann nicht*. Vier. Tiefer Atemzug. Fünf. Sechs. Sieben. Acht. Neun. Nach ein paar Minuten hat sie wieder Kontrolle über ihre Atmung. Sie sitzt auf dem Boden der Umkleidekabine. Der Spiegel hat in der Mitte längs einen Sprung. So wie ich, denkt sie. Erschöpft bleibt sie auf den Boden gekauert sitzen.

Ihre erste Panikattacke hatte Kate in der Kosmetikabteilung eines Kaufhauses. Es passierte, kurz nachdem sie für ihren Masterstudiengang in Journalismus nach London gekommen war. In ihrer Kindheit und Jugend hatte die Angst immer wartend im Hintergrund gelauert. Sie hatte Menschenmengen nie gemocht. Wenn andere Kinder sie auf Geburtstage in Vergnügungsparks oder Kinos einluden, tat sie vor ihrer Mum so, als hätte sie Bauchschmerzen und könnte nicht hin. In Wirklichkeit verkrampfte sie sich nur vor Furcht, unter so vielen Menschen zu sein. Sie zog es vor, sich still hinter ein Buch zu verziehen. Manchmal fand ihre Mutter sie schlafend auf dem Boden ihres Schranks zusammengerollt, ein Buch geöffnet neben ihr. Dorthin zog sich Kate zum Lesen zurück, sie fühlte sich in dem kleinen Raum zusammen mit den Kleidungsstücken ihrer Mutter und dem schützenden Duft ihres Parfüms sicher.

Kate fühlte sich in ihren Büchern wohler als im richtigen Leben. Sie las ihre Lieblingsgeschichten gern wieder und wieder: Zu wissen, was passieren würde, machte sie ganz ruhig, als würde sie selbst die Geschichte lenken. Und wenn sie eine Wendung in einem neuen Buch nicht mochte, konnte sie es einfach zuklappen, eine Pause machen und weiterlesen, wenn sie dafür bereit war, oder mit einer anderen Geschichte beginnen. Aber das echte Leben war anders.

Als sie nach London zog, hatte sie das Gefühl, keine Kontrolle mehr zu haben, als wäre ihr Leben ein davonfahrendes Auto und sie würde holpernd hinter ihm her über den Asphalt gezerrt.

Am ersten Tag ihres Masterstudiengangs ging der Dozent durch die Klasse und bat sie alle, sich kurz vorzustellen. Kate erzählte ihnen von Bristol, ihrer Familie und dass sie jetzt in Brixton wohne.

»Ich bin eine stolze Bristolerin, und ich liebe Cider.«

Dann waren nacheinander die anderen Studenten an der Reihe.

»Ich bin Josh und war Chefredakteur meiner College-Zeitung. Meine investigative Serie über Rassismus auf dem Campus wurde für einen Preis nominiert.«

»Ich bin Henrietta. Gastkommentare von mir sind regelmäßig im *Independent* und im *Guardian* erschienen.«

»Ich heiße Lucas und habe einen Einser-Abschluss in Englischer Literatur aus Cambridge, wo ich auch Vorstand meiner Studierendenschaft war und in meinem Jahrgang den besten Abschluss gemacht habe.«

Und so ging es weiter. Mit jedem, der das Wort ergriff, fühlte sie sich ein Stück kleiner. Zweifel flutete ihren Körper: Was machte sie hier? Sie bewunderte die anderen wirklich, aber sie besaß nicht die Sprache, so über sich selbst zu sprechen, und es ließ sie vor Scham erschauern.

Nach der Vorlesung machte sie sich auf den Weg zur Oxford Street, dem Ort, der ihr als Erstes einfiel, um ein Geburtstagsgeschenk für ihre Mutter zu kaufen. Es herrschte Rushhour, und sie hatte noch nie so viele Körper in eine U-Bahn gepfercht gesehen. Sie wurde von der Masse mitgeschleppt wie ein Stück Treibholz im Meer, über den Bahnsteig geschoben bis nach vorn an die Kante, dann durch die Türen hinein und gegen den Körper eines Fremden.

Als sie oben auf der Straße ankam, war es keinen Deut besser. Leute in Anzügen auf dem Weg nach Hause schlängelten sich um Trauben von Touristen auf Einkaufsbummel. Kate drängte sich bis zur Kreuzung und bahnte sich dann langsam ihren Weg die Straße hinunter. Alle paar Schritte wurde sie von einem Kinderwagen oder einer Gruppe von shoppenden Leuten aufgehalten. Ihr Herz schlug schneller, während Menschen sie anrempelten oder mit ihren Einkaufstaschen streiften. Es war Ende September, aber ungewöhnlich heiß, und sie schwitzte in ihrem Mantel, den sie wegen der drängelnden Massen um sie herum nicht ausziehen konnte.

Sie konnte sich nicht an ihren Entschluss erinnern, das Kaufhaus zu betreten. Plötzlich stand sie in der Ecke mit den Düften, und eilfertige Verkäuferinnen mit perfekt auf ihre Gesichter gemaltem aggressivem Grinsen bespritzten sie aus Flacons.

»Kann ich Ihnen helfen?«, fragte eine Frau, die in ihrer weißen Uniform aussah wie eine Zahnarzthelferin, als Kate an ihr vorbeifegte. Kates Mund war erfüllt vom Geschmack zu vieler Parfüms. Die Düfte waren süß und ekelerregend, wie klebrige Gummibärchen, die zu lange in einer Manteltasche gelegen haben.

Die Menschen um sie herum kamen ihr vor wie ein Schwarm Insekten. Alles drehte sich, und sie sah sich selbst tausendmal zurückgeworfen von tausend Spiegeln – neben dem Aufzug, an den Säulen, an den Kosmetik-Tresen, in den Handspiegeln, die die Verkäuferinnen hochhielten, während sich Kundinnen einen neuen Lippenstift auftrugen. Sogar der Boden spiegelte und warf von seiner glänzend schwarzen Oberfläche ihr entsetztes Gesicht zurück.

Alles war heiß und schwer. Sie spürte hinter ihren Augen einen Schmerz, als hätte jemand einfach die Vorhänge aufgerissen und unerträglich grelle Sonnenstrahlen in ihren Kopf gelassen. Und dann stellte sie fest, dass sie sich nicht bewegen konnte. Verängstigt ging sie neben dem Estée-Lauder-Tresen in die Hocke. Sie weinte, und ihr Make-up rann über ihr Gesicht und lief auf ihr weißes Oberteil.

Kate hatte nie gedacht, dass sie jemand wäre, der sich mitten in einem Kaufhaus auf den Boden setzte und grundlos weinte. Hätte sie ihrem Körper entfliehen und sich selbst aus der Entfernung zusehen können, hätte sie sich gefragt, wer diese Verrückte war und was zum Teufel mit ihr nicht stimmte.

In der Umkleidekabine zieht sie sich wieder an und wischt sich das Gesicht ab. Sie streicht sich das Haar glatt, öffnet die Tür und geht zum Tresen.

»Ich habe mich entschieden«, sagt sie. »Ich nehme diesen hier.«

Wenn man sie sieht, würde man nicht denken, dass Kate eine junge Frau ist, die Panikattacken hat. Nur sie selbst weiß davon.

Kapitel 8

Das Freibad leert sich, wenn es regnet. Rosemary sieht von ihrem Balkon aus zu, vom Frühlingsschauer geschützt durch den Balkon über ihr. Es sind nur noch zwei Schwimmer im Wasser. Sie versteht den Grund dafür nicht – im Regen zu schwimmen macht ihr den allergrößten Spaß. Es ist ein geheimer Kitzel wie der zusätzliche Löffel brauner Zucker in ihrem Porridge am Morgen oder das Gefühl, wenn man mit den Füßen in Socken schlüpft, die man zuvor auf der Heizung angewärmt hat.

Wenn es regnet, verschwimmt die Linie zwischen Wasser und Himmel. Das »drüber« und »drunter« verblasst zu einem trüben Grau, in dem alles Wasser ist. Die wenigen anderen Schwimmer sehen einander selbstgefällig an, wie stolze Jungeltern, die wissen, dass ihr Baby süßer ist als alle anderen. Ihnen ist bewusst, dass sie etwas Besonderes besitzen und dass nur sie sehen können, wie besonders es ist.

Es hat auch vor ein paar Wochen geregnet, als sie erfahren hat, dass das Freibad vielleicht geschlossen wird. Sie ist zu ihrer üblichen Schwimmzeit hingegangen, und Geoff hat sie aufgehalten, um es ihr zu sagen. Er ist ein Mann mittleren

Alters mit einem Gesicht, das Rosemary freundlich findet. Er besteht darauf, zur Arbeit ein Hemd und einen Schlips zu tragen, Turnschuhe sind sein einziges Zugeständnis an seine Umgebung. Sie sind knallrot und lächeln unter dem Saum seiner eleganten grauen Hose hervor.

»Mrs Peterson, bevor Sie gehen, muss ich Ihnen etwas sagen«, rief er, als er sie am Empfang vorbeischlurfen sah. Dann erzählte er ihr, dass das Freibad seit Langem darum kämpfte, mit seinen Einkünften über die Runden zu kommen, und dass eine Immobilienfirma – Paradise Living – der Stadtverwaltung eine Woche zuvor ein Angebot gemacht hatte. Er berichtete, dass sie das Freibad in ein Fitnessstudio nur für Bewohner ihrer Immobilien umwandeln wollten. Das wiederum sollte es ihnen erleichtern, die Wohnungen zu verkaufen, die sie überall in Brixton bauten. »Ich war mir nicht sicher, ob ich Ihnen davon erzählen soll«, sagte er. »Aber ich habe gehört, die denken sogar darüber nach, das Schwimmbad zuzubetonieren und darauf einen Tennisplatz zu bauen. Offenbar glauben sie, dass Tennis bei ihren Kunden beliebter ist.« Er sagte, es sei nicht sicher, aber wahrscheinlich, dass es so kommen würde.

»Es tut mir so leid«, sagte Rosemary. »Ihre reizenden Kinder.«

Geoff hat an einer Pinnwand hinter der Rezeption Fotos seiner Kinder hängen, ein achtjähriger Junge und ein zehnjähriges Mädchen. Sie schwimmen jedes Wochenende, und oft rennen sie aus dem Becken direkt in seine Arme und durchnässen seine Hose. Es scheint ihm nie etwas auszumachen.

»Wird die Stadtverwaltung Ihnen eine andere Stelle anbieten?«

»Ich hoffe es«, sagte Geoff. Aber er klang nicht besonders hoffnungsvoll.

Als Rosemary an dem Tag schwamm, bekam sie die Bilder von ihrem zubetonierten und für die Öffentlichkeit geschlossenen Freibad nicht mehr aus dem Kopf. Erst als sie nach Hause kam, gestattete sie sich Tränen.

Ein paar Tage später erstellte sie in einer Bibliothek um die Ecke das Faltblatt. Sie legte Fotos aus ihrem Album über dem Text, den sie geschrieben hatte, auf den Fotokopierer. Sie musste ziemlich lange warten, bis die hundert Kopien fertig waren. Während sie dort saß, las sie alle Broschüren, die in der Bibliothek auslagen – Werbung für Veranstaltungen im Kino und für Yogakurse, und ein sehr informatives Merkblatt über Sexualhygiene. Als die Kopien fertig waren, war der Papierstapel so heiß wie frisch gebügelte Baumwolle. Seltsamerweise roch er auch so.

Sie beschloss, ein paar Blätter in der Bibliothek zu lassen. Das war der Anfang ihrer Verteilaktion, sie platzierte rund um das Freibad Faltblätter wie Brotkrumen. Sie schob sie durch Briefschlitze in ihrer Straße und ließ Stapel im Café des Schwimmbads und in den Umkleiden liegen. Die Männer wirkten etwas überrascht, als sie Faltblätter an die Spiegel der Herrenumkleide klebte.

»Ich bin sechsundachtzig, glauben Sie nicht, dass ich das alles schon mal gesehen habe?«, war alles, was sie mit wegwerfender Handbewegung zu ihnen sagte.

Rosemary erhebt sich von ihrem Platz auf dem Balkon und geht wieder hinein. Die Tür lässt sie offen stehen, damit sie den Regen hören kann. Sie geht in die Küche, nimmt ein schwarzes Notizbuch von der Mikrowelle und blättert durch die handbeschriebenen Seiten, bis sie das Rezept findet, nach dem sie sucht. Dann nimmt sie ihre Papiertüten vom Markt aus dem Kühlschrank und beginnt Georges berühmte Gemüse-Pie zuzubereiten. Während sie kocht, kramt sie eine

Erinnerung aus ihrem Hinterstübchen und spielt sie sich vor wie eine viel geliebte Schallplatte. Kochdüfte ziehen durch die Wohnung, und Rosemary erinnert sich an den Tag, an dem sie George zum ersten Mal begegnet ist.

...

Die ganze Stadt feierte. Sie vereinte sich mit dem Rest von Europa in einer Party, die Straßen und Grenzen umspannte. In ihrer Straße bauten die Mütter eine lange Tafel, die bis zur Kreuzung am anderen Ende reichte. Wimpel flatterten in den Bäumen, und Union Jacks wurden aus den Fenstern gehängt. Die Mütter trugen ihre Hauskleider aus Vorhangresten und lustige Pullover aus der aufgedröselten Wolle zu kleiner Pullis ihrer Kinder, und an diesem Tag trugen sie sie mit Stolz. Sie waren damit ausgekommen und hatten sie immer und immer wieder geflickt, und es hatte sie durch den Krieg gebracht.

Die Türen standen offen, und aus den Häusern wurde Essen getragen wie Koffer aus Hotels. Das Geschirr passte nicht zusammen: blau-weiße Teller aus Nummer zwölf, ein zartes Rosenmuster aus Nummer vierzehn und Gläser aus allen Schränken der Straße vermischt. In Krügen standen unordentliche Blumensträuße, die man im Park gepflückt hatte.

Es war ein Tag, an dem man seine Rationen verschwenderisch verprasste: Frikadellen aus Schweineinnereien mit Zwiebelsoße und -brei, Gemüse-Pie und überquellende Sandwiches. Es gab einen stillen Wettstreit um den besten eierlosen Obstkuchen. Natürlich bestanden sie alle aus den gleichen Zutaten, also schmeckten sie alle exakt gleich. Aber vielleicht war der von Mrs Mason eine Spur feuchter? Oder war der von Mrs Booth süßer?

Rosemary hat ein Foto von dem Tag, und alle Kinder sehen sauber und geschniegelt und gestriegelt aus. Das Foto zeigt sie in der Hocke, die Arme um ein Nachbarskind gelegt. Sie war gerade sechzehn geworden und wurde dazu herangezogen, den Müttern mit den Kleinen zu helfen. Die Strümpfe der Jungen waren hochgezogen, unter ihren kurzen Hosen blitzten knubblige Knie hervor. In den Locken der kleinen Mädchen hingen Schleifen. Kleinkinder tapsten in ihren Stramplern mit Puffärmelchen herum. Auf dem Foto sieht sie lächelnde Gesichter und elegante Teetassen auf dem Tisch hinter ihnen, und die hübsche braunrote Katze aus Nummer einundzwanzig tut sich an einem Stück Corned Beef gütlich, das auf das Pflaster gefallen ist.

Aber sie hat den Tag anders in Erinnerung. Sie erinnert sich an das Freudenfeuer.

Die Tische wurden schließlich weggeräumt, nur ein paar Brotrinden blieben für die Füchse auf der Straße liegen. Die Kleinen gingen ins Bett, ohne ganz zu verstehen, welche Bedeutung dieser Tag gehabt hatte. Stattdessen waren sie nur müde von all dem Lärm und Fahnenschwenken. Als sie älter waren, blickten sie zurück und taten so, als würden sie sich erinnern.

Für die älteren Kinder war jetzt die Gelegenheit, zu entkommen – eine kurze, dringliche Freiheit, bis sie um halb elf alle nach Hause und ins Bett mussten. Sie machten sich auf den Weg zum Park. Sie wusste nicht, wer als Erstes dorthin aufgebrochen war, aber nach einer Weile brauchte man nur dem Rauch und den Funken zu folgen, die vom Himmel fielen, um zu wissen, wo man hinmusste. Sie weiß noch, wie die Hitze des Feuers sie in den Magen traf und ihr Röte in die Wangen trieb. Es war wie ein Herz, das Blut pumpte – es sah lebendig aus, und es machte, dass sie sich lebendig fühlte. Die Menschen versammelten sich in einem unordentlichen Kreis, einige warfen Äste in die Flammen. Manche Mädchen hatten sich Flaggen um die Schultern drapiert und tanzten Conga.

Rauch füllte ihre Kehle. Sie fühlte sich davon emporgezogen, als vermöchte er ihr die Knie unter dem Körper wegzuziehen oder sie hochzuheben und fortzutragen. In der Dunkelheit hinter dem Feuer konnte sie die Umrisse ihres Freibads sehen. Sie fragte sich, ob das Wasser im Becken wohl nach Rauch schmeckte.

Ihre Freundinnen hielten sie an den Händen, und sie wirbelten einander auf dem Gras im Kreis. Ihre Lippen waren von Rote-Bete-Saft aus der Vorratskammer befleckt, und ihre Wangen waren rosa von der Hitze. Beim Tanzen sah sie die Szene in einzelnen Augenblicken aufleuchten: eine Flagge, die über den Flammen geschwenkt wurde, ein küssendes Paar, das Rascheln von Röcken mit Vichykaro. Das Feuer sang in ihrem Inneren.

Sie drehte und drehte sich, als sie plötzlich einen Jungen bemerkte, der ganz still war. Nachdem sie auf ihn aufmerksam geworden war, konnte sie nicht aufhören, ihn anzusehen, wie einen Punkt, auf den eine Balletttänzerin sich fokussiert, um in ihrer Pirouette die Balance zu halten. Als ihre Freundinnen sie losließen, taumelte sie schwindelig ins Gras. Er beobachtete sie mit all dem Selbstvertrauen eines Sechzehnjährigen, der wusste, dass er nun nicht mehr in den Krieg ziehen musste.

Er winkte. Sie drehte sich nicht nach dem hübscheren Mädchen hinter ihr um, weil sie aus irgendeinem Grund genau wusste, dass er nur ihr zuwinkte. Er kam um das Feuer herum auf sie zu, und sie wartete, bis er sie erreichte. Er war ein verschwommener Schatten mit ungekämmtem Haar, langen Beinen, einer geraden Nase und einem rosa Mund, der in der Dunkelheit lächelte. Seine Hände steckten in den Taschen seiner weiten braunen Hose.

»Ich bin George«, sagte er, und da war er.

Sie redeten die ganze Nacht. Rosemary erfuhr, dass er drei Straßen von ihr entfernt wohnte, aber gerade erst wieder aus Devon hierher zurückgezogen war. Dorthin hatte man ihn am Anfang des Krieges evakuiert.

Er sprach über seine Eltern, die den Gemüsehandel in der Station Road betrieben. Sein Vater, sagte er, sei dem Fronteinsatz nur dadurch entgangen, dass er als Luftschutzwart arbeitete und den Laden an seine Mutter übergab. Er erzählte ihr, wie er einen Brief von seiner Mutter erhalten hatte, in dem sie ihm schrieb, dass das Haus auf der anderen Straßenseite getroffen worden war und die Nachbarn tot waren. Er kannte die Jungen, die dort gewohnt hatten – sie waren noch immer bei Verwandten in Dorset. Er fragte sich, ob sie jemals zurückkehren würden, ob er sie jemals wiedersehen würde.

Er hatte keine Brüder und Schwestern, und sie gestanden einander, dass sie beide noch nie ein anderes Einzelkind getroffen hatten. In dem Haus in Devon, in das man ihn geschickt hatte, lebten fünf Jungen. In jedem Zimmer, das man betrat, sagte er, war schon mindestens eine Person, und der einzige Ort, an dem er für sich sein konnte, war der Luftschutzbunker. Falls nicht gerade einer der kleineren Jungen ihn als Versteck beim Versteckspiel benutzte, was oft geschah. Er erzählte ihr, wie er in Devon im Garten geholfen hatte und von allem, was sie dort anbauten. Er erzählte ihr von der Nacht, in der die Familien des Dorfs vor ihre Häuser traten und zusahen, wie sich der Himmel rot färbte, während Exeter brannte.

Rosemary erzählte George, dass sie Brixton noch nie verlassen hatte. Ihre Mutter hatte das nicht gewollt. »Ich bin deine Mutter, wie sollst du ohne deine Mutter zurechtkommen?«, hatte sie gesagt. Rosemary aber hatte sich gefragt, ob sie vielleicht nur nicht allein zurückbleiben wollte.

Ihre Mutter hatte früher in der Wäscherei gearbeitet, aber im Krieg verbrachte sie die meiste Zeit damit, auf die Handvoll Kinder aufzupassen, die ebenfalls nicht fortgeschickt worden waren. Als die Schule vorübergehend als Feuerwache genutzt wurde, half Rosemary ihr, in der Küche ein behelfsmäßiges Klassenzimmer einzurichten. Anstelle von Wäsche hängten sie mit Wäscheklammern Weltkarten an die Leine über dem Herd. Rosemary liebte das knirschende Geräusch von Kreide unter den Fingernägeln und den Geruch der Bücher, die ihrem Vater gehörten.

Sie berichtete George, wie es gewesen war, in der Stadt zu bleiben. Sie beschrieb die Luftangriffe und wie sie zusammen mit ihrer Mutter und Nachbarn im Anderson Shelter im Gemeinschaftsgarten gekauert hatte. Sie beschrieb ihm das Pfeifen der Bomben und die schrecklichen Geräusche, als die darauffolgenden Explosionen näher und näher kamen, dann aber auch die Erleichterung, als sie sich wieder entfernten. Sie schlugen überall in Brixton ein, rissen Wohnhäuser nieder und zerstörten das Theater. Die Bomben und das Sterben wurden zu einer neuen, furchterregenden Normalität.

Sie sprach aber auch über das Freiheitsgefühl, als die Luftangriffe vorüber waren: in Gebäude zu gehen, deren Vorderseite weggesprengt worden war, in denen aber noch Möbel standen, nicht mehr zur Schule zu müssen, weil weder genügend Lehrer noch genügend Kinder übrig waren, um eine zu betreiben, und ins Freibad zu gehen, wann immer sie konnte, ins Wasser einzutauchen und für eine Weile zu vergessen, dass überhaupt Krieg herrschte. Manchmal, erzählte sie ihm, wenn sie auf dem Rücken im Becken trieb und in den leeren Himmel aufblickte, konnte sie sich vorstellen, dass ihr Viertel noch genauso aussah wie vor dem Beginn der Kämpfe.

George sprach über Devon. Sie hatte noch nie das Meer gesehen und lauschte voller Andacht seinen Geschichten über Stürme und das Gefühl, immer Sand unter den Nägeln und Salz in den Ohren zu haben.

»Und wenn man draußen herumläuft und sich über die Lippen leckt, schmecken sie nach Fish and Chips.«

Die Luft war vom Rauch des Feuers erfüllt, aber Rosemary konnte das Meer schmecken.

»Rosemary, wieso tanzt du nicht?«, rief ihre Freundin Betty und taumelte auf sie zu. Ihre Zöpfe hatten sich aufgelöst, die Füße waren nackt, ihre klobigen Schuhe lagen zusammen mit lauter fast identischen Paaren auf einem Haufen. Vor Rosemary und George blieb sie stehen und warf Rosemary einen bedeutungsschwangeren Blick zu.

»Und wer ist das?«, fragte Betty und stützte die Hände in die Taille ihres knielangen Kragenkleids. Sie erinnerte Rosemary an ihre Mutter.

»Das ist George.«

»Und warum fordert George dich nicht zum Tanzen auf?«

Aber wenn sie getanzt hätten, hätten sie sich nicht unterhalten können, es war viel zu laut. Betty seufzte und schlenderte zurück ans Feuer.

Als sie wieder zu zweit waren, wandte George sich zu Rosemary um und sagte: »Ich war noch nicht im Freibad, seit ich wieder hier bin. Lass uns zusammen gehen, nächsten Samstag?«

Rosemary brauchte einen Moment, um zu begreifen, dass sie gerade um ein Rendezvous gebeten worden war, und sie hatte noch nie ein Rendezvous gehabt. Sie spürte, wie Nervosität ihr den Hals abschnürte wie ein süßes Gift. Aber sie war sechzehn, und der Krieg war gerade zu Ende. Es war ausgeschlossen, Nein zu sagen.

Kapitel 9

Halb nackt sind sie alle gleich. Zahnärzte, Anwälte, Hausfrauen und Polizisten außer Dienst kommen an der Kasse herein, aber im Wasser sind sie nur Körper, bedeckt mit unterschiedlichen Formen von Lycra. Die Männer stecken voller Überraschungen: Wer trägt Badehose, und wer trägt Schwimmshorts? Man könnte meinen, es wäre zu erraten, wenn man sie in ihren trockenen Kleidern sieht, aber das ist es nicht.

Manchmal sind die Menschen, von denen man es am wenigsten erwartet, die schnellsten Schwimmer. Wie der fette Mann mit dem behaarten Rücken und der zu engen langen Badehose, der im Wasser ein Pfeil ist. Das Gegenteil kommt ebenfalls vor: Es gibt einen Mann, der selbstbewusst jeden grüßt und sich am Beckenrand dehnt wie ein Profi, dann aber schwimmt wie ein Schmetterling mit gebrochenem Flügel.

Das kalte Wasser weckt eine junge Ärztin, die gerade eine Nachtschicht beendet hat. Ihr Körper ist erschöpft, aber sie braucht das jetzt. Die Kälte schrubbt ihre Haut wach, und die Morgensonne scheint auf ihr Gesicht. Später wird sie nach Hause gehen und vor dem Tag die Vorhänge zuziehen. Sie krault schnell und macht eine Rolle, bevor sie eine neue Bahn beginnt. Wenn sie schwimmt, lässt sie los. Alles ist Wasser.

Neben ihr schwimmt ein Busfahrer seine neunzigste Bahn. Seine muskulösen Arme schaufeln dabei das Wasser hoch und werfen Tröpfchen hinter ihn. Er hört Mozart auf seinem Unter-Wasser-MP3-Player.

Jermaine aus der Buchhandlung ist ebenfalls da. Heute kümmert sich sein Partner Frank um den Laden, und er hat den Nachmittag für sich. Gestern Abend haben sie sich über ihre Finanzen gestritten, und sein Körper schmerzt vor Müdigkeit. Sie waren lange auf, aber er ist trotzdem früh wach geworden. Barfuß und im Bademantel ist er aus der Wohnung hinuntergegangen, um zwischen den Büchern und dem Leben, das sie sich aufgebaut haben, einen Espresso zu trinken.

Es war Frank, der Jermaine davon überzeugt hat, seine Stelle in der Wirtschaftsprüfungsgesellschaft seiner Eltern aufzugeben und zusammen den Laden aufzumachen. Frank hat sein ganzes Leben in Buchhandlungen gearbeitet, zuerst immer samstags in einem Antiquariat in York, wo er aufgewachsen ist, dann, als er für sein Philosophiestudium nach London zog, an den Wochenenden. Für seine Kommilitonen war er der Partylöwe, und es stimmte, er genoss die Freiheit, die London bot. Besonders mochte er die Schwulenclubs, in die seine Freunde ihn mitnahmen, wo er das Gefühl hatte, zum ersten Mal ganz offen er selbst sein zu können. Aber die Wochenenden waren heilig, denn da arbeitete er im Waterstone's am Piccadilly Circus. Als er seinen Abschluss hatte, war eine Vollzeitstelle bei der Buchhandelskette Waterstone's das einzig Schlüssige.

Jermaine denkt an Frank, während er schwimmt, seinen unbezähmbaren Optimismus, den Jermaine in ihren angespanntesten Momenten Naivität nennt (so wie in dem

Streit gestern Abend), den er aber nichtsdestotrotz liebt. Er hat sich in Frank mit einer Heftigkeit verliebt, die ihn selbst überrascht hat. Er war immer ein ruhiger Typ, als lebte er für sich in einer abgeschlossenen Blase, die niemand betrat. Als er Frank begegnete, war es so, als träte dieser einfach über die Linie, die Jermaine um sich gezogen hatte. Sobald er begriffen hatte, dass in seiner Welt auch noch für jemand anders Platz war, hatte er nie mehr loslassen wollen.

Jermaines Eltern reagierten bestürzt – sie sind religiös, konservativ und hatten keine Ahnung, dass Jermaine schwul ist. Seine Mutter weinte und sagte, er habe ihr das Herz gebrochen. »Deinem Vater werde ich es nicht sagen«, hatte sie hinzugefügt, »du weißt ja, er hat ein schwaches Herz. Es würde ihn umbringen.«

Jermaine wollte nicht streiten. Stattdessen ging er nach Hause zu seinem Freund, der ihn in die Arme schloss und sagte, er solle seine Stelle aufgeben, damit sie zusammen ein Geschäft eröffnen konnten. Es rührte Jermaine, wie beseelt Frank von der Idee war, von ihm. Da er aus einer religiösen Familie stammte, wusste Jermaine so manches über Glauben. Er hatte seinen Glauben nur in die falschen Menschen gesetzt. Dieses eine Mal musste er nicht überlegen: Er sagte sofort Ja.

Jermaine dreht sich auf den Rücken, damit er beim Schwimmen den Himmel sehen kann. Er lässt das Wasser über sich schwappen und hofft, dass es ein paar seiner Sorgen wegwäscht und ihn von den bösen Worten reinwäscht, die er gestern Abend dem Menschen entgegengeschmettert hat, den er auf der Welt am meisten liebt. Ein Flugzeug zerreißt eine Wolke und zieht einen weißen Streifen hinter sich her ins Blau.

Kapitel 10

Es ist keine Einzelkabine mehr frei, und so schält sich Kate in der Gemeinschaftsumkleide hinter ihrem Handtuch aus den Klamotten. Die Furcht, nackt gesehen zu werden, macht sie biegsamer, als sie es für möglich gehalten hätte. Beim Umziehen sitzt ihr die Panik auf der Schulter, drückt ihr die Kehle zu, die Brust, den Kopf. Sie nimmt ihre ganze Kraft zusammen, um ruhig zu bleiben und das Handtuch fest um sich zu ziehen, während sie sich aus ihren Kleidern windet.

Andere Schwimmer sind anscheinend mehr an ihre Nacktheit gewöhnt. Eine alte Frau kommt aus der Dusche in den Umkleidebereich und trägt nichts als ein krönendes Handtuch um den Kopf. Ihr Schließfach ist neben dem von Kate. Sie steht vor der offenen Schließfachtür und greift nach ihrer Schwimmtasche. Dann wickelt sie sich das Handtuch ab und beginnt ihr kurzes graues Haar zu bürsten. Sie scheint es nicht eilig zu haben, sich anzuziehen.

Aber es sind nicht nur die älteren Frauen. Zwei Frauen im Alter von Kates Eltern plaudern beim Umziehen. Ihre Haut glänzt von der Bodylotion, die sie sich teilen und hin- und herwerfen. Kate ertappt sich dabei, dass sie ihre prächtigen, schweren Brüste ansieht. Es ist nicht Anziehung, es ist etwas Schlichteres: Neugierde. Ihr wird klar, dass sie seit ihrer Kindheit keine andere Frau mehr nackt gesehen hat.

»Kann mir jemand ein Pfund in zwei Fünfzig-Pence-Stücke wechseln?«, fragt eine Frau. Einen ganzen Raum nackt anzusprechen findet Kate unglaublich beeindruckend. Sie möchte diese Frau sein. Aber sie hat keine fünfzig Pence und auch nicht solches Selbstbewusstsein. Also zieht sie ihren Badeanzug an, wickelt das Handtuch wieder um sich, stopft ihre Kleider ins Schließfach und bindet sich den Schlüssel ums Handgelenk.

Als sie hinaus auf die Terrasse tritt, hält sie schamhaft ihr Handtuch fest. Sie blickt sich um und prüft, ob jemand sie ansieht. Das tut niemand, aber sie spürt die Augen trotzdem auf sich. Sie erinnert sich daran, wie sie als Teenager in der Schule geschwommen ist und wie sehr sie ihren Körper gehasst hat – ihn immer noch hasst. Schnell tritt sie ans Becken. Wenigstens kann sie im Wasser keiner ansehen.

Als sie zur Leiter geht und sich für ihr erstes Bad im Freibad wappnet, sorgt sie sich, ob Rosemary vielleicht falschlag. Was, wenn sie doch vergessen hat, wie man schwimmt?

Es war ihre Schwester Erin, die ihr das Schwimmen beigebracht hat. Kate war sechs und Erin zwölf. Als sie klein war, hatte Kate nie den Eindruck gehabt, dass der Abstand von sechs Jahren zwischen ihnen etwas Ungewöhnliches war. Sie glaubte, ältere Schwestern seien alle glamourös. Als sie älter wurde, begann sie zu begreifen, dass sie selbst der misslungene Versuch war, die Ehe ihrer Eltern zu retten.

Erin konnte ohne Stützräder und freihändig Fahrrad fahren, sie war gut in Mathe und kannte das Periodensystem, sie verstand, wie man sich anzog und schminkte *und* hatte die allerlängsten Haare. Perfekte, schwingende kastanienbraune Locken. Und sie schwamm wie ein Seehund.

Es war ein Samstag in den Schulferien, und Erin hatte sich (widerwillig) bereit erklärt, rauszugehen und ihre Schwester mitzunehmen, damit ihre Mutter arbeiten konnte. Das Wohnzimmer war mit A3-großen Seiten voller Fotos und Wörter gepflastert, die Kate nicht lesen konnte.

»Aber ich kann nicht schwimmen«, sagte Kate, als Erin vorschlug, ins Schwimmbad zu gehen. Kate hatte in der Schule seit Neuestem Schwimmunterricht, war aber noch nicht in der Lage, ohne Hilfe eine ganze Beckenbreite zu schaffen.

»Es ist leicht«, sagte Erin. »Wie wenn wir uns am Strand anspritzen, nur dass man auf dem Wasser spritzt und mit den Beinen genauso wie mit den Armen. Ich zeig's dir.«

Es war zu spät für Einwände. Erin hatte bereits ihre Badesachen in eine Tasche gepackt und war auf dem Weg durch die Hintertür. Dort vergewisserte sie sich zuerst, ob irgendwelche Freunde aus der Schule in der Nähe waren, bevor sie Kates Hand nahm.

»Ich lasse nicht los, versprochen«, sagte Erin, als sie im Becken waren, und hielt ihre Hände unter Kates Bauch, die heftig strampelte. Mit dem Kinn im Wasser blickte Kate zu ihrer großen Schwester in ihrem Bikini für große Mädchen auf. Diese lächelte auf sie herab, wie nur eine große Schwester lächeln kann.

»Versprochen?«, fragte Kate.

Erin versprach es, dann zog sie ihre Hände zurück. Für einen Augenblick entglitt Kate die Welt und ihr Glaube an sie, und sie sank unter die Oberfläche, Wasser drückte in ihre Augen und den Mund und in die Nase. Aber dann kämpfte sie sich wieder hoch, wühlte sich durch das Wasser, bis sie oben trieb, dann vorwärts.

Das Erste, was sie sah, als sie die Augen öffnete und die Chlortränen wegblinzelte, war Erin, die sie stolz anlächelte.

Ihre Mutter war wütend, als die beiden Mädchen mit nassen

Haaren nach Hause kamen. »Du bist mit ihr ins Schwimmbad gegangen?«, schrie sie. »Sie kann nicht schwimmen!«

»Tu doch nicht so, als würdest du dich darum scheren, wo wir sind, solange wir nicht hier sind!«, schrie Erin.

»Ich kann schwimmen!«, schrie Kate.

Natürlich haben sie alle recht: Wenn man einmal schwimmen kann, verlernt man es nicht mehr. Als Kate in das erschreckend kalte Wasser gleitet, denkt sie an das beruhigende Lächeln ihrer Schwester und dieses Gefühl von damals, als würde sie fliegen. Von der Kälte macht ihr Herz einen Sprung. Sie kann sie in ihrem Blut, in ihren Zehen, in ihren Brustwarzen spüren. Sie jault auf und duckt sich unter die Wasseroberfläche. Wasser umspült sie, und dann ist da Stille. Ihre Hände sehen blass aus, wie sie sich vor ihr ausstrecken und suchend ins Blaue tasten. Ein weiterer Beinschlag, dann ziehen ihre Arme sie hoch an die Luft. Ein Platschen ertönt, und Kinder kreischen voll ungenierter Begeisterung, und dann die Erleichterung der Stille, als sie wieder unter Wasser sinkt.

Ihr Herzschlag beruhigt sich ein wenig, als sie sich an die Temperatur gewöhnt hat und einen Rhythmus findet. Die Kälte schmerzt, aber sie weckt sie auf. Sie prickelt auf ihrer Haut, lässt sie etwas spüren, nachdem sie sich so lange taub gefühlt hat. Beim Schwimmen atmet sie in tiefen Zügen.

Sie braucht lange für eine Bahn. Ihr rechtes Bein tritt beim Brustschwimmen nach oben, als wäre an ihrem rechten Fuß ein Seil befestigt und ein Marionettenspieler zöge daran, wenn sie schwimmt. Trotz der Anweisungen ihrer Lehrerin in der Schule hat sie es nie geschafft, ihren schiefen Beinschlag zu korrigieren.

Sie weiß, dass sie nicht elegant oder anmutig oder stark ist. Aber sie schwimmt. Und im Wasser fühlt sie sich ganz gelassen.

Als sie zitternd herausklettert, greift sie sofort nach dem Handtuch, das sie am Beckenrand gelassen hat, und wickelt es um ihren Körper. In der Umkleide ist eine der Kabinen frei, und sie stürzt hinein und verschließt erleichtert die Tür hinter sich. Einen Augenblick bleibt sie auf der Bank sitzen und verschnauft. Sie hat das Gefühl, etwas geschafft zu haben, aber sie ist von so viel Gefühl auch erschöpft. Sie erinnert sich an die Kommilitonen an der Uni, die dachten, die Welt gehöre ihnen, und sie denkt an ihre Schwester und wie sehr sie es vermisst, zusammen mit ihr Kind zu sein. Das Schwimmen beigebracht zu bekommen in einer Zeit, als ihre Sorgen noch klein waren und ihre große Schwester bereitstand, sie jederzeit aufzufangen. Die Panik, die sie am Beckenrand gelassen hat, kriecht zu ihr zurück und überwältigt sie. Sie lässt den Kopf zwischen die Knie sinken und weint, presst sich die Hand vor den Mund, damit niemand in der Umkleide sie hört.

Kapitel 11

In der Nacht gehörte das Schwimmbad ihnen, und sie gehörten einander.

»Wir treffen uns heute Abend, wenn es dunkel wird, am Tor zum Park«, sagte George in Rosemarys Haar, nachdem er sie an einem heißen Nachmittag auf die Wange geküsst hatte. Sie hatten sich in ihrer Mittagspause davongestohlen – George aus dem Obst- und Gemüseladen und Rosemary aus der Stadtteilbibliothek, in der sie arbeitete – und waren zum Brockwell Park geradelt. Wenn sie schnell radelten, hatten sie normalerweise ganze zwanzig Minuten zusammen. Ihre Fahrräder lehnten am Baum, in seinem Fahrradkorb befand sich ihr in Zeitungspapier verpacktes Mittagessen, Schinkenbrote und ein kostbarer Apfel, den sie teilen und genießen würden.

Rosemary flocht Kränze aus Gänseblümchen, ohne es zu bemerken, und plauderte, ohne wirklich darauf zu achten, was sie sagte. Er hörte zu und übte Handstand.

Im Wasser konnte er besser Handstand, aber er war fest entschlossen, es auch an Land hinzubekommen. Er fing mit Kopfstand an, setzte den Kopf an den Fuß des Baums, schwang sich hoch, lehnte die Beine an den Stamm und betrachtete die umgekehrte Welt.

»Du musst die Welt so herum sehen!«, sagte er. Sie ließ die Kette verwelkter Blumen im Gras liegen und schwang sich neben ihm in den Kopfstand. Eine junge Mutter schob einen Kinderwagen einen grauen Fluss hinunter, der sich durch den Park wand, und Vögel schwammen im Himmel.

»Du wirst da sein, ja?«, fragte er, als sie sich trennten.

Normalerweise hielt sie sich an Regeln. Außerdem hatte sie im Dunkeln ein wenig Angst.

»Gut«, sagte sie nach kurzem Zögern, »ich komme.«

Beim Abendessen war sie unruhig. Sie hatte keinen Hunger, wollte aber bei ihren Eltern keinen Verdacht wecken, deswegen aß sie mehr als sonst.

»Ein gesegneter Appetit für ein Mädchen«, sagte ihr Vater, als sie sich eine weitere Kartoffel in den Mund schaufelte. Sie half ihrer Mutter, den Tisch abzuräumen und die Teller abzuwaschen. Sie standen nebeneinander, ihre Ellenbogen berührten einander beinahe, während sie sich bemühten, mit den Seifenflocken Schaum zu erzeugen. Das Schweigen stand zwischen ihnen und hatte ihnen beiden eine Hand auf die Schulter gelegt.

Rosemary hätte gern etwas zu ihrer Mutter gesagt, sie an einen glücklichen Moment oder eine lustige Geschichte erinnert, die sie zum Lächeln gebracht und die sie hätte »Rosy« sagen lassen, in einem Ton, der Rosemary wieder das Gefühl gegeben hätte, ein kleines Mädchen zu sein. Ihr fiel jedoch nichts ein, womit sie ihre Mutter auf diese Weise zum Lachen bringen konnte. Sie konnte nur an das Parktor im Dunkeln denken.

Nachdem alles abgeräumt und die Teller ordentlich ins Regal gestapelt worden waren, küsste Rosemary ihren Vater und ihre Mutter und sagte ihnen Gute Nacht. Sie setzten sich in ihre Sessel am Kamin und hörten Radio, und sie verschwand in ihr Zimmer, um zu lesen.

Aber sie konnte nicht lesen. Sie kämmte lediglich ihr Haar wieder und wieder und blickte aus dem Fenster und wartete darauf, dass die Sonne endlich ins Bett ging, damit sie aus ihrem aufstehen konnte.

Während das Licht schwand, tauchte es ihr Zimmer in Gold, dann Grau, dann Dunkel. Im Dunkeln zog sie ihr schönstes Kleid an. Das Muster war ausgewaschen, aber immer noch hübsch – weiße Blumen auf einem marineblauen Hintergrund. Es hatte Taschen, die sie aufgenäht hatte, um Risse im Vorderteil zu verbergen, und einen Gürtel, den sie sich um die Taille band.

So leise sie konnte, stieß sie ihr Fenster auf. Eine warme Brise raschelte in den Vorhängen. Sie umfasste den Fensterrahmen, schwang ihre Beine darüber und trat draußen ins Blumenbeet. Zum Glück lag ihr Zimmer im Erdgeschoss. Die Köpfe der Blumen kitzelten ihre nackten Beine, als sie durch das Beet sprang und Schuhabdrücke auf dem trockenen Boden hinterließ.

Radiogeräusche wurden die Straße entlanggeweht. Jeder hatte in dieser Nacht die Fenster offen stehen, um den warmen Wind hereinzulassen. Als sie am Park ankam, wartete George auf sie. Mit angewinkeltem Bein und einem Fuß auf dem Gestänge lehnte er am Tor. Sein Haar schien ausnahmsweise gekämmt. Trotz seiner Haltung wirkte er nervös, zumindest hatte sie den Eindruck. Aber vielleicht fühlte auch nur sie sich so. Als er sie erblickte, lächelte er. Sein Lächeln war stets für sich genommen schon ein Willkommensgruß, breit und offen und direkt an sie gerichtet wie eine ausgestreckte Hand oder ein fröhliches Winken.

»Dann komm«, sagte er, sank vor ihr in die Knie und formte mit den Händen eine Räuberleiter. Sie setzte einen

Fuß in seine Hände, griff nach dem Gestänge und zog sich mit seiner Hilfe oben auf das Tor.

Als sie oben war, schwang sie die Beine darüber und sprang auf der anderen Seite hinunter. Ihr Kleid blähte sich dabei auf.

»Ich hoffe, du starrst nicht meine Unterhosen an, George Peterson.«

»Ich würde es nie wagen, Rosemary Phillis.«

Er erklomm das Tor in einer spinnenartigen Bewegung, sprang mit einem Satz herunter und ergriff sofort ihre Hand. Sie gingen zusammen in den Park, er hielt beim Gehen ihre Hand fest. Die Lichter der Häuser verschwanden nach und nach, aber der Mond schien hell, und George kannte den Weg. Rosemary blickte nicht zurück.

Rosemary lauschte dem Geräusch ihrer Schritte und ihrem hämmernden Herzschlag. Sie betrachtete sein Profil. Den Umriss erkannte sie sogar im Dunkeln. Sie hatte jeden Teil davon geküsst und fasziniert erkundet, wie das Gesicht eines Mannes schmeckt.

Bald erreichten sie eine dunklere Schattierung von Schwarz, die sich beim Näherkommen als die Backsteinmauer des Freibads entpuppte. Dort stand ein alter Baum, dessen niedrigste Äste auf die andere Seite der Freibadmauer hinabhingen. Der Baum sah größer aus, wenn man direkt vor ihm stand.

»Ich glaube, das schaffe ich nicht«, sagte sie.

»Doch, wir schaffen das«, sagte er.

Wieder half er ihr, indem er sie hochhob, diesmal bis zum ersten Ast des Baums, der vom Moos glitschig war. Ihre Fingernägel gruben sich in die grüne Schicht und klammerten sich fest, als sie darüberkroch. Für einen Augenblick bekam sie Angst, aber es war ihr zu peinlich, ihm zu sagen, sie wolle umkehren. Also ließ sie sich von dem Ast vorsichtig auf die andere Seite hinunter, mit dem Gesicht zur Wand und mit den Füßen strampelnd, bis sie die Festigkeit einer hölzernen Sitzbank unter sich spürte.

Sie drehte sich um und sprang von der Bank auf die Terrasse des Schwimmbads.

Alles war so verschwiegen wie ein Geheimnis. Der Mond stand nun hoch am Himmel und tauchte die Anlage in silbernes Licht. Eine Abdeckung aus Segeltuch war über die Wasseroberfläche gebreitet worden und sah in der Dunkelheit aus wie eine Eisschicht, über die man schlittern konnte. Am anderen Ende der Abdeckung konnte sie den leeren Rettungsschwimmersitz ausmachen, der still über das nächtliche Freibad wachte. Sie konnte gerade noch das Ziffernblatt der Uhr erkennen und die Seilspulen, die sich auf der Abdeckung darunter zusammenrollten.

Ein leiser Aufprall ertönte, und George war neben ihr, rieb sich die Hände an seiner kurzen Hose sauber.

Ohne ein Wort ging sie zum Beckenrand und schlug vorsichtig eine Ecke der Plane hoch. Ein silbernes Glitzern schien auf. George ging zur anderen Seite und hob die andere Ecke an, dann zogen sie zusammen die Abdeckung zurück, bis das Schwimmbad mit seiner makellosen Oberfläche vor ihnen lag.

Sie standen jetzt an gegenüberliegenden Seiten des Beckens. Im Dunkeln war es schwer, das Gesicht des anderen zu erkennen.

Rosemary bückte sich und öffnete vorsichtig die Schnürsenkel ihrer Halbschuhe. Sie stellte sie ordentlich neben sich und rollte ihre weißen Strümpfe ab. Auf der anderen Seite sah sie den Schatten, der George war, dasselbe tun. Dann schauten sie einander an, barfuß, aber voll bekleidet. Und sie sprangen.

Vielleicht sprang sie als Erste, oder er war eine Sekunde

schneller, aber ihr Platschen war wie ein Ausrufezeichen aus Wasser.

Unter Wasser war sie ein Wirrwarr aus Kleid und Haaren. Es war vollkommen schwarz, als wäre sie durch ein Loch in die Dunkelheit und Kälte unterhalb der Erdoberfläche hinuntergesprungen. Auf der anderen Seite des Schwimmbads machte sie eine Bewegung aus – jemand war mit ihr durch das Loch gefallen.

Sie kam an die Oberfläche wie ein Korken. George trieb auf dem Rücken, seine Zehen blickten aus dem Wasser. Er lachte. Sie schwamm zu ihm hinüber, zog die Nacht durch ihre Fingerspitzen. Dann drehte sie sich, bis sie ebenfalls auf dem Rücken trieb. Der Mond sah aus, als hätte ein Kind ihn in den Himmel gemalt, und die Sterne, als wären sie dort mit Wäscheklammern aufgehängt worden. Sie schwamm zwei Bahnen mit regelmäßigen Brustzügen, dann zog sie sich aus dem Wasser.

George trieb dort immer noch. Er machte kein Geräusch außer dem leisen Plätschern seiner Finger, die er neben seinem Körper durchs Wasser zog. »Glaubst du, aus mir wird mal jemand, Rosemary?«

Sie setzte sich triefend an den Rand, zog die Knie an die Brust und betrachtete ihn. »Was meinst du?«

»Glaubst du, ich werde mal jemand Bedeutendes sein?«, fragte er.

»Warum fragst du das?«

»Der Himmel ist so groß, wenn man ihn so ansieht. Er wirkt bedeutend.«

»Ich finde dich bedeutend.«

»Also glaubst du, aus mir wird etwas?«

»Ja«, sagte sie. »Das weiß ich.«

Die Betonterrasse fühlte sich unter ihren bloßen Füßen rau an. Ihr Haar tropfte über ihr Gesicht, und ihr Herz klopfte wild. Ihr Magen schmerzte. Sie wollte in seinen Körper hineinkriechen und ihn anprobieren, ob er ihr passte. Spüren, wie es war, er zu sein, durch sein Blut rasen, in seinem Hirn schwimmen. Sie konnte sich nicht vorstellen, irgendetwas mehr zu wollen als das.

Ohne ihn sehen zu können, spürte sie, dass er lächelte. Er drehte sich auf den Bauch und schwamm zum Beckenrand. Als er herausgeklettert war, nahm er ihre Hand und zog sie hoch, bis sie am Rand standen, die Arme eng umeinander geschlungen. Sie zitterte wie ein Kind, als sie sich wie Erwachsene küssten.

Einem Tiger muss niemand vorschreiben zu jagen, er knurrt dennoch. Ihr Körper knurrte, als sie sich küssten, den Mund des anderen mit ihrer Zunge erkundeten. In ihr war ein Feuer, es verzehrte sie. Sie fürchtete sich nicht mehr vor der Dunkelheit.

Sie lösten sich voneinander, trennten das komplizierte Origami ihrer Körper gerade lange genug, um sich die Kleider vom Leib zu zerren.

Als sie sich auszogen, hatten sie das Gefühl, einander zum ersten Mal zu begegnen. Zwei nervöse, nackte Körper standen einander am Beckenrand gegenüber.

»Ich will dir nicht wehtun«, sagte er.

»Das wirst du nicht.«

Sie ließen ihre nassen Kleider auf den Boden fallen und legten sich zusammen darauf, ihre Wärme wurde seine Wärme, und seine Wärme ihre Wärme. Er küsste ihre Wangen und ihre Augenlider und ihren Mund. Der Boden war hart und rieb an ihrer Haut, sie bestanden nur aus Ellenbogen und knochigen Knien, und es tat weh, und sie weinte, und ihr Herz schwoll an, und er hielt sie fest, und sie fühlte sich lebendig und wild und als würde sie schwimmen und fallen.

Ihre Jungfräulichkeit zu verlieren fühlte sich nicht wie

ein Verlust an. In der Dunkelheit fanden sie einander und hielten sich fest.

Als sie wieder nach Hause kam, kletterte sie leise durch ihr Zimmerfenster. Sie hängte ihr Kleid über der Stuhllehne zum Trocknen auf, schlüpfte ins Bett und zog ihre rosa Decke mit den Gänseblümchen darauf eng um sich. Beim Einschlafen fiel ihr der Mond ein, der ihnen zugesehen hatte, und sie fragte sich, ob sie sich vor ihm schämen sollte. Doch dann dachte sie daran, dass er das alles vermutlich in Abertausenden von Jahren immer wieder gesehen hatte.

Kapitel 12

An dem Abend ruft Kate nach Wochen Erin an.

»Hallo, Fremde«, sagt Erin, als sie ans Telefon geht.

»Ich weiß, es tut mir leid«, antwortet Kate. Sie sitzt auf der Bettkante und hat ihre Knie bis zum Kinn hochgezogen. »Ich hatte so viel zu tun.«

»Zu viel gefeiert?«

»So was in der Art.«

Kate hört Klappern im Hintergrund: Sie stellt sich vor, wie Erin in ihrer modernen offenen Küche herumgeht und für ihren Mann Mark Abendessen zubereitet, das Telefon zwischen Kinn und Schulter geklemmt. Sie ruft sich die glänzenden Arbeitsflächen vor Augen, das aufgeräumte Wohnzimmer dahinter mit den makellos cremefarbenen Sofas. Vielleicht schenkt Mark ihnen gerade zwei Gläser Wein ein und reicht eines davon Erin mit einem Lächeln, das alles sagt, was sie beide jemals wissen müssen. Wenn Kate über Erins Leben nachdenkt – ihre leitende Stelle in einer PR-Agentur in Bath, die neue Firma ihres Ehemanns und ihre Freunde, die alle reich und schön sind –, fühlt sie sich abgehängt. Es ist, als wäre Erin weit davongelaufen, während Kate an der

Startlinie festgefroren stehen geblieben ist, vom Startschuss in Angst und Schrecken versetzt.

»Was ist bei dir so los?«, fragt Kate.

»Ich komme gerade vom Laufen zurück, zum dritten Mal in dieser Woche.«

»Wow, super – gut für dich!«

»Es hält mich zurechnungsfähig.«

»Du machst auf mich einen ziemlich zurechnungsfähigen Eindruck.«

Erin lacht.

»Das sagst du, weil du nicht mit mir zusammenlebst. Mark ist da vielleicht anderer Meinung. Die Arbeit laugt mich aus, ich erinnere mich nicht daran, wann ich zuletzt ein richtiges Wochenende hatte. In der Wohnung muss einiges repariert werden, weiß der Himmel, was das wieder kosten wird, und wir sind immer noch nicht schwanger. An manchen Tagen schaffe ich es kaum, mir saubere Sachen anzuziehen. Aber ich bin froh, dass ich einen zurechnungsfähigen Eindruck mache.«

Kate weiß nicht, was sie sagen soll. Sie glaubt an ihre Schwester und deren Glück, so wie sie daran glaubt, dass Ziegel die Eigenschaft besitzen, Wind und Regen aus ihrem Haus abzuhalten. Erin muss glücklich sein, um ihrer selbst willen, aber auch für den reibungslosen und natürlichen Lauf der Welt, wie Kate sie kennt. Doch was Erin jetzt sagt – ist es das erste Mal, dass sie ihr einen Hinweis darauf gibt, dass ihr Leben nicht perfekt ist, oder ist es das erste Mal, dass Kate zuhört? Kate weiß nicht, was sie sagen soll, also sagt sie nichts.

»Aber es tut mir leid, ich wollte keine Tirade auf dich loslassen«, sagt Erin. »Was ist mit dir – was ist bei dir los?«

Bevor sie bemerkt, welche Worte aus ihrem Mund kommen, sagt Kate: »Ich habe angefangen zu schwimmen. Im Freibad. Ich schreibe an einem Artikel darüber.«

»Wow«, sagt Erin. »Ein Freibad, also draußen? Jedenfalls bist du mutiger als ich!«

Auf ihrem Bett zusammengerollt, die Tür fest geschlossen, um jede Interaktion mit ihren Mitbewohnern zu vermeiden, bleibt Kate stumm.

Erin verstummt ebenfalls – das Klappern in der Küche hört auf. Einen Moment lang überträgt die Telefonleitung nichts als das leise Atmen zweier Schwestern.

»Ist alles in Ordnung mit dir, Kate?«, fragt Erin einen Augenblick später.

Kate weiß, dass dies die Gelegenheit ist, sich ihrer Schwester anzuvertrauen. Aber es gibt so viel zu sagen, dass es irgendwie auch wieder nichts zu sagen gibt. »Mir geht's gut«, antwortet sie fröhlich. »Ich sollte aber mal etwas zu Abend essen. Reden wir bald wieder?«

»Klar. Du weißt, wo du mich findest.«

Als sie sich verabschiedet haben und Kate aufgelegt hat, geht sie hinüber an den Schreibtisch, öffnet ihren Laptop und ruft eine Internetseite auf. Instinktiv dreht sie sich zur Tür um und überprüft, dass sie auch geschlossen ist, dann tippt sie in das Google-Fenster ein: »Sport und Angstzustände«. Als die Ergebnisse angezeigt werden, spürt sie, wie sich ihr Herzschlag beschleunigt und sich ihr Magen zusammenzieht, als würde sie sich auf dem Laptop ihrer Eltern Sachen hochladen, die sie nicht lesen darf.

»Draußen in kaltem Wasser zu schwimmen lässt einen in eine Euphorie verfallen, der nichts anderes gleichkommt«, steht in einem Artikel. »Wenn ich mich niedergeschlagen fühle, versuche ich immer, im Freien zu schwimmen. Danach geht es mir jedes Mal besser«, liest sie.

Sie schließt den Laptop und macht sich leise bettfertig. Dabei denkt sie an ihr Gespräch mit Erin. Sie denkt daran, wie sie bei John Lewis und in der Umkleidekabine des Freibads in Tränen ausgebrochen ist. In Wahrheit hat sie keine Ahnung, was ihr helfen könnte. Aber während sie die Decke fest um sich zieht, beschließt sie, dass es wenigstens einen Versuch wert ist, die Lüge, die sie ihrer Schwester erzählt hat, wahr werden zu lassen. Sicher kann sie es wenigstens noch ein Mal mit dem Schwimmen versuchen – dann wird sie weitersehen. *Nur noch ein Mal schwimmen*, denkt sie, dann schläft sie ein.

Kapitel 13

Am nächsten Morgen sitzt Ahmed, ein großer junger Mann im Fleecepulli mit Brockwell-Freibad-Logo, an der Kasse und lächelt den eintreffenden Schwimmern entgegen. Er hat kurzes Haar, dessen Spitzen vorne hochgegelt sind, einen Bartschatten am Kinn und einen Stift hinter dem Ohr. Vor ihm liegt ein aufgeschlagenes Buch. Ahmed liest seine Lehrbücher, wenn er gerade keine Kunden bedient. Er braucht drei Bs, damit er zur Uni gehen und BWL studieren kann. In seinen letzten Prüfungen hat er zwei Cs und ein D bekommen. Er tut so, als wären ihm seine Noten egal, aber das stimmt nicht. Sie sind ihm so wichtig, dass er manchmal Angst davor hat, es überhaupt zu versuchen, falls auch seine größten Bemühungen einfach nicht ausreichen werden.

»Guten Morgen«, sagt er gut gelaunt zu den Schwimmern, von denen manche Stammgäste sind und für einen kurzen Plausch stehen bleiben. Er sieht zu, wie sie sich durch das Drehkreuz schieben und weiter in Richtung Umkleiden gehen, prüft kurz, ob auch niemand sonst zur Tür hereingekommen ist, und konzentriert sich wieder auf sein Buch, wobei er dem perfekten blauen Wasser draußen den Rücken zukehrt.

Vor ein paar Jahren hat er sich um die Schule überhaupt nicht gekümmert. Er war in einer Clique von Freunden, die sich dafür über ihn lustig gemacht hätten. Es war sein älterer Bruder Tamil, der ihn davon überzeugt hat, seine Einstellung zu ändern. Tamil war schon ausgezogen und auf der Uni, und an einem Wochenende, als Ahmed fünfzehn war, gaben seine Eltern nach und erlaubten ihm, ihn zu besuchen. Tamil nahm Ahmed mit in eine Studentenkneipe und bestellte an der Bar zwei Bier. »Sag's nicht Mum!«, befahl er und schob eins über den Tisch zu Ahmed hinüber. Tamil sprach darüber, wie gut ihm seine Seminare gefielen und das Leben fort von zu Hause, von seinem neuen Freiheitsgefühl. Hin und wieder kam jemand in die Kneipe und nickte Tamil zu. Er hob dann die Hand und lächelte, blieb aber bei seinem Bruder sitzen.

»Deine Freunde sind keine echten Freunde, weißt du«, sagte Tamil plötzlich. Ahmed setzte zu einem Widerspruch an, aber sein Bruder unterbrach ihn. »Ich weiß, du denkst, dass sie es sind, aber sie wollen nur, dass du so bist wie sie – dass du dein Leben genauso sinnlos verplemperst wie sie, weil sie für was anderes zu faul sind. Wenn du so weitermachst, sitzt du für immer zu Hause fest. Du wirst so was wie ich hier nie machen. Ist es das, was du willst?«

Ahmed starrte verstockt in sein Bierglas, sein schlaksiger Körper saß zusammengekrümmt da wie ein Kind und nicht wie ein Teenager, der bald ein Mann sein würde.

»Ich sage das nur, weil ich dich lieb habe.«

Bei den Worten blickte Ahmed zu seinem Bruder auf. Er hatte das aus seinem Mund noch nie zuvor gehört. Tamils Wangen waren rot, und er schaute sich um, vielleicht um zu sehen, ob es jemand gehört hatte. Es war ihm augenscheinlich peinlich, aber er hatte es trotzdem gesagt.

»Okay«, sagte Ahmed. Denn obwohl er es nicht aussprechen konnte, wurde ihm klar, dass sein Bruder recht hatte.

»Kann ich noch ein Bier haben?«

»Ich hole dir ein halbes. Aber wenn du es Mum sagst, bringe ich dich um.«

Manchmal kommen Ahmeds alte Freunde in den Vorraum des Schwimmbads und versuchen ihn dazu zu bekommen, mit ihnen nach seiner Schicht im Park Gras zu rauchen und Bier zu trinken. Aber immer, wenn Geoff sie entdeckt, kommt er rein und fordert sie auf zu gehen, falls sie nicht zum Schwimmen oder zum Yoga gekommen sind.

»Wir haben großes Glück, dass wir dich haben«, sagt Geoff oft zu Ahmed, wenn sie wieder weg sind, und Ahmeds ganzer Körper füllt sich dann mit einer Wärme, die er erst später als Stolz erkennt.

Kapitel 14

Rosemarys Schwimmtasche ist immer gepackt. Sie steht bei ihrem Regenmantel und dem Schirm auf einem Stuhl neben der Wohnungstür. Darin befindet sich ein Badeanzug – sie hat drei identische dunkelblaue von Marks & Spencer. Wenn sie die Größe auf dem Etikett sieht, ist sie jedes Mal überrascht. Sie war immer schlank. Sie fühlt sich wie eine schlanke junge Frau, die die Kleider einer fetten alten Dame trägt. In der Tasche stecken außerdem ihr Handtuch, ihre Schwimmbrille, eine lila Badekappe, ein Kamm, ein Töpfchen Creme und eine Senfdose voller Fünfzig-Pence-Stücke. Sie klappert beim Gehen.

Heute Nachmittag jedoch lässt sie ihre Tasche stehen, als sie die Wohnung verlässt und sich auf den Weg zum Freibad macht. Bevor sie ins Café des Freibads geht, hält sie kurz an der Kasse an, um Ahmed zu begrüßen.

»Wie läuft's mit dem Lernen, Ahmed?«, fragt sie ihn.

»Geht langsam voran, Mrs P«, sagt Ahmed. »Langsam.«

»Tja, bei Hase und Igel gewinnt auch nicht der Schnellere.«

Rosemary schiebt sich durch das Drehkreuz und geht zu der Tür hinaus, die auf die Terrasse führt. Dort schreitet sie die gesamte Länge des Beckens entlang, bevor sie das Freibadcafé erreicht. Von den Tischen aus kann man das Wasser sehen, und sie sucht sich einen leeren Platz aus und setzt sich.

Kate hat ihr heute Morgen gemailt.

Ich bin gestern geschwommen, hat sie geschrieben. *Es war so kalt! Darf ich Sie jetzt interviewen? Mir würde es heute Nachmittag passen, Ihnen auch?*

Rosemary ist zu früh gekommen. Sie sitzt beinahe genauso gern einfach da und betrachtet ihr Freibad, wie sie darin schwimmt. Während sie den Kindern am flachen Ende beim Herumspritzen zusieht, denkt sie daran, wie sie selbst schwimmen gelernt hat, kurz nachdem das Freibad mit einer Feier eröffnet worden war, bei dem der Bürgermeister eine voll bekleidete junge Frau ins Wasser geworfen hatte. (Der Vater der jungen Frau war stolz gewesen, dass seine Tochter für eine solche Ehre ausgewählt worden war.)

»Ich verspreche, ich lasse nicht los«, sagte ihre Mutter, während Rosemary heftig strampelte. »Ich lasse nicht los, alles wird gut.« Ihre Mutter ließ an dem Tag sehr wohl los, und Rosemary ging unter und schluckte Wasser. Aber alles wurde gut.

»Entschuldigen Sie, dass ich zu spät bin.«

Das Geräusch unterbricht Rosemarys Tagtraum, und sie blickt auf. Kate steht lächelnd vor ihr.

»Sie sind nicht zu spät, ich war zu früh dran«, entgegnet Rosemary.

Kate setzt sich und zieht ihr Notizbuch und ein Diktafon aus dem Rucksack.

»Vielen Dank, dass Sie sich mit mir treffen, Rosemary«, sagt sie. Ein Kellner kommt zu ihnen, und Kate bestellt Tee für sie beide.

»Und wie war das Schwimmen?«, fragt Rosemary.

Kates Mund zuckt zu einem Beinahe-Lächeln. »Es war sehr kalt!«, sagt sie. »Ich weiß nicht, wie Sie das jeden Tag schaffen.«

Rosemary lacht. »Warten Sie nur ab. Man wird abhängig davon.«

»Es hat mir gefallen – nachdem ich den Kälteschock überwunden hatte«, gibt Kate zu.

Rosemary hebt eine Augenbraue und lächelt.

Der Kellner kommt mit zwei kleinen Teekännchen. Als sie wieder zu zweit sind, greift Rosemary in ihre Handtasche.

»Ich möchte Ihnen ein Foto zeigen«, sagt sie und wühlt darin herum. Sie zieht ein Buch heraus, das Foto steckt zwischen den Seiten.

»Jetzt bin nur noch ich übrig«, sagt Rosemary. Ihr Daumen hinterlässt auf der Fotografie einen Abdruck, als sie sie Kate reicht.

Da sind drei Reihen von Mädchen, manche haben die Arme umeinander gelegt, andere haben die Hände in die Hüften gestützt oder die Arme eng vor der flachen Brust verschränkt. Die Badeanzüge sind schlichte Einteiler, die so tief sitzen wie Shorts. Sie müssen zwischen zehn und dreizehn Jahre alt sein, ihr Grinsen ist schwarz-weiß. Die Kinder auf dem Foto strahlen eine solche Energie aus, dass Rosemary immer noch nicht glauben kann, dass sie die Einzige ist, die noch lebt.

»Die Älteren stehen hinten und die Kleinen vorne«, sagt sie.

»Welche davon sind Sie?«

Rosemary lächelt und zeigt auf ein kleines Mädchen in der ersten Reihe, deren kurzes Haar stachelig aussieht vor Nässe und deren Gesicht von Sommersprossen übersät ist. »Hallo, Rosemary«, sagt Rosemary. Sie blickt ihr jüngeres Ich mit einer Zuneigung an, die eine Mutter ihrem Kind entgegenbringen könnte. Als sie aufsieht, ertappt sie Kate dabei, wie sie sie beobachtet.

»Haben Sie Brüder oder Schwestern, Kate?«, fragt Rosemary.

Kate lacht, dann bedeckt sie ihren Mund, als hätte das Geräusch sie überrascht. »Es tut mir leid«, sagt sie, »aber eigentlich sollte doch ich Sie interviewen! Aber ja, ich habe eine ältere Schwester. Erin.«

»Lieben Sie sie?«

Kate wirkt für einen Augenblick verblüfft, dann lächelt sie. »Ich liebe sie mehr als irgendjemanden sonst.«

Rosemary dreht sich ganz zu ihr. »Ich wünschte, ich hätte eine Schwester gehabt«, sagt sie, »oder einen Bruder. Ich war ein Einzelkind.«

Kate kritzelt in ihr Notizbuch.

»Und Sie sagen, Sie sind in dieses Freibad gekommen, seit Sie denken können? Erzählen Sie mir etwas aus der Zeit, als Sie ein Kind waren.«

Es gibt so viel zu sagen, aber es ist schwierig, dafür Worte zu finden. Bilder und Geräusche und Empfindungen füllen Rosemary wie einen Heliumballon, bis ihr schwindelig wird.

»Bei den meisten Menschen scheint, wenn sie aus ihrer Kindheit erzählen, immer die Sonne«, beginnt sie. »In ihrer Erinnerung waren wir außerdem alle Engel. Ich sage Ihnen jetzt, sie lügen.«

Sie wirft Kate ein strahlendes Lächeln zu. Kate blickt von ihren Notizen auf und lächelt zurück.

»Es gab wunderbare sonnige Tage, natürlich, aber ich erinnere mich an das Schwimmen im Regen. Ich weiß noch, wie wir vor dem Krieg mit der Schule zum Schwimmunterricht hierhergekommen sind. Obwohl wir damals noch sehr klein waren, schickten uns die Lehrer bei jedem Wetter ins Wasser. Meistens hat es uns nichts ausgemacht, weil wir das

Freibad geliebt haben. Wir fanden es herrlich, aus dem Klassenzimmer zu dürfen, durch den Park zu gehen, obwohl wir oft nicht gingen, sondern rannten.

Meistens schwammen wir also gern, auch wenn die Sonne nicht schien. Aber es kam ein Tag ... ich glaube, es war ein Donnerstag, weil wir alle dieses träge Wochenendgefühl hatten, aber nicht so gut gelaunt waren wie freitags ... Jedenfalls hatten wir eines Tages Schwimmen, und es regnete wirklich. Es hatte den ganzen Tag geregnet. Der Asphalt auf dem Spielplatz stand unter Wasser, und wir hörten vor unserem Klassenzimmer das Dröhnen der Busse, die aus Pfützen Wellen machten.

Wir bettelten die Lehrer an, nicht schwimmen gehen zu müssen. Ein paar der mutigeren Mädchen sagten, wir würden uns verkühlen.

An diesem Nachmittag ist niemand gerannt. Wir scharten uns unter Regenschirmen zusammen und duckten uns in unsere Regenmäntel. Die Pfützen durchnässten unsere Schuhe. Als wir ankamen, zogen wir uns langsam um, die Lehrer warteten im überdachten Bereich.

Ich weiß nicht mehr, wer, aber jemand hatte plötzlich die Idee, sich an den Lehrern zu rächen. Als wir aus der Umkleide kamen, trug die ganze Klasse ihre Regenmäntel über den Badeanzügen. Bevor die Lehrer irgendetwas tun konnten, rannten wir los und sprangen ins Becken. Unsere Regenmäntel breiteten sich wie Kleider um uns aus. Die ganze Klasse fing an, so ihre Bahnen zu schwimmen.

Die Lehrer waren natürlich wütend. Sie zogen uns raus und sagten uns, wir sollten uns schämen. Wir wurden triefend nass nach Hause geschickt, und die Mütter waren wegen der durchnässten Regenmäntel aufgebracht. Aber mein Vater fand es todwitzig. Er hat den ganzen Abend darüber gelacht.«

»Das ist wunderbar«, sagt Kate. »Und jetzt? Es gibt andere Schwimmbäder in der Umgebung, warum also hier?«

Rosemary dreht sich um, damit sie eine Mutter und ihr Kind im Nichtschwimmerbereich beobachten kann. Das Kind schwimmt in einem finster entschlossenen Hundekraul auf die Mutter zu, die strahlend die Arme öffnet. Über ihnen ist der freie Himmel. Wenn sie die beiden so sieht, fragt sie sich, warum Kate überhaupt fragen muss. Sie kann gar nicht damit anfangen, alles zu erzählen, also beschränkt sie sich auf ihren Teil der Wahrheit.

»Es ist mir vertraut«, sagt Rosemary. »Es ist besonders, und es ist vertraut. Wie die Sonne morgens auf das Wasser scheint. Der Blick auf das Freibad von der Spitze des Hügels im Brockwell Park aus. Sogar der Geruch ist vertraut. Wenn ich durch den Park darauf zugehe, kann ich es riechen, bevor ich die Backsteinmauern sehe. Es ist der nasse Beton, der nach Gewitter riecht, aber gemischt mit dem frisch geschnittenen Gras vom Park. Oder das Chlor ... meine Haut riecht immer nach Chlor.«

Rosemary hebt ihren Unterarm an ihr Gesicht und atmet tief ein. Er ist da, der Chlorgeruch, der ihre Haut durchdringt wie der Rauch eines Lagerfeuers, der in die Plane eines Zelts einzieht. Sie schließt die Augen. George sagte immer, er müsse ihr kein Parfüm schenken, weil sie das Freibad habe. Chlor sei ihr Parfüm, sagte er.

Nach ihrer Hochzeit fuhren sie nicht in die Flitterwochen. Sie konnten es sich nicht leisten, und in dem Sommer war das Wetter in Brixton so perfekt, dass sie auch nicht fortmussten. Sie nahmen sich eine Woche frei und verbrachten jeden Tag im Freibad. George streckte sich in der Sonne aus und wurde braun wie gebeiztes Holz, Rosemary saß im Schatten und betrachtete ihn, als wäre er eine Schneeflocke, die jede Sekunde schmelzen könnte. Wenn ihnen beiden warm war, sprangen sie ins Wasser und schwammen auf und ab – George in der schnellen Bahn, Rosemary in der mittelschnellen. Es machte nichts, dass sie nicht zusammen schwammen, sie wussten, dass sie das Gefühl des kühlen Wassers auf der heißen Haut teilten und dass das Licht auf dem Boden des Beckens ein Schachbrett zeichnete. Mit George fühlte sich schwimmen an wie fliegen.

Wenn sie beide erschöpft waren, kletterten sie aus dem Becken, zogen sich ihre Kleider über die Badesachen und liefen zurück in ihre Wohnung. Sobald sich die Tür hinter ihnen mit einem Klicken schloss, schälten sie einander gierig aus ihren Badeanzügen, als würden sie eine reife Frucht schälen. Manchmal schafften sie es nicht bis ins Schlafzimmer und sanken im Wohnzimmer zu Boden, küssten Chlor von ihren Körpern. Er küsste sie überall, atmete tief ihren Geruch ein, ihrer beider Geruch, nach Schwimmbad und Sommer und ihrer Leidenschaft für Nachmittage.

Rosemary öffnet die Augen.

»Schwimmen Ihre Kinder auch so gern wie Sie?«, fragt Kate. Rosemary spürt, wie ein Schauer durch ihren Körper läuft.

»Das heißt«, fügt Kate bang hinzu, »falls Sie Kinder haben?«

»Nächste Frage.«

»Ist das ein Nein?«

»Ja. Das ist ein Nein.«

»Es tut mir leid.«

Rosemary blickt zum Becken und zurück zu Kate.

»Was ist Ihre nächste Frage?«, sagt sie.

»Warum schwimmen Sie?«

Rosemary lacht. »Mich zu fragen, warum ich schwimme, ist so, als würden Sie mich fragen, warum ich morgens aufstehe. Die Antwort ist dieselbe.«

Rosemary sagt Kate nicht, wie die Antwort lautet. Sie denkt, das ist etwas, was sie für sich selbst noch herausfinden muss.

Sie reden eine weitere halbe Stunde lang. Nach dem Gespräch hat Kate das Material für ihr Porträt zusammen, und Rosemary geht lächelnd nach Hause.

»Sehen wir uns nächstes Mal im Becken?«, fragt Rosemary Kate beim Abschied. Kates Gesicht wird weicher und verrät die Andeutung eines Lächelns.

»Vielleicht«, antwortet sie. »Und ich schicke Ihnen eine Kopie des Artikels, sobald er fertig ist.«

Als sie nach Hause kommt, schließt Rosemary die Tür ab, zieht sich aus und ihren Badeanzug an. Dann greift sie nach ihrem Regenmantel, zieht ihn sich um die Schultern und setzt sich so vor den Fernseher, bis es Zeit ist, ins Bett zu gehen.

Kapitel 15

Später in der Woche hält Kate ihr Versprechen an sich selbst und versucht, noch einmal zu schwimmen. Dieses Mal ist sie vorbereitet und trägt ihren Badeanzug bereits unter den Kleidern. Alles, damit sie das nervenzerfetzende Gefühl vermeiden kann, vor Fremden nackt zu sein.

Sie zieht sich in einer Ecke aus und lauscht den Gesprächen in der Umkleide, konzentriert sich erst auf das eine, dann auf ein anderes, als würde sie Radiosender wechseln. Das Zuhören hilft ihr dabei, ruhig zu bleiben.

Eine ältere Frau mit starkem karibischem Akzent: »Ich hab dich hier lange nicht mehr gesehen. Wo hast du gesteckt?«

Eine andere ältere Frau: »Lach nicht …«

»Was, wo warst du?«

»Ich war auf einer Single-Reise. In Frankreich.«

»Mädchen! Gut gemacht! Und, hast du einen gut aussehenden Jean-Marc getroffen?«

»Na ja, wir haben Mail-Adressen ausgetauscht …«

Die beiden Frauen sehen einander an, heben die Augenbrauen und lachen.

Im Hintergrund der Unterhaltung läuft eine Tonspur mit

rauschenden Duschen, einer Toilettenspülung und Geplätscher, das jedes Mal lauter wird, wenn jemand die Tür öffnet.

Kate schließt ihre Kleidung in ein Schließfach ein, wickelt sich in ihr Handtuch, geht schnell hinaus und lässt sich in die langsame Bahn gleiten, bevor sie ihre Meinung ändern kann. Die Kälte ist heute ein kleinerer Schock. Sie ist darauf vorbereitet und verspürt unerwarteten Stolz, als sie das Keuchen des Schwimmers hört, der sich neben ihr ins Wasser lässt. Wieder spürt Kate ihren Körper erwachen wie einen schläfrigen Hund, der bei der Nennung seines Namens die Ohren aufstellt. Sie holt tief Luft, lässt sich unter die Wasseroberfläche sinken und stößt sich ab.

Beim Schwimmen sieht sie sich um. Der Bademeister trinkt aus einer Thermoskanne und unterhält sich mit einer Frau mittleren Alters, die einen kleinen Jungen in einer Badehose mit Haien darauf an der Hand hält. Am tiefen Ende macht ein Mann mit wohlgeformter Brust und muskulösen Schultern sowie mit weißer Badekappe und sportlicher roter Schwimmbrille einen sauberen Kopfsprung und beginnt die Arme aus dem Wasser zu wuchten. Wellen branden auf, und Köpfe drehen sich respektvoll nach dem Mann um, der ein Schmetterling geworden ist.

Der Himmel erstreckt sich über ihr, und für einen Moment fühlt sie sich völlig frei. Sie legt sich auf den Rücken und versucht sich im Rückenkraulen, damit sie die Vögel sehen kann, die über ihr kreuzen, und die Frühlingsknospen, die an den Ästen der Bäume über die Schwimmbadmauer winken. Einen Augenblick lang hört sie auf zu schwimmen und treibt bloß im Wasser; zum ersten Mal seit langer Zeit entspannt sie sich. Das Wasser trägt sie. Sie atmet tief ein und aus.

Schließlich dreht sie sich erneut auf den Bauch und nimmt ihren langsamen Bruststil wieder auf, schwimmt auf den Nichtschwimmerbereich zu. In diesem Moment entdeckt sie

Rosemary. Die alte Frau schwimmt elegant auf sie zu. Sie trägt einen dunkelblauen Badeanzug und eine lila Badekappe. Als sie näher schwimmt, bemerkt Kate, dass ihre Augen dieselbe Farbe haben wie das Schwimmbad. Rosemary erkennt sie und lächelt.

»Hallo!«, sagt Kate. Sie kommt mit den Füßen auf dem Boden auf und hebt die Hand zum Winken.

»Sie sind also wiedergekommen«, sagt Rosemary.

»Ich bin wiedergekommen.«

Rosemary schwimmt an den Rand und legt den Nacken darauf ab, macht mit den Beinen leichte Stoßbewegungen. Sie bedeutet Kate mit einer Geste, es ihr gleichzutun, und nach kurzem Zögern tut sie es. Eine Weile bleiben sie so. Kate legt den Kopf zurück und blickt über das Schwimmbad, sieht den anderen Schwimmern zu. Die Sonne scheint warm auf ihr Gesicht.

»Und wie finden Sie es?«, fragt Rosemary. »Haben Sie sich schon an die Kälte gewöhnt?«

»Ich weiß, das ist seltsam, aber ich mag die Kälte eigentlich ziemlich gern«, sagt Kate, »sie weckt mich auf.«

»Warum, glauben Sie, komme ich jeden Morgen hierher?« Sie lachen beide.

»Ich glaube, ich beginne es zu verstehen«, antwortet Kate und blickt sich um. Ihr Herz schlägt schnell, aber sie fühlt sich ganz ruhig. »Warum Sie das hier so lieben«, fügt sie hinzu.

»Es gibt keinen zweiten Ort wie diesen«, entgegnet Rosemary und lehnt sich etwas weiter zurück, bis ihre Zehen aus dem Wasser schauen. Kate betrachtet sie, diese alte Frau in ihrem dunkelblauen Badeanzug, die ihr ganzes Leben geschwommen ist. Sie stellt sich vor, wie es ist, wenn sich die eigene Stadt um einen selbst herum einfach verändert, wenn man den Platz verliert, an dem man sich zu Hause fühlt. Als sie das denkt, erinnert sie sich an ihr Gespräch mit Erin, wie sie ihrer Schwester zugehört hat, als die ihr sagte, dass bei ihr nicht alles zum Besten stand, und wie sie nichts gesagt hat – nichts getan hat.

»Sie wollen es wirklich retten, nicht wahr?«, fragt Kate nach einer Weile.

»Oh ja, das will ich.«

»Vielleicht kann ich Ihnen helfen.«

In dem Moment, als sie es ausspricht, wird ihr klar, dass sie, ohne genau zu wissen, wie oder warum, genau das tun muss. Sie muss weiterhin schwimmen, und sie muss Rosemary Peterson dabei helfen, ihr Freibad zu retten.

Rosemary sieht sie einen Augenblick an, und der argwöhnische Ausdruck, der Kate bei ihrem ersten Treffen aufgefallen ist, kehrt kurz zurück. Aber dann lächelt sie.

»Also dann«, sagt Rosemary.

»Also dann«, sagt Kate.

Kapitel 16

In einer Ecke der Herrenumkleide setzt sich ein vierzehnjähriger Junge eine Badekappe auf. Er sieht sich selbst mit finsterem Gesicht im Spiegel an, während er sich die Kappe über die Ohren zieht. Es ist ein Gesichtsausdruck, der zu alt wirkt für seinen jungen, dürren Körper. Er rollt mit den Schultern und dehnt seine Arme.

Draußen auf der Terrasse springt er schnell ins Wasser und beginnt mit regelmäßigem Brustkraulen.

Niemand hat bemerkt, wie er aus dem Haus gegangen ist. Am Abend zuvor ist er runtergekommen, um sich ein Glas Wasser zu holen, und hat sie zusammen im Wohnzimmer Wein trinken sehen. Sie bemerkten ihn nicht, also hat er sie eine Weile angesehen und den seltenen Moment der Ruhe genossen. Und dann hörte er ein Gespräch, das er lieber nicht gehört hätte: Er hörte, wie sie sich darauf einigten, sich zu trennen, wenn er ausgezogen sei. Die Szene sah ungewöhnlich entspannt aus für etwas, das ihn so krank machte. Sie tranken leise ihren Wein und saßen dicht nebeneinander auf dem Sofa, starrten auf den Kamin vor sich, auf dem Familienfotos standen. Vielleicht waren sie zu müde, um sich anzuschreien, wie zwei alte Löwen mit zu vielen Narben. Aber die Stille beunruhigte ihren Sohn mehr als die Streitereien.

Er müsste jetzt eigentlich in der Schule sein. Er hat noch nie zuvor geschwänzt, hat nie den Abgabetermin für eine Hausaufgabe verpasst oder ist zu spät gekommen. Als er heute Morgen aufgewacht ist, hat er wie üblich seine zweihundert Sit-ups in seinem Zimmer gemacht und seine Brusthaare gezählt (elf). Dann ist er im Schlafanzug hinuntergegangen und hat sich in der Küche Frühstück gemacht. Er hat allein gegessen und alles in Blickweite rund um den Frühstückstisch gelesen, von der Rückseite der Müslipackung bis zum Saftkarton. Beim Essen hörte er dem erstickten Weinen seiner Mutter oben zu. Er wollte hinaufgehen und sie trösten, aber ihm wurde klar, dass er nicht wusste, was er sagen sollte. Die Worte verknoteten sich in ihm wie ein unentwirrbares Schnurknäuel. Er wollte helfen, ihre Ehe zu retten; er wünschte, er wäre hundert Jahre alt, um aus all dem Leben einen Rat abzuleiten, den er seiner Mutter geben könnte. Aber in ihm steckt nur das Leben von elf Brusthaaren, und ihm war klar, das war nicht genug, um ihr zu helfen.

Die Worte auf der Rückseite der Müslipackung tanzten, bis sie keinen Sinn mehr ergaben und seine Augen sich mit Tränen füllten. Auf dem Tisch stand ein Durcheinander von Orangensaft mit wenig Fruchtfleisch und Vollkorntoast. Er hätte gern gebrüllt wie ein Kleinkind und seine Lunge von all der Wut entleert, die in ihm steckte. Stattdessen räumte er ordentlich seine Frühstückssachen weg und tappte leise die Treppe hinauf. In seinem Zimmer zog er seinen Trainingsanzug und einen Kapuzenpulli an und pfefferte seine Schuluniform in den Schrank. Er griff nach seiner Schwimmtasche und warf sie sich über die Schulter. Auf dem Weg ins Freibad rief er in der Schule an und sagte, sein Sohn sei krank.

»Hoffentlich geht es ihm bald besser«, antwortete die Schulsekretärin.

Nachdem er eine Bahn geschwommen ist, taucht er unter und setzt sich im Schneidersitz auf den Beckenboden. Er hält die Luft an und zählt bis zehn. Das Wasser drückt auf seine Brust und füllt seine Nase. Er stößt eine Serie von Luftblasen aus und sieht zu, wie sie vor ihm tanzen. Seine Eltern denken, er sei in der Schule, seine Lehrer denken, er sei mit Fieber zu Hause. Niemand, der ihn kennt, weiß, dass er auf dem Boden des Schwimmbeckens sitzt.

Das Freibad hat ihn begrüßt wie ein Freund, mit dem man schweigen kann in dem Wissen, dass man nichts zu sagen hat. Hier ist ein Ort, an dem er er selbst sein kann.

Hin und wieder schießen Gedanken an seine Eltern durch seinen Kopf. Er fragt sich, ob es seine Schuld ist und ob sie noch verliebt wären, wenn sie nie einen Sohn bekommen hätten. Seine Augen brennen, aber er sagt sich, dass es vermutlich nur am Chlor liegt, dass wohl etwas Wasser in seine Schwimmbrille eingedrungen ist.

Er wünschte, er hätte Kiemen, dann könnte er für immer hierbleiben, auf dem rauen Boden liegen und in den Himmel starren. Hier unten kann ihn niemand finden, nichts kann ihn verletzen, und er ist kein Junge, sondern ein Fisch.

Kapitel 17

Sie waren eine Einheit. Sie passten zusammen und machten einander weniger einsam und weniger ängstlich. George hatte Angst davor, ein Niemand zu sein – bei ihr war er jemand Bedeutendes. Rosemary hatte Angst davor, zurückgelassen zu werden – er hielt ihre Hand und nahm sie mit. Ihre Freunde sprachen von ihnen als Rosemary und George, George und Rosemary. Sie wurden paarweise gehandelt, wie Salz und Pfeffer.

In fünf Jahren schwammen sie Tausende von Bahnen, gingen Hunderte von Runden im Park (bei denen sie extra langsam gingen, damit sie länger Hand in Hand bleiben konnten) und wurden zusammen erwachsen.

Er machte ihr den Antrag in Badehosen. Das Schwimmbad hatte nach dem Winter gerade wieder eröffnet, es war noch kalt, der Bademeister trug einen dicken Wollmantel und hatte den Kragen gegen den Wind hochgeschlagen.

Es war Sonntag, also war der Gemüseladen, den George von seinen Eltern übernommen hatte, geschlossen. Sie hatten den Morgen für sich, bevor die Lieferungen für den nächsten Tag eintrafen.

Sie schwammen miteinander wie Seehunde und saßen dann in ihre Handtücher gewickelt dicht beieinander auf der Terrasse, um sich zu wärmen. Sie bestellten in Mr Frys Kiosk zwei Becher Tee, hielten sich an den Händen und betrachteten den Dampf, der von ihrem Tee und von der Wasseroberfläche aufstieg.

Die Ruhe war wie ein Regenschirm, der sie schützte. Sie atmeten den Geruch des Freibads und die Andeutung von Regen ein. Rosemary dachte daran, wie sie sich zum ersten Mal auf dem kalten Steinboden geliebt hatten, ganz in der Nähe des Platzes, an dem sie jetzt saßen. Sie dachte daran, wie sie ihm an dem Tag begegnet war, als der Krieg endete und ihr Leben begann.

Und dann wandte er sich zu ihr um und sah sie an. Er sank nicht auf die Knie. Keine Musik erklang, und die Sonne lächelte nicht plötzlich hinter einer Wolke hervor. Tatsächlich war es ein ganz und gar gewöhnlicher grauer Tag – der Himmel hatte die Farbe von Beton.

»Heirate mich, Rosy«, sagte er. Da war kein Fragezeichen. Es war kein Fragezeichen nötig. Sie wusste bereits, dass er die Antwort auf jede Frage war.

Kapitel 18

»Wie kommst du mit dem Artikel voran?«, fragt Phil ein paar Tage nach Kates Gespräch mit Rosemary. Kate zieht das abgetippte Interview mit Rosemary und den Artikel, den sie dazu geschrieben hat, aus ihrer Tasche und reicht sie ihm. Er setzt sich an seinen Schreibtisch und liest, wobei er seinen riesigen Bauch streichelt – eine Angewohnheit, die Kate irritierend findet. Es erweckt den Eindruck, als würde er ihre Worte verdauen und davon Sodbrennen bekommen. Sie hasst es, darauf zu warten, bis Leute ihre Arbeit gelesen haben, es lässt die Panik in ihrer Kehle aufsteigen.

Jay ist heute im Büro, und sie fängt seinen Blick auf. Sie lächeln einander an.

Nach einer Weile nickt Phil. »Gut«, sagt er. »Menschen – um die geht es in dieser Zeitung. Unsere Leser möchten die menschliche Seite von allem gezeigt bekommen.«

Kate lächelt mit dem Gefühl, wieder in der Schule zu sein und vom Lehrer gelobt zu werden. Es fühlt sich immer noch gut an, auch wenn sie sich ein wenig schämt, Freude aus so einem kleinen Kompliment zu ziehen. Phil tätschelt leicht seinen Bauch.

»Wir sollten darüber eine Serie bringen, also verfolge die Entwicklungen, sprich mit ein paar anderen Schwimmbadbesuchern. Die Stadtverwaltung – hast du schon mit der Kommune geredet? Das machen wir als Nächstes. Besser gesagt: Mach es jetzt!«

Kate nickt und packt mit schwirrendem Kopf ihre Sachen zusammen. Sie hat noch nie zuvor eine ganze Serie geschrieben, sie ist aufgeregt, und es macht ihr Angst. Sie winkt Jay zum Abschied zu und macht sich auf den Weg nach draußen.

Als Journalistin sollte sie an Verwaltungsbüros und Ämter gewöhnt sein, aber Kate findet sie immer noch einschüchternd. Genau wie in Banken oder Kirchen fühlt sie sich dort klein. Darum geht es vermutlich gerade, denkt sie.

Man sieht den Uhrenturm des Rathauses schon von fern. Er steht frontal an der belebten Kreuzung gegenüber dem Kino und dem McDonald's, der berüchtigt ist für eine Schießerei, die in der Schlange dort stattgefunden hat. Die Uhr hat alles gesehen. Hohe Säulen und ein steinernes Wappen bewachen den Eingang oben an der Treppe des Rathauses, einer Treppe, die oft mit Konfetti bedeckt ist.

Drinnen bittet man sie zu warten. Ein älterer Mann sitzt Kate gegenüber am Rand einer Bank. Seine Hände zittern in seinem Schoß. Er trägt einen langen Mantel, graue Hosen und Turnschuhe. Kate bemerkt, dass die Schnürsenkel nicht zusammenpassen. Der Mann fasst in seine Tasche und holt eine Tüte Fisherman's Friend heraus.

»Möchten Sie eins?«, fragt er mit starkem South Londoner Akzent.

»Nein. Aber vielen Dank!«

»Ich werde zwangsgeräumt«, sagt der Mann. »Falls Sie sich fragen, was ich hier mache. Es ist wie beim Arzt, oder? Man zerbricht sich den Kopf, was los ist, traut sich aber nicht zu fragen. Man rätselt, wer eine Erkältung vorschützt und wer sterbenskrank ist. Ich suche am liebsten nach Schwangeren. Sie sehen immer verdammt ängstlich aus, die armen Säue.«

Kate hebt eine Augenbraue. Der alte Mann lacht und lutscht sein Bonbon. Es macht ein knallendes Geräusch.

»Sorry, ich weiß, Damen mögen es nicht, wenn ich so rede.«

Eine Frau kommt aus einem der Zimmer im Flur und durchquert die Halle. Sie sieht sie an, bevor sie die Tür zu den Toiletten aufstößt. Kate und der Mann schweigen, als sie vorübergeht.

»Ich werde rausgeschmissen«, sagt er wieder. »Sie reißen den ganzen Wohnblock ab, in dem ich wohne. Bauen schicke neue Apartments mit Fitnessstudio und allem. Die Wohnungen jetzt sind alt, aber sie erfüllen ihren Zweck, wissen Sie? Ich bin seit vierzig Jahren da. Es ist mein Zuhause.«

Er rutscht unruhig auf der Bank herum und steckt sich noch ein Fisherman's Friend in den Mund. Kate sieht ihn an und fragt sich, was seine Geschichte ist: Wohin wird er gehen, und wer wird bei ihm sein, wenn er geht?

»Es tut mir leid«, sagt sie nach einem kurzen Moment, »das tut mir leid mit Ihrer Wohnung.« Und sie meint es so.

Er schnüffelt und nickt.

»Erinnern Sie sich zufällig an den Namen der Firma, die die neuen Wohnungen baut?«, fragt Kate.

Der Mann lacht. »Paradise! Paradise Living heißen die. Ich werde aus meiner Wohnung geschmissen, um Platz fürs Paradies zu machen.«

Kate fühlt einen Stromschlag durch ihren Körper rasen, denn sie denkt an das Freibad.

»Ich arbeite für den *Brixton Chronicle*«, sagt sie. »Ich bin sicher, man ist dort interessiert an Ihrer Geschichte ...« Sie fasst in ihre Tasche, zieht eine Visitenkarte heraus und reicht sie dem Mann. Er hält sie für einen Moment in der Hand, dann nickt er ihr zu und steckt sie sich in die Tasche. Eine Tür öffnet sich, und eine Frau schlägt die Akte in ihrer Hand auf und sieht den Mann an.

»Wenn Sie hereinkommen möchten.«

Er steht langsam auf und geht auf die Tür zu.

»Es war nett, Sie kennenzulernen. Ich hoffe, Sie sind nicht schwanger oder sterbenskrank.« Er zwinkert Kate zu und folgt der Frau den Gang hinunter.

...

»Hallo?«, ruft Kate in die Wohnung, obwohl sie weiß, dass sie keine Antwort bekommen wird. Die Tür fällt hinter ihr ins Schloss, und sie drängt sich an dem Fahrrad im Flur vorbei zu ihrem Zimmer.

Der Termin lief nicht gut. Sie hat versucht, Autorität auszustrahlen, aber sie sieht jünger aus, als sie ist. Und sie ist eine Frau. Sie ist daran gewöhnt, nicht ernst genommen zu werden.

Der Stadtrat war in mittlerem Alter und trug einen verblichenen grauen Anzug. Er bot ihr einen Kaffee an und stand selbst auf, um ihn mit einer Maschine auf der anderen Seite des stickigen Raums zuzubereiten. In ihrem Gespräch bekam sie die Phrasen zu hören, mit denen sie gerechnet hatte: »Stadtteilentwicklung«, »leere Kassen«, »nicht profitabel«, »trotz aller Bemühungen«.

»Es tut mir leid«, sagt er, »wir wollen das auch nicht, aber das Angebot von Paradise Living – nun ja, im Augenblick sieht es so aus, als wäre es unsere einzige Option. Das ist bedauernswert, das ist uns bewusst. Aber solche Dinge geschehen. Stadtteile verändern sich, Städte verändern sich. Das ist einfach so.«

Sie macht sich Notizen und stellt die Fragen, die sie sich

zuvor aufgeschrieben hat, aber während sie spricht, muss sie daran denken, was sie Rosemary gesagt hat: »Vielleicht kann ich helfen.«

Sie wird nicht helfen können. Sie ist kaum in der Lage, jemals noch einen einzigen Artikel zu schreiben. Sie ist eine furchtbar schlechte Journalistin und ein schwacher Mensch, der dreizehn Jahre jünger aussieht und sich oft genauso fühlt. Sie wohnt in einer schmutzigen Wohnung zusammen mit Leuten, denen es egal ist, ob sie einen schlechten Tag bei der Arbeit hat oder in einem Kanal ertrinkt.

Sie spürt das Prickeln auf ihrer Haut und wie der Raum schrumpft, als sie dasitzt und dem Stadtrat zuhört. Der Kaffee schmeckt verbrannt, ihr wird übel davon, von allem wird ihr übel.

Am Ende des Termins geht sie sehr gerne wieder, und sie merkt, dass der Stadtrat ebenfalls gerne will, dass sie geht. Aber bevor sie das Zimmer verlässt, macht er die erste nützliche Aussage in der gesamten Unterhaltung.

»Wir werden in zwei Wochen eine offene Anhörung im Rathaus abhalten. Anwohner sind eingeladen, dabei ihre Sorgen zu äußern.«

Zu Hause greift Kate in den Schrank neben dem Schreibtisch und holt ein Glas Erdnussbutter und einen Löffel heraus. Sie hebt den vollen Löffel an ihren Mund und hält inne. Sie wird zu der Anhörung gehen, beschließt sie. Und sie wird nicht allein sein. Vielleicht kann sie nicht helfen, aber sie kann es versuchen. Und mit einem Lächeln schluckt sie den Löffel voll weichem Trost.

...

Brockwell-Freibad
von Schließung bedroht

Von Kate Matthews

Bezirksverwaltung von Lambeth kämpft darum, das örtliche Freibad zu erhalten.

Nachdem die Bezirksverwaltung von Lambeth die finanziell prekäre Lage des Bads öffentlich gemacht hat, sind private Bieter mit Angeboten bezüglich einer Neuentwicklung für Brixtons Freibad auf den Plan getreten. Das attraktivste Gebot stammt von der Projektentwicklungsfirma Paradise Living, die das Bad in ein privates Fitnessstudio für die Bewohner ihrer neuen Apartments umbauen möchte.

Dave French, Sprecher der Bezirksverwaltung von Lambeth: »Ich kann bestätigen, dass wir gegenwärtig unsere Optionen für das Brockwell-Freibad und dessen Zukunft ausloten. Es ist noch keine Entscheidung gefallen, aber zutreffend ist, dass die Unterhaltskosten hoch sind. Wir prüfen derzeit die Angebote, einschließlich desjenigen von Paradise Living. Es ist unklar, ob das Bad geöffnet bleiben kann.«

Im Sommer empfängt das Schwimmbad täglich Hunderte von Besuchern, die kalten Monate sind jedoch weniger beliebt.

Geoff Barclay, der Geschäftsführer des Brockwell-Freibads, sagt: »Wir sind angesichts dieser Nachrichten natürlich besorgt. Das Brockwell-Freibad ist ein besonderer Ort in unserem Stadtteil.«

»Ein privater Fitnessclub würde für unsere Immobilien eine echte Wertsteigerung bedeuten«, lässt ein Sprecher von Paradise Living verlauten. »Mieter und Käufer unserer Gebäude hätten exklusiven Zutritt zu dieser Einrichtung der Luxusklasse.«

Die Verwaltung evaluiert derzeit die Angebote. Neue Entwicklungen werden in den nächsten Monaten öffentlich gemacht.

Kapitel 19

Es ist dunkel, und ein Fuchs schnüffelt vor einem Haus an einem Müllsack. Er bohrt seine Nase tiefer in das Plastik, bis die Tüte platzt und sein Abendessen daraus hervorquillt. Heute Abend auf dem Speiseplan: ein halb gegessener Bagel, die schmierigen Reste aus einer Dose Makrelen und der Bodensatz in einem Glas Erdnussbutter. Der Fuchs diniert gut, aber hastig. Er untersucht ein letztes Mal den Müllsack, um sicherzugehen, dass ihm nichts entgangen ist, dann trottet er den Gartenweg hinunter zurück auf die Straße. Die Straße ist gesäumt von Reihenhäusern. Vor manchen stehen Autos, vor den meisten nicht. Einige haben Hecken oder Tore, andere gepflasterte Auffahrten. Vor manchen stehen Blumenkübel, in denen Blumen gerade zu blühen beginnen.

Der Fuchs biegt nach links ab, um eine umgekippte Plastiktonne in einem unkrautüberwucherten Garten voller alter Fahrradteile einer kurzen Untersuchung zu unterziehen. Er macht eine gute Entdeckung: eine nicht ganz leere Schachtel mit Brathühnchen.

Als er weiter die Straße hinuntergeht, fangen ihn die Straßenlaternen alle paar Schritte mit ihrem Licht ein. Aber dieser Stadtfuchs hat keine Angst vor Licht. Stattdessen läuft er schnell und gleichmäßig weiter, bis er an der viel befahrenen Straße ankommt. Er trifft an einer Bushaltestelle auf sie, wo ein Paar sich gegen das Halteschild gelehnt umarmt. Die Frau trägt nur einen Schuh. Ein Bein ist abgewinkelt und gegen den Pfosten gelehnt, und ihr Liebhaber drängt sich an sie. Neben ihnen versucht eine Frau in Krankenschwesterntracht um die verschlungenen Körper herumzublicken und die Busnummer auf der Anzeige zu erkennen.

Der Fuchs geht an ihnen vorüber, ohne bemerkt zu werden, und folgt der Richtung der Busse, die die Straße hinab röhren. Er überprüft ein paar Tonnen vor Läden, vor denen Metallgitter bis zum Bürgersteig heruntergelassen sind. Ein Geschäft ist noch geöffnet: Ein Fleischbrocken rotiert an einem Spieß im Schaufenster, und vor der Tür hat sich eine Schlange gebildet. Der Fuchs tut sich an den Pommes frites gütlich, die wie Zigarettenstummel auf die Straße geworfen worden sind.

Hinter dem Kebabladen biegt er um eine Ecke und kommt auf einen stillen Platz, der von einem Metallgeländer und einer Hecke gesäumt ist. An dem Platz stehen hohe Häuser, und aus einem Fenster kann er ein Baby schreien und einen Vater singen hören. Er folgt dem Pfad durch den kleinen Garten an den Bänken entlang, auf denen die dunklen Umrisse von Körpern liegen und nur hin und wieder ihre Lage unter Schlafsäcken und Decken verändern, die nass von Tau sind. Unter einer Bank steht ein Rucksack, aus dem oben ein halber Brotlaib herausschaut. Der Fuchs zieht die Tüte mit seinen Zähnen auf die andere Seite des Platzes, wo er schnell auffrisst und die leere Tüte liegen lässt.

In den entlegenen Winkeln des Himmels wird die Nacht bereits zum Morgen. Gebilde, die schwarz waren, werden indigoblau. Der Fuchs verlässt den Platz und verschwindet schnell die Straße hinunter, sein Schwanz wippt beim Laufen wie ein weißes Komma.

Eine kleine Gruppe hat sich um einen Mann herum gebildet, der auf die Straße gefallen ist. Zwei Männer in reflektierenden Schutzwesten auf dem Weg zur Arbeit ziehen ihn an den Achseln hoch und setzen ihn auf den Gehweg. Sie hocken sich neben ihn, legen ihm die Arme um die Schultern und fragen ihn, ob alles okay ist. Der Fuchs huscht über das Portemonnaie des Mannes hinweg, das in den Rinnstein gefallen ist.

»Das hier solltest du nicht verlieren, Kumpel«, sagt einer der Männer, greift nach dem Portemonnaie und steckt es dem jungen Mann in die Tasche.

Der Fuchs geht an den Bushaltestellen und dem schlafenden Pausenhof vorbei und schlägt dann einen Bogen über eine andere häusergesäumte Straße, bis er die Ausläufer des Parks erreicht hat. Er schlängelt sich mit vollem Bauch unter dem Zaun durch und verschwindet in der Dunkelheit, die allmählich vom Morgen erhellt wird.

Kapitel 20

»Ich verstehe nicht«, sagt Rosemary ins Telefon.

»Die Anhörung ist in zwei Wochen. Das ist unsere Chance, unserer Meinung über die Schließungspläne für das Freibad Gehör zu verschaffen.«

Rosemary ist in ihrem Wohnzimmer, die Balkontüren stehen offen, und ihr Körper ist warm von der spätmorgendlichen Sonne. Ihr Badeanzug hängt auf der Wäscheleine, beinahe trocken nach dem morgendlichen Schwimmen. Sie hat gerade ein Schläfchen erwogen – heutzutage kann es anstrengend sein, einfach nur zu existieren.

»Das ist unsere Chance, die Verwaltung davon zu überzeugen, dass sie nicht an Paradise Living verkaufen, dass das Freibad nicht schließen darf«, sagt Kate. »Aber wir brauchen mehr Teilnehmer. Meinen Sie, Sie können mir helfen, mehr Leute aufzutreiben?«

Ein Merkmal des Älterwerdens ist, dass der eigene Freundeskreis schrumpft. Sie sterben einem weg. Rosemary denkt an die Beerdigungen, auf denen sie in den letzten zehn Jahren war. Sie erinnert sich an eines der Kinder, die während des Krieges in Brixton geblieben waren, Maureen, die Rosemary und ihrer Mutter in der behelfsmäßigen Schule in ihrer Küche ausgeholfen hat. Sie zu verlieren, die letzte Verbindung zu diesem Teil ihrer Kindheit, hat Rosemary erschüttert. Einige Beerdigungen kamen unerwartet wie die bei ihrer alten Freundin Florence, die sie in der Bibliothek kennengelernt hatte, wo Florence als Lehrerin mit ihren Kindern hingekommen war, damit sie sich Bücher aussuchen konnten. Aber die Beerdigung war nicht Florence' Beerdigung, sondern die ihrer Tochter. Rosemary hat Florence nun schon lange nicht mehr gesehen, sie lebt in einem Pflegeheim in Dulwich und würde Rosemary nicht mehr erkennen, selbst wenn sie sie besuchte.

Rosemary seufzt tief auf.

»Aber Sie leben hier schon Ihr ganzes Leben lang«, sagt Kate. »Sie müssen doch Menschen kennen, denen die Sache genauso wichtig ist wie Ihnen.«

»Ich möchte nicht gern um Hilfe bitten.«

»Aber Sie bitten ja nicht für sich selbst«, sagt Kate. »Sondern für das Freibad.«

Rosemary schweigt. Sie denkt an George, der mit weit geöffneten Augen zusammen mit ihr unter Wasser schwimmt, wie er sie anlächelt. Sie denkt an ihre Bekannten in Brixton: Frank und Jermaine von der Buchhandlung, Hope, Ahmed, Ellis und sein Sohn Jake … Und sie denkt an das Freibad als einen Tennisplatz, gefüllt mit Zement.

»Ja«, sagt sie einen Moment später, »ja, Sie haben recht. Du hast recht. Wir müssen das Freibad retten, Kate.«

Als sie es ausspricht, spürt sie einen Schmerz in der Brust. Weil sie eine Hand am Telefon hat, stützt sie sich mit der anderen auf die Sofalehne und blickt hinüber zu Georges Foto auf dem Regal, um sich zu stärken. *Ich werde versuchen, dich nicht zu enttäuschen*, sagt sie tonlos und sieht das Gesicht an, das sie geliebt hat, seit sie sechzehn war.

»Ich glaube, ich weiß, was zu tun ist«, sagt Rosemary. »Hast du nachher Zeit?«

Sie treffen sich vor der U-Bahn-Station. Kate hat ein Notizbuch und einen Stapel Flugblätter dabei, Rosemary stützt sich auf einen leeren Einkaufstrolley aus Plastik.

»Hallo«, sagt Kate, balanciert die Flugblätter und das Notizbuch auf einem Arm und winkt mit dem anderen, als Rosemary sich nähert. Ihr Haar ist heute offen, sie hat es sich hinter die Ohren gestrichen. Rosemary denkt erneut, wie jung sie aussieht, und kann nicht anders, als zu lächeln.

»Bist du bereit, es mit Brixton aufzunehmen?«, fragt Rosemary.

Kate nickt, und sie machen sich zusammen auf. Rosemary gibt mit ihrem Einkaufswagen den Weg vor, Kate folgt langsam neben ihr. Sie beginnen auf der Electric Avenue und schlängeln sich zwischen den Ständen hindurch.

»Rosemary!«, sagt ein Mann Ende vierzig mit Bartschatten und grauen Strähnen im schwarzen Haar. Seine Schultern sind breit und die Arme stark durch das jahrelange Tragen von Kisten voller Obst und Gemüse. Er hat einen grünen Fleecepulli an, Jeans und schwere Lederstiefel, selbst im Frühling und Sommer. Ein schwarzer Geldgürtel ist um seine Taille gebunden. Er lächelt Rosemary breit an.

Ellis gehört einer der vielen Obst- und Gemüsestände auf dem Markt, der Stand, an dem Rosemary jede Woche ihr Essen einkauft. Als kleiner Junge ist er von St. Lucia nach Brixton gezogen. Er und George kannten einander – es war Ellis' Vater Ken, der George mit Okra und Maniok vertraut machte. Über die Jahre half Ellis immer häufiger aus, bis er Kens Stand schließlich übernahm, als die Arbeit für Ken zu schwer wurde. Ken und seine Frau Joan sind seitdem in die Karibik zurückgekehrt, und wenn das Geschäft besonders schlecht läuft, spricht Ellis manchmal davon, es ihnen gleichzutun. Aber Rosemary ist sich sicher, dass er das nie machen wird – Brixton ist seine Heimat. Und dann ist da Jake, Ellis' Sohn, ein Teenager, der oft am Stand aushilft, genauso wie Ellis selbst seinem Vater geholfen hat. Ellis und Jake ähneln einander sowohl äußerlich als auch von der Wesensart her, und Rosemary hat immer eine Schwäche für die beiden gehabt.

»Ellis, wie geht's Ihnen? Was macht die Familie?«

»Kann nicht klagen, kann nicht klagen. Und wie geht es Ihnen, Mrs P?«

»Ich halte mich über Wasser!«

»Und wer ist das, Rosemary, haben Sie eine Schwester?«

Rosemary wendet sich zu Kate um, die noch immer neben ihr steht und Ellis und seine Haufen leuchtend bunter Produkte anlächelt.

»Das ist Kate«, sagt Rosemary. »Sie ist meine Journalistin.«

Kate lächelt und stellt sich vor, schüttelt über den Obststand hinweg Ellis' Hand.

»Rosemary startet eine Kampagne, um die Schließung des Freibads zu verhindern«, sagt sie. »Hier, nehmen Sie ein Flugblatt.«

Ellis sucht Rosemarys Blick und hebt mit warmem Lächeln eine Augenbraue.

»So, so. Ich fand schon immer, dass Sie eine Spur rebellisch wirken, Mrs P«, sagt er zwinkernd. Er nimmt das Flugblatt und betrachtet den Taucher darauf. »Ich habe davon gehört«, sagt Ellis nach kurzem Schweigen. »Ich weiß noch, wie ich als Kind Ihren George im Schwimmbad beim Schwimmen beobachtet habe. Er hat uns Kinder immer nass gespritzt, indem er genau neben uns ins Wasser gesprungen ist. Er hat auch immer diesen unglaublichen Handstand gemacht.«

Rosemary strahlt. »Handstand konnte er wirklich gut.« Sie lachen beide.

Kate erzählt Ellis von dem Termin im Rathaus.

»Ich werde da sein«, verspricht er. Die drei verabschieden sich voneinander, und Rosemary wendet sich zum Gehen.

»Warten Sie«, sagt Ellis.

Er reicht Rosemary eine Tüte Kirschen und Kate eine Tüte Tomaten, die nach Sonnenschein riechen.

»Meine Lieblingskirschen. Sie sind zu gut zu mir, Ellis«, sagt Rosemary und bückt sich, um die Tüte Kirschen in ihren Einkaufswagen zu legen. Als sie sich wieder aufrichtet, ist Kate heftig errötet. Ihre Arme umschlingen die Tüte Tomaten, als hielte sie zum ersten Mal ein Baby im Arm und wüsste nicht so recht, was sie damit anstellen soll.

»Sind Sie sicher?«, fragt sie.

»Ja, natürlich, die gehen aufs Haus«, entgegnet Ellis.

Rosemary beobachtet, wie sich die Röte auf Kates Gesicht bis zu ihren Ohren ausbreitet und sie mit den Händen behutsam die Tomaten schützt, als sie sich umdrehen und weitergehen. Es scheint Rosemary, als wäre Kate es nicht gewohnt, mit frischen Früchten und Gemüse umzugehen, und eine Welle der Sorge durchläuft sie. Aber Kate lächelt, also lächelt sie ebenfalls.

Den Rest des Nachmittags arbeiten sie langsam die Hauptstraße ab und die Seitenstraßen, die wie Nebenflüsse auf sie zulaufen. Die Gehwege sind voll von Leuten, die auf den Bus warten oder schnell die Straße hinuntergehen, und sie manövrieren Rosemarys Einkaufswagen nur mit Schwierigkeiten durch die Menge.

Sie betreten den Secondhandladen, wo man Rosemary einen Stuhl anbietet und sie sich etwas aus dem Laden aussuchen darf. Sie nimmt nichts an, sondern lässt stattdessen einen kleinen Stapel Broschüren da.

»Vor einer Weile habe ich denen den Laden gefüllt«, sagt Rosemary. »Schön, dass sie sich noch daran erinnern.«

Nach Georges Tod hat es vieles gegeben, das sie loswerden musste. Da sie niemanden hatte, dem sie es hätte vererben können, hat sie die Sachen dem Laden gespendet.

»Dieser Blazer hier ist so gut wie neu«, hat sie zu der Inhaberin gesagt, »ich habe sogar die Ersatzknöpfe aufgehoben. Sie sind irgendwo in meiner Handtasche, warten Sie einen Moment.« Sie hat eine kleine Börse voller Knöpfe aus der Tasche gezogen und sie in die Tasche des Jacketts gesteckt. »Und dieser Rasierer«, fuhr sie fort. »Ich verspreche Ihnen, er funktioniert noch.« Rosemary blickte sich im Laden um, bis sie neben der Ladentheke eine Steckdose entdeckte. Ihre Knie knackten, als sie davor in die Hocke ging, den Rasierer aus dem Karton nahm und ihn einsteckte. Ein Surren erfüllte den Laden.

Sie behielt seine Bücher, seine Badekappe und ein paar Kleidungsstücke. Aber sie spendete sieben Mülltüten voller Hemden, Krawatten, Hosen und Schuhe. Am nächsten Tag ging sie in den Laden zurück, um das Jackett wiederzuholen. Sie hatte vergessen, dass George für die Beerdigung etwas Anständiges zum Anziehen brauchte.

»Es tut mir leid, das Jackett ist schon gestern Nachmittag verkauft worden«, sagte die Ladenbesitzerin.

»Es war ja auch ein hochwertiges Jackett«, sagte Rosemary. »So gut wie neu.«

Am Ende zog man George ein Hemd und einen Pullover an, und er wurde ohne Jackett beerdigt.

Es fällt ihr immer noch schwer, sich in dem Laden aufzuhalten, aber sie ist dankbar für den Stuhl und die Unterhaltung. Nach dem Secondhandladen gehen sie zu Franks und Jermaines Antiquariat.

Rosemary atmet den Geruch von Papier ein, als sie die

Tür öffnen, und streichelt Sprout, die auf ihrem Stammplatz im Fenster liegt. Ihr Schwanz wedelt heftig, als sie Kate entdeckt – eine neue Freundin. Kate beugt sich hinunter, um sie zu streicheln, massiert ihr die Ohren und klopft ihr auf den Rücken.

»Was für ein schöner Hund«, sagt sie, richtet sich auf und blickt sich um. »Was für ein schöner Laden! Wie kann es sein, dass ich hier noch nie war?«

Rosemary blickt sich in dem vertrauten Raum um und versucht sich vorzustellen, sie sähe ihn zum ersten Mal: die gemütlich unordentlichen Bücherstapel, die öffentliche Pinnwand, die vor Handzetteln und Visitenkarten überquillt, und die Schemel, die in den Ecken des Ladens stehen und zum Lesen einladen.

»Ja, wie kann das nur sein?«, sagt Frank, der Kate von seinem Platz hinter dem Ladentisch aus gehört hat. Er ist leger gekleidet, trägt ausgeblichene Jeans und über einem T-Shirt ein offenes Karohemd. Sein Lächeln ist breit und seine grünen Augen strahlen. Jermaine, der neben ihm steht, ist größer und schlanker als Frank und eleganter angezogen mit seinen schwarzen Jeans und dem hellblauen Hemd. Er hat einen gepflegten Bart in der Farbe seiner dunklen, grau gefleckten kurzen Haare.

Sie nicken Rosemary beide zu, als sie und Kate auf sie zukommen. »Das ist also Kate?«, fragt Jermaine.

Rosemary errötet, es ist ihr unangenehm, wie viel sie über Kate gesprochen hat, seit sie einander begegnet sind.

»Wir haben das Gefühl, dich schon zu kennen«, sagt Frank und streckt Kate über den Ladentisch die Hand hin. Sie schüttelt sie und nimmt dann auch Jermaines Hand.

»Das ist Frank, das ist Jermaine«, sagt Rosemary, und das Paar nickt ihr zu.

»Ich weiß, wir sind hier mit einem Auftrag, Rosemary«,

sagt Kate, »aber macht es dir etwas aus, wenn ich mich ein bisschen umsehe? Dieser Laden ist großartig.«

Insgeheim ist Rosemary froh über die Pause. Sie zieht sich einen Schemel vor den Ladentisch und lässt sich schwer darauf niedersinken.

»Du kannst nach hinten durchgehen!«, ruft Jermaine, als Kate in einem Gang in dem Gewirr von Regalen verschwindet.

Frank beugt sich über den Tresen zu Rosemary. »Wir haben vom Freibad gehört«, sagt er. »Ahmed war Anfang der Woche hier und hat es uns erzählt. Es ist einfach schrecklich.«

Jermaine schüttelt den Kopf und verliert für einen Augenblick seine sonstige Gelassenheit, als er wütend sagt: »Paradise Living! Als würde Brixton noch mehr Wohnungen brauchen, die Millionen kosten, und ein exklusives Fitnessstudio nur für deren Bewohner! Oh ja, das ist genau das, was eine Gesellschaft braucht. Aber Freibäder, Bibliotheken, Buchhandlungen …«

Er verstummt, und Frank legt einen Arm um ihn. Jermaine sieht sich ausdruckslos im Laden um. Rosemary beobachtet ihn und bemerkt, wie erschöpft er aussieht.

»Wie läuft es denn hier bei euch?«, fragt sie. »Ist das Geschäft besser geworden?«

Jermaine seufzt. »Kaum. Wer hat mich noch mal überredet, eine Buchhandlung zu eröffnen? Ach ja, das warst du, Frank.«

Er dreht sich zu Frank um, schüttelt den Kopf und küsst ihn sanft auf die Wange. Frank lächelt.

»Es gibt noch Hoffnung«, sagt Frank fröhlich, »genauso wie für das Freibad. Wir helfen euch, Rosemary. Oder, Jermaine?«

Rosemary sieht, wie die beiden einander anlächeln. Ihre Knie schmerzen, und sie ist plötzlich müde. Jermaine nickt, und sie wenden sich beide wieder Rosemary zu.

»Ja, natürlich«, sagt Jermaine. »Wir tun, was wir können.«
Während sie sprechen, nimmt Rosemary halb wahr, wie Kate sich hinunterbeugt, um unten aus einem Regal ein Buch zu ziehen, wie sie den Kopf neigt, um die Titel zu lesen oder einfach staunend im Laden umherblickt. Schließlich kehrt sie mit einem Stapel von drei Büchern an den Ladentisch zurück.

»Es ist wirklich ein wunderschönes Geschäft«, sagt sie.

»Ich freue mich, dass du das findest«, sagt Frank und wirft Jermaine einen bedeutungsvollen Blick zu. »Siehst du? Wir haben eine neue Kundin!«

Während Kate bezahlt, nimmt sich Jermaine ein »Rettet unser Freibad«-Flugblatt vom Stapel und heftet es mitten auf die öffentliche Pinnwand.

»So«, sagt er und tritt zurück. »Das wird hoffentlich helfen.« Rosemary würde ihn am liebsten umarmen.

»Also, wir müssen dann mal weiter«, sagt sie und erhebt sich mit protestierenden Knien langsam. »Bereit, Kate?«

Kate nickt und dreht sich um. »Ich komme bald wieder«, sagt sie, als sie den Laden verlassen. Sprout sieht ihnen aus dem Fenster nach.

Sie statten Morley's einen Besuch ab, dem unabhängigen Kaufhaus, in dem ein Sicherheitsmann Rosemary mit ihrem Wagen die Treppen hinaufhilft. Sie gehen zur Apotheke und dem Laden, der alles von Sieben über Wäschetrockner bis hin zu Abendgarderobe verkauft. Auf dem Weg dorthin treffen sie mehrere Leute, die Rosemary kennt und begrüßt, entweder namentlich oder mit einem Kopfnicken des Wiedererkennens, weil man ein Leben nebeneinander verbracht hat.

Sie machen einen kurzen Zwischenstopp in der Post, um mit Betty zu sprechen, einer Jugendfreundin von Rosemary, die einen Stapel Briefe an ihre vielen Familienmitglieder zur Post bringt.

»Wie geht es der Brut?«, fragt Rosemary. Betty hat zwei Kinder, einen Sohn und eine Tochter, drei Enkelkinder und eine Urenkelin. Anders als Rosemary wurde Betty im Krieg nach Wales evakuiert. Sie kam mit einem leichten walisischen Akzent zurück, der aber schnell wieder verschwand, als sie bei Bon Marché anfing, einem gehobenen Kaufhaus am Bahnhof Brixton, und am Wochenende viel Zeit mit ihren Freunden im Freibad verbrachte. Mehrere Jahre nach ihrer Rückkehr nach Brixton tauchte ein walisischer Junge namens Tom in der Gegend auf. Wie sich herausstellte, hatten sie sich im Krieg kennengelernt. Und als sie neunzehn war, kam er nach Brixton und heuerte auf den Baustellen in South London an. Zwei Jahre später waren sie verheiratet, und sie sind es noch.

»Ich habe doch gesagt, du hast hier viele Freunde«, bemerkt Kate, als sie sich von Betty verabschiedet haben.

Rosemary denkt über die Menschen nach, die sie in Brixton kennt. Sie steckt sie wie farbige Stecknadeln in die Karte in ihrem Kopf, die ihre Lieblingsorte anzeigt.

»Ein paar habe ich, vermute ich«, sagt sie.

Es dauert nicht mehr lang, und sie haben keine Flugblätter mehr.

»Keine Sorge, ich kann bei der Arbeit jederzeit neue ausdrucken«, sagt Kate.

Rosemary stützt sich schwer auf ihren Einkaufswagen. Kate bietet ihr an, sie nach Hause zu begleiten, aber sie lehnt ab, selbst als Kate beteuert, es sei für sie kein Umweg.

»Es ist einer, du wohnst auf der anderen Seite von Brixton, das hast du mir erzählt. Nur weil ich sechsundachtzig bin, heißt das nicht, dass ich senil bin.«

»Okay«, antwortet Kate. »Dann also danke für heute. Ich glaube, es hat für die Anhörung etwas gebracht. Aber es hat mir auch Spaß gemacht.« Ihre Wangen sind gerötet, und sie lächelt. Sie sieht völlig anders aus, wenn sie lächelt, weniger wie eine Maus und mehr wie eine Frau.

Sie verabschieden sich, und Rosemary macht sich auf den Weg nach Hause, geht langsam durch die Straßen, die sie schon ihr ganzes Leben lang kennt.

Kapitel 21

Kate war schon öfter in der Electric Avenue, aber gekauft hat sie noch nie etwas. Es gibt dort keine Fertiggerichte und keinen Wein zu kaufen. Als sie die Papiertüte voller Tomaten in eine Schüssel umbettet, denkt sie an Ellis' Stand, daran, wie sie durch die Nase tief eingeatmet und der Duft sie an die Spaghetti Bolognese ihrer Mutter erinnert hat. Ihre Mum hat die Spaghetti und die Tomatensoße immer selbst gemacht. Als Kate noch zu Hause gewohnt hat, hat sie ihr manchmal dabei geholfen. Sie hat es geliebt, die Haut von den warmen Tomaten abzuziehen und das pralle Fruchtfleisch in der Hand zu fühlen. Es ist lange her, seit sie die Energie hatte, Tomaten zu häuten.

Sie öffnet Schränke und Schubladen und denkt an all die Menschen, mit denen Rosemary in Brixton bekannt ist. Im Vorort von Bristol war Kate es gewöhnt, die Verkäufer in den Geschäften zu kennen und die Menschen auf der Straße zu grüßen. Seit sie in London ist, hat sie Leute vor allem dadurch kennengelernt, dass sie mit ihnen Interviews führte. Heute waren ihr Rosemarys Freunde alle auf der Stelle sympathisch. Sie haben ihr etwas über ihren Wohnort gezeigt, was ihr zuvor nicht aufgefallen ist. Vielleicht ist er ihrem Heimatort gar nicht so unähnlich.

Als sie eine Pfanne herausholt und sie auf die Herdplatte stellt, denkt sie an das Antiquariat und fragt sich, wieso sie so lange gebraucht hat, um auf diesen Laden zu stoßen. Vermutlich hat sie zuvor nicht danach gesucht. Es ist so schwer, irgendetwas zu bemerken, wenn man immer zu Boden blickt.

Kate stellt den Wasserkocher an und gießt das heiße Wasser über die Tomaten. Dann greift sie nach der Einkaufstüte auf dem Tisch. Der Tüte, die sie nach dem Abschied von Rosemary im Supermarkt gefüllt hat. Zum ersten Mal seit Monaten – oder Jahren, wenn sie ehrlich ist – hat sie beim Einkaufen genau hingesehen. Sie ist nicht nur zum Gang mit den Fertiggerichten gerannt, sondern hat Zwiebeln eingepackt, Pilze, Hackfleisch und Knoblauch.

Sie wischt das Fett und die anderen Flecken von der Arbeitsfläche, stapelt das schmutzige Geschirr ihrer Mitbewohner in der Spüle und legt die Zutaten für die Spaghetti Bolognese auf den Tisch. Langsam und tastend versucht sie sich an das Rezept ihrer Mum zu erinnern.

Sie vergisst den Knoblauch und fügt zu viel Salz hinzu, sodass das Gericht, als sie fertig ist, kaum noch essbar ist. Die Küche sieht noch schlimmer aus als zu Beginn, und der Teller mit dem Essen erscheint ihr weit weniger appetitlich, als sie ihn von zu Hause in Erinnerung hat. Sie setzt sich trotzdem an den Tisch und isst. Dabei trinkt sie drei Gläser Wasser, um gegen den allzu salzigen Geschmack anzukämpfen. Es sind bestimmt nicht die selbst gemachten Spaghetti Bolognese ihrer Mutter. Aber es ist ein Anfang.

Plötzlich hat sie Lust, Erin eine Nachricht mit einem Foto des Essens zu schicken, aber seine Bedeutung einzugestehen hieße, zu verraten, wie schlecht sie sich in letzter Zeit ernährt hat. Also schickt sie ihr stattdessen ein Foto des Freibads, das

sie gestern gemacht hat, und fragt sie, wie es mit ihrem Lauf-
training geht. Dann legt sie das Handy wieder auf den Tisch
und isst weiter.

Beim Essen spürt sie ihre Erschöpfung vom Tag, aber sie
fühlt sich ruhiger als seit Langem. Sie denkt an das Freibad.
Hoffentlich werden die Flugblätter dafür sorgen, dass die
Anhörung in zwei Wochen gut besucht ist. Sie hat auch im
Chronicle über die Anhörung geschrieben und Anwohner
dazu aufgefordert, zu kommen und über die Zukunft des
Freibads mitzubestimmen. Sie hofft, dass es gut ausgeht,
und als sie das denkt, bemerkt sie, wie wichtig ihr die Kampagne zu werden beginnt. Es ist etwas, das sie tun muss, wie
sie lernen muss, für sich selbst zu kochen und wieder zu
schwimmen.

Kapitel 22

Rosemary und George beschlossen, auf dem Standesamt im Rathaus zu heiraten. Nur eine kleine Gruppe sollte dabei sein: ihre Eltern, einige alte Schulfreunde und ein paar ihrer Kollegen aus der Bibliothek. Ihre Mutter nähte ihr Hochzeitskleid. Es reichte bis kurz über ihre Knöchel und ließ weiße Schuhe mit flachem Absatz und kleinen Schleifen frei. Den ganzen Tag vor der Hochzeit verbrachten Rosemary und ihre Mutter damit, die Hochzeitstorte zu dekorieren und mit Papier zu bedecken – sie hatten nicht genügend Zuckerguss. Aber aus der Ferne sah sie perfekt aus.

Ihre Eltern versuchten sie zu überzeugen, einen Wagen zu mieten, der sie zum Rathaus bringen sollte. Sie jedoch sahen den Sinn davon nicht, wo es doch von ihren jeweiligen Häusern nur so ein kurzer Weg war. Sie wollten zusammen eintreffen, Hand in Hand.

Rosemary zog sich in ihrem Mädchenzimmer an. In ihm stapelten sich Kartons: George hatte in einem der überall in Brixton aufschießenden neuen Gebäude eine Wohnung gefunden, unmittelbar gegenüber vom Freibad. Sie würden gleich am Tag nach der Hochzeit umziehen. Nach dem Auspacken und den Flitterwochen zu Hause würden sie ihr neues Leben beginnen: George als Geschäftsführer des Gemüsehandels seines Vaters, und Rosemary würde weiterhin in der Bibliothek arbeiten. Für Rosemary war es nie eine Frage, dass sie arbeiten würde, ihre Mutter hatte es getan, Georges Eltern hatten es getan, und sie würde es auch tun. Sie hatte Freundinnen, die nach Kanada zogen oder mit reichen Männern verlobt waren. Keine von ihnen hatte einen Job, aber ein paar hatten einen Kühlschrank. Rosemary dachte, dass sie einen Job einem Kühlschrank jederzeit vorzöge, aber das sagte sie ihnen nicht. Ein kleines Leben war groß genug für sie, wenn es George beinhaltete, wenn nur sie beide allein in einer Wohnung leben durften, wo niemand sie störte und sie einander in den Armen lägen, wenn der Regen oder Träume sie weckten.

»Bist du aufgeregt?«, fragte ihre Mutter, als sie ihr die Haare richtete und ihr den Schleier übers Gesicht hob. Ihr Vater lehnte an einem Stapel Kartons und hielt den Brautstrauß seiner Tochter, während sie ihren Schleier zurechtzupfte.

Aber sie war nicht aufgeregt.

Vor der kleinen Gruppe auf den hölzernen Klappstühlen im Standesamt versprachen sie einander, sich in Reichtum und Armut, in Gesundheit und Krankheit zu lieben. George musste nicht dazu aufgefordert werden, seine Braut zu küssen.

Sie traten aus dem Eingang des Rathauses in eine Wolke von weiß-rosa Konfetti und den Rest ihres Lebens.

Kapitel 23

In diesem Kino wird nur ausgefallenes Popcorn in Geschmacksrichtungen wie Sweet Chili oder Meersalz verkauft, aber der Duft durchdringt die Wände, den Teppich, die Luft. Popcornstaub gerät in alle Ecken. Die jungen Angestellten hinter dem Ticketschalter haben Tattoos und Schirmmützen und lächeln, während sie Tickets und Schokoriegel verkaufen. Sie ermutigen die Kunden, das Formular für Treuekarten auszufüllen oder statt normaler Sitzplätze Logenplätze zu kaufen.

Ein Film ist gerade zu Ende, und die Menge strömt durch die Flügeltüren, einige direkt durch das Foyer nach draußen, andere in Richtung Bar. Im Foyer ist es plötzlich laut.

»Tja, das war wirklich Geldverschwendung.«

»Was redest du? Ich fand ihn großartig!«

»Mit dem Ende hatte ich nicht gerechnet, du?«

»Bei dem Teil bin ich zusammengezuckt.«

»Ich bin zusammengezuckt, weil du zusammengezuckt bist!«

Die Menschen gehen beim Reden meist zu zweit nebeneinanderher, andere in größeren Gruppen. Unter ihnen befindet sich Rosemary, allein in der Menge.

»Sorry, Entschuldigung«, sagt eine Frau, die sie angerempelt hat, weil sie von der Menge vorwärtsgedrängt wurde.

»Ist schon in Ordnung«, antwortet Rosemary, dankbar, dass sie etwas zu sagen hat. Sie lächelt die Frau an und erwägt, sie zu fragen, ob ihr der Film gefallen hat, aber da ist sie schon wieder weg. Rosemary bahnt sich langsam ihren Weg durch die Menge.

Sie liebt das Kino. Sie geht einmal im Monat, stopft sich ihre Taschen mit Süßigkeiten voll und macht es sich mit einem Kissen gemütlich, das sie sich von zu Hause mitbringt. Sie mag es, unter der großen Leinwand zu sitzen, zu den riesigen Schauspielern aufzublicken und zu spüren, wie der Ton im ganzen Kino und in ihren Füßen vibriert. Es ist ihr sogar egal, was sie sieht, sie sucht die Filme nach Titeln aus und ohne die Zusammenfassungen zu lesen. Wenn der Titel interessant genug klingt, kauft sie sich ein Ticket.

Sie sucht sich einen Sitz ganz vorne aus, damit sie sich nicht die Treppe hochschleppen muss. Sie kommt immer pünktlich, fühlt sich aber erst wohl, wenn das Licht gedimmt worden ist und sich alle zusammen mit ihr in dem Film verlieren. Sie reckt den Kopf in Richtung Leinwand und sieht sich die romantische Komödie, den Thriller oder Spionagefilm an, den sie diesen Monat ausgesucht hat. Zusammen mit dem Rest des Publikums lacht oder weint sie. Emotionen wallen durch den Raum wie eine La-Ola-Welle. Wenn sie sich einen Film ansieht, ist sie nicht allein, sie ist Teil von etwas Größerem.

Erst wenn der Film vorüber ist und das Publikum auseinanderstrebt und sie allein zurückbleibt, vermisst sie Gesellschaft. Sie stellt sich die Gruppe als einen Baum vor, der sie in seinen Ästen gehalten hat. Der Ast bricht ab, als sie draußen sind und die Menschen sich zerstreuen wie fallende Blätter.

Ein Mann hält ihr die Tür auf. Er raucht zusammen mit einem Freund, und Rosemary nickt ihm zu und verlässt das Kino. Beim Gehen schaut sie sich die Busse und ihre Nummern an und stellt sich selbst auf die Probe, indem sie sich ihre Endhaltestellen vorsagt. 59: Telford Avenue. 159: Streatham Station. 333: Tooting Broadway. 250. Wo endet der 250er? Es fängt mit einem C an. Es ist nicht Clapham oder Crystal Palace. 250: Croydon Town Centre. Sie fährt nie nach Croydon, in Wahrheit auch nicht zu den anderen Endhaltestellen, aber es ist wichtig, dass sie sie weiß.

Sie fragt sich, ob George der Film gefallen hätte. Ihr gefallen die meisten, sie mag die Atmosphäre und die große Leinwand und die Musik. Aber George war anspruchsvoller. Er bewunderte bestimmte Schauspieler (Sean Connery, Michael Gambon, Judi Dench) und sah sich alle Filme an, in denen sie mitspielten. Abgesehen davon fand er, die alten Filme seien die besten Filme. Manchmal legt das Kino eine Reihe von Klassikern auf – dann wollte er immer hin. Nein, vermutlich hätte ihm dieser hier nicht gefallen, denkt sie beim Gehen. Er war zu blutrünstig.

Sie geht die Straße weiter entlang in Richtung U-Bahn. Heute Abend möchte sie noch nicht zurück in ihre leere Wohnung. Es gibt einen Ort, den sie besuchen möchte. Sie biegt nach rechts in die Station Road ab.

Die Straße liegt still da. Vor den Läden unter den Brückenbögen sind die Metallgitter heruntergezogen. Manche der Rollläden sind bemalt. Einer wird von einer jamaikanischen Flagge bedeckt, aber auf fast allen stehen Sprüche. »Rettet unsere Läden«, »Schluss mit den Kündigungen«, »Nein zu Mieterhöhungen«. Die Slogans lassen sie an ihr Freibad denken, und sie stellt sich die Tore geschlossen vor, das Becken leer und ohne Schwimmer. Der Gedanke verursacht ihr einen Schauer.

Sie geht die halbe Straße hinunter und kommt an einer Gruppe Teenager vorbei, die im Eingang des Bahnhofs um eine tragbare Stereoanlage lungern und rauchen. Sie tragen alle eine Einheitskleidung, was sie aber weit von sich weisen würden. Rosemary möchte lachen und ihnen sagen, dass sie genauso sind wie jede andere Gruppe von Teenagern, die sie dort über die Jahre gesehen hat.

Den Großteil ihres Lebens hat sie sich nicht davor gefürchtet, allein durch die Straßen zu gehen. Selbst im Krieg hat sie die Freiheit genossen, eine der letzten Zurückgebliebenen zu sein. Damals war sie jung; sie hatte überlebt und war sich sicher, dass sie erneut überleben würde.

Als die Aufstände von 1981 ausbrachen, war sie deutlich älter, und das Alter hatte ihr jugendliches Selbstbewusstsein schon etwas ausgehöhlt, als kratzte es den festen Mörtel zwischen Backsteinen heraus. Es war Anfang April, und als sie von der Bibliothek nach Hause ging, sah sie in einer Straße die halb ausgebrannten Reste parkender Autos. Flammen loderten zum Himmel auf, und Polizisten duckten sich hinter Plastikschilde. Durch das Feuer und den Rauch hindurch konnte sie nicht richtig erkennen, was vor sich ging, aber sie hörte Gebrüll und sah Menschen, die der Linie der Polizisten gegenüberstanden und die Arme erhoben hatten, als würden sie gleich etwas werfen. Sie ging schnell nach Hause und erzählte George, was sie gesehen hatte. Er wollte nicht, dass sie die Wohnung verließ, und am schlimmsten Tag schloss er seinen Laden. Von ihrem Balkon aus sahen sie die Rauchwolken, die aus den Straßen von Brixton aufstiegen und sie an den Krieg erinnerten. In ihrem Wohnzimmer stapelten sich Kisten voller Gemüse. Er hatte Sorge, dass man seinen Laden plündern würde. »Wer plündert eine Obst- und Gemüsehandlung?«, fragte sie. »Ich glaube, sie sind scharf auf Fernseher und so was, nicht auf Kartoffeln.«

Sie ignoriert die Teenager und geht weiter, bis sie zu dem Brückenbogen gelangt, nach dem sie sucht. Es ist der einzige, der nicht geschlossen ist. Er leuchtet hell und laut, Menschen stehen bis auf die Straße und sitzen auf Bänken davor. Am Eingang hängen Papierlaternen, und ein Plastikflamingo bewacht den kleinen Zaun, der den Außenbereich mit Tischen und Stühlen begrenzt.

»Entschuldigung«, sagt sie und bemüht sich, an den Zwanzig- und Dreißigjährigen vorbeizukommen. Leute an Tischen rücken mit ihren Stühlen, um sie vorbeizulassen. Sie beobachten sie mit hochgezogenen Augenbrauen und wenden sich dann wieder ihren Cocktailkrügen zu. Der Raum ist laut, voller Gelächter und Musik, die Rosemary abgesehen von dem klopfenden Bass nicht richtig hören kann. In Richtung Bar wird es noch enger. Ein junger Mann entdeckt Rosemary und rammt seinem Freund den Ellenbogen in die Seite, sodass der von seinem Barhocker kippt.

»Hey, du Pfeife, biete der Dame deinen Platz an!«

»Es tut mir leid, ich habe Sie nicht gesehen«, sagt der Mann an Rosemary gewandt und reicht ihr den Arm, um ihr auf den Stuhl zu helfen. Sie erklimmt ihn langsam.

»Sie können es wiedergutmachen, indem Sie mir sagen, was ihr jungen Leute heutzutage trinkt. Ich war schon eine ganze Weile in keiner Cocktailbar mehr.«

»Lassen Sie mich das machen, ich bestelle für Sie.«

Er hebt die Hand und bekommt die Aufmerksamkeit des Barkeepers. Ein paar Minuten später wird ein kurzes, breites Glas auf einer Papierserviette vor Rosemary abgestellt, das zur Hälfte mit einer orangenen Flüssigkeit gefüllt ist.

Draußen kommt eine Gruppe von Büroangestellten in Anzügen aus dem Bahnhof und zerstreut sich in die Nacht, manche gehen nach Hause, andere in den Pub. Als sie die Station Road hinuntergehen, sehen sie einen erleuchteten

Brückenbogen, in dem eine alte Frau an einer Bar sitzt und einen Old Fashioned trinkt. Sie ist umringt von Gruppen lachender junger Menschen, die leuchtend bunte Cocktails auf Eis schlürfen. Rechts und links neben ihr stehen zwei in ihre Unterhaltungen vertiefte junge Paare und wenden ihr den Rücken zu. Wenn sie aufblickten, würden sie über der Cocktailbar ein verblasstes grünes Schild hängen sehen, auf dem steht: »Frische Früchte und Gemüse: Peterson & Sohn«.

Kapitel 24

Nachdem sie ihren ersten Artikel über das Freibad gebracht haben, gibt Phil Kate nach und nach weitere Aufträge, dieses Mal nicht nur Veranstaltungshinweise, sondern richtige Storys. Als Erstes kommt die Geschichte der Mieter, die aus ihren Wohnungen vertrieben werden, um den Wohnblöcken von Paradise Living Platz zu machen. Kate hat sie nach ihrer Begegnung mit dem Mann im Rathaus vorgeschlagen. Andere Artikel folgen. Sie sorgen dafür, dass sie in dem Viertel herumkommt und es aus allen möglichen Blickwinkeln kennenlernt: hübsch und hässlich.

Sie schreibt über die Eröffnung einer Bar und die Schließung eines alten Fischladens, über eine Grundschule, die für eine Wohltätigkeitsorganisation sammelt, und über einen Teenager, der seine Kindheit zwischen Drogen dealenden Eltern überwunden hat und vor Ort zum Star in seiner Sportart aufgestiegen ist, in der er sich für die nächsten Olympischen Spiele bewerben wird. Plötzlich hat sie viel mehr Arbeit als je zuvor, seit sie beim *Brixton Chronicle* angefangen hat. Jeden Tag geht sie hinaus in die Nachbarschaft, führt Interviews und recherchiert.

Jedes Mal, wenn sie ihren Namen gedruckt sieht, spürt sie Stolz in sich aufflammen. Eines Abends summt ihr Telefon. Es ist eine SMS von Erin.

Liebe deine Artikel, K. Bin so stolz auf dich. E. X

Kate liest die Nachricht nochmals. Obwohl der *Brixton Chronicle* eine Website hat, werden nicht alle Artikel online gestellt.

Wusste nicht, dass du sie liest. Ist ein Lokalblatt! K. X

Einen Augenblick später summt ihr Telefon erneut.

Lasse es mir schicken! E. X

Kate stellt sich vor, wie der *Brixton Chronicle* von South London nach Bath transportiert wird und jede Woche auf Erins Fußmatte landet. Wie viel bezahlt sie dafür? Kate hat nicht einmal gewusst, dass man sich die Zeitung an so weit entfernte Orte schicken lassen kann. Sie stellt sich vor, wie ihre Schwester aufs Sofa gekuschelt ihre Worte liest, und wünschte, es gäbe einen Zauber, der sie auf der Stelle nach Bath versetzen könnte, damit sie Erin umarmen kann. Stattdessen schickt sie eine Antwort: Danke! Das bedeutet mir viel. Hoffe, es geht dir gut. K. XX

Am nächsten Tag wird Kate zur Tafel von Brixton geschickt, wo sie die freiwilligen Helfer trifft und Familien, die die Tafel dazu nutzen, ihre leeren Kühlschränke aufzufüllen. Sie interviewt eine Frau, Kelly, kaum älter als sie selbst, die auf die Tafel angewiesen ist, weil ihre Tochter im Krankenhaus liegt.

»Sie ist erst sechs, und sie hat riesige Angst vor Krankenhäusern«, sagt Kelly und setzt sich an einen Tisch in der Halle, in der die Tafel aufgebaut ist. Sie trinkt einen Becher Tee, den ihr einer der Freiwilligen in die Hand gedrückt hat. »Also gehe ich jeden Tag zu ihr. Aber das bedeutet, dass ich seit ein paar Wochen nicht mehr arbeite. Unsere Ersparnisse sind aufgebraucht, und ich habe schon darüber nachgedacht, mir wieder Arbeit zu suchen, aber sie weint jedes Mal so schlimm, wenn ich gehe. Außerdem bin ich die ganze Zeit erschöpft. Und ich muss da sein, falls sich ihr Zustand verschlechtert.«

Kate möchte am liebsten über den Tisch fassen und Kellys Hand nehmen. Stattdessen konzentriert sie sich auf ihre Notizen und versucht, professionell zu bleiben.

»Eines Abends, als ich sie im Krankenhaus besucht hatte, ist mir aufgefallen, dass ich den ganzen Tag noch nichts gegessen hatte. Aber ich hatte nichts im Haus. Es gibt nichts Schlimmeres als dieses Gefühl: Man merkt plötzlich, dass man furchtbaren Hunger hat, und hat nichts zu essen. Es hat mir Angst gemacht, und ich konnte nichts tun. Deswegen komme ich hierher.«

Kelly blickt sich um, als hätte sie kurz vergessen, wo sie sich befindet. Ein Freiwilliger lächelt und winkt ihr verstohlen zu. Als Kate Kelly betrachtet, der die Erschöpfung und die Traurigkeit auf die Stirn geschrieben stehen, verspürt sie eine bange Scham. Sie denkt an all die Abende, an denen sie ohne Abendessen ins Bett gegangen ist, all die Male, die sie eine Mahlzeit ausgelassen hat, weil sie nicht in den Supermarkt gehen wollte, um Essen zu kaufen. Sie hat Angst gehabt, aber nie diese grauenvolle, spezifische Angst, die Kelly eben beschrieben hat.

»Es fühlt sich wie das schlimmste Versagen an«, sagt Kelly und blickt zu Kates Augen auf, »sich nicht aus eigener Kraft ernähren zu können. Es ist die grundlegendste, wichtigste Sache, oder?«

Kate spürt einen Klumpen im Hals und dass die Tränen in ihren Augen überzulaufen drohen. Sie blinzelt sie weg und dankt Kelly mit hoffentlich wahrzunehmender Wärme für das Interview.

»Ich hoffe, dass sich für Sie alles klärt und dass es Ihrer Tochter bald besser geht, das hoffe ich wirklich.«

Als sie an diesem Abend zurück in die Wohnung kommt, kocht Kate wieder für sich. Nichts Kompliziertes – bloß Pasta mit Hühnchen und Pesto –, aber sie gibt sich Mühe, das Essen zuzubereiten, und denkt dabei an Kelly. Ein Gefühl der Hilflosigkeit überkommt sie, die Hilflosigkeit, an den größeren Dingen im Leben nichts ändern, nichts Sinnvolles bewirken zu können. An ihren schlimmsten Tagen wird sie nicht nur von ihren eigenen Sorgen verschluckt, sondern auch von einer nagenden Angst vor dem Zustand der Welt, dem Grauen vor all der Trauer, die sie dort draußen weiß. In diesem Moment fühlt sie sich wie ein schwarzes Loch, das alle Ängste der Welt in sich aufsaugt, bis sie ganz von Dunkelheit angefüllt ist.

Beim Essen versucht sie die ansteigende Welle der Sorge zu stoppen und die Panik zurückzudrängen. Sie denkt an das Freibad, an die bevorstehende Anhörung und daran, was sie sonst noch tun kann, um Rosemary dabei zu helfen, ihr Schwimmbad zu retten. Vielleicht ist ihr das Freibad deswegen so wichtig geworden, denkt sie. Es ist nur eine Sache, aber es ist etwas. Und die Dunkelheit, die immer noch im Hintergrund lauert, zieht sich zurück.

Kapitel 25

Anfangs hatten sie nicht genügend Möbel für ihre Wohnung. Zuerst legten sie ein Holzbrett über zwei Gemüsekisten und benutzten es als Tisch. Georges Eltern schenkten ihnen zwei Stühle. Sie passten nicht zueinander, aber das machte nichts. Eine Weile waren das die einzigen Gegenstände im Wohnzimmer, abgesehen von den an den Wänden aufgestapelten Büchern. Bücherregale würden sie später kaufen. Sie hatten beide viele Bücher, Bücher, die sie durch ihre Kindheit getragen und ihnen als Teenager Trost gespendet hatten. Sie lasen beim Auspacken eifrig die Titel.

»Wenn wir Regale haben, wie wollen wir die Bücher dann sortieren?«, fragte Rosemary. »Bekommt jeder ein Regal?«

»Nein«, sagte George, »ich möchte sie alle mischen.«

Als die Regale schließlich eintrafen, hatten sie große Freude daran, ihre Bücher zu vermischen: sein Dickens Wange an Wange mit ihrer Brontë.

George sparte jedes bisschen Geld, um Sachen für die Wohnung zu kaufen. Eines Tages kam er mit einer Topfrose nach Hause, die er auf dem Markt gekauft hatte. Er stellte sie auf den Fenstersims in der Küche und malte Kreuze in seinen Kalender, die ihn daran erinnern sollten, sie zu gießen. An ihrem ersten Weihnachten legten sie für ein Grammofon zusammen. Sie begannen ihre Plattensammlung mit einer einzelnen Platte, die sie wieder und wieder hörten.

Sie mochte es, ihre beiden Zahnbürsten nebeneinander auf dem Badezimmerregal stehen zu sehen. Sie putzten sich gleichzeitig die Zähne, standen barfuß auf der Badezimmermatte. Er hatte den Arm um ihre Taille geschlungen, sie sah ihn im Spiegel an und wollte, konnte aber vor lauter Zahnpasta und wegen der Zahnbürste nicht lächeln. Er schnitt ihr im Spiegel Grimassen und versuchte, sie zum Lachen zu bringen. Abwechselnd spuckten sie ins Waschbecken aus. Als sie fertig waren, wischten sie sich den Mund am selben Handtuch ab und küssten sich, wobei die Minze ihre Lippen kitzelte.

In den ersten Monaten ihres Ehelebens schliefen sie auf einer Matratze auf dem Boden. Aus Bettlaken machten sie Vorhänge und hängten sie mit Wäscheklammern auf. Sie gingen gleich nach dem Abendessen ins Bett, manchmal war es draußen noch hell, manchmal ließen sie das Geschirr auf dem Tisch stehen und spülten es erst am nächsten Morgen ab. Dann mussten sie die Teller besonders heftig schrubben, aber das war ihnen egal.

Das Bett war der einzige Ort, an dem sie ihr ständiges Geplapper unterbrachen. Dort zogen sie die Stille vor, doch ihre Körper führten vollständige Gespräche. Ihre Körper flüsterten, wenn sie einander sanft berührten, und schrien, wenn sich ihre Zungen in ihren Mündern begegneten. Sie verstanden die Sprache des anderen und wussten zu antworten.

Manchmal waren sie zurückhaltend, manchmal forsch, aber immer küssten sie sich. Zarte Küsse, tiefe Küsse, Küsse auf die Augenlider und Wangen und Schlüsselbeine und auf die weiche Haut hinter den Ohren.

Nach dem Sex fielen sie auf die Matratze und genossen das Gefühl, nicht zu wissen, wem welcher Arm und welches Bein gehörte. Ihr Bein lag über seinem Bauch, sein Kopf schmiegte sich in ihre Arme. Sie lagen still da, jeder in die eigenen Gedanken versunken, aber mit ihren Körpern verknotet.

»Ich liebe dich«, sagte George in einer kühlen Sommernacht mehrere Monate nach ihrer Hochzeit. Sie lagen in der Wärme des anderen unter verwickelten Laken auf der Matratze.

»Und ich liebe dich«, sagte Rosemary.

Sie kroch unter seinen Arm, schmiegte ihren Kopf in seine Achsel und legte einen Arm über seinen Bauch.

»Es tut mir leid, dass wir noch kein richtiges Bett haben«, sagte er. »Wir kaufen bald eins, versprochen.«

Sie hätte jede Nacht auf einem Steinfußboden geschlafen, wenn das bedeutet hätte, dass sie neben ihm schlafen durfte. Sie dachte, sie hätte ihm das gesagt, aber vielleicht war sie eingeschlafen, bevor die Worte heraus waren.

Kapitel 26

Rosemary und Kate treffen sich um sieben Uhr morgens am Freibad. Ahmed schließt ihnen die Glastür vor der Anschlagtafel auf und hilft ihnen, Plakate für die Anhörung aufzuhängen und die Werbung für Ukulele-Kurse dafür weiter nach unten zu versetzen.

»Wer spielt so was überhaupt? Das ist doch im Grunde eine Kindergitarre«, sagt er.

Als die Plakate hängen, gehen Rosemary und Kate schwimmen. Rosemary hat sie gefragt, und Kate war überrascht, wie sehr sie sich über die Frage freute. Sie kann sich nicht an das letzte Mal erinnern, dass jemand sie gefragt hat, ob sie etwas mit ihm unternehmen möchte.

In der Umkleide zieht Kate die Kleider aus und entblößt ihren Badeanzug darunter. Als sie sich umdreht, ist Rosemary nackt und unterhält sich mit einer anderen Frau, die Kate auf um die sechzig schätzt. Diese Frau ist abgesehen von einer rosa Badekappe ebenfalls nackt. Rosemary und die Frau beginnen zu lachen, sie halten sich gegenseitig an den Armen fest, als sich ihre faltigen nackten Körper vor Lachen krümmen.

Sie sehen, wie Kate sie beobachtet und unbeholfen ihre Arme um sich schlingt.

»Sorry, Kate, das hier ist Hope«, sagt Rosemary. »Wir haben früher zusammen gearbeitet.«

»Wie schön, dich kennenzulernen«, sagt Hope, erfasst Kates Hand mit beiden Händen und schüttelt sie.

Kate hätte nie gedacht, dass sie jemals einer nackten Sechzigjährigen die Hand schütteln würde. Sie weiß nicht, wohin sie blicken soll.

»Rosemary hat mir alles über dich erzählt«, sagt Hope, als sich Rosemary abwendet, um sich anzuziehen.

»Ich freue mich auch, dich kennenzulernen«, murmelt Kate.

Sie wartet, während Rosemary sich fertig macht. Schließlich dreht diese sich in ihrem Badeanzug und mit der Badekappe und der Schwimmbrille in der Hand um.

»Komm, wir fangen besser an.«

»Und ich trockne mich besser ab und ziehe mich an«, sagt Hope. »Genießt das Wasser, es ist heute Morgen kühl, aber herrlich.«

»Bis bald, meine Liebe«, sagt Rosemary. Kate verabschiedet sich von Hope und folgt Rosemary hinaus auf die Terrasse. Sie gehen langsam bis zum Beckenrand, Kate achtet darauf, an Rosemarys Seite zu bleiben.

»Du musst nicht auf mich warten.«

»Ich habe mir gestern den Knöchel verstaucht, ich kann nicht schneller gehen.«

»Das glaube ich dir nicht.«

»Dann glaub mir eben nicht.«

Sie kommen beide gleichzeitig am Beckenrand an. Rosemary stützt sich auf die Leiter.

»Es wäre mir lieber, wenn du nicht zusehen würdest«, sagt sie.

Da ist ein Knarzen, eine Pause und ein leichtes Platschen. Als Kate sich umdreht, ist Rosemary schon im Wasser, setzt sich die Kappe und die Brille auf und spritzt sich Wasser über die Schultern. Kate klettert zu ihr hinein. Hope hatte recht: Das Wasser ist frisch, aber auf wunderbare Weise. Als die Kälte ihren Körper umhüllt, atmet Kate tief ein und spürt, wie sich etwas in ihr dehnt und zum Leben erwacht.

Im Becken ist es Rosemary, die langsamer werden und auf Kate warten muss. Das tut sie immer nach ein paar Bahnen. Die beiden machen eine kleine Pause und ruhen sich am Beckenrand aus, bevor sie wieder starten.

Rosemary beobachtet, wie Kate schwimmt. Sie kämpft darum, den Kopf über Wasser zu halten wie ein Hund, der in einem Fluss einem Ball nachjagt.

»Du solltest dir wirklich eine Schwimmbrille besorgen«, sagt Rosemary während einer ihrer Pausen am flachen Rand. »Ich werde ganz müde, wenn ich zusehe, wie du den Kopf übers Wasser streckst.«

»Ich weiß nicht, wie ich es sonst machen soll«, antwortet Kate. »Und ich will kein Chlor in die Augen bekommen.«

»Davor schützt die Brille. Ich habe eine Ersatzbrille, die kannst du haben. Mach mit den Armen und Beinen separate Züge, das ist weniger anstrengend. Und lass deinen Kopf bei jedem Zug unter Wasser sinken.«

Sie schwimmen zusammen, aber getrennt voneinander, und durchbrechen ihr Schweigen nur hin und wieder für eine Unterhaltung am Rand auf der Nichtschwimmerseite. Die Sonne späht durch die Bäume.

Kate stellt sich ihre Panik an einem der Picknicktische auf der Terrasse des Freibads vor. Während sie schwimmt, ist sie sich bewusst, dass sie ihr von dort aus zusieht, aber sie fühlt sich sicher. *Hier kriegst du mich nicht*, denkt sie, als sie untertaucht und die Kälte sie umarmt wie eine alte Freundin.

Kapitel 27

Nach einer halben Stunde klettern sie aus dem Becken, wickeln sich in ihre Handtücher und gehen sich umziehen. Die Umkleide wuselt von Leuten, die sich für die Arbeit fertig machen. Frauen ziehen sich Strumpfhosen an und knöpfen Blusen zu, ihre nassen Badeanzüge hängen über Schranktüren oder liegen auf dem Boden.

Rosemary beobachtet die Schlange vor dem Spiegel. Einige stellen sich für den Fön an, andere möchten sich schminken. Sie spähen in das Glas und ziehen seltsame Gesichter, heben die Augenbrauen und öffnen leicht den Mund, während sie Mascara auftragen. Eine Frau lehnt sich zum Spiegel vor und übermalt ihre Braue mit einem Stift, das Gesicht vor Konzentration verkniffen. Neben ihr legt eine Frau eine zweite Schicht Grundierung auf, jede Schicht macht ihre Sommersprossen blasser, bis sie schließlich verschwunden sind.

Als sie angezogen ist, cremt sich Rosemary mit Feuchtigkeitscreme ein und kämmt sich die Haare.

»Sehen wir uns draußen?«, fragt sie Kate, die sich in die Schlange vor dem Spiegel einreiht. Kate nickt und greift in ihr Make-up-Täschchen. Rosemary beobachtet sie einen

Moment, als sie nach dem richtigen Utensil sucht, um einen Teil ihres Gesichts abzudecken oder hervorzuheben. Sie fragt sich, wie viel Lebenszeit einer Frau wohl auf solche Rituale entfällt. Und wofür? Sie hat all diese Frauen mit bloßen Gesichtern im Becken und nackt in der Umkleide gesehen, und sie sind vollkommen. Natürlich hat sie es selbst auch getan, als sie jung war. Sie hat nicht so viel Make-up getragen wie manche ihrer Freundinnen oder einige der Frauen, die jede Woche mit einem neuen Haarschnitt in die Bibliothek kamen, aber sie hat sich trotzdem Mühe gegeben. Sie hat mindestens fünf Minuten dafür gebraucht.

Rosemary hebt ihre Tasche auf und geht nach draußen. Sie setzt sich dem Freibad gegenüber auf eine Bank und wartet auf Kate. Nach wenigen Minuten erscheint sie, kommt herüber und setzt sich neben Rosemary.

»Erzähl mir von deiner Arbeit, Rosemary«, sagt sie, als sie in der Sonne sitzen und darauf warten, dass ihre Haare trocknen.

»Ich habe in der Bibliothek gearbeitet. Fünfunddreißig Jahre lang, bis sie geschlossen wurde.«

»Oh«, sagt Kate. »Die alte Bibliothek.« Die Bibliothek ist jetzt ein Café, Kate war schon da. »Bescheuert, aber ich dachte, das sei nur der Name. Wie dumm von mir.«

»Wo jetzt die Theke ist, habe ich früher Bücher gescannt«, sagt Rosemary. »Ich weiß nicht, was mit all den Büchern passiert ist. Viele habe ich gerettet, deswegen ist meine Wohnung so vollgestopft, aber von den anderen weiß ich nichts. Ich hoffe inständig, dass man sie an die Schulen in der Umgebung gegeben hat. Der Gedanke, dass man sie einfach weggeworfen haben könnte …«

Rosemary zuckt zusammen, ihre blauen Augen ziehen sich zwischen ihre tiefen Hautfalten zurück.

»Das Problem war, wir haben es nicht kommen sehen«,

fährt sie fort. »Eines Tages hing da ein Plakat, auf dem Kosteneinsparungen der Kommunalverwaltung angekündigt wurden, und im nächsten Moment saßen Hope und ich auf der Straße und starrten auf verschlossene Türen. Es war so traurig.

Ich habe meinen Job sehr ernst genommen. Ich war froh zu arbeiten, ich dachte immer an all die Frauen, die sich so schrecklich langweilen mussten. Ich weiß, ich war nur eine Bibliothekarin, aber ich stellte mir lieber vor, ich sei die Hüterin der Bücher. Meine Aufgabe war es, die Regale in Ordnung zu halten, Unterhaltungsromane diskret zwischen den anspruchsvolleren Romanen hervorzuziehen und von ihnen fernzuhalten, und dafür zu sorgen, dass ein Zwölfjähriger, ohne danach zu fragen, *Mein Körper und ich* finden konnte. Die Leute sind auch zu uns gekommen, wenn es draußen geregnet hat. Ich erinnere mich an einen Jungen namens Robbie, der mit seinem Rucksack und seinem Schlafsack hereinkam und beides auf einem Stuhl liegen ließ, während er sich im *Sprachen*-Gang tummelte. Er sagte zu mir immer *Bonjour* und behauptete, er wolle durch den Ärmelkanal schwimmen und nach Paris wandern. Ich frage mich, was aus ihm geworden ist …«

Rosemary seufzt und blickt den Hügel hinauf in den Park, der ihr schon ihr ganzes Leben lang vertraut ist. Sie denkt an die Bibliothek – an die lachenden Kinder in der Kinderbuchecke, an die Menschen, die lernten und die Computer nutzten, um sich auf Stellen zu bewerben, und sie denkt über die letzten Tage nach, an denen die Bibliothek geöffnet war. An ihrem letzten Tag kamen mehrere Menschen auf sie zu und sprachen sie an. Mrs Lane redete über ihre Freude, wenn sie ihre kleine Tochter Megan dabei beobachtete, wie sie sich Stapel von Büchern aussuchte. »Das hier ist der Ort, an dem ich ihr erlaube, genau das zu bekommen, was sie haben will«, sagte sie. »Wie kann es schlecht sein, wenn ich sie all die Bücher lesen lasse, die sie mag?«

Mr Gudowicz hatte Rosemary tatsächlich umarmt. Seine Augen glänzten nass, und er erzählte ihr, dass die Bibliothek es ihm ermöglicht hatte, zu lernen und eine Stelle zu finden.

»Jetzt kann ich wieder Ehemann und Vater sein«, sagte er.

Sie wendet sich zu Kate um. »Das Freibad muss geöffnet bleiben. Es muss einfach.«

»Ich weiß«, antwortet Kate.

Rosemary sieht sich die junge Frau genau an. Kates braune Augen blicken ernst, aber ausnahmsweise nicht ängstlich. Irgendetwas in ihren Augen öffnet sich, und Rosemary ergattert einen Blick auf die Frau darin, die ganz anders ist. Eine starke Frau, eine Frau, die, wie Rosemary klar wird, ihr helfen kann. Ihr helfen wird.

»Wo ich gerade daran denke«, sagt Kate. »Die Stadtverwaltung hat mich angerufen und mir genauere Informationen zu der Anhörung gegeben. Angeblich müssen wir einen Sprecher ernennen, der die Ansichten der anderen Anwohner am besten zusammenfassen kann, was das Freibad ihnen bedeutet. Mir fällt niemand ein, der dafür geeigneter wäre als du. Du machst das, oder, Rosemary? Dann wird alles gut.«

Rosemary denkt daran, wie Geoff sie gegenüber Kate als ihre »treueste Schwimmerin« bezeichnet hat. Sie hofft, dass sie die Worte findet, auch nur ansatzweise zu erklären, was ihr das Freibad bedeutet.

»Ich würde mich geehrt fühlen«, sagt sie. Kate lächelt und atmet tief aus.

Zusammen sehen sie Menschen mit nassen Haaren und Taschen über der Schulter das Freibad in Richtung Park verlassen.

Plötzlich sieht Kate auf ihre Uhr. »Oh nein, ich verspäte mich. Ich muss ins Brixton Village, da wird ein Laden eröffnet, und ich soll den Besitzer interviewen, bevor er aufschließt. Aber wir sehen uns bald, ja?«

Rosemary nickt und sieht zu, wie Kate aufbricht, wie ihre schlanke Gestalt sich schnell durch den Park entfernt. Rosemary sinnt über die bevorstehende Anhörung nach und versucht sich zu überlegen, was sie sagen wird, wenn man ihr das Wort erteilt. Sie denkt daran, wie viel Brixton schon verloren hat und wie verzweifelt sie ihre Sache dieses Mal gut machen will.

Kapitel 28

Am letzten Samstag im Monat kommt der Brix Mix Market in die Station Road. Dann füllt sich die Straße mit ortsansässigen Händlern, die Secondhandmode verkaufen, Stoffe mit afrikanischen Drucken, selbst gemachte Keramik und bunt bemalte Holztiere. Der Geruch der Grillhühnchen, die vor einem kleinen Lieferwagen an der Straße auf dem Grill brutzeln, erfüllt die Luft.

An einem typischen Samstag bleibt Kate in ihrer Wohnung und sieht sich DVDs an. Manchmal wagt sie sich in das Café am Ende ihrer Straße, um dort zu sitzen, ein Buch zu lesen und hinter der sicheren Glasscheibe das Treiben auf der Straße zu beobachten.

Heute tritt sie aus der Haustür in einen hellen Frühlingstag hinaus, einen Tag, wie Maler ihn malen und über den Dichter schreiben. Lächelnd geht sie die Straße hinunter und lässt sich von dem hoffnungsvollen blauen Himmel Auftrieb geben. Seit ihrer letzten Panikattacke sind Wochen vergangen. Sie hat damit begonnen, regelmäßig zu schwimmen, manchmal mit Rosemary, falls sie es rechtzeitig zum Schwimmbad schafft, manchmal nach der Arbeit. Beim Schwimmen erinnert sie sich an die Artikel, die sie gelesen hat und in denen es hieß, dass Sport bei Angstzuständen helfen kann. Aber es hängt noch mehr daran – die Freibad-Kampagne macht sie insgesamt optimistischer. Sie hat etwas gefunden, an das sie glauben und auf das sie sich konzentrieren kann. Sie hat das Gefühl, die Dinge mehr in der Hand zu haben als in den Monaten zuvor.

Sobald sie auf die Hauptstraße einbiegt, erschüttern sie der Buslärm und die Menschenmassen, die sie aus dem Bahnhof weiter unten an der Straße strömen sieht. Doch anstatt umzudrehen, wie sie es normalerweise tun würde, geht sie weiter und bemüht sich, den Kopf gerade zu halten, statt nach unten auf ihre Füße zu sehen. Sie schlängelt sich um die Menschen auf dem Gehweg und gibt acht, niemanden anzurempeln.

Sie spürt, wie in ihrer Tasche ihr Handy summt. Als sie es herauszieht, sieht sie, dass eine Nachricht von Erin angekommen ist. Kate klickt sie an, und ein Foto von Erin öffnet sich, strahlend und mit einer Medaille um den Hals. Habe meinen ersten Zehn-Kilometer-Lauf geschafft!, lautet der Text. Kate bleibt in einer Nische vor einem Geschäft stehen, um sich das Foto genauer anzusehen und zu antworten. Erin sieht so glücklich aus, ihr Gesicht ist ganz erhitzt, und die roten Haare sind zu einem unordentlichen Pferdeschwanz zusammengebunden – es ist eins der wenigen Male, dass Kate sie mit ungemachten Haaren sieht. Es bringt sie zum Lächeln, und der Lärm der Busse und die dichte Menschenmenge scheinen zu verschwinden.

Bin so stolz auf dich, Schwesterherz, antwortet sie und steckt das Telefon wieder in die Tasche.

Beim Kino biegt sie rechts auf die Coldharbour Lane ab und folgt der Straße, bis sie ein Geschäft mit Büchern und einem Golden Retriever im Schaufenster erreicht. Sie drückt die Tür auf und betritt Franks und Jermaines Laden.

Jermaine blickt vom Ladentisch auf, an dem er steht und ein Buch liest.

»Kate!«, sagt er. Sie spürt, wie ihr das Blut in den Kopf steigt, denn er scheint sich zu freuen, sie zu sehen.

»Ich habe ja gesagt, dass ich bald wiederkomme«, sagt Kate.

»Frank macht gerade eine kleine Pause. Aber er wird sich freuen zu hören, dass du vorbeigekommen bist.«

»Grüß ihn von mir. Ich schaue mich nur mal um, falls das okay ist?«

»Fühl dich wie zu Hause.«

Jermaine wendet sich wieder seinem Buch zu, und Kate erkundet den Laden. Es gibt eine ganze Ecke, die Schriftstellerinnen gewidmet ist, und dort beginnt sie. Sie überfliegt die Buchrücken, bis etwas sie anspricht, zieht es heraus und liest die Rückseite des Umschlags und die erste Seite. Dann wandert sie weiter zur internationalen Literatur, dann zu einem Tisch, der leichter Ferienlektüre gewidmet ist, dann in die Kinderbuchecke weiter hinten allein wegen der nostalgischen Freude, Bücher in die Hand zu nehmen, die sie als Kind gelesen hat. Sie kniet sich hin, blättert sie durch und erinnert sich an das Glück, lesen zu lernen und zu begreifen, wie es sie in andere Zeiten und an andere Orte, in eine andere Welt transportieren kann. Sie konnte sich in jeden verwandeln, der sie sein wollte, wenn sie ein Buch las. Während sie herumschlendert, nimmt sie hier und da ein Buch mit, und ihr Stapel wächst, bis sie fünf zusammenhat. Sie ist zufrieden, der Geruch der Buchhandlung beruhigt sie.

»Ich muss aufhören, bevor ich mehr finde, als ich tragen kann«, sagt sie und legt ihren Stapel auf den Ladentisch. »Es ist wirklich ein toller Laden.«

»Danke«, antwortet Jermaine. Sein groß gewachsener Körper ragt hinter der Theke empor, als er die Preise heraussucht, die mit Bleistift auf die Innenseite der Umschläge geschrieben worden sind. Beim Weitersprechen reibt er sich gedankenverloren den Bart.

»Es ist großartig, dass du die Sache mit dem Freibad unterstützt. Vielleicht hat Rosemary es erwähnt, aber wir sind mit dem Laden hier in Schwierigkeiten. Das muss ich dir gar nicht sagen, du kannst es dir bestimmt denken. Heutzutage ist es schwer, eine Buchhandlung zu führen.«

Kate nickt.

»Wir tun, was wir können, um zu helfen«, sagt Jermaine und sieht Kate wieder an. »Für manche Dinge lohnt es sich zu kämpfen.«

»Danke«, sagt sie und widersteht dem Drang, ihn zu umarmen. Sie geht zur Tür und streicht Sprout kurz über den Kopf, bevor sie sie öffnet. »Dann sehen wir uns bei der Anhörung?«

»Wir kommen.«

Beim Gehen breitet sich ein Lächeln auf ihrem Gesicht aus. Sie und Rosemary haben vielleicht einen harten Kampf vor sich, aber wenigstens haben sie andere auf ihrer Seite. Hope, Ellis und Jake, Ahmed und Geoff, Betty und jetzt auch Frank und Jermaine. Und Kate ist sich sicher, dass noch mehr dazukommen werden. Es gibt so viele Menschen, die zum Schwimmen ins Freibad gehen, bestimmt ist es ihnen wichtig. Vielleicht, denkt sie bei sich, vielleicht wird alles gut.

Kapitel 29

»Bereust du, dass wir geheiratet haben?«, fragte Rosemary.

Sie blickte dabei zu George auf, der mit um seine Knie ge-schlungenen Armen und gebeugtem Rücken neben ihrem Bett auf einem Stuhl saß. Über den Kleidern trug er noch seine Lederschürze. Normalerweise hängte er sie, wenn er von der Arbeit nach Hause kam, für den nächsten Tag von innen an die Wohnungstür.

Er war in der Bibliothek vorbeigegangen und hatte ihren Kollegen mitgeteilt, dass sie für ein paar Wochen nicht kom-men würde. Es widerstrebte ihr, sich diese Unterhaltung vor-zustellen, aber sie tat es dennoch: Sie stellte sich ihr Mitleid vor, und das hasste sie am meisten.

»Warum sagst du so was?«, sagte er, griff nach ihrer Hand und drückte sie fest. Es schmerzte, als sie ihrerseits seine Hand umschloss, aber sie versuchte es sich nicht anmerken zu lassen. Die Wärme seiner Haut erfüllte ihren ganzen Körper.

»Wenn wir nicht geheiratet hätten, wäre das hier nicht passiert«, sagte sie. »Du wärst vielleicht mit jemand anderem zusammen. Du hättest vielleicht ein Baby.«

Das Wort ließ sie zusammenzucken. Erneut dachte sie an

das Gespräch, das George in der Bibliothek geführt haben musste. Vielleicht war aus der Kinderbuchecke Gelächter nach vorne gedrungen, während er mit Hope und den anderen gesprochen hatte, und vielleicht war er ebenfalls zusammengezuckt. Sie fragte sich, was sie gesagt hatten, was sie gesagt haben konnten. Sie stellte sich vor, wieder zur Arbeit zu gehen. Wenigstens würde sie wieder die Bücherkisten heben können und durch die engen Gänge bei den Nachschlagewerken passen. Aber das war nur ein kleiner Trost.

Er blickte auf sie herab, und sein Gesicht war trauriger, als sie es jemals zuvor gesehen hatte. Er sah alt aus, aber furchtsam wie ein Kind. Das gab ihr das Gefühl, jederzeit zerbrechen zu können wie ein morscher Ast im Sturm. Sie schloss die Augen.

»Du darfst das nicht sagen«, fuhr er fort. »Sag das nie wieder. Ich wäre vielleicht mit jemand anderem zusammen, aber nicht mit dir. Ich hätte vielleicht ein Baby, aber es wäre nicht deins.«

Sie öffnete die Augen, und da war er und liebte sie mit jeder Faser. Daran zweifelte sie nie.

»Vielleicht war dieses nicht reif genug, um geboren zu werden, aber das nächste wird es sein«, sagte er. »Und wir haben immer noch einander. Ich habe immer noch dich.«

George versuchte ein Lächeln, doch es gelang nicht ganz – es verzerrte sein Gesicht, und es machte sie noch trauriger, dass er versuchte, für sie zu lächeln. Als sie George betrachtete, fiel ihr ein, wie im Freibad einmal ein Nest aus einem Baum gefallen war. Sie waren noch Teenager gewesen, aber George schwamm zu dem Nest hinüber und weinte schon, bevor er es erreicht hatte, weil er wusste, was geschehen war. Er hob das untergegangene Nest aus dem Becken und tauchte nach den winzigen Körpern, die herausgefallen waren. Sie sah ihn wieder und wieder tauchen und begann ebenfalls zu weinen. Sie tat ihm gegenüber so, als würde sie um die Vögel weinen, aber sie weinte um ihn. Er tauchte immer wieder, bis er alle Vögel eingesammelt und am Beckenrand abgelegt hatte.

Georges Augen füllten sich jetzt mit Tränen, und er ließ sie überlaufen. Sie fielen auf seine Schürze und befleckten sie mit dunklen Tropfen.

»Es ist okay«, sagte sie.

Und dann schluchzte er. Seine Tränen waren nie zurückhaltend oder leise, sie brachen aus ihm hervor, als würde ein Damm bersten. Wenn man ihn mit seinen kräftigen Händen und der schmutzigen Gemüsehändlerschürze sah, würde man niemals solche Tränen erwarten.

»Komm zu mir ins Bett«, sagte sie.

Er ging um das Bett herum und kletterte hinter sie, schlang die Arme um ihren Körper, legte die Hände auf ihren Bauch. Er hielt sie fest und weinte, und sie weinte ebenfalls. Dieses Mal war sie sich nicht sicher, ob sie um das Baby weinte oder seinetwegen. Als sie am nächsten Morgen aufwachten, trug er immer noch seine Schürze und die Schuhe.

Kapitel 30

Am Tag der Anhörung spürt Kate die Panik in sich herauf-
kriechen. Sie will die Menschen, denen sie begegnet ist, nicht
im Stich lassen. Sie will Rosemary nicht im Stich lassen.

Bei der Arbeit ist sie schweigsam. Sie tippt einen Artikel
und denkt darüber nach, was bei der Anhörung passieren
wird, wie viele Leute kommen werden. Und ob es überhaupt
einen Unterschied machen wird, dass sie kommen.

»Ich dachte, du möchtest vielleicht einen Kaffee«, sagt eine
Stimme. Ein Kaffeebecher wird vor sie auf den Tisch gestellt.
Sie blickt auf und sieht wirres rotblondes Haar, ein lächeln-
des Gesicht.

»Danke, Jay! Kannst du Gedanken lesen?«

»Fotograf Schrägstrich Gedankenleser. Es ist eine Bürde,
mit der ich leben muss.«

Sie nippt an dem Kaffee. Der Duft allein belebt sie ein
wenig.

»Ich soll heute Abend mit zu deiner Anhörung kommen
und ein paar Fotos für die Zeitung machen. Hoffe, das ist
okay.«

Kate hält inne und sieht Jay an. Sie kennt ihn nicht gut,

aber sie sieht sein rotblondes Haar und sein freundliches Gesicht jeden Tag. Er gehört zu dem Gewebe ihres Lebens, und irgendwie hat sein Gesicht eine beruhigende Wirkung auf sie.

»Eigentlich ist es nicht meine Anhörung«, sagt sie. »Aber klar ist das okay. Allerdings weiß ich nicht, ob du da an etwas Brauchbares kommst, es ist nur in den Räumen der Kommunalverwaltung.«

»Das werden wir sehen«, sagt Jay, erhebt sich von der Kante ihres Schreibtischs, auf der er halb gesessen hat, und nimmt seine Kameratasche. »Ich bin ein genauso guter Fotograf wie Gedankenleser, du wirst überrascht sein. Jetzt muss ich los und das neue mexikanische Restaurant fotografieren. Ich kann dir vermutlich umsonst Nachos mitbringen, wenn du möchtest? Sie wissen ja noch nicht, dass wir ihnen nur zwei Sterne geben.«

»Lass es gut sein, der Kaffee ist der Knaller. Danke!«

»Keine Ursache. Dann bis später!«

Als Jay gegangen ist, wird Kate klar, dass sie sich schon lange nicht mehr mit einem Mann unterhalten hat, der nicht ihr Chef ist und den sie nicht interviewt. Sie merkt auch, dass sie nicht mehr ganz so ängstlich ist.

Kapitel 31

Nach Rosemarys dritter Fehlgeburt schlug George vor, in den
Urlaub zu fahren. »Du sollst Meerwasser zwischen deinen
Zehen spüren, Rosy«, sagte er eines Abends, und sie lächelte,
als sie sich vorstellte, wie sich das anfühlen würde. Er saß im
Sessel neben dem Kamin und öffnete die Arme. Sie durch-
querte das Wohnzimmer und setzte sich auf seinen Schoß.
An seine Schilderungen von Devon konnte sie sich so gut erinnern, dass sie das Salzwasser auf ihren Lippen schmecken
und das Geräusch der Wellen hören konnte. Aber sie hatte
den Ort nie mit eigenen Augen gesehen.

»Ich will, dass wir wegfahren, nur wir beide«, sagte er. Sie
waren immer nur zu zweit, aber sie wusste, was er meinte.
Sie sehnte sich ebenfalls danach, der Erinnerung an diesen
Menschen zu entfliehen, den sie nie kennengelernt hatte.
Sie wollte sich wieder so fühlen wie als Teenager. Also be-
schlossen sie, in den Urlaub zu fahren, und wurden von ihrer
Aufregung mitgerissen.

Es war das erste Mal seit ihrer Hochzeit, dass er den Laden
für eine ganze Woche schloss. Mehrere Wochen bevor sie
losfuhren, hängte er ein Schild ins Fenster und kündigte die

geplante Schließung an. Jede Unterhaltung mit seinen Kunden in diesen Wochen handelte von dem Urlaub. Er erzählte stolz von der geplanten Reise und nannte sie »ihre Ferien«. Rosemary und George waren keine Urlauber. Sie waren noch nie zuvor in ihrem Leben in den Ferien gewesen.

Devon war zu weit entfernt, und so entschieden sie sich für Brighton, buchten eine Woche in einem Bed and Breakfast und sparten auf die zwei Shilling sechs Pence zusätzlich, die die Brighton Belle von der Victoria Station aus kostete, der schokoladen- und cremefarbene Pullmanwagen, der wegen seiner schönen Abteile berühmt war.

»Du bist meine Brixton Belle«, sagte George Rosemary ins Ohr, als er ihr vom überfüllten Bahnsteig aus in den Zug half. Er trug den kleinen Koffer, den sie sich von einer Freundin von Rosemary geliehen hatten. Als sie ihre Plätze gefunden hatten, nahm Rosemary das Abteil um sich herum wahr – die braune Jugendstiltapete, das sanfte Licht der Tischleuchten und einen leichten Geruch von Toast, Kaffee und Bücklingen.

Rosemary versuchte sich ihre Nervosität nicht anmerken zu lassen. Sie hatte London noch nie zuvor verlassen und spürte einen Stich im Magen, als sie den Bahnsteig davongleiten sah. Es fühlte sich an, als würde man losgebunden und frei schweben. George drückte ihre Hand.

»Was denkst du, wofür ist das?«, fragte Rosemary und zeigte auf einen Klingelknopf an der Wand.

»Für den Kellner«, sagte eine Frau ihnen gegenüber mit hochgezogener Augenbraue. George und Rosemary sahen einander an und lächelten. Er drückte auf den Kopf. Ein paar Augenblicke später war der Kellner da, zeigte ihnen die Speisekarte und sprach George mit »Sir« an (Rosemary bedeckte ihren Mund mit der Hand, um ihr Lachen zu verbergen). Sie konnten sich nur eine Kanne Tee leisten, aber er hätte auch

Champagner sein können. Die Fahrt war wackelig und die Sitze unbequem, aber das war ihnen egal.

Als sie ankamen, wollte Rosemary sofort das Meer sehen, also folgten sie den Familien und Paaren die Queens Road entlang ans Wasser. Alle waren für den Strand gekleidet – Frauen und Männer trugen dunkle, runde Sonnenbrillen und die Kinder Sonnenhüte. Sie kamen an Eisdielen und Teestuben und Jazz-Bars vorbei, aber Rosemary nahm kaum Notiz von ihnen, so sehr brannte sie darauf, ans Meer zu gelangen.

Als sie näher kamen, ging sie schneller. Sie hörte die am Himmel kreisenden Möwen kreischen. Dann sah sie sie endlich: die riesige grüne Wasserfläche, die wie Tinte an dem blauen Horizont leckte. Was dort ins Wasser hinausragte war die Palace Pier mit ihren zusammengewürfelten Gebäuden und Kuppeln und den beiden Spiralrutschen am Ende.

Der Seewind blies ihnen entgegen, als sie zum Strand hinuntergingen. Sie leckte sich über die Lippen: Sie schmeckten nach Fish and Chips.

Der Strand war voller gestreifter Liegestühle mit Familien und jungen Paaren. Ein Mann in Badehose rannte hinter einer Frau in einem Einteiler und mit Badehaube her, und zusammen sprangen die beiden ins Wasser. Ein Kind saß auf den Kieseln, zeigte auf Möwen und vertilgte ein Zuckerbrot. Eine Gruppe von Teenagern lagerte vor den umgedrehten Booten im Schatten und rauchte.

Rosemary und George zogen ihre Schuhe und Socken aus und legten sie auf den Koffer. Dann gingen sie mit verschränkten Fingern über die Kieselsteine hinunter ans Wasser. Das Meer war so kalt wie das Freibad. Sie standen an seinem Rand und blickten hinaus auf das Wasser, das endlos schien. George betrachtete, wie sie das Meer betrachtete, und lächelte mit seinem ganzen Körper.

Zusammen gingen sie auf die Pier und kauften sich Baked Potatoes, die vor Butter troffen. Sie aßen sie an das Geländer gelehnt, umkreist von Möwen, die auf Reste hofften. Mehrere Reihen von Männern mit weißen Kappen fischten am Ende der Pier Makrelen. Frauen in Sommerkleidern gingen Arm in Arm, und Kinder standen an dem Stand mit frisch frittierten Donuts an. Der Standbesitzer reichte einem kleinen Mädchen eine fettige Papiertüte, und es strahlte entzückt.

George wandte sich vom Kindergelächter ab und lehnte sich mit dem Rücken ans Geländer. Rosemary drehte sich zu ihm, lächelte ihn an und hoffte, dass er in ihrem Gesicht genug sah für ein erfülltes Leben.

Sie verbrachten die Tage sowohl in der Stadt, wo sie im Lyon's Tea Shop Kuchen aßen und die rauchigen Jazz-Kneipen erkundeten, als auch am Strand. An den Abenden kehrten sie klebrig vom Teer aus dem Meer in ihr Bed and Breakfast zurück.

»Sie müssen sich nur mit Butter abreiben, dann geht es sofort ab«, sagte der Besitzer des B&B, und so nahmen sie ein Stück Butter mit auf ihr Zimmer und rieben einander mit dem blassen Fett ein. Dabei lachten sie wie die Teenager. Sie schliefen nach Butter riechend ein, ihre weichen Körper ein Durcheinander nackter Gliedmaßen zwischen den Laken.

Nach ihrem letzten Tag am Strand gingen sie mit braunen und vom Salzwasser und der Sonne wunden Gesichtern in ein Café, um heiße Schokolade zu trinken und der Jukebox zu lauschen. Der Raum war voller Rauch und Dampf von der Kaffeemaschine. George bezahlte einen Song, und die Klänge von »My Wish Came True« von Elvis Presley erfüllten die Bar.

»Tanzt du mit mir?«, fragte er. Sie schoben ihren Tisch beiseite und legten mitten im Café die Arme umeinander. Rosemary lehnte ihr Gesicht an seine Brust und horchte auf seinen Herzschlag. Er klang nach zu Hause, dachte sie. Sie liebte das Meer, aber jetzt wollte sie zurück in ihr Freibad, dessen Wände in Wirklichkeit ein Trost waren, keine Falle. Sie hatten eine Woche lang das Gefühl genossen, wieder jung zu sein, sich voreinander in dem Spiegelkabinett auf der Pier zu verstecken, sich auf dem quietschenden Bett im B&B zu lieben und den Gedanken zu entkommen, die sie beide vergessen wollten. Aber jetzt wollte sie nach Hause in ihre kleine Wohnung. Obwohl in jeder Zimmerecke Traurigkeit saß und sich dann und wann wie eine Staubwolke in Gefühlsaufwallungen löste, war es ihr Zuhause und ihr Leben, und es war genug für sie.

Elvis Presley sang für sie, während sie tanzten, und George küsste sie.

Kapitel 32

Rosemary steht auf den Stufen des Rathauses und blickt auf das Konfetti zu ihren Füßen. Eine Brise bläst ein Papierherz auf die Spitze ihrer schwarzen Spangenschuhe mit dem flachen Absatz. Sie starrt es an, wie es dort kleben bleibt.

»Bereit?«, fragt Kate und fasst nach Rosemarys Hand. Rosemary blickt überrascht über den Kontakt hinunter. Kate lächelt, bevor sie schnell loslässt.

Die anderen warten hinter ihnen auf den Stufen. Die Angestellten im Freibad und im Café haben sich mit dem Abschließen beeilt, um rechtzeitig hier zu sein – der Barista trägt noch immer seine Schürze. Ahmed und Geoff stehen beieinander und reden. Ellis und Jake unterhalten sich mit Hope, und Frank und Jermaine haben sich zu Kate gestellt. Sprout sitzt zu ihren Füßen. Betty ist mit ihrer Enkelin gekommen. Eine Frau mit neugeborenem Baby ist da, das im Tragetuch vor ihrer Brust schläft, ihren Ehemann hält sie an der Hand. Eine Yogalehrerin, die in den Räumen des Freibads unterrichtet, ist mit einigen ihrer Schüler gekommen. Da sind ein Teenager und zwei Menschen, die bei ihm stehen, aber leicht Abstand halten, die Rosemary für seine Eltern hält.

Der Sicherheitsmann aus dem Kaufhaus ist neben mehreren Lehrern und einer Gruppe Kinder vom Schwimmklub, ihren Eltern und dem Trainer hier. Ganz hinten steht Jay mit seiner Kamera und macht Fotos von der Menschenansammlung auf der Rathaustreppe.

»Wir stehen alle hinter Ihnen, Mrs P«, sagt Ellis.

Rosemary blickt die Säulen hinauf, die den Eingang des Rathauses flankieren, umgreift den Handlauf und erklimmt langsam die Stufen. Die anderen folgen ihr geduldig und betreten nacheinander den Raum, in dem die Anhörung stattfindet.

Ganz vorne steht ein langer Tisch, und dahinter sitzen Männer in Anzügen: der Stadtrat, mit dem Kate sich getroffen hat, und rechts und links neben ihm einige andere.

»Willkommen!«, sagt er, als sie hereinkommen, seine Stimme übertönt das Scharren der Stuhlbeine. Sie suchen sich ihre Plätze dem Gremium gegenüber. »Wie schön, dass so viele von Ihnen die Zeit gefunden haben. Eventuell brauchen wir mehr Stühle.«

Schließlich sind genügend Stühle herangezogen worden, und alle setzen sich. Rosemary und Kate sitzen zusammen mit Ahmed und Geoff vorne.

»Darf ich dir aus dem Mantel helfen, Rosemary?«, sagt Kate und streckt den Arm aus. Doch Rosemary weicht zurück und zieht den Gürtel um ihren Mantel enger.

»Nein. Mir ist kalt.«

Als alle sitzen, eröffnet der Stadtrat die Anhörung. Er spricht schnell, und seine Rede enthält viel Fachchinesisch, das die Anwohner in ihren Stühlen herumrutschen lässt. Er spricht von Mittelkürzungen, knappen Budgets und sagt, dass »in dem Schwimmbad Geld versickert, das in andere wertvolle örtliche Einrichtungen und Ressourcen gesteckt werden könnte«.

»Sie wollen doch bestimmt auch, dass mehr Geld in andere Dienstleistungen fließt, wie beispielsweise die örtlichen Schulen?«, fragt er und sieht sich unter den Freibadgästen im Raum um, die bei seinen Worten in ihren Schoß blicken. Rosemary fühlt sich kritisiert, als wäre ihr Kampf die Mühe nicht wert.

»Jetzt ist es an der Zeit, Sie zu hören. Wer möchte Ihre Gedanken zu der Schließung ausführen? Verzeihung, der möglichen Schließung. Haben Sie einen Sprecher ernannt?«

Rosemary steht langsam auf und stützt sich dabei auf Kates Schulter. Sie zieht den Mantel eng um sich und rückt am Hals ihren Schal zurecht.

»Sie haben drei Minuten, lassen Sie uns hören«, sagte der Stadtrat.

Als sie dasteht, ist Rosemary bewusst, dass die Gesichter ihrer Freunde ihr erwartungsvoll zugewandt sind. Sie verlassen sich auf sie.

Sie denkt daran, wie sie morgens mit Kate schwimmt, ihren Beinschlag verbessert und danach mit ihr auf einer Bank sitzt und redet. Sie denkt an George, wie er immer auf dem Boden des Beckens Handstand gemacht hat, die blassen Fußsohlen gen Himmel gestreckt. Sie denkt an all die Menschen, die sie jeden Tag sieht, die eine Möglichkeit gefunden haben, ihren Problemen zu entkommen, ihre Anspannung Bahn um Bahn abzulegen. Sie räuspert sich und beginnt.

»Als die alte Bibliothek geschlossen wurde, war niemandem die Bedeutung dessen bewusst, was wir verloren, bis es verloren war. Es war ein Ort des Lernens und auch eine Begegnungsstätte für die Allgemeinheit. Und mit dem Freibad ist es dasselbe. Wir nehmen es als gegeben hin, und genau deswegen ist es so wichtig. Wir verlassen uns darauf, dass es uns zur Verfügung steht. Man kann hingehen und einen Moment für sich haben, egal, welchen Grund man hat, diesen Moment zu brauchen.«

Sie dreht sich um und sieht die Leute hinter sich an, die alle ihre eigenen Gründe auf dem Rücken tragen.

»Mit dem Freibad verbinden wir alle so viele Erinnerungen. Für Kinder, die nie am Meer waren, bedeutet es Sommer und Freiheit. Eltern verbinden damit die Erinnerung daran, wie ihr Kind zum ersten Mal geschwommen ist – den Augenblick, in dem man sie loslässt und sie fliegen. Und mir, also mir bedeutet es mein Leben.«

»Aber haben Sie auch an die kalten Monate gedacht?«, unterbricht sie der Stadtrat. »Es stimmt, an sonnigen Tagen mag das Freibad voll sein, aber bei schlechtem Wetter verliert es noch mehr Geld. Die Leute wollen bei Kälte und Regen einfach nicht in einem Außenbecken schwimmen, und lassen Sie uns ehrlich sein, es regnet hier oft und ist oft kalt. Einer Frau in Ihrem Alter sind die Gesundheitsrisiken des Schwimmens bei solch kaltem Wetter bestimmt bewusst?«

Während der Stadtrat spricht, beginnt Rosemary langsam ihren Mantel aufzuknöpfen. Etwas Schwarzes blitzt auf, als sie damit fertig ist und sich ihren Schal abwickelt. Sie schüttelt den Mantel von den Schultern, und ihre Freunde um sie herum fangen an zu klatschen.

»Wie Sie sehen, bin ich dafür gut ausgerüstet.«

Ihr blasser Kopf ragt aus dem Oberteil des Neoprenanzugs heraus, der ihren rundlichen Körper eng umschließt. Der Anzug endet an den Knien und betont ihre krummen Beine und die schwarzen Spangenschuhe an ihren Füßen. Der Stadtrat wird von einem Hustenanfall heimgesucht. Jays Kamera klickt, als er das Foto für die Titelseite des *Chronicle* schießt.

»Wir dachten, es könnte sich auszahlen, die Produktpalette, die wir an der Kasse verkaufen, zu erweitern«, sagt Geoff und tätschelt Rosemarys neoprenbedeckten Arm. »Sie haben schon recht, dass es im Wasser kühl werden kann, aber jetzt gibt es keine Entschuldigung mehr!«

Rosemary dreht sich einmal langsam um ihre eigene Achse, um ihr Outfit vorzuführen, und ihre Freunde jubeln. Sie fängt Kates Blick auf – sie sieht aus, als versuchte sie, nicht zu lachen, aber dann gibt sie auf und lacht mit den anderen mit. Dem Stadtrat sind die Worte ausgegangen. Offenbar hat er im Rathaus noch niemals zuvor eine Sechsundachtzigjährige in einem Neoprenanzug gesehen.

Kapitel 33

Am nächsten Tag erscheint Jays Foto von Rosemary im Neoprenanzug auf der ersten Seite der Zeitung. In Kates Artikel dazu wird erwähnt, dass Kunden künftig im Freibad Neoprenanzüge kaufen können, wenn der Sommer vorüber ist und das Wasser kälter wird.

Als Kate im Büro eintrifft, kommt ihr Phil entgegen und schwenkt die Zeitung. Jay sitzt an seinem Schreibtisch und hebt eine zweite Kaffeetasse, als er sie sieht.

»Ich habe heute Morgen im Bus Leute darüber reden hören«, sagt Phil, sobald Kate durch die Tür ist. Er zeigt auf das Foto von Rosemary. »Weißt du, wie oft ich Leute über den *Brixton Chronicle* reden höre? Nie. Manchmal denke ich, die Leute kaufen die Zeitung nur, um ihre Kartoffeln darauf zu schälen.«

Kate und Jay sehen einander mit hochgezogenen Augenbrauen an.

»Aber das hier, wo habt ihr sie aufgetrieben?«

Kate antwortet nicht. Sie beginnt sich zu fragen, ob sie es war, die Rosemary gefunden hat, oder ob es nicht vielleicht andersherum gewesen ist.

»Genau das braucht die Freibad-Geschichte: mehr Bilder. Kate, ich will, dass du Jay mit zum Schwimmbad nimmst und ihn den Leuten vorstellst, die du da getroffen hast. Jay, ich will Bilder aus dem Leben, einen Blick ins ›schlagende Herz unseres Gemeinwesens‹, wie Rosemary Peterson es ausdrückt.«

»Alles klar, Chef«, sagt Jay und schultert seine Kameratasche.

Phil setzt sich an seinen Schreibtisch, reißt eine Tüte voller Fettflecken auf und beißt in sein Schinken-Käse-Croissant. Krümel fallen auf die Zeitung.

Kate packt gerade ihre Sachen ein und macht sich zum Gehen bereit, als ihr Handy summt. Sie nimmt es und liest eine Nachricht von Erin: Ich liebe Rosemary Peterson! Sie ist unglaublich. Mark und ich haben heute Morgen so über das Foto gelacht! So glücklich, deinen Artikel auf der ersten Seite zu sehen. E. X

Kate grinst beim Lesen.

»Kommst du?«, sagt Jay zu Kate. Er hat seine Tasche über der Schulter und ein Stativ unterm Arm.

»Ja, entschuldige.«

Sie schickt Erin ein Schwimmer-Emoji mit ein paar Küssen und steckt das Telefon in die Tasche.

»Lass uns gehen.«

...

Während Rosemary frühstückt, liest sie den Artikel über sich und betrachtet ihr Foto auf der Titelseite.

George würde nicht glauben, dass sie es auf die erste Seite einer Zeitung geschafft hat, selbst wenn es nur eine Regionalzeitung ist. Als sie heute Morgen zum Zeitungskiosk gegangen ist, um sie zu kaufen, hat sie gesehen, wie mehrere Menschen die Zeitung anschauten.

»Sieh dir das an, das ist unglaublich«, hat ein junger Mann zu seiner Freundin gesagt, als Rosemary leise an ihm vorübergegangen ist.

Sie kann es selbst kaum glauben. Der Neoprenanzug hängt als Erinnerung an ihrer Schlafzimmertür. Als sie ihn heute Morgen erblickte, hat sie gelächelt.

Es war ein echter Kampf, vor der Anhörung hineinzuschlüpfen. Sie hat Plastiktüten über ihre Hände und Füße gezogen, um sie durch die engen Arm- und Fußlöcher zu bekommen, und als sie ihr Spiegelbild im Schlafzimmerspiegel erblickte, konnte sie nicht aufhören zu lachen. Dann musste sie vor lauter Lachen keuchen und sich einen Augenblick hinsetzen, noch mit Plastiktüten an Händen und Füßen und dem halb angezogenen Neoprenanzug. Als sie auf dem Bett saß, blickte sie hinüber auf das Foto von George neben ihrem Kopfkissen. Es zeigt ihn vor seiner Gemüsehandlung in seiner Schürze, und er hält auf dem Foto den größten Kürbis hoch, den sie je gesehen hatten. Er grinst.

»Was sagst du hierzu, George?«

Sich den Reißverschluss hinten selbst zuzuziehen erwies sich als schwierig. Sie verbrachte lange Zeit damit, sich zu drehen und nach dem Reißverschluss zu fummeln und wäre dabei zweimal fast umgefallen. Als sie das Ding geschlossen hatte, knöpfte sie ihren Mantel zu und schlang sich den Schal eng um den Hals, um den Ausschnitt des Neoprenanzugs zu verbergen. Der Anzug ließ wenig Bewegungsspielraum, und so musste sie auf alle viere gehen, um an ihre Schuhe zu gelangen.

In vielerlei Hinsicht ist die Anhörung nicht gut verlaufen. Die Stadträte haben auf sie herabgesehen, das merkte sie. Es gab ihr das Gefühl, wieder in der Schule zu sein, und sie waren die Lehrer. Mitten in ihrer Rede fielen ihr die Lehrer ein, die sie gezwungen hatten, im Gewitter zu schwimmen, und ihre Gesichtsausdrücke, als sie mit ihren Regenmänteln ins Wasser gesprungen waren. Die Erinnerung brachte sie zum Lächeln. *Wartet nur, bis ihr seht, was unter diesem Mantel steckt*, dachte sie bei sich.

Es ist schwer zu sagen, was das Ergebnis der Anhörung war. Nachdem Rosemary ihren Mantel wieder angezogen hatte und der Stadtrat aufgehört hatte zu husten, teilte er ihnen mit, dass ihre Sorgen dem Ausschuss (wer immer das war) übermittelt und zu bedenken gegeben würden. Die Anwohner und die Angestellten des Freibads würde man auf dem Laufenden halten, sagte er, aber es wurde noch kein Termin für eine weitere Anhörung genannt. Trotz der Unsicherheit wurden ihre Sorgen für den Augenblick von dem Schulterklopfen und Gelächter ihrer Freunde weggewischt, als sie zusammen das Rathaus verließen. Sie gingen sogar in einem Pub um die Ecke noch etwas trinken. Kate und Ellis halfen ihr auf einen der hohen Barstühle, was bedeutete, dass ihre Füße nicht mehr den Boden berührten. Ellis spendierte ihr ein kleines Glas Cider. Ein paar der anderen Gäste warfen ihr seltsame Blicke zu, wie sie da in ihrem Neoprenanzug und Mantel saß. Sie hob nur ihr Glas und lächelte.

Sie trank und beobachtete die Menschen um sich in der Bar. Ellis, Hope und Betty lachten und teilten sich eine Packung Erdnüsse und Erinnerungen an Brixton. Frank und Jermaine steckten Sprout, die unter einem der Tische auf dem klebrigen Teppich lag, Schinkenchips zu. Sie unterhielten sich mit Kate, die mit leuchtenden Augen von dem letzten Buch erzählte, das sie gelesen hatte. Sie hielt ein Glas Wein in der Hand, und ihre Wangen waren rosa. Die drei lachten miteinander, und Sprout schlug mit dem Schwanz heftig auf den Boden. Ahmed sprach mit dem netten Fotografen, der Rosemary gesagt hatte, sie hätte ein Gesicht für die Titelseite.

Als sie fertig gefrühstückt hat, öffnet sie eine Schublade und schiebt ein Nudelholz, Frischhaltefolie und eine Rolle Alufolie zur Seite, bis sie die Küchenschere findet. Ihre Hände zittern, als sie langsam den Artikel ausschneidet. Nachdem sie ihn vom Rest der Zeitung gelöst hat, heftet sie ihn an den Kühlschrank. Dafür rückt sie Hopes Postkarte von einer Kreuzschifffahrt vor zwei Jahren und die Speisekarte eines karibischen Restaurants in ihrer Straße ein Stück nach unten.

Dann ruft sie Kate an und tut etwas, was sie seit sehr langer Zeit für niemanden mehr getan hat: Sie lädt sie zum Abendessen ein.

Kate klingt überrascht, sagt aber sofort zu. »Ja, natürlich, sehr gern. Danke!«, sagt sie. »Oh, und Rosemary, ich weiß, es ist sehr kurzfristig, aber was hast du gerade vor? Wenn du Zeit hättest, könnten wir im Freibad Unterstützung brauchen. Jay macht Fotos für einen anderen Artikel, wir hoffen, dass die Berichterstattung helfen wird. Ahmed hat eine ›Rettet das Brockwell-Freibad!‹-Seite auf Facebook erstellt, die erwähnen wir in dem Artikel ebenfalls. Ich zeig sie dir später, aber sie bekommt schon viel Zulauf.«

»Das ist wunderbar«, antwortet Rosemary. Bei dem Gedanken an Ahmeds Hilfe und andere, die dazustoßen und ihre Unterstützung für das Freibad kundtun, breitet sich ein Lächeln auf ihrem Gesicht aus. »Ich bin in einer Viertelstunde da.«

»Kannst du deinen Badeanzug mitbringen?«, fragt Kate. »Jay findet, ein Foto von dir im Becken wäre gut. Und da du bereits auf der Titelseite warst, dachte ich, es macht dir vielleicht nichts aus?«

Rosemary lacht. »Warum nicht«, sagt sie.

Die drei treffen sich vor dem Freibad. Ahmed kommt heraus, begrüßt sie und zeigt Rosemary eifrig die Facebook-Seite auf seinem Handy.

»Sie hat schon sechzig Likes, und ich habe sie erst heute Morgen erstellt«, sagt er zufrieden.

Rosemary würde ihn gern fragen, was ein »Like« ist, will aber nicht zu unwissend wirken. Stattdessen sagt sie: »Das ist wunderbar, Ahmed, gut gemacht!«

Dann führen Kate und Rosemary Jay herum, und er fotografiert ihre Welt. Er lernt Angestellte und Schwimmer kennen und hört nicht auf zu knipsen. Die Kinder der Schwimmgruppe wollen, dass er ihnen seine Kamera zeigt. Er kniet sich auf den Boden und erklärt ihnen, was die verschiedenen Knöpfe machen, und zeigt ihnen ein paar der Fotos auf dem Display. Sie strecken die Hände begierig nach der Kamera aus. Als er wieder aufsteht, ist seine Hose an den Knien dunkel vor Nässe. Er sieht aus, als hätte er Knieschoner an, und das bringt Kate zum Lachen.

»Tut mir leid«, sagt sie, als er es sieht. »Ich hoffe, es macht dir nichts aus, wenn sie mit deiner Kamera spielen?«

»Ich bin daran gewöhnt«, sagt er, »ich habe drei Nichten und zwei Neffen.«

Rosemary beobachtet, wie Jay und Kate sich unterhalten, und bemerkt, wie anders Kate aussieht als bei ihrer ersten Begegnung. Sie sieht glücklich aus.

Am Ende des Tages trennen die drei sich am Eingang zum Park.

»Dann also bis morgen Abend, Rosemary?«, sagt Kate.

»Ja, bis morgen«, sagt Rosemary.

Kapitel 34

»Du hast eine sehr hübsche Wohnung, Rosemary, danke für die Einladung«, sagt Kate, nachdem sie in Rosemarys Wohnung getreten ist und ihr einen kleinen Strauß lila Tulpen überreicht hat. Die Abendsonne strömt durch das Fenster zum Balkon herein und taucht alles in goldenes Licht. Es ist ein kleines Zimmer, aber es ist gepflegt und ordentlich. Es gibt ein Zweisitzersofa, einen Sessel und einen Sofatisch, neben dem auf dem Boden ein Plattenspieler steht. Kissen in leuchtenden Farben dekorieren das Sofa und den Sessel. Kate erkennt die afrikanischen Muster aus dem Brixton Village wieder. Sie findet, das Zimmer strahlt Ruhe und Gemütlichkeit aus.

»Du kannst deinen Mantel über den Stuhl hier legen«, sagt Rosemary und zeigt auf den Stuhl an der Tür, auf dem schon erwartungsvoll ihre Schwimmtasche bereitsteht.

Rosemary verschwindet in der Küche und lässt Kate allein im Wohnzimmer. Während sie weg ist, schlendert Kate zur Balkontür. Sie blickt über das Geländer und über die Straße hinüber zu den Mauern des Freibads. Der Backstein leuchtet terrakottafarben in der Sonne. Hinter dem Freibad erstreckt

sich der Rest des Parks in einem grünen Dunst aus Baum-
wipfeln und Gras.

Sie tritt vom Balkon zurück und geht hinüber zu dem Regal, das eine gesamte Wand einnimmt.

»Oh, all die Bücher und Schallplatten!«, ruft Kate in Richtung Küche und neigt den Kopf zur Seite, um die Titel auf
dem langen Regal zu lesen. *Der Fänger im Roggen, Brixton
und seine Geschichte, Ausgewählte Gedichte …*

»Wollen wir Musik auflegen?«, fragt sie Rosemary, die gerade mit einer Schüssel Erdnüsse wieder ins Zimmer kommt.
Sie zeigt auf den Plattenspieler.

»Was möchtest du denn gern hören?«, fragt Rosemary.

»Ich tue mich schwer, mich zu entscheiden. Du hast so
eine riesige Sammlung.«

»Die meisten gehören George.«

»Darf ich?«

»Bitte.«

Rosemary setzt sich, und Kate kniet sich auf den Boden
und geht die Schallplatten durch. Schließlich sucht sie eine
aus, lässt sie vorsichtig aus ihrer Hülle gleiten und legt sie auf
den Plattenspieler.

»Ich liebe Frank Sinatra. Meine Mutter und mein Stiefvater haben dazu in der Küche getanzt. Als Teenager fand ich
es peinlich, aber in Wahrheit habe ich es geliebt – die Lieder
und das Tanzen.«

»George und ich haben zu seiner Musik auch mehr als
einmal getanzt.«

»Es tut mir leid«, sagt Kate. »Ich kann auch eine andere
aussuchen, wenn dir das lieber ist?«

»Nein, lass sie laufen. Ich mag sie.«

Kate setzt sich aufs Sofa. Im Regal neben ihr steht ein ge-
rahmtes Foto von George und Rosemary am Tag ihrer Hochzeit. Sie stehen unter einem Baum im Park und halten sich

an den Händen. Keiner von ihnen sieht in die Kamera. Sie lachen und blicken sich an.

»Ihr seht schön aus«, sagt Kate. »Beide.«

»Danke! Ich weiß, wir benutzen dieses Wort eigentlich nicht, um Männer zu beschreiben, aber ich finde, er war tatsächlich schön. Im Sommer ist er immer so braun geworden.«

Rosemary lächelt und schließt einen Moment die Augen. Frank Sinatras volle Stimme erfüllt den Raum. Als sie der Musik lauscht, denkt Kate an zu Hause. Es ist eine ganze Weile her, seit sie ihre Mum und Brian besucht hat. Sie hat immer die Sorge, dass sie, wenn sie es sich erlaubt, nach Hause zu fahren, möglicherweise nie mehr zurückkommt. Zwar war sie längere Zeit nicht zu Hause, aber sie kann es sich immer noch genau vorstellen. Der Geruch fällt ihr jetzt ein: Kerzen mit Orangenduft und das Holz des Esstisches, den sie haben, seit Kate denken kann, und der unbeschreibliche Duft der Haare und Kleider der Menschen, die sie auf der Welt am meisten liebt. Als Erin und Kate klein waren, hatten sie Schals mit demselben Muster, die ihre Großmutter ihnen geschenkt hatte. Wenn sie herausfinden wollten, welcher Schal wem gehörte, rochen sie bloß daran und erkannten ihren jeweiligen Geruch sofort.

Kate blickt auf und bemerkt, dass Rosemary sie beobachtet. Sie sieht wieder auf das Hochzeitsfoto und überlegt, wie anders Rosemary jetzt aussieht, aber auch wie ähnlich. Ihr Gesicht mag gealtert sein, aber ihre Augen sind dieselben geblieben, und da ist dieses Selbstvertrauen, das man eindeutig sowohl auf dem Foto als auch an der alten Frau vor Kate erkennen kann.

»Erzählst du mir mehr von George?«, fragt Kate und stellt den Rahmen vorsichtig auf das Regal zurück.

»Oh, wo soll ich da anfangen«, sagt Rosemary und lässt sich ein Stück zurücksinken. »Du hast inzwischen bestimmt erraten, dass er ein sehr guter Schwimmer war. Im Krieg wurde er nach Devon evakuiert, und da ist er einmal sogar mit Delfinen geschwommen, wenn du das glaubst, was er mir erzählt hat. Ich bin mir nicht sicher, ob ich das tue.«

Kate lacht.

»Wenn ich in der Bibliothek früher fertig war, habe ich ihn in seiner Obst- und Gemüsehandlung besucht. Manchmal hat er gerade Kundschaft bedient, und ich bin bei den Kartoffeln stehen geblieben und habe zugesehen, wie er die Papiertüten in der Luft drehte, um sie zu verschließen, oder konzentriert Tomaten abwog. Wenn niemand im Laden war, hat er oft ein Geschenk für mich hervorgeholt, vielleicht einen flachen Pfirsich, von dem er wusste, dass er besonders süß war, oder eine krumme Karotte aus einem Sack voller gerader Karotten oder irgendwas, das ich noch nie gesehen hatte, wie zum Beispiel eine Yamswurzel, die er von seinen karibischen Freunden vom Markt hatte.

Er hat gern gelesen, genau wie ich, und ich habe uns immer Bücher aus der Bibliothek mitgebracht. Wir haben uns zusammen hingesetzt und sie gelesen, und manchmal hat er angefangen, über etwas zu lachen, das er gelesen hatte. Er versuchte, leise zu sein, um mich nicht zu stören, aber oft konnte er nicht anders und lachte, bis ihm die Tränen kamen, die ihm dann übers Gesicht liefen. Natürlich hat mich das auch zum Lachen gebracht, und ich habe mir vorgestellt, was seine Kunden denken würden, wenn sie sehen könnten, wie dieser große Gemüsehändler vor Lachen heult.«

Kate sitzt das Kinn in die Hand gestützt da, während sie Rosemary den Mann beschreiben hört, den sie geliebt hat. Beim Sprechen funkeln ihre blauen Augen, und Farbe tritt in ihre Wangen. Kate stellt sich den schwimmenden Gemüsehändler George vor. Sie stellt ihn sich zusammen mit Rosemary auf diesem Sofa vor.

Rosemary blickt auf. »Entschuldige, ich langweile dich.«

»Nein, im Gegenteil«, sagt Kate. »Ich höre dir sehr gern zu.«

»Ich vermute, es ist eine Weile her, seit ich das letzte Mal über ihn geredet habe.«

»Bestimmt vermisst du ihn«, sagt Kate sanft.

Rosemary sieht sich in der Wohnung um. Kate fragt sich, was sie sieht – ob George im Sessel sitzt, vor dem Balkon steht oder sie von der Küchentür aus anlächelt.

»Oh, furchtbar.«

In der Küche klingelt eine Eieruhr.

»Essen ist fertig«, sagt Rosemary mit fröhlicher Stimme, und der Schatten hebt sich schnell wieder von ihren Augen. Sie stehen beide auf und gehen in die Küche.

Der Tisch ist für zwei gedeckt, und in seiner Mitte steht eine Vase mit Lavendelzweigen.

Kate hilft Rosemary dabei, eine dampfende Auflaufform aus dem Ofen zu ziehen. Eine gebratene Lammschulter liegt auf einem Bett von knusprigem, mit Honig vermischtem Gemüse.

»Das duftet herrlich, Rosemary«, sagt Kate.

Rosemary greift auf den Kühlschrank und holt ein schwarzes, leinengebundenes Notizbuch herunter, das beinahe auseinanderfällt. Seiten hängen heraus, und bekritzelte Post-its kleben auf Zetteln, die an den Rändern herausschauen. Sie reicht es Kate.

»Georges Rezepte. Sie haben mir sehr geholfen. Er hat meistens gekocht.«

Kate öffnet das Buch und wendet vorsichtig die Seiten. Auf manchen sind Fingerabdrücke zu sehen und Essensspritzer. Auf anderen sind Notizen durchgestrichen oder ergänzt worden – alles von Hand. Sie blättert Seite um Seite voller Rezepte um.

»Du warst bestimmt sehr stolz auf ihn«, sagt sie und gibt Rosemary das Buch zurück.

»Sehr.«

Rosemary legt das Notizbuch vorsichtig wieder auf den Kühlschrank. Kate zieht den Tisch ein Stück vor, damit Rosemary sich setzen kann, und schiebt ihn dann wieder zurück.

»Du hast gekocht, ich serviere«, sagt sie.

Rosemary sieht aus, als wollte sie widersprechen, aber sie steckt hinter dem Tisch fest. Also hat sie keine andere Wahl, als sich zu setzen und von Kate bedienen zu lassen.

»Es ist ein Salat im Kühlschrank, holst du ihn raus? Bitte.«

Als Kate die Kühlschranktür öffnet, bemerkt sie ihren Artikel mit Rosemarys Foto und lächelt.

Der Kühlschrank ist voll mit buntem Gemüse von Ellis, und in der Tür steht eine Flasche Weißwein mit ihrem eigenen Namen darauf. Kate greift nach der Salatschüssel und dem Wein und schließt die Tür.

Sie stellt den Salat auf den Tisch und hält die Flasche Wein mit einem Lächeln und einer hochgezogenen Braue in die Höhe. Dabei dreht sie die Flasche so, dass Rosemary das »Kate«-Etikett lesen kann.

»Oh ja, das habe ich fast vergessen«, sagt Rosemary. »Möchtest du Wein?«

»Gläser?«

»Schrank über der Mikrowelle.«

In dem Schrank befinden sich immer zwei gleiche Dinge. Kate nimmt zwei Weingläser heraus und öffnet die Flasche. Sie schenkt das von Rosemary über die Hälfte voll.

Das Fleisch und das Gemüse sind perfekt gegart, und auch der Salat schmeckt köstlich. Er besteht aus frischen Blättern, die mit einem Dressing beträufelt sind, das Kate nicht identifizieren kann, das aber wunderbar schmeckt.

»Ich bin so beeindruckt, das hier ist unglaublich. Danke, Rosemary!«

»Gern geschehen«, sagt Rosemary lächelnd. »George war ein hervorragender Koch. Er wusste natürlich alles über Gemüse, aber er konnte auch Fleisch gut zubereiten. Das hat er von den Fleischern auf dem Markt gelernt, er hat sie gebeten, ihm im Austausch gegen einen Sack Kartoffeln oder eine Tüte Obst ihre Geheimnisse zu verraten.«

Beim Essen erzählt sie Kate weiter von George und ihrem gemeinsamen Leben. Danach räumt und spült Kate unauffällig ab, während Rosemary weiterredet. Sie füllt den Wasserkocher, da seufzt Rosemary leise auf.

»Das war ein wunderschöner Geburtstag«, sagt sie.

Kate dreht sich auf dem Absatz um. »Du hast mir nicht gesagt, dass es dein Geburtstag ist!«

Rosemary zuckt mit den Schultern.

»Ich hätte dir nicht nur Blumen mitgebracht«, sagt Kate mit zusammengezogenen Brauen und Sorge in der Stimme, »ich hätte etwas gemacht. Und jetzt habe ich ein schlechtes Gewissen, dass du so viel kochen musstest.«

»Es ist mein siebenundachtzigster. Ich hatte genügend Geburtstage.«

»Also, dann müssen wir wenigstens noch ein Glas Wein trinken«, sagt Kate, schaltet den Wasserkocher aus und greift stattdessen nach der Weinflasche.

»So«, sagt sie und schenkt beide Gläser voll. »Alles Gute zum Geburtstag, Rosemary!«

Die beiden Frauen stoßen an und trinken einen Schluck. Sie lassen sich in ihre Stühle und in die Unterhaltung zurücksinken. Sie sprechen über das Freibad und über George, und eine Weile fühlt es sich so an, als säße er hier bei ihnen in der Küche mit an den Tisch gequetscht, der eigentlich nur groß genug ist für zwei.

Kapitel 35

Es sah viel höher aus, als sie erst oben im Baum war. Sie schlang ihre Beine um den Stamm und umklammerte den moosigen Ast fest mit den Händen, ihre Füße baumelten unter ihr. George war schon auf der anderen Seite, sie sah ihn auf der Picknickbank, mit ausgestreckten Armen nahm er sie in Empfang.

»Ich bin zu alt für so was!«, rief sie zu ihm hinunter.

»Keine Ahnung, wovon du sprichst«, sagte er. Sie konnte sein Gesicht nicht richtig sehen, hörte aber seiner Stimme an, dass er lächelte. »Sagt man nicht, sechzig sei das neue dreißig?«

»Aber ich bin einundsiebzig!«

Er lachte. »Dann sind wir nicht älter als die neuen fünfunddreißig.«

»Also, meine Knie sind bestimmt nicht fünfunddreißig.«

Wie auf ein Stichwort hin schoss aus ihrem Knie ein stechender Schmerz ihr Bein hinunter.

»Du schaffst das, Rosy, ich weiß, dass du es schaffst.«

Eine Wolke zog am Mond vorbei, der für einen Augenblick sein Gesicht erleuchtete. Er grinste breit zu ihr hinauf.

Dieses Gesicht, dachte sie, als sie ihn ansah, *ich war immer verrückt nach diesem Gesicht*. Sie schwang ein Bein über den Ast und hielt sich gleichzeitig mit den Armen daran fest. Mit den Beinen tastete sie unter sich herum, suchte nach Halt. Tiefer, tiefer ließ sie sich hinab, bis ihre Füße die sichere Bank berührten. Als sie losließ, rutschte sie leicht aus und landete mit einem Plumps.

»Aua«, sagte sie. »War ich schon immer so graziös?« Sie klopfte sich ab und nahm seine Hand.

»Ja, und noch graziöser«, lachte er.

Gemeinsam kletterten sie langsam von der Bank und untersuchten einander im Stillen auf Verletzungen hin. Kein Blut, keine gebrochenen Knochen, keine zerrissenen Kleider. Als sie festgestellt hatten, dass sie beide heil waren, blickten sie gleichzeitig auf.

Mondlicht besprenkelte die Terrasse des Schwimmbads, die Uhr leuchtete weiß, und der Stuhl des Bademeisters stand verlassen im Schatten. Über dem Freibad war der Himmel von Wolken gefleckt. Die Felder, in denen der Himmel klar war, waren voller Sterne. Die Bäume standen in strammer Haltung um die Freibadmauern, ihre Äste waren noch dunkler als der Himmel dahinter. Es war still und ruhig und kühl.

»Sollen wir?«, fragte George und blickte in das Gesicht seiner Frau, ohne die Falten zu sehen, die sich über die Jahre hineingegraben hatten.

Sie ließen sich los und gingen an den Beckenrand. Rosemary nahm eine Ecke, und George die andere. Zusammen klappten sie die Abdeckung zurück, bis das Wasser darunter freilag. Sie drehten sich um und hielten zusammen auf die Picknickbank zu, wo sie sich nebeneinandersetzten. Rosemary kickte ihre Schuhe von den Füßen. George beugte sich hinunter, um seine Schnürsenkel zu lösen.

»Au«, sagte er, richtete sich auf und hielt sich den unteren Rücken.

»Rücken?«, fragte sie. Er nickte und zog sich den linken Schuh mit dem rechten Fuß aus. Sie legte eine Hand auf seine Schulter und rieb sie. Langsam zogen sie sich aus, Rosemary half George mit den Knöpfen an seinem Hemd, George half Rosemary mit dem Reißverschluss an ihrem Rock.

»Das ist der, der mittendrin immer klemmt«, sagte sie. »Du musst fest ziehen, denk dran.«

Schließlich waren sie nackt. Ihre blassen Körper sahen im Mondlicht noch blasser aus. Sie schauten einander an, und es war, als blickten sie in einen Spiegel – sie kannten den Körper des anderen so gut wie den eigenen. Die Narbe auf Georges linkem Fuß von der Kartoffelkiste, die er beim Ausladen im Geschäft hatte fallen lassen; der violette Wulst auf Rosemarys Hand, als sie sich beim Herausholen eines Kuchens aus dem Ofen verbrannt hatte (kein Wunder, dass George sie nur selten kochen ließ), die Kurven ihrer Bäuche, die beide über die Jahre runder und weicher geworden waren.

Sie hielten sich an den Händen und liefen zum Becken. Sie ging als Erste hinein, ließ sich mit dem Gesicht in Richtung Wasser die Leiter hinunter.

Mit einem Platschen glitt sie hinein und atmete scharf ein. Das dunkle Wasser verschluckte sie mit seiner Kälte. Er kam ihr nach, mit dem Gesicht zum Beckenrand. Rosemary trieb im Wasser, betrachtete sein nacktes Hinterteil und konnte nicht anders, als zu lachen. Er fluchte, als er ins Wasser eintauchte, und schwamm ein paar schnelle Züge, um warm zu werden. Aber dann lachte er auch. Sie trieben einen Augenblick auf dem Rücken und gewöhnten sich an die Kälte, die ihnen Auftrieb gab und ihre Ohren füllte. Dann begannen sie zu schwimmen. Sie schwammen durch Sterne und tintenblaue Flecken auf dem Wasser, über denen die Wolken das Licht verdeckten. Sie blieben dicht nebeneinander und passten sich an die regelmäßigen Züge des anderen an. Kräuselwellen breiteten sich mit jedem Beinschlag auf der Wasseroberfläche aus, jeder von ihnen spürte die Bugwelle der Brustzüge des anderen.

Ohne sich darüber auszutauschen, hatten sie beide das Gefühl, dass es irgendwie respektlos wäre, beim Schwimmen zu sprechen, es war so schön und still. Also schwiegen sie, eingehüllt in die Kälte, und blickten in den Himmel.

Nach ein paar Bahnen schwammen sie wieder in die Nichtschwimmerhälfte und stemmten sich aus dem Wasser. Ihre Körper waren so kalt, dass sie sich heiß anfühlten. Sie gingen die Ränder des Beckens entlang und zogen die Abdeckung wieder darüber, als würden sie das Wasser zum Schlafen zudecken. An der Bank zogen sie Handtücher aus Georges Rucksack und wickelten sie lose um sich. Dann setzten sie sich nebeneinander.

»Weißt du noch, was wir als Nächstes gemacht haben?«

Rosemary lachte. »Ich hoffe, du kommst nicht auf dumme Ideen, George.«

»Haben wir uns überhaupt in ein Handtuch gewickelt? Ich kann mich nicht daran erinnern … Jedenfalls hatte ich aufgeschürfte Knie.«

»Au! Was haben wir uns bloß dabei gedacht?«

»Ach, ich glaube, wir wussten genau, was wir da machten. Es war eine der schönsten Nächte meines Lebens.«

Rosemary drehte sich zu George um. Sein Lächeln war noch dasselbe, nur von tiefen Linien umgeben, die sich wie Wellen ausbreiteten. Aber er hatte die Falten an den richtigen Stellen, sie zeigten seinen wahren Charakter. Manche ihrer Bekannten, die sich selbst für Optimisten hielten, waren erstaunt gewesen, als sich zwischen ihren Augenbrauen Sorgenfalten bildeten. Sie hatte sie immer durchschaut, sich an alte Auseinandersetzungen oder Bitterkeit erinnert. Die Falten logen nicht.

Georges Haare waren schon lang verschwunden. Bereits mit Ende zwanzig hatten sie begonnen auszufallen, und George hatte es mit bewundernswertem Humor genommen. Sie wusste, dass es ihn in Wirklichkeit störte und er sich Gedanken darüber machte, ob er für sie attraktiv bleiben würde. Einmal ertappte sie ihn im Supermarkt dabei, wie er eine Ausgabe von *Men's Health* durchblätterte. Aber es war ihr egal, wenn er nur noch ein einziges Haar auf dem Kopf hatte – er nahm seine Glatze mit Haltung, und das war für sie das Entscheidende. Außerdem wurde ihr eigenes Haar ebenfalls dünner, und sie wusste, dass sie in den letzten Jahren an Gewicht zugenommen hatte. Ihre einst schlanke Figur war runder geworden. Zuerst störte es sie furchtbar, sie erkannte sich selbst kaum noch, jetzt machte es ihr nur noch wenig aus.

»Fünfzig Jahre!«, sagte er und seufzte. Beide schwiegen einen Moment und blickten über das dunkle Freibad.

»Ich hoffe, für dich ist es die Sache wert gewesen«, sagte er leise und blickte auf seine nackten Füße hinunter. »Ich weiß, wir sind nicht gereist, wir sind unser ganzes Leben an einem Ort geblieben. Und ich war nie wirklich reich, und, na ja, wir sind immer nur zu zweit geblieben …«

Rosemary betrachtete ihren Ehemann, der seine Füße studierte.

»Und ich bin nie besonders schick angezogen, und ehrlich gesagt bin ich ziemlich fett geworden. Und all diese Falten. Und ich weiß mehr über Kohlköpfe als über Politik. Aber was ich sagen wollte, ich hoffe, es war genug für dich. Ich hoffe, *ich* war genug für dich.«

Er blickte von seinen Füßen auf in ihr Gesicht. Er sah wieder wie ein Teenager aus in den seltenen Momenten, wenn sein Selbstbewusstsein schwand und sie einen Blick direkt durch ihn hindurch auf den nervösen kleinen Jungen dahinter werfen konnte. Sie schluckte schwer.

»Du dummer Mann«, sagte sie, streckte die Arme nach ihm aus und küsste ihn heftig. Sie hielten sich mit ihren nackten Armen eng umschlungen, ihre Handtücher glitten ein Stück an ihnen hinunter. So verharrten sie eine Weile, hielten einander fest, hörten das Herz des anderen gegen die eigene Brust schlagen. »Es war immer genug«, wollte sie sagen, aber die Worte wollten nicht kommen, und sie wusste, sie musste sie nicht aussprechen. Die Umarmung sagte ihr, dass sie beide verstanden.

Nach einer Weile lösten sie sich voneinander, zogen die Handtücher hoch und lachten über ihre nackten Körper.

»Und außerdem«, sagte sie, »sind wir beide fett und faltig.« Beide lachten.

»Komm, wir machen uns besser wieder auf den Weg«, sagte George, und sie begannen einander ihre Kleidungsstücke von der Bank zu reichen.

»Ähm, Liebling, ich glaube, das gehört nicht mir ...« George hielt Rosemarys fliederfarbenen BH hoch.

»Ups, entschuldige«, lachte sie und tauschte mit ihm gegen die Boxershorts, die sie in der Hand hielt. Er half ihr, den BH zu schließen, und strich ihr dabei über die Schultern. Sie zogen sich langsam an, kämpften in der Dunkelheit mit den Knöpfen und Reißverschlüssen.

»Verdammte Schnürsenkel«, sagte er, als er nach seinen Schuhen griff.

»Lass mich das machen«, sagte sie und kniete sich hin, um sie ihm zu binden.

»Au!«

»Knie?«, fragte er.

»Ja. Sie sind eine echte Heimsuchung im Moment.« Sie band seine Schuhe zu und stand auf.

»Wie sehen wir aus?« Er lächelte zu ihr auf.

»Alt sehen wir aus.«

»Wann ist das bloß passiert?«

»Ach, keine Ahnung. Ich glaube, wir waren zu sehr mit unserem Leben beschäftigt, um es zu merken.«

»Ja, es hat uns kalt erwischt.«

»Vielleicht werden wir nicht alt. Vielleicht werden alle anderen nur immer jünger.«

»Oh ja, das muss es sein.«

»Komm, gehen wir nach Hause. Ich brauche eine Tasse Tee.«

George setzte sich den Rucksack auf, reichte Rosemary die Hand und half ihr auf die Picknickbank. Er kletterte ihr nach, bis er neben ihr stand, und streckte die Hand nach dem Ast aus. Sie drehte sich um und warf einen letzten Blick auf das Freibad. Sie malte sich aus, wie sie morgen wieder dort schwimmen und das Geheimnis ihres nächtlichen Abenteuers hinter ihrem Lächeln verstecken würde. Die Zeiger der Uhr standen hübsch übereinander – es war gerade Mitternacht geworden.

Und dann gab es ein schreckliches splitterndes Geräusch, als würde der Bauch eines Schiffes auf Fels laufen. Rosemary drehte sich gerade noch rechtzeitig und sah, wie der Ast brach und zu Boden krachte. Blätter rieselten auf die Abdeckung des Beckens. George stand auf der Lehne der Bank und blickte zu der Lücke hinauf, wo der Ast hätte sein sollen. Die Arme waren noch immer ins Leere ausgestreckt. Er blickte auf den Ast am Boden.

»Tja, das war so nicht geplant.«

Sie sahen beide zu dem Baum auf. Ohne den Ast, an dem sie sich hochziehen konnten, war es unmöglich für sie, es über die Mauer des Freibads zu schaffen. Sie blickten wieder nach unten auf den Ast.

»Das wird ja interessant.«

Das Freibad öffnete erst um halb sieben, und sie zitterten beide vor Kälte. Panisch sahen sie einander an. Sie saßen in der Falle.

Und dann begannen sie beide zu lachen. Sie kicherten wie die Kinder und hielten sich aneinander fest, als die Lachsalven sie schüttelten. Sie konnten nicht aufhören, es war ansteckend und lächerlich. Schließlich begann George zu keuchen, und Rosemary half ihm mit tränenden Augen von der Bank.

»Es reicht, genug«, sagte sie. Sie setzten sich auf die Bank und sahen wieder den Haufen Blätter an.

»Also, wir müssen jemanden anrufen und um Hilfe bitten«, sagte Rosemary schließlich.

»Aber wir haben Hausfriedensbruch begangen, geraten wir da nicht in Schwierigkeiten?«

Sie begannen wieder zu lachen.

»Ich meine es ernst«, sagte Rosemary, als sie sich wieder beruhigt hatten. »Ich bleibe hier nicht die ganze Nacht über, mir ist eiskalt. Wir sind viel zu alt, wir überleben vielleicht die Nacht nicht. Das war deine Idee, du musst uns hier rausbringen, George Peterson!«

Also griff er in seinen Rucksack und zog das Handy heraus, das sie widerstrebend für Notfälle gekauft hatten. Das hier war allerdings nicht die Sorte von Notfall, die sie im Sinn gehabt hatten.

»Wie mache ich es an?«, fragte George.

»Es ist der große Knopf oben.«

»Ich sehe nichts, es ist dunkel!«

»Komm, gib es mir!«

George reichte ihr das Telefon. Sie fummelte im Dunkeln daran herum, bis das Display aufleuchtete. Dann gab sie es zurück.

»Bitte.«

»Danke!«

George tippte »999« in die Tastatur.

Es klingelte, und Rosemary lauschte dem, was George zu dem Gespräch beitrug.

»Hallo? Die Polizei bitte oder möglicherweise auch die Feuerwehr. Wir sind im Brockwell-Freibad eingesperrt.«

Es entstand eine Pause.

»Wir sind über die Mauer geklettert, aber der Ast ist abgebrochen, wissen Sie, und jetzt kommen wir nicht mehr raus. Meine Frau und ich. Ja, meine Frau. Einundsiebzig. Ja, ich sagte einundsiebzig. Nein, das ist kein Telefonstreich. Na ja, stimmt, wahrscheinlich sind wir alt genug, um es besser zu wissen.«

Rosemary lachte wieder und versuchte das Geräusch hinter vorgehaltener Hand zu ersticken. George warf ihr einen finsteren Blick zu und gab ihr mit der freien Hand einen Klaps auf den Oberschenkel.

»Wie bitte? Oh ja, daran hätten wir vermutlich denken sollen. Okay, okay, vielen Dank!«

Er legte auf.

»Sie sind bald da.«

Sie warteten zusammen in der Dunkelheit, saßen nebeneinander auf der Picknickbank wie zwei Schulkinder, die darauf warten, ins Büro des Rektors zitiert zu werden. Rosemary legte ihren Kopf auf Georges Schulter, und sie betrachteten zusammen die Wolken und die Sterne im Himmel über ihnen.

Die Feuerwehr ersparte ihnen die Schmach einer Sirene, aber sie sahen über die Freibadmauern, wie das kreisende Blaulicht die Äste der Bäume erhellte.

»Hallo?«, rief jemand einen Augenblick später.

»Hallo!«, riefen George und Rosemary zurück.

Metall schabte über Backsteine, als auf der anderen Seite der Freibadmauer eine Leiter aufgestellt wurde. Einen Moment später hockte ein Feuerwehrmann oben und spähte auf sie herab.

»Was ist hier los?«, fragte er. George und Rosemary blickten von ihrer Bank auf, die Dunkelheit verbarg ihre roten Gesichter.

»Bereit?«, rief jemand von der anderen Seite der Freibadmauer, und der Feuerwehrmann wandte sich um und griff nach einer zweiten Leiter, die ihm von unten gereicht wurde. Er schob sie über die Mauer und ließ sie auf der anderen Seite hinunter, bis sie dort auf der Terrasse zu stehen kam, wo zuvor der Ast gehangen hatte.

»Dann kommen Sie«, brummte der Mann. Man konnte das unterdrückte Schmunzeln hören.

George nahm Rosemarys Hand und half ihr auf die erste Sprosse der Leiter. Sie kletterte hinauf, und der Feuerwehrmann half ihr dabei, die Beine über die Mauer zu schwingen und auf der Außenseite wieder hinunterzuklettern. George folgte, warf noch einen letzten Blick auf das Freibad, bevor er über die Mauer und hinunter in den Park stieg.

Die Feuerwehrleute schalten sie dafür, dass sie ihre Zeit verschwendet hatten, teilten ihnen aber auch mit, dass man sie nur verwarnen würde, da dies ihr erster Verstoß gegen das Gesetz war.

»Ach, keine Sorge«, sagte Rosemary. »Ich glaube nicht, dass meine Knie eine solche Kletterpartie noch einmal hergeben.«

Man bot ihnen an, sie nach Hause zu fahren, aber sie teilten den Feuerwehrleuten mit, dass sie gleich auf der anderen Straßenseite wohnten. Also entschuldigten sie sich noch einmal, nahmen einander bei den Händen und marschierten zurück zu ihrer Wohnung. Als sie im Schlafzimmer waren, gingen sie gleich ins Bett. Ihre Körper lagen so dicht beieinander, dass sie den Atem des anderen auf ihrem Gesicht spürten. Die Handtücher hingen an der Schlafzimmertür, und sie schliefen schnell ein.

Kapitel 36

Als Kate aufwacht, bereut sie das letzte Glas Wein. Es zieht ihre Augenlider wieder zu und klopft von innen gegen ihren Schädel wie ein Paketbote an die Tür. Rosemary mag siebenundachtzig sein, aber es ist Kate, die lernen muss, mit Alkohol umzugehen.

Sie wälzt sich in ihrem Bett herum und sieht auf ihr Telefon. Da ist eine Nachricht von Erin und ein verpasster Anruf von ihrer Mutter. Sie schickt beiden eine kurze SMS, in der sie ihnen von dem Abendessen erzählt und den Kater verschweigt. Dann wirft sie ihr Telefon wieder von sich, das helle Display schmerzt sie in den Augen.

Sie lässt das Schwimmen aus und macht auf dem Weg zur Arbeit einen kurzen Umweg zum Kaffeewagen vor dem Bahnhof. Das Zischen des Dampfs fällt mit den Motorgeräuschen des Busses zusammen, der auf der Straße gerade losfährt. Sie bestellt einen für sich (einen doppelten) und einen für Jay.

»Danke! Gestern spät geworden?«, fragt Jay, als sie den Kaffee auf seinen Schreibtisch stellt und sich dann schweigend an ihren setzt.

»Ist das so offensichtlich?«

»Und, hattest du ein Date?«

Kate lacht und trinkt einen Schluck Kaffee. Sie sieht, wie Jay sie über den Rand seines Bechers hinweg beobachtet.

»Ja. Es war wunderbar, wir haben uns toll unterhalten, es gab super Essen, und wir haben viel Wein getrunken. Nur dass mein Date siebenundachtzig ist und Rosemary heißt.«

Jay lacht ebenfalls und trinkt seinen Kaffee. »Da wir von Rosemary reden, hast du die Zeitung von heute gesehen?« Er reicht ihr eine Ausgabe über den Schreibtisch.

Jays Fotos des Freibads und der Schwimmer nehmen in der Mitte des Blatts eine ganze Doppelseite ein. Um die Bilder herum ist Kates Artikel platziert, voller Anekdoten über Menschen jedes Alters, die dort schwimmen gehen. »Erinnerungen an das Wasser« lautet die Überschrift.

»Ich mache mit Daddy immer Handstand im Wasser.« *Hayley, 7*

»Ich habe im Freibad für einen Triathlon trainiert. Ich wohne nicht weit von hier, was bedeutet, dass ich vor der Arbeit herkommen konnte. Als ich den Triathlon schließlich geschafft hatte, bin ich ein paar Tage später wieder hergekommen, um eine Siegerrunde zu schwimmen. Es fühlte sich so gut an, dorthin zurückzukehren, wo alles angefangen hatte.« *Reggie, 43*

»Meine Kinder haben im Freibad schwimmen gelernt. Mein Lieblingsfoto von ihnen zeigt sie am Beckenrand ganz mit Sonnencreme beschmiert. Sie sehen so glücklich aus, und es macht mich jedes Mal glücklich, wenn ich es anschaue.« *Dawn, 59*

»In guten wie in schlechten Zeiten war das Freibad immer da, sodass ich reinspringen konnte, wenn ich das brauchte. Ich wollte nur mal Danke sagen.« *Ben, 55*

»Es ist ein Strand in der Stadt.« *Mel, 12*

Da ist Ahmed, der von seinem Lehrbuch aufblickt, ein leises Lächeln im Gesicht. Er ist von Post-its umgeben, die neuerdings den Empfangstresen bedecken. Durch das Fenster hinter ihm fällt ein Lichtstrahl herein, spiegelt sich auf der Wasseroberfläche und malt Sterne an die Decke der Eingangshalle.

Im Vordergrund hält ein kleines Mädchen mit Delfinrucksack die Hand seiner Mutter und blickt zu den Lichtsternen auf. Auf seinem sommersprossigen Gesicht liegt ein verzückter Ausdruck. Über dem Pullover trägt es Schwimmflügel.

Hier hat sich der Bademeister in seinem Stuhl halb erhoben, die Trillerpfeife im Mund und die Backen aufgebläht. Er zeigt auf die tiefe Seite, wo eine Reihe kleiner Jungen Hand in Hand in der Luft erstarrt ist. Sie pressen die Augen zusammen, reißen aber den Mund beim Springen weit auf und treten mit den Beinen hinter sich. Die Kinder sind unterschiedlich groß. Der Kleinste am Rand ist der Einzige, der die Augen offen hat und mit erschrocken hochgezogenen Augenbrauen die Reihe der Kinder entlangblickt.

Das nächste Foto zeigt einen kleinen blonden Jungen mit gebeugten Knien und über den Kopf ausgestreckten Armen am tiefen Ende, der wirkt, als würde er gleich ins Wasser springen. Aber er sieht so aus, als hätte er gerade etwas gesehen oder gehört, denn sein Gesicht ist vom Becken abgewandt. Er blickt in die Ferne, als suchte er eine Menschenmenge ab.

Von Rosemary gibt es mehrere Fotos. Rosemary, wie sie angezogen auf der Terrasse steht, die Schwimmtasche über der Schulter, und trotzig in die Kamera blickt. Hinter ihr ist die Uhr zu sehen und das Wasserbecken, das im Hintergrund blau verschwimmt. Es gibt ein Bild von Rosemary mit verschränkten Armen im Wasser, die Badekappe über die Haare gezogen. Die Kamera zeigt die Falten in ihrem Gesicht und die Muttermale auf ihren Armen, aber sie sieht elegant aus. Licht wird von der Wasseroberfläche auf ihr Gesicht zurückgeworfen. Kate findet sie schön. Und dann sitzt Rosemary auf einem Stuhl vor dem Café, hält einen Becher in der Hand und blickt auf das Schwimmbecken.

Und schlussendlich ist da ein Foto von Kate. Es ist eine Überraschung für sie, ein Foto von sich selbst in der Zeitung zu sehen, und anfangs erkennt sie sich nicht. Sie sitzt auf dem Stuhl gegenüber von Rosemary und betrachtet, wie sie das Becken betrachtet. Kate hat noch nie ein Foto von sich gesehen, auf dem sie so unverstellt aussieht, in einem Moment eingefangen, der ihr nicht bewusst war.

»Die Fotos sind wunderschön, Jay.«

»Danke! Ich finde das, ehrlich gesagt, auch.«

Kate ist von den Fotos zu gebannt, um zu bemerken, dass Jay sie die ganze Zeit ansieht.

Kapitel 37

Rosemary lässt ihr morgendliches Schwimmen an diesem Morgen ebenfalls ausfallen und gestattet es sich ausnahmsweise auszuschlafen. Sie liegt bis neun Uhr im Bett. Sie ist jetzt vielleicht siebenundachtzig, aber es zieht sie morgens immer noch aus dem Bett, weil sie das Gefühl hat, in die Schule oder zur Arbeit in der Bibliothek zu müssen. Es ist das erste Mal seit Monaten, dass sie liegen bleibt.

Es ist Einkaufstag, also macht sie sich schließlich auf den Weg zum Markt. Die Luft ist erfüllt vom Duft reifer Mangos und den Rufen der Händler, die ihre Angebote anpreisen. Es ist voll heute Morgen, und sie bahnt sich langsam ihren Weg durch die Marktbesucher. Ellis sieht sie kommen und winkt ihr zu. Doch was ungewöhnlich ist: Er lächelt nicht. Sein Gesicht sieht besorgt aus.

»Ist alles in Ordnung mit Ihnen?«, fragt Rosemary, als sie seinen Stand erreicht.

Ellis kommt auf die Füße. Er reibt sich mit der Hand über das kurze Haar. »Ich weiß nicht, wie ich es Ihnen sagen soll …«, beginnt er beklommen.

»Was ist los?«

Ellis sieht Rosemary noch einen Augenblick an, dann greift er in seine Tasche und zieht sein Handy heraus. »Ich folge Paradise Living neuerdings auf Twitter, seit ich von der drohenden Schließung erfahren habe«, sagt er. »Und heute Morgen habe ich das hier gesehen …«

Er reicht ihr das Telefon. Sie zieht ihre Lesebrille aus der Handtasche und setzt sie sich vorn auf die Nasenspitze. Auf dem Bildschirm ist die Profilzeichnung eines gedrungenen Backsteingebäudes zu sehen. In dem Gebäude ist ein Café mit Glasfenstern, die auf einen Tennisplatz hinausgehen. Sie braucht einen Moment, um das Gebäude zu erkennen.

»Sie haben Pläne veröffentlicht, wie das Freibad aussehen könnte, wenn ihr Angebot durchgeht«, sagt Ellis.

Rosemary steht ganz still da.

»Natürlich wird es dann kein Freibad mehr sein …« Ellis nimmt das Telefon wieder an sich, doch die Zeichnung hat sich in Rosemarys Hirn gebrannt.

»Aber ich bin mir sicher, es gibt noch Hoffnung«, sagt Ellis schnell. »Sie warten noch auf Antwort aus dem Rathaus, oder?«

»Ja«, erwidert Rosemary. »Kate sagt, sie müssten sich jeden Moment melden.«

Sie ist still und blickt zu Boden. Erdbeeren sind gerade eingetroffen, und Pappschälchen voll mit den saftigen Früchten nehmen den besten Platz am Stand ein.

»Es tut mir leid«, sagt er. »Vielleicht hätte ich es Ihnen nicht zeigen sollen.«

»Nein, nein, es ist alles gut«, sagt sie, blickt auf und versucht zu lächeln. »Ich bin froh, davon zu wissen, dann kann ich Kate nachher davon erzählen. Vielleicht kann sie darüber einen guten Artikel für den *Brixton Chronicle* schreiben.«

»Ahmeds Facebook-Seite macht sich gut«, sagt Ellis. »Er

hat jetzt schon Hunderte von Likes, das wird also bestimmt helfen. Den Leuten ist das Freibad nicht egal.«

»Ja, bestimmt«, sagt sie. »Na ja, ich nehme das Übliche, und dann muss ich weiter.«

Ellis packt zwei Pakete und reicht sie Rosemary, die sie in ihre Tasche legt. Bevor sie geht, legt er ihr eine Hand auf die Schulter. Sie sagen nichts, stattdessen nickt er ihr zu und zieht seine Hand wieder zurück. Sie dreht sich um und geht die Electric Avenue hinauf davon. Normalerweise würde sie jetzt Hope zum Kaffee treffen, aber ihre Freundin hat heute damit zu tun, auf Aiesha aufzupassen. Insgeheim ist Rosemary froh darüber. Sie hat gerade keine Lust auf Gesellschaft. Als sie eingekauft hat, geht sie stattdessen langsam nach Hause.

Kate sieht sich auf dem Computer im Büro die Pläne an. Es kommt ihr so seltsam vor, das Freibad, das ihr inzwischen ans Herz gewachsen ist, mit Zement gefüllt zu sehen statt mit perfektem blauem Wasser.

»Siehst du es?«, fragt Rosemary am Telefon.

»Mhm«, macht Kate.

»Und?«, sagt Rosemary. »Glaubst du, du kannst einen Artikel drüber schreiben?«

Die Zeichnungen der Menschen sehen auch nicht ganz richtig aus. Sie sehen zu perfekt aus, oder jedenfalls zu sehr nach der Vorstellung von Perfektion einer vornehmen Baufirma.

»Ja, ja, natürlich kann ich darüber schreiben«, sagt Kate einen Moment später. »Danke, dass du mir davon erzählt hast. Ich schreibe den Artikel noch heute.«

»Sehen wir uns morgen zum Schwimmen?«, fragt Rosemary.

»Ja, bis morgen!«

Als sie aufgelegt hat, starrt Kate auf den Computerbildschirm. Sie spürt ihr Herz hart gegen den Brustkorb schlagen, und ihre Hände beginnen schwitzig zu werden. Sie blickt auf und sieht sich im Zimmer um, sucht instinktiv nach Jay, aber er ist unterwegs. Ihr Atem wird schneller.

»Ist alles okay?«, fragt Phil, der mit einem Becher Kaffee in der Hand aus der Küche kommt. Als er an Kates Schreibtisch ist, lehnt er sich leicht dagegen und droht einen Stapel Akten und Bücher umzuwerfen.

Sie holt tief Luft und blickt zu ihm auf, zwingt sich zu einer Art von Lächeln.

»Ja, mir geht's gut«, sagt sie. »Ich habe einen Artikel für dich, eine Weiterentwicklung der Freibad-Geschichte.«

»Großartig«, sagt er und steht auf. »Kannst du ihn mir bis zwei auf den Tisch legen?«

»Aye, aye, mache ich«, sagt sie, und er geht zu seinem Schreibtisch und lässt Kate an ihrem sitzen.

Sie trinkt ein Glas Wasser und atmet dann tief durch, um sich zu beruhigen. Ihr Kopf füllt sich mit Gedanken an das Freibad. Wie das kalte Wasser sie am Morgen beruhigt, wenn sie dort schwimmt, wie sie Rosemary versprochen hat, dass sie versuchen wird zu helfen, wie sie sich in Brixton zum ersten Mal zu Hause fühlt, seit sie das Freibad für sich entdeckt hat. Sie weiß, dass die Tatsache, dass Paradise Living diese Pläne veröffentlicht hat, nur ein Teil dessen ist, was sie ohnehin erwartet hatten. Doch ein Bild des umgebauten Freibads zu sehen hat tatsächlich etwas verändert. Es macht die Aussicht auf eine Schließung plötzlich real.

Über ihren Computer gebeugt beginnt sie zu schreiben. Sie konzentriert sich auf die Story und nutzt die Zwei-Uhr-Deadline, um sich im Griff zu behalten. Die Panik presst ihr Gesicht gegen das Bürofenster und späht zu ihr herein, sieht zu, wie sie tippt. Dies ist der einzige Ort, an den sie sie noch nie vorgelassen hat. Es kostet sie ihre ganze Kraft, aber sie ist entschlossen, professionell zu bleiben und ihre Kollegen keine Risse in der Fassade sehen zu lassen, die sie bei der Arbeit um sich herum aufgebaut hat. Sie senkt den Kopf und richtet all ihre Aufmerksamkeit auf das, was sie zu tun hat.

Sie gibt den Artikel um Viertel vor zwei ab.

...

Paradise Living veröffentlicht Pläne für Brockwell-Freibad

Eine Ideenskizze zeigt das Freibad als privaten Fitnessclub für Mieter und Käufer von Paradise Living.

Das Brockwell-Freibad steht zum Verkauf, und derzeit bemüht sich die Immobilienfirma Paradise Living um den Zuschlag. Heute hat die Firma einen ersten Eindruck davon vermittelt, wie das Gelände in Zukunft aussehen könnte.

»Ein privater Fitnessclub würde für unsere Immobilien eine Wertsteigerung bedeuten«, sagt ein Sprecher von Paradise Living. »Mieter und Käufer unserer Gebäude hätten exklusiven Zutritt zu dieser Anlage der Luxusklasse.«

Die Pläne beinhalten Fitnessräume, eine Sauna und ein Café, aber kein Schwimmbecken.

»Unsere Marktforschung hat ergeben, dass Tennis in unserer demografischen Zielgruppe beliebter ist«, sagt der Sprecher. Demzufolge wäre geplant, das Schwimmbecken mit Zement aufzufüllen und in der Mitte einen Tennisplatz zu errichten.

Eine Facebook-Gruppe namens »Rettet das Brock-well-Freibad« bekommt derweil Zulauf von der lokalen Bevölkerung. Ahmed Jones, der die Seite ins Leben gerufen hat und im Freibad arbeitet, sagt: »Jetzt, wo Paradise Living die Pläne veröffentlicht hat, können wir alle sehen, welchen Verlust es bedeuten würde, wenn das Freibad in einen privaten Club umgewandelt würde. Ich fordere jeden dazu auf, seine Unterstützung dadurch zu zeigen, dass er unsere Seite liked. Dort werden wir die Öffentlichkeit auch über aktuelle Entwicklungen auf dem Laufenden halten und Sie informieren, wie Sie sich engagieren können. Wir können nicht zulassen, dass diese Pläne Realität werden.«

Kapitel 38

Am nächsten Tag steht Rosemary wieder früh auf. Beim Aufwachen ist das Erste, woran sie denkt, das Bild von den Plänen für das Freibad, das Ellis ihr gestern gezeigt hat. Sie möchte im Bett bleiben, sich die Decke über den Kopf ziehen und sich eine Weile verstecken. Aber sie zwingt sich, sich aufzusetzen, hält kurz inne, um eine Hand auf den Rahmen von Georges Bild neben ihrem Bett zu legen, und schwingt dann die Beine herum und tritt auf. Sie zieht sich an, so schnell sie kann (was nicht sehr schnell ist), und nimmt ihre Schwimmtasche.

Zum Freibad ist es nur ein kurzer Weg, aber heute Morgen wählt sie eine längere Route. Sie nimmt sich die Zeit, durch den Park zu laufen, vom Weg abzukommen und auf dem Gras zu gehen. Der Tau dringt durch ihre Leinen-Schnürschuhe, aber das macht ihr nichts aus. Sie will die Erde unter ihren Füßen spüren. Sie hinterlässt Fußspuren aus platt getretenem, nassem Gras. Sie erinnert sich daran, wie sie früher, als sie jünger war, in den Park gelaufen ist, während es schneite. Vögel kauerten sich Wärme suchend auf schneebedeckten Ästen aneinander. Sie wollte als Erste da sein, damit sie Fußspuren hinterlassen konnte, die der Morgensonne »Ich existiere!« entgegenrufen würden.

Als sie an den Fenstern der Übungsräume vorbeikommt, blickt sie hinein und sieht die Yogaklasse einen Sonnengruß vollführen. Sie wechseln zur nächsten Übung. Einen Augenblick blitzt das Bild von dem Raum als einem Café in ihr auf, durch das hindurch man den Tennisplatz sehen kann, und sie hält den Atem an. Aber dann lächelt sie und geht weiter, geht um die Ecke des Gebäudes herum und erreicht den Eingang.

Als sie drinnen ist, zieht sie sich um und geht in Richtung Schwimmbecken. Sie hält nach Kates Handtuch auf dem Geländer auf der Nichtschwimmerseite Ausschau, aber es ist nicht da. Sie überlegt, ob sie auf Kate warten soll, entscheidet dann, dass sie bestimmt bald kommt, und klettert stattdessen langsam die Leiter hinunter. Sie gleitet ins Wasser.

Rosemary schwimmt ihre Bahnen und versucht, nicht an die Zukunft zu denken, daran, was sie für sie und das Freibad bereithält. Stattdessen konzentriert sie sich ganz auf ihre Sinneseindrücke: die Kälte auf der Haut, die Morgensonne auf ihrer Stirn, das Wasser, das beim Brustschwimmen zwischen ihren Fingern hindurchgleitet. Ab und an kommen ihr Bilder von George in den Sinn – wie er von dem hohen Sprungbrett springt, das auf die tiefe Seite immer einen Schatten geworfen hat –, aber das ist ebenfalls zu schmerzhaft. Alles, woran sie denken kann, ist das Jetzt, das behutsam zwischen diesen vier Wänden gehalten wird.

Als sie mit ihrem Schwimmpensum fast fertig ist, bleibt sie im flachen Teil stehen und blickt über das Becken, beobachtet die anderen Schwimmer. Manche lassen das Freibad wie einen Tümpel aussehen, sie durchpflügen es so schnell. Für andere ist es ein Ozean.

Ihre Augen werden vom Freibadcafé angezogen, wo einer der Baristas gerade versucht, einen Strauß bunter Ballons an einen der Sonnenschirme zu binden. Eine Brise zieht an ihnen, und einer reißt sich los und schwebt in die Luft. Der Barista springt hoch, um ihn zu fangen, aber die Schnur gleitet ihm durch die Finger, und der Ballon ist frei. Rosemary sieht zu, wie er nach oben wippt und über das Becken schwebt. Sie hofft, dass er sich nicht in einem der Bäume verfängt, sie will ihn fliegen sehen. Ein Windstoß treibt ihn von der Eiche fort und höher hinauf. Einen Augenblick schwebt er vor der Sonne und lässt die Sonne aussehen wie einen gelben Ballon mit einer Schnur als Schwanz.

Sie zieht sich gemächlich die Leiter hinauf und aus dem Wasser. Als sie festen Boden betritt, wird sie wieder zur Sterblichen. Ihre Knie bereiten ihr beim Schwimmen nie Probleme. Sie greift nach ihrem Handtuch, wickelt es um sich und steckt es vorne fest.

»Sie ist draußen!«, ruft plötzlich jemand. Auf einmal stürmt Kate aus der Tür des Cafés hinaus auf die Terrasse, gefolgt von Frank, Jermaine, Hope, Betty, Ellis, Jay, Ahmed und Geoff. Sie tragen Teller mit Törtchen und Gebäck aus dem Café.

»Happy Birthday!«, sagen sie wie aus einem Mund.

»Das ist für vor zwei Tagen«, fügt Kate hinzu, die inmitten der anderen steht und ein geblümtes Sommerkleid trägt, das Rosemary ungewöhnlich bunt für sie findet. »Tut uns leid, dass es etwas verspätet ist.«

Rosemary starrt auf die Ballons, und erst jetzt wird ihr klar, dass sie für sie sind. Jay hat seine Kamera um den Hals und schießt schnell ein Foto, fängt ihr Gesicht ein, als sich ihre Augenbrauen überrascht heben.

»Schnell, haltet sie fest, bevor sie wegrennt!«, ruft Ellis, und Kate stellt ihren Teller auf dem Tisch ab und geht auf Rosemary zu. Sie legt den Arm um sie und führt sie an den Tisch. Rosemary wehrt sich kaum, sie ist völlig verblüfft.

Jay zieht am Kopfende des Tisches einen Stuhl heraus, und Kate drückt Rosemary sanft hinein. Die anderen ziehen sich ebenfalls Stühle heran und setzen sich. Rosemary sitzt in ihr Handtuch gewickelt da. Die Sonne hat nun genügend Kraft, um sie zu wärmen, sodass sie nicht aufstehen und ihre Kleider holen muss.

»Tut mir leid, dass ich heute Morgen nicht geschwommen bin«, sagt Kate. »Ich war mit dem hier beschäftigt. Die Siebenundachtzig kann man nicht ohne Feier vorbeiziehen lassen. Und ich weiß, es ist ein bisschen früh am Morgen für Kuchen, aber …«

Rosemary blickt auf den Tisch vor sich. Eine fluffige Biskuittorte quillt über vor Sahne und Marmelade. Sie ist ein wenig willkürlich mit Erdbeerscheiben und Rosmarinzweigen dekoriert. Ein Schwall Puderzucker bedeckt die ganze Oberfläche.

»Die ist aber schön, hast du sie gebacken?«

Kate nickt und strahlt. Es ist seit Jahren der erste Kuchen, den sie gebacken hat. Sie ist am Vorabend dafür lange aufgeblieben. Zuerst musste sie das schmutzige Geschirr ihrer Mitbewohner wegräumen und die Arbeitsflächen abwischen. Dann hat sie Musik angemacht und sorgfältig alle Zutaten abgewogen.

»Danke, Kate, er ist wunderschön.«

Geoff und einer der Baristas kommen jeder mit einem Strauß Blumen auf die Terrasse. »Für unseren Lieblingsgast«, sagt Geoff, beugt sich herunter und küsst Rosemary auf die Wange. Sie errötet, nimmt die Blumen entgegen und hält sie auf ihrem Schoß fest.

»Ich weiß gar nicht, was ich sagen soll.«

»Du musst gar nichts sagen«, erwidert Hope. »Genieß einfach dein Frühstück.«

Einen Augenblick rührt sich keiner, aber dann lehnen sich

alle vor und nehmen sich von dem Gebäck. Während alle mit dem Frühstück beschäftigt sind, rückt Kate näher an Rosemary heran.

»Ich weiß, die Pläne gestern waren schlechte Nachrichten«, sagt sie. »Aber ich habe darüber nachgedacht, und ich glaube, sie bedeuten gar nichts. Wir sollten nicht aufhören zu kämpfen, und wir sollten nicht aufhören, es uns hier schön zu machen. Und wir sollten uns davon auf keinen Fall deine Geburtstagsfeier vermiesen lassen. Okay?«

Rosemary ist überrascht. Sie hat Kate noch nie mit solchem Selbstvertrauen sprechen hören.

»Okay«, sagt sie mit einem Nicken und lächelt. »Und jetzt könntest du mir bitte, falls es dir nichts ausmacht, ein Stück von diesem köstlich aussehenden Kuchen abschneiden …«

Kate wedelt mit der Hand über dem Kuchen. »Wartet eine Sekunde, noch nicht anschneiden«, sagt sie und zieht ihr Telefon aus der Tasche. »Ich habe meiner Schwester versprochen, ein Foto zu machen. Ich habe ihr gestern Abend von unserer Feier erzählt. Als wir klein waren, haben wir nämlich immer zusammen gebacken.«

Rosemary lächelt erneut und denkt, wie glücklich Kate aussieht. Kate knipst ein Foto von dem Tisch mit dem Kuchen in der Mitte, dann hebt Rosemary das Messer und schneidet in den weichen Biskuit.

Alle lachen und reden und bitten Rosemary, ihnen alte Geschichten aus dem Freibad zu erzählen. Anfangs ist sie noch schweigsam, überwältigt von all dem Tamtam, aber dann taut sie allmählich auf. Sie erzählt ihnen vom Freibad in einem Sommer ihrer Kindheit.

»Damals war es sogar noch voller als heute. Wenn man ins Wasser wollte, musste man aufpassen, nicht über Leute zu stolpern, die in der Sonne lagen. Und wenn man dann drin war, hatte man kaum genügend Platz, um auch nur eine Beckenbreite zu schwimmen. Das machte aber nichts. Man wollte sowieso nur kurz ins Wasser und sich abkühlen, uns war allen zu heiß, und wir waren zu faul, um richtig zu schwimmen. Es war der Ort, an dem man sah und gesehen werden wollte. Wir Mädchen setzten uns an den Rand nebeneinander und schlugen alle das gleiche Bein über das andere. Unsere Füße ließen wir ins Wasser baumeln. Wir taten so, als würden wir die Jungs nicht bei ihren Kopfsprüngen beobachten, und sie taten so, als würden sie uns nicht dabei beobachten, wie wir sie beobachten. Ich glaube, wir waren dabei alle nicht sehr erfolgreich.«

Sie lacht, und alle lachen mit.

»Es war da drüben«, sagte sie und zeigt auf das Schwimmbecken. »Ich habe dort gesessen.«

Alle drehen sich um, sehen das Becken an und versuchen sich die junge Rosemary mit den Füßen im Wasser und den Augen auf den Jungs vorzustellen.

»Ich schwimme hier seit über achtzig Jahren.«

Ihre Freunde lächeln sie an. Gelegentlich kommt ein Schwimmer aus dem Becken, begrüßt Rosemary und wünscht ihr alles Gute zum Geburtstag. Manche bleiben länger stehen und unterhalten sich, dann fragt Rosemary sie nach ihren Kindern oder der Arbeit oder dem Campingwagen, den sie gerade renovieren.

Irgendwann legt Frank Rosemary die Hand auf die Schulter. »Ich fürchte, wir müssen zurück in den Laden«, sagt er.

»Ich habe heute Jake die Verantwortung für den Stand übertragen«, sagt Ellis und erhebt sich ebenfalls. »Ich sollte wohl besser nachsehen gehen, ob er mich schon in den Bankrott getrieben hat.« Hope folgt als Nächste, sie liest heute Morgen in der Grundschule Kindern vor.

»Jay und ich müssen auch zur Arbeit«, sagt Kate. »Wollen wir zusammen gehen?«

»Geht ihr nur schon los«, sagt Rosemary. »Ich bleibe gern noch ein Weilchen sitzen.«

»Bist du sicher?«, fragt Jay.

»Ja, geht los, ich möchte noch einen Moment die Aussicht genießen. Und danke, Kate!«

Rosemary nimmt ihre Hand und drückt sie. Dabei sieht sie Kate liebevoll an, die den Blick mit einem breiten Lächeln erwidert.

»Sehr gern geschehen«, sagt Kate und errötet leicht.

Als sie weg sind, steht Rosemary auf. Ein Windstoß rauscht in den Bäumen und zieht an den Schnüren der Ballons. Sie hüpfen gegeneinander und drücken gegen den Schirm. Mit etwas Mühe greift sie nach oben. Es ist eine Fummelarbeit, und ihre Hände lassen sich nicht so einfach steuern wie früher, aber schließlich gelingt es ihr, die Ballons loszuknoten. Sie entschweben sofort in unterschiedliche Richtungen. Ihr Handtuch hat sich beim Strecken gelöst und ist auf den Boden gefallen. Sie steht in ihrem Badeanzug da und sieht zu, wie die Ballons über das Schwimmbecken davonwehen. Die Schwimmer im Wasser halten an und schauen ebenfalls auf, treten Wasser oder legen sich auf den Rücken, um zu sehen, wie sie über das Freibad tanzen. Rosemarys Herz steigt mit ihnen auf, plötzlich ist sie von Hoffnung erfüllt. Während sie den Ballons hinterhersieht, scheint alles möglich. Irgendwann sind sie nur noch Punkte, und dann sind sie vollends verschwunden.

Kapitel 39

»Es gab da mal einen Mann«, sagt Kate, als sie am nächsten Morgen neben Rosemary auf der Bank vor dem Schwimmbecken sitzt. Sie sind gerade geschwommen und trinken jetzt ihre Pappbecher mit Tee, bevor Kate zur Arbeit geht.

Kate hat an dem Morgen ein Foto von Joe auf Facebook gesehen, und die Erinnerung hat ihr Herz zum Rasen gebracht.

Kate wirft Rosemary einen Seitenblick zu: Sie rührt Kreise in ihren Tee und sieht Kate mit hochgezogenen Augenbrauen an. Ausnahmsweise hat Kate Lust zu reden. Sie weiß, dass dieser Mann – der nun offenbar mit seiner Freundin und zwei Hunden in Manchester lebt – nur eine Sache von vielen ist, die sich in ihr verknotet haben, aber wenn sie die Erinnerungen an ihn abschütteln könnte – na ja, dann wäre das wenigstens ein Anfang.

»Es gibt immer einen Mann«, sagt Rosemary.

»Ich war noch ein Mädchen, er ein Junge. Was unsere Beziehung ziemlich mickrig macht, verglichen mit der von George und dir. Ich sollte längst darüber hinweg sein.« Kate denkt daran, wie sie heute Morgen sein Foto auf ihrem

Handy gesehen hat und beim Anblick seines Gesichts zusammengezuckt ist.

»Liebe ist Liebe«, antwortet Rosemary. »Genauso wie ein Baum ein Baum ist. Er kann ein Schössling sein oder eine hundertjährige Eiche, aber er hat trotzdem Wurzeln und ein Leben und ist den Jahreszeiten ausgeliefert.«

»Deine war eine Eiche, Rosemary. Meine war ein Schössling.«

»Erzähl mir von deinem Schössling.«

Kate richtet sich ein wenig auf, legt den Kopf zur Seite und sieht Rosemary an.

»Er hieß – er heißt Joe. Es klingt irre, wenn ich es jetzt ausspreche. Eines Tages in der Schule habe ich beschlossen, dass ich ihm sagen muss, was ich für ihn empfinde. Ich sah ihn auf dem Flur und sagte ihm, dass ich mit ihm reden müsse. Ohne zu wissen, wohin wir gehen könnten, nahm ich seinen Arm und zog ihn durch die nächste Tür – es war die Tür zur Seitenbühne des Schultheaters. Ich dachte, es wäre dort ruhig. Ich machte die Tür zu, und es war plötzlich dunkel, und wir standen zwischen ein paar Requisiten und dem Kostümschrank gegeneinandergepresst. Was mir nicht klar war, als ich die Tür geöffnet hatte: Auf der Bühne probte gerade eine Theaterklasse. Aber niemand konnte uns sehen, da, wo wir waren. Ich erinnere mich noch an diese dicken Staubwolken um uns herum. Dann wartete ich, bis der Staub und meine Nervosität sich legten. Ich wusste nicht, wie ich es ihm sagen sollte, also befahl ich ihm, die Augen zu schließen, und als er sie geschlossen hatte, habe ich ihn geküsst.«

Kate wirft Rosemary einen vorsichtigen Blick zu. Die alte Frau lächelt breit.

»Ich weiß!«, sagt Kate. »Man glaubt kaum, dass ich so mutig sein kann. Jetzt kann ich es selbst kaum noch glauben. Die Theaterklasse probte weiter ihren Text, während wir da im Dunkeln standen und uns küssten. Es war mein erster Kuss. Ich weiß nicht, ob er mir in Wirklichkeit gefallen oder ob er mich abgestoßen hat. Mir war schlecht, und ich schwitzte, und sein Mund fühlte sich fremd an, aber es war trotzdem wunderbar.«

Sie hält inne.

»In den ersten paar Wochen nach unserem Kuss hatte ich das Gefühl, dass ich den Boden unter den Füßen verliere. Ich hatte das noch nie zuvor empfunden. Es war mir egal, dass ich die Füße nicht mehr auf den Boden bekam, weil ich mich so lebendig fühlte.

Meine Freundinnen haben mich bestimmt gehasst. Ich habe so oft ›mein Freund‹ gesagt. ›Mein Freund‹ hier, ›mein Freund‹ da. Es ist ihnen bestimmt zu den Ohren rausgekommen.«

Rosemary lacht. »Es heißt nicht umsonst liebeskrank.«

Kate lacht ebenfalls, und für einen Moment überbrückt das Lachen den Raum zwischen ihnen und umarmt sie beide.

»Im Rückblick würde ich sagen, ich war unerträglich. Ich hatte das Gefühl, der einzige Mensch zu sein, der das Geheimnis des Lebens entdeckt hat. Auf einmal war die Liebe diese riesige Sache, die mein ganzes Dasein erobert hat.«

»Aber«, sagt Rosemary leise, »ich denke, da kommt gleich ein Aber.«

»Lange Zeit gab es kein Aber. Es war perfekt. Und eines Tages war es das auf einmal nicht mehr. Ich wusste, dass er in Durham auf die Uni gehen und ich in Bristol bleiben würde, aber ich habe einfach nicht über die Zukunft nachgedacht. Ich war so selbstbewusst. Dann sagte er, er wolle nach dem Schulabschluss nicht mehr mit mir zusammen sein. Er wolle sein Leben leben, und das sollte ich auch tun. Ich sagte, ich verstünde das, und es gebe eigentlich auch keinen Grund mehr, den Sommer über noch zusammenzubleiben. Er sah verletzt aus, als ich das sagte, aber mir ist immer noch nicht klar, warum. Es hätte für ihn auf der Hand liegen müssen, dass ich es nicht ertragen hätte, auch nur eine weitere Sekunde mit ihm zu verbringen, seitdem es diese ablaufende Frist gab. Vielleicht war ich schrecklich naiv, aber ich wollte ihn ganz, immer. Anders konnte ich ihn nicht lieben.

An dem Tag bin ich wie üblich nach Hause gegangen. Ich habe mich kurz mit meiner Mutter und mit Erin unterhalten, die von der Uni zu Besuch war. Ich weiß nicht, ob einer von ihnen aufgefallen ist, dass etwas nicht stimmte, jedenfalls sagten sie nichts. Ich tat so, als müsste ich für meine Prüfungen lernen. Ich ging ins Bett. Und dann weinte ich und weinte und weinte und weinte.«

Kate bricht ab. Sie erinnert sich daran, wie sie sich an ihre Decke geklammert hat, als wäre diese ein Floß, und wie sie versuchte, sich damit über Wasser zu halten, während sie diese ganz neuen Tränen weinte.

»Ich weiß, es ist dumm, immer noch daran zu denken«, sagt sie. »Menschen trennen sich ständig. Ich war so jung, und es ist so lange her, aber ich habe heute Morgen Joes Foto gesehen, und ich habe niemals wieder jemanden wie ihn getroffen. Ich habe überhaupt niemanden mehr getroffen. Ich denke, das ist vielleicht einer der Gründe dafür, warum es mir so schwergefallen ist, nach London zu ziehen. Allein an einem neuen Ort zu sein. Mir war klar, dass es das war, was er wollte, als er sich von mir getrennt hat. Aber für mich hat es sich nicht nach einer Chance angefühlt, wie für ihn.«

Kate atmet tief durch. »Tut mir leid«, sagt sie und wischt sich über das Gesicht.

Rosemary neben ihr schüttelt heftig den Kopf. »Es soll dir niemals leidtun«, sagt sie, ein Gewitter in den Augen. »Entschuldige dich nie dafür, Gefühle zu haben. Entschuldige dich nie dafür, dich zu verlieben. Mir hat es nie leidgetan. Nicht einen einzigen Tag.«

Kate sieht, wie Rosemary den Ehering an ihrem Finger dreht.

»Und du wirst jemanden treffen«, sagt Rosemary, blickt auf und fixiert Kate mit ihren leuchtenden Augen. »Du musst nur bereit dafür sein, ihn zu finden.«

Auf der anderen Parkseite halten die Busse und fahren wieder an, während sie so dasitzen. In dem Schweigen ist die Einsamkeit die dritte Person zwischen ihnen. Sie nicken ihr zu, nehmen ihre Anwesenheit zur Kenntnis, rufen sie aber nicht bei ihrem Namen.

Kate seufzt und schließt die Augen. Sogar mit geschlossenen Augen ist sie sich der Form des Beckens vor und Rosemary neben sich bewusst. Nach ihrem Gespräch fühlt sie sich seltsam erleichtert. Vielleicht ist Joe heute Morgen auf dem Display ihres Telefons aufgetaucht, aber in Wirklichkeit ist er in Manchester, und sie ist in Brixton, einem Ort, den sie neuerdings lieben gelernt hat. Er ist nicht mehr Teil ihres Lebens.

Und als sie tief einatmet, löst sich der Knoten in ihr ein Stück weit.

Kapitel 40

Sie waren zusammen bis zum Schluss. Rosemary wollte nicht von ihm getrennt sein, und als eine der Krankenschwestern, die zum Helfen zu ihnen kamen, vorschlug, ihn in eine Pflegeeinrichtung zu geben, lachte sie laut auf.

»Sind Sie verheiratet?«, fragte Rosemary.

Die Krankenschwester sah überrascht aus. »Ja«, antwortete sie.

»Also, dann sollten Sie sich an Ihr Ehegelübde erinnern. In Gesundheit und Krankheit. Bis dass der Tod uns scheidet. Ich bin seit vierundsechzig Jahren verheiratet, und ich weiß das noch.«

Die Krankenschwester verzog das Gesicht und packte zügig ihre Sachen zusammen. Rosemary bereute ihren schnippischen Ton – die Krankenschwestern waren alle sehr nett. Aber bei ihm zu sein war für sie die einzige Art, überhaupt zu sein, etwas anderes kannte sie nicht. Ihn allein in einem Krankenhaus zu lassen war ein unerträglicher Gedanke.

Als die Krankenschwester gegangen war, brachte Rosemary George eine Tasse Tee. Sie häufte die Kissen um ihn auf und zog ihn hoch, indem sie ihre Ellenbogen unter seinen Achseln einhakte. Dann hielt sie die Tasse, stützte leicht seinen Kopf und half ihm dabei, die warme Flüssigkeit zu trinken. Als er fertig war, kletterte sie zu ihm ins Bett und hielt seine Hand. Jeder Atemzug war flach und rasselnd und sorgte dafür, dass sie sich innerlich krümmte, aber sie ließ es sich nicht anmerken.

Er versuchte etwas zu sagen. »Ffff…«

»Fisch?«, fragte Rosemary. »Hast du Hunger? Du hast gerade Fisch gegessen.«

George schüttelte den Kopf. »Ffff…«, versuchte er es noch mal. Er hob den Arm und zeigte auf den Schrank.

Sie folgte seinem Arm mit den Augen. »Fotos?«

Er nickte. Rosemary küsste ihn auf die Stirn und kletterte aus dem Bett. Sie stieg auf einen Stuhl und hangelte nach der Kiste oben auf dem Schrank. Sie trug sie hinüber zum Bett. Als sie wieder in den Kissen lehnte und die Kiste auf dem Schoß hatte, nahm sie den Deckel ab und fasste hinein.

»Schau dir das da an«, sagte sie und hielt George ein Foto hin, sodass er es sehen konnte. »Oh, du warst so braun. Wie eine Walnuss.«

Sie griff nach einer anderen Fotografie. Sie waren nicht geordnet, und so wurden George und Rosemary älter und dann wieder jünger, als Rosemary Foto für Foto herausnahm.

»Sieh mich hier an«, sagte sie. »Diesen Badeanzug habe ich geliebt. Ich wünschte, ich würde noch reinpassen! Und sag bloß nicht, ich würde darin nicht mehr genauso aussehen! Ach, und schau hier, der Sprungturm war so hoch. Du warst so ein guter Springer, mein Schatz.«

Sie griff nach Georges Hand.

»Da sind wir in Brighton«, sagte sie, lehnte sich ein Stück weiter zu ihm hinüber und hielt ihm das Foto vor die Nase. »Weißt du noch, wie wir Donuts am Strand gegessen haben? Mmm, zu einem würde ich jetzt nicht Nein sagen. Ich erinnere mich noch an das Geschrei der Möwen, und wie ging dieses Lied noch mal? Elvis Presley …«

Sie dachte an die Jukebox und begann zu singen. Sie traf die Töne nicht ganz, aber das war ihr egal. Als sie sang, spürte sie, wie seine Hand sich unter ihrer bewegte und ihre Finger umschloss. Ihre Stimme zitterte, doch sie sang weiter, wurde leiser, wo ihr der Text nicht einfiel, und wieder lauter beim Refrain. Als das Lied zu Ende war, küsste sie ihn auf die Wange. Dann wischte sie sich schnell über die Augen.

»Genug davon«, sagte sie mit bebender Stimme. Sie holte tief Luft. »Ach, schau dir das hier an, George …«

Sie zeigte ihm jedes Foto in der Kiste, lachte und wies ihn auf Dinge hin, besprach jedes einzelne mit ihm. Als die Kiste leer war, stapelten sich auf ihrem Schoß die Fotos, und George schlief. Sorgfältig legte sie die Fotos zurück in die Kiste und stellte sie wieder oben auf den Schrank. Dann zog sie ihr Nachthemd an und schlüpfte neben George ins Bett. Sie lag ihm zugewandt, den Arm über seinen Bauch gelegt. Eine Weile sah sie ihm beim Schlafen zu.

»Gute Nacht, mein Schatz«, sagte sie.

Als sie aufwachte, schlief er immer noch.

Kapitel 41

Die Stadtverwaltung ruft Kate nicht zurück. Kate tippt Interviews ab und liest Artikel Korrektur und ruft dazwischen immer wieder im Rathaus an. Jedes Mal wird sie aufgefordert, eine Nachricht zu hinterlassen. Wenn sie nach dem Freibad fragt, wird ihr immer dasselbe beschieden: »Der Ausschuss prüft die derzeitigen Optionen.«

Als sie darum bittet, mit dem Stadtrat verbunden zu werden, gibt man ihr eine Nummer, die zu einem weiteren Anrufbeantworter führt.

»Keine Neuigkeiten von der Stadtverwaltung?«, fragt Jay, als er ins Büro kommt.

»Ist das so offensichtlich? Ich habe auch noch anderes zu tun.«

»Nein, ich habe mich das nur gefragt. Wie geht's Rosemary? Was machen ihre Knie?«

»Von ihren Knien hat sie nichts gesagt.«

»Sie möchte nicht, dass du dir Sorgen machst.«

»Aber ich mache mir Sorgen. Genauso wie ich mir Sorgen darüber mache, was aus dem Freibad wird. Ich wünschte, es wäre anders, aber ehrlich, ich mache mir dauernd Sorgen.«

Seit der Überraschungsparty sind sie weitgehend zur Normalität zurückgekehrt. Morgens vor der Arbeit schwimmt Kate meistens mit Rosemary. Sie hat Artikel für die Zeitung geschrieben, diese Woche über die Vorbereitungen zur Lambeth Country Show, einem Jahrmarkt, der jedes Jahr mit Essensständen, Musik und Bauernhoftieren im Brockwell Park stattfindet. Es macht Spaß, den Artikel zu schreiben und sich all die Widersprüche und zufälligen Lichtblicke in der Stadt vor Augen zu halten, in der sie lebt. Aber im Hinterkopf beschäftigt sie die Sorge, ihre Furcht davor, was die Zukunft für das Freibad bereithält und ob sie bald nicht mehr mit Rosemary morgens schwimmen kann.

»Es wäre so eine Schande, wenn sie es wirklich schließen würden«, sagt Jay. »Rosemary hat es ja in Bezug auf die Bibliothek gesagt. Sie haben protestiert, aber erst hinterher begriffen, wie viel sie verloren hatten.«

»Weißt du was, das ist eine richtig gute Idee«, sagt Kate und blickt von ihrem Computer auf. Jay sieht verwirrt aus, er runzelt die Stirn. Das bringt Kate zum Lächeln, auch wenn sie versucht es sich zu verkneifen.

»Danke, ich habe jede Menge davon«, antwortet Jay. »Aber was war noch mal genau die Idee?«

»Protest«, sagt Kate. »Wir sollten eine Demonstration veranstalten.«

Jay nickt. »Ja. Die eine Sache, die das Foto von Rosemary im Rathaus noch besser gemacht hätte, wäre ein Plakat in ihren Händen gewesen.«

»Jetzt komm, ich meine es ernst.«

»Ich auch. Wenn du ernsthaft demonstrieren willst, musst du dich fragen, wie es sich auf der Titelseite machen wird. Denk darüber nach, wie man die Demo gut ins Bild setzen kann.«

»Dann hilfst du uns also?«

»Ich entsinne mich nicht, dass du mich freundlich gefragt hättest.«

»Hilfst du uns, bitte?«

»Natürlich. Wir können morgen zusammen zu Abend essen und brainstormen.«

Kate nickt und dreht sich wieder zu ihrem Computer, um das breite Grinsen zu verbergen, das sich auf ihrem Gesicht ausbreitet. Sie bemerkt, dass es das zweite Mal in letzter Zeit ist, dass jemand sie zum Abendessen einlädt.

Als sich Kate am nächsten Abend fertig macht, versprüht sie Parfüm in ihrem Zimmer und tanzt in ihrer Unterwäsche hindurch. In einer Zeitschrift hat sie gelesen, dass man Parfüm am besten so auflegt. Es ist nicht die eleganteste Art und Weise.

Hilfe!, schreibt sie an Erin, öffnet ihren Schrank, hält sich zwei verschiedene Kleider vor die Brust und macht Fotos. Welches soll ich anziehen?

Ungeduldig betrachtet sie die Punkte auf ihrem Handy, die anzeigen, dass Erin tippt.

Du siehst in beiden toll aus, kommt die Antwort, aber ich würde das Blaue nehmen.

Kate lächelt erleichtert, und im selben Moment klingelt es an der Tür.

»Mist!«, sagt sie und zieht sich das Kleid über den Kopf. Während sie sich hineinwindet, schlüpft sie in die Sandalen und wirft dabei einen Stapel Bücher um.

»Mist!«, flucht sie erneut.

Sie kann Jay durch die Haustür hindurch lachen hören.

»Ich komme!«, ruft sie und schiebt die Bücher behutsam mit dem Fuß zur Seite. Ihre Jeansjacke hängt am Treppengeländer, sie greift danach und wirft sie sich über. Die Jackentasche verfängt sich am Lenker des Fahrrads, das im

Flur abgestellt ist, und sie muss sich erst losmachen, bevor sie die Tür öffnen kann.

»Wow, du siehst ja wild aus!«, lacht Jay. Er steht an die halbhohe Wand vor der Eingangstür gelehnt, das Abendlicht hebt den roten Schimmer seiner rotblonden Haare hervor. Sie zieht sich das Kleid zurecht.

»Wie charmant!«

»Das sollte keine Beleidigung sein. Du siehst ein bisschen zerzaust, aber hübsch aus. Ich mag das an dir.«

Kate weiß nicht, was sie sagen soll, also sagt sie nichts. Stattdessen zieht sie die Tür hinter sich zu und tritt hinaus auf die Straße.

»Ich habe was für dich«, sagt er und gibt ihr ein flaches Päckchen.

»Ich wusste nicht, ob ich es dir gleich oder später geben soll, also dachte ich, gebe ich es dir gleich. Aber vielleicht hätte ich es dir doch später geben sollen, jetzt musst du es nämlich tragen.«

»Danke! Und schon okay, ich habe eine Tasche«, sagt sie und öffnet das Geschenkpapier. Es ist ein Bilderrahmen, und in dem Rahmen steckt ein Foto von Kate und Rosemary am Schwimmbecken. Sie hält es von sich weg und sieht es an, als hätte sie keine Ahnung, was es soll.

»Entschuldige, vielleicht hätte ich dir lieber Blumen mitbringen sollen.«

»Nein, es ist perfekt. Danke!«, sagt sie und schluckt den Kloß in ihrem Hals hinunter.

Sie gehen ein Stück schweigend. Ein Fuchs läuft vor ihnen über die Straße und verschwindet durch die Lücke in einer Hecke.

»Das ist eine hübsche Straße«, sagt Jay und blickt die baumgesäumte Straße voller Stadthäuser mit großen Fenstern entlang. Manche der Häuser sind in zwei oder drei

Wohnungen aufgeteilt, andere sind Familienwohnsitze mit Spielautos und Schaukeln in den kleinen Vorgärten.

»Stimmt. Ich kann nur hier wohnen, weil ich mir eine Wohnung mit vier anderen teile.«

»Wie sind sie so?«

»Das weiß ich eigentlich gar nicht. Wir sehen einander wenig. Ich wusste nicht, dass es so einsam sein kann, wenn man mit vielen Leuten zusammenwohnt.«

Sie sehen einander beim Gehen nicht an, aber ihr ist die Form seines Körpers auf dem Gehweg neben ihr sehr bewusst. Sie will ihm gegenüber eigentlich gar nicht so ehrlich sein, aber es passiert, bevor sie sich stoppen kann.

»Erzähl mir was Neues«, sagt er. »Ich habe drei Schwestern.«

»Drei? Das ist viel weibliche Energie.«

»Ich weiß! Sie haben sich ständig gegen meinen Vater und mich zusammengerottet. Wir haben uns oft mit unseren Kameras rausgeschlichen, nur um ihnen zu entkommen. Er hat mir das Fotografieren beigebracht.«

Kate fällt es erstaunlich leicht, sich einen jungen Jay und seinen Vater vorzustellen, die, mit Kameras um den Hals und dem gleichen rotblonden Haar, aus einem Haus voller Frauen fliehen. Ihr wird klar, dass sie nun seit beinahe zwei Jahren mit Jay zusammenarbeitet und ihm noch nie eine persönliche Frage gestellt hat. Der Gedanke beschämt sie, und sie möchte die verlorene Zeit aufholen.

»Und was ist mit dem Rest der Familie? Als wir im Freibad waren, hast du Nichten und Neffen erwähnt.«

Während sie gehen, erfährt Kate von Jays Familie. Seinen beiden Schwestern, die noch mit ihren Ehemännern und Kindern in London leben, und der anderen, die mit ihrem Lebensgefährten in Edinburgh wohnt. Hin und wieder dreht sie den Kopf und sieht ihn an, sein Gesicht hellt sich auf, wenn er von seinen Nichten und Neffen erzählt. Sie erfährt, dass er schon sein ganzes Leben lang in Süd-London gelebt hat, in Croydon und Peckham und jetzt in Brixton. Vor sich selbst rechtfertigt sie die Tatsache, dass sie nie nachgefragt hat, damit, dass sein Akzent es ihr bereits verraten hat, aber sie weiß, dass das nicht ganz stimmt. Sie hat nur nie daran gedacht zu fragen.

»Und jetzt, hast du Mitbewohner?«, fragt sie ihn.

»Ja, allerdings nur einen, meinen Freund Nick. Er ist Musiker und arbeitet in einer Bar, also sehen wir einander nicht so oft. Meistens habe ich die Wohnung für mich. Es ist nur eine kleine Wohnung im Souterrain, in der es immer feucht ist, aber ich mag sie.«

»Kröten mögen es ja feucht.«

»Autsch!«

»Das ist die Rache dafür, dass du mich zerzaust genannt hast.«

»Aber süß zerzaust.«

»Ist das besser?«

Sie wenden sich einander zu und lächeln.

»Komm, wir sind fast da.«

Sie biegen auf die Straße ab, die am Rand des Parks entlangführt. Als sie bei einem der Häuserblocks ankommen, wenden sie sich auf den Parkplatz und den kleinen Hof vor dem Haus. Rosemary sitzt auf einem Mäuerchen beim Eingang. Sie trägt ein blassgrünes Kleid mit passendem Jäckchen. Sie hält eine kleine Handtasche und blickt gerade auf ihre Armbanduhr und wieder auf, als sie die beiden auf sich zukommen sieht. Als Kate sie erreicht, riecht sie Maiglöckchen.

»Rosemary, du siehst schön aus«, sagt Kate.

»Eine Erscheinung in Grün«, ergänzt Jay.

»Ach das, das habe ich seit Jahren nicht mehr angehabt.

Ich bin überrascht, dass es mir noch passt«, sagt sie, aber sie lächelt. »Danke, dass ihr mich eingeladen habt.«

»Betrachte es als Arbeitsessen, wir brauchen dich, Rosemary«, sagt Kate. »Ohne dich hätte all das nie angefangen.«

»Trotzdem ist es nett, mal rauszukommen, und auch, Gesellschaft zu haben.«

»Außerdem«, sagt Kate, »hast du für mich gekocht. Ich bin leider keine besonders gute Köchin, aber ich kann dir die beste Pizzeria der Stadt zeigen. Zumindest sagt Jay, dass sie das ist, ich war noch nie da.«

»Ihr werdet beide begeistert sein«, sagt Jay. »Da gibt es die beste Pizza außerhalb von Italien.«

Wie sie zu dritt loslaufen, Rosemary in der Mitte, fragt Kate sich, wie sie wohl aussehen. Vielleicht wie zwei Kinder, die ihre Mutter oder Großmutter zum Abendessen ausführen. Und vielleicht sehen sie einfach nach dem aus, was sie sind: drei merkwürdige Freunde. Und als sie das denkt, wird ihr zum ersten Mal seit ihrem Umzug nach London etwas klar: Sie hat Freunde.

Sie betreten Brixton Village durch einen der Brückenbögen auf der Atlantic Road. Es dauert eine Weile, bis sie die Straße überquert haben, auf der viel Verkehr ist und wo ein Lieferwagen gerade das neue mexikanische Restaurant an der Ecke beliefert. Es ist Teil einer Kette, aber mit der bunt angestrichenen Fassade und der von Hand beschriebenen Tafel davor könnte es leicht für ein familiengeführtes Restaurant gehalten werden. Sie warten vor einem Laden, vor dessen hell erleuchtetem Schaufenster Töpfe, Pfannen und Papierkörbe hängen, bis sie die Straße überqueren können.

Die Pizzeria befindet sich im Village an einer Ecke gegenüber einer Schlachterei. Vor dem Restaurant steht eine Theke, an der die Leute einzelne Pizzastücke kaufen können.

Ein Radfahrer in Lycra hält seinen Helm unter den Arm geklemmt und bestellt sich vor der Fahrt nach Hause ein Stück. Neben ihm hält eine Mutter ihre beiden Kinder an der Hand, die erwartungsvoll zu der Theke aufblicken.

Jay geleitet Rosemary zu einer Holzbank, die an einen langen Tisch geschoben ist. Auf dem Tisch stehen Kerzen und ein Metalltöpfchen mit Blumen.

»Wollen wir Wein bestellen?«, fragt Kate. Beim Warten sieht sie sich um. Im Brixton Market ist es laut, und überall sind lachende und redende Menschen. Der Duft der Pizza aus dem Holzofen lässt sie darüber nachdenken, wie viel leckeres Essen ihr durch ihre Fertiggerichte wohl entgangen ist.

Der Abend vergeht bei Wein und Pizza. Rosemary beginnt mit Messer und Gabel zu essen, doch als sie sieht, dass Jay und Kate ihre Stücke mit der Hand nehmen, macht sie es auch so. Sie kleckert Tomatensoße auf den Tisch, aber es ist ihr egal. Zu dritt trinken sie zwei Flaschen Wein. Jay schenkt ihnen ständig nach, ohne dass sie es merken.

Beim Essen sammeln sie Ideen für ihre Demo, Kate schreibt mit.

»Ich habe beschlossen, eine Online-Petition zu starten«, sagt sie. »Ich werde auf der Facebook-Seite darauf hinweisen. Das hätte ich schon längst machen sollen, hoffentlich hilft es noch.«

»Gute Idee«, sagt Rosemary. »Und wenn du über die Demo schreibst, kannst du auch über die Petition berichten.«

»Wir müssen uns für die Demo etwas einfallen lassen, das wirklich auffällt«, sagt Jay.

»Es muss etwas Visuelles sein«, sagt Kate. »Wir könnten Banner erstellen und sie am Ende des Beckens aufhängen. Aber was könnte draufstehen? ›Rettet das Brockwell-Freibad‹ … ›Einfach weiterschwimmen‹ … ›Zieht unserem Freibad nicht den Stöpsel‹ …«

»Das gefällt mir«, sagt Jay, und Kate schreibt es in ihr Notizbuch.

»Was haltet ihr von Plastikenten?«, fragt Rosemary. Kate und Jay sehen sie nur an. Dann brechen die drei in Gelächter aus.

»Das ist es«, sagt Kate. »Und ich glaube, ich weiß jemanden, der uns helfen kann.«

Rosemarys Wangen leuchten rosa, und sie lächelt. Kate spürt, wie sie selbst ebenfalls lächelt.

Als es später wird, baut eine Band gegenüber dem Restaurant auf, ein Folk-Sänger und zwei Gitarristen. Die Musik ist laut, und anfangs spürt Kate, wie ihr Puls mit der Lautstärke steigt.

»Machst du eine alte Frau glücklich und tanzt mit mir?«, fragt Rosemary plötzlich. Sie stemmt sich hoch und streckt Kate eine Hand hin. Kate blickt verblüfft auf.

»Ach, ich kann nicht so gut tanzen.«

Kate denkt an die Schuldiscos, wo sie sich in den Ecken herumdrückte und ihre Klassenkameraden dabei beobachtete, wie sie lachten und ihre Körper mit einer solchen Leichtigkeit bewegten. Sie wünschte, sie könnte es ihnen gleichtun. Nach ein paar Jahren ging sie gar nicht mehr hin. Auf der Uni fand sie immer irgendeinen Vorwand, warum sie nicht mitkonnte, wenn ihre Kommilitonen in Clubs gingen. Bald fragten sie sie nicht mehr.

»Ich auch nicht«, sagt Rosemary. »Aber das macht nichts. Du musst es nur genießen.«

Kate blickt zu Rosemary auf und denkt plötzlich, vielleicht hat sie recht. Vielleicht macht es nichts. Vielleicht macht nichts etwas. Sie steht auf.

»Okay, lass uns tanzen«, sagt sie.

Die beiden Frauen entfernen sich vom Tisch und treten in den Durchgang zu den Musikern. Dann fassen sie einander bei den Armen. Rosemary ist langsam und Kate unbeholfen, aber sie tanzen. Der Gitarrist und der Sänger lächeln ihnen zu, und die Leute im Restaurant drehen sich um. Dieses eine Mal bemerkt Kate sie nicht. Sie ist zu sehr damit beschäftigt, auf ihre Füße zu starren und dann wieder zu Rosemary aufzublicken.

»Ich tu's!«, strahlt sie.

»Jawohl!«

Sie tanzen weiter zu zweit in dem Durchgang, während die Musiker, die Gäste und Jay sie betrachten. Langsam lassen sie einander Drehungen vollführen.

Kate konzentriert sich auf die Musik und die Bewegung und verdrängt alles andere. Ihr ganzer Körper ist von Wärme erfüllt. Sie fühlt sich wie ein Gasballon, als könnte sie jeden Moment davonschweben. Ihr Körper fühlt sich an, als wäre er randvoll mit Licht, und gleichzeitig fühlt sie sich leer und frei. Anfangs denkt sie, dass es am Wein liegen muss, aber dann erinnert sie sich an das Gefühl. Es ist Freude. Noch während sie tanzt, kann sie es kaum erwarten, Erin anzurufen und ihr das hier zu erzählen – von der unglaublichen Pizza, die sie unbedingt probieren muss, wenn sie das nächste Mal in London ist, und davon, wie sie mit Rosemary mitten im Brixton Village getanzt hat. Sie weiß, es wird ihre Schwester zum Lachen bringen, und Kate ist glücklich, als ihr klar wird, dass sie mit ihrer Schwester über etwas Positives reden kann, dass sie nichts zurückhalten oder sich etwas Fröhliches ausdenken muss.

»Es tut mir leid, meine Knie«, sagt Rosemary und bleibt stehen. »Jay, komm her! Ich glaube, Kate ist noch nicht fertig mit Tanzen.«

Jay steht auf, und Rosemary kehrt an den Tisch zurück. Als sie an ihm vorbeikommt, legt sie ihm die Hand auf den Arm.

»Pass auf sie auf«, sagt sie leise. Jay nickt und geht zu Kate hinüber. Sie hat noch nie so schön ausgesehen, denkt er. Ihre Wangen sind gerötet, und ihre Augen leuchten, als hätte sich für einen Augenblick eine Wolke verzogen.

»Tanzen wir«, sagt Kate, streckt die Arme aus und ist von ihrem eigenen Mut überrascht. Er nimmt ihre Hand und zieht sie an sich, legt den Arm um ihre Taille. Sie finden keinen Rhythmus, weder mit sich noch der Musik. Sie stoßen gegeneinander und treten sich auf die Füße. Aber sie lachen. Als sie so tanzen, erfüllt Freude Kates gesamten Körper, und sie hält sie fest. Rosemary beobachtet sie und erinnert sich.

Als sie nachts im Bett liegen, werden beide Frauen vom Tanzen träumen. Jay ebenfalls.

Kapitel 42

Das Schwimmbecken ist voller Plastikenten. Sie wippen wie ein lächelndes gelbes Meer auf der Wasseroberfläche. Manche scharen sich in Gruppen zusammen und stupsen einander an, wenn ein Windstoß kommt. Andere wippen zu zweit, und wenn sie zusammenprallen, berühren sich ihre roten Schnäbel. Zwei Stockenten kreisen über ihnen und wirken verwirrt.

»Hilf mir mit der anderen Seite des Banners«, sagt Kate zu Erin und gibt ihr eine Ecke einer langen Stoffbahn. Sie gehen in unterschiedliche Richtungen am Beckenrand entlang, dann helfen Frank und Jermaine ihnen, das Banner festzubinden.

Nach ihrem Abendessen mit Rosemary und Jay hat Kate Erin angerufen.

»Wir planen eine Demo, um bei der Rettung des Freibads zu helfen«, sagt Kate. »Und ich dachte, da du ja eine PR-Expertin bist und so, könntest du vielleicht helfen.« Erin hat sofort zugestimmt und gesagt, sie würde sich freuen. Aber als Kate über das Becken zu ihrer Schwester hinüberblickt, deren welliges rotes Haar vom Wind zerzaust wird, während sie Frank und Jermaine beim Binden des Banners hilft, denkt sie, dass vermutlich mehr dahintersteckt. Für sie beide. Ihre Blicke begegnen sich für einen Moment, und Kate erinnert sich daran, wie sie als Kind von Erins Schultern ins Wasser gesprungen ist. Jetzt betrachtet sie ihre Schwester und versucht den Unterschied zwischen deren jetziger Erscheinung und ihrem jüngeren Ich festzumachen. Ihre Augen sind von demselben Grün, ihr Haar hat immer noch die Rotschattierung, um die Kate sie früher immer so beneidet hat, und von der sie wusste, dass Erin sie hasste. Erin ist noch immer größer als Kate, doch sie füllt ihre Größe jetzt aus, wirkt deswegen nicht mehr verlegen. Der grimmige Gesichtsausdruck, den sie als Teenager oft hatte, ist weicheren Zügen gewichen, auch wenn Spuren von Augenringen zu sehen sind, was Kate an den Stress im Job erinnert, von dem Erin erzählt hat. Heute trägt sie ein leuchtend blaues, figurbetontes Kleid und tadelloses Make-up. Erin hat immer gesagt, wie wichtig es in ihrem Job ist, sich gut anzuziehen, aber Kate weiß, dass die Kleidung und das Make-up zu Erins Rüstung gehören. Eine bestens geschnittene, farbenfrohe Rüstung bleibt trotzdem ein Panzer.

Als das Banner angebracht ist, treten sie alle einen Schritt zurück, um es in Augenschein zu nehmen.

Zieht unserem Freibad nicht den Stöpsel!, steht darauf.

»Sieht perfekt aus«, sagt Frank und wendet sich zu Jermaine um. Sie haben dieses Wochenende ihrer Teilzeit-Aushilfe die Verantwortung für die Buchhandlung übertragen. Sosehr sie den Laden und ihre Wohnung auch lieben, so ist es doch eine Erleichterung, ein wenig Abstand davon zu bekommen. Sie können nicht aufhören, einander anzulächeln.

»Ja, wirklich«, sagt Rosemary, die mit einem Eistee neben ihrem Fuß die Abläufe von einem Stuhl am Wasserrand aus überwacht.

Kate war eigenartig nervös, als sie Erin am Morgen Rosemary vorgestellt hat. Aber Erin hat Rosemary fest in die Arme geschlossen und gesagt: »Ich hoffe, es macht dir nichts aus, aber ich habe das Gefühl, dich schon zu kennen. Ich habe Kates Artikel über das Freibad – und über dich – so gern gelesen.« Rosemary lächelte erst Erin an und dann Kate, die neben ihr stand und die Arme um sich geschlungen hatte. Bei Jay war Erin ruhiger, sie schüttelte seine Hand und lächelte herzlich.

»Kate hat mir viel von dir erzählt«, sagte Jay, was eigentlich nicht stimmte. Aber als Erin sich umwandte und Kate anstrahlte, begriff sie, warum Jay es gesagt hatte.

Mühelos hat sich Erin gleich auch mit allen anderen unterhalten, besonders mit Ahmed, der erfreut gewesen ist zu hören, dass sie BWL studiert hat. Er stellte ihr gleich eine lange Liste von Fragen. Kate beobachtete sie von der anderen Seite des Beckens aus und registrierte, wie Erin zuhörte, nickte und dann angeregt antwortete, wobei sie lachend gestikulierte.

Jays Kamera klickt, als er Fotos vom Banner und den im Wasser treibenden Plastikenten macht. Auf der Terrasse um das Schwimmbecken tummeln sich viele Menschen. Ein Teenager bindet Luftballons an die Schirme vor dem Café, Ahmed bindet ein weiteres Banner über der Breitseite des Beckens unter der Uhr fest, eine Mutter hat sich ihr Baby auf die Hüfte gesetzt und zeigt auf die Plastikenten. Das Baby gluckst. Im Café bestellt Hope Kaffee und Tee für alle, und der Barista bringt die Getränke auf einem Tablett nach draußen an einen der Tische.

»Sieht super aus, Schwesterherz«, sagt Erin, als sie auf Kates Seite des Beckens ankommt. Sie stellt sich dicht neben Kate, ihre Körper berühren sich beinahe, aber nicht ganz.

»Danke, dass du gekommen bist«, sagt Kate. »Und für all deine Hilfe.«

Trotz des schicken blauen Kleids hatte Erin sofort nach ihrer Ankunft mit angepackt, Kisten voller Enten auf ihren Hüften balanciert und sie zum Wasser getragen. Ihr größter Beitrag jedoch ist ihre Idee mit der Verteilung der Enten gewesen.

Nach der Demonstration werden sie eine Kiste voller Enten ins Rathaus liefern, und andere werden in die Büros verschiedener lokaler und überregionaler Zeitungen gebracht. Jede Plastikente wird ein Schild um den Hals tragen, auf dem steht: *Zieht unserem Freibad nicht den Stöpsel!* Die Enten zu verteilen war Erins Idee.

Auf den Schildern wird auch der Link zu der Petition stehen, die Kate ins Leben gerufen hat. Bislang hat sie hundert Unterschriften. Die Zahl hat Rosemary erstaunt, Kate hingegen ist enttäuscht.

»Ich kenne nicht annähernd hundert Leute!«, sagt Rosemary. Kate versucht Rosemary zu erklären, wie soziale Medien funktionieren, mit mäßigem Erfolg.

Ein Platschen erklingt. Der Teenager ist ins Wasser gesprungen und paddelt nun zwischen den Plastikenten und den echten herum, die in einer Ecke des Beckens aufgeflattert sind. Kate und Erin drehen sich um und beobachten ihn.

Der Junge taucht unter, dreht sich auf den Rücken und blickt an den gelben Umrissen vorbei in Ausschnitte von blauem Himmel. Er stößt Luftblasen aus seiner Nase aus und sieht zu, wie sie an die Oberfläche steigen wie in perlendem Champagner. Als er prustend auftaucht, um nach Luft zu schnappen, macht ihm eine Gruppe von Plastikenten schaukelnd Platz. Er lacht ein kurzes, aber lautes Lachen, das so plötzlich aus ihm herausplatzt wie der Auspuffknall eines Motors.

Kate entdeckt Jay am Beckenrand, wie er Fotos von dem

Jungen knipst, dessen Gesicht knapp über der Wasserober-fläche schwimmt, umringt von gelben Enten.

»Komm raus, es ist Zeit für ein Gruppenfoto«, sagt er zu dem Jungen, der zur flachen Seite schwimmt und sich aus dem Wasser stemmt, wobei er die Leiter gar nicht beachtet. Beide gehen die lange Seite des Beckens entlang.

»Ich schätze, wir sollten mal rübergehen«, sagt Kate. Erin nickt und folgt ihr an den Beckenrand, wo sich gerade unter der Uhr und dem Banner eine Schar Menschen zusammen-findet. Erin stellt sich dazu, und Kate beginnt die Gruppe herumzukommandieren wie ein Hochzeitsfotograf.

»Rosemary, du stellst dich in die Mitte. Ellis und Hope, ihr flankiert sie. Ahmed, du gehst hier rüber …«

Jay gesellt sich zu ihr und sieht zu, wie die Schwimmer sich zu einer Gruppe formieren.

»Was sagst du, sieht das so gut aus?«, fragt sie ihn. »Ent-schuldige, ich weiß, das ist eigentlich dein Job.«

»Perfekt«, sagt er. »Jetzt kannst du dich dazustellen.«

Sie sieht ihn widerwillig an, und er versetzt ihr einen klei-nen Schubs.

»Ich war schon auf der Titelseite«, sagt Rosemary, »und es war gar nicht so schlimm. Jetzt bist du dran.«

Sie zieht Kate zu sich heran und legt ihr fest den Arm um die Schultern. Nun steht sie in der Mitte neben Rosemary, umgeben von den Menschen, denen sie begegnet ist, seit das Freibad vor drei Monaten in ihr Leben getreten ist. Als Jay fotografiert, lächelt sie, nicht für die Kamera, sondern wegen der Wärme, die durch ihren Körper flutet.

Am Nachmittag haben sie das Fotomaterial, das sie brau-chen, und die Plastikenten sind wieder aus dem Wasser ge-fischt worden. Die anderen sind ins Café gegangen, um etwas zu trinken, und Rosemary ruht sich zu Hause aus, aber Erin und Kate bleiben nebeneinander am Beckenrand sitzen. Sie haben die Schuhe ausgezogen und lassen die Füße im Wasser baumeln. Es ist kalt, aber da sie den ganzen Tag auf den Beinen waren, ist es genau das, was sie brauchen. Kate zieht ihre Füße langsam vor und zurück und sieht, wie Erin es ihr nachtut. Ihre Zehennägel sind knallrot lackiert.

Die Sonne hat ihre goldene Stunde und erleuchtet die Backsteinmauern und Erins kastanienbraunes Haar. Sie sind sich vertraut genug, um gemeinsam schweigen zu können, aber dieses Mal gibt es so viel, was Kate sagen möchte.

»Es tut mir leid, dass ich dich nicht auf einen längeren Besuch einladen kann«, sagt sie, »aber ich habe viel Arbeit, und ich fürchte, du hättest nicht viel Spaß mit mir.«

Das stimmt zum Teil – sie hat tatsächlich viel zu tun –, aber sie hat ihre schmutzige Wohnung vor Augen und die Mitbewohner, von denen sie Erin glauben lässt, sie seien gute Freunde von ihr. Der Gedanke, dass Erin sie dort besuchen könnte, ist furchterregend.

»Schon in Ordnung«, sagt Erin. »Ich habe Freunde in Hackney, die ich schon lange besuchen wollte.«

Einen Augenblick schweigen sie wieder. Gelächter dringt aus dem Café, und das Wasser plätschert leise, als sie ihre Füße darin bewegen.

»Ich hätte das schon lange fragen sollen«, sagt Kate. »Aber ist alles in Ordnung mit dir? Vor einer Weile hast du deinen Job erwähnt und dass es schwierig ist, schwanger zu werden. Es tut mir leid, ich wusste damals nicht, was ich sagen sollte, aber ich hätte nachfragen sollen. Ist es jetzt besser?«

Erin seufzt leise, stützt sich auf ihre Arme und streckt die Beine aus, hebt sie aus dem Wasser und lässt ihre Zehen dann wieder eintauchen.

»Ich bin immer noch nicht schwanger«, sagt sie. »Aber wir haben beschlossen, zu einer Kinderwunschklinik zu gehen.

Allein die Entscheidung hat es ein bisschen besser gemacht, glaube ich. Sie gibt mir das Gefühl, die Situation besser im Griff zu haben.«

Kate lehnt sich zurück und hört Erin zu. Im Rückblick fragt sie sich, wie oft Erin ihrer jüngeren Schwester wirklich etwas anvertraut hat und wie oft sie Dinge für sich behalten hat. Es fühlt sich gut an, Erin reden zu hören, auch wenn sie Schuldgefühle hat, weil sie diese Fragen nicht schon früher gestellt hat.

Als Erin aufhört zu sprechen, sieht sie Kate mit ihren grünen Augen an, die im Sonnenlicht glänzen.

»Und du?«, fragt sie. »Wie geht's dir? Und sag jetzt nicht, es geht dir gut. Ich meine, wie geht es dir wirklich?«

Kate weiß, sie hätte diese Frage kommen sehen müssen. Bei dem Blick ihrer Schwester, besorgt, aber auch offen, aufnahmebereit, möchte sie weinen. Sie holt tief Luft.

»Es war schwer«, sagt sie. »Die letzten Jahre waren für mich wirklich schwer.«

Als sie es ausspricht, wird ihr klar, dass sie es schon vor langer Zeit hätte sagen sollen. Aber sie konnte nicht. Die Worte hatten sich in ihr so fest verknotet, dass sie Kate wie eine Schraube zusammengehalten haben. Sich ihrer Schwester oder ihren Eltern anzuvertrauen hätte sie zusammenbrechen lassen.

»Mir war nicht klar, dass ein Umzug an einen neuen Ort bedeuten würde, dass ich so einsam bin«, sagt sie.

»Du bist viel mutiger als ich.«

»Was meinst du damit?«, fragt Kate stirnrunzelnd.

»Weißt du nicht mehr?«, fragt Erin. »Ich sollte doch zum Studieren nach London gehen. Ich bekam einen Studienplatz am University College. Aber ich habe ihn nicht angenommen. Ich hatte zu viel Angst davor, so weit weg in eine so große Stadt zu ziehen.«

Kate schüttelt den Kopf. Das wusste sie nicht mehr.

»Du warst damals ja auch noch klein.« Erin zuckt mit den Schultern. »Vermutlich war es mir unangenehm, es dir zu erzählen. Aber ich bin nicht gegangen. Seither hätte ich schon so viele Male umziehen können. Viele meiner Freunde leben jetzt hier. Aber ich habe es nie gemacht. Ich habe mir immer gesagt, ich bin in Bath doch glücklich – und das bin ich wirklich. Ich würde nicht mehr umziehen wollen, zumal Mark und ich jetzt die Wohnung haben und er gerade seine Firma dort aufbaut. Aber ich weiß, zu einem Teil ist meine Angst dafür verantwortlich. In Bath habe ich eine führende Position in einer der angesehensten PR-Agenturen. Aber denselben Job in London machen? Es gäbe so viel Konkurrenz. Was, wenn ich als kleiner Niemand enden würde?«

Erins Worte erschüttern Kate. Erin hat vor nichts Angst. Erin hat ihre Termine immer im Blick und schreit herum, wenn sie wütend ist, und bekommt ihren Willen, wenn sie es nicht ist, und sie wohnt in einer wunderschönen Wohnung. Vielleicht ist das alles noch wahr, aber es ist auch nicht wahr. Genauso wie es wahr ist, dass Kate in London lebt, einen Job hat, der ihr Spaß macht, und jetzt eine Gruppe von Menschen kennt, die sie als ihre Freunde bezeichnen würde. Aber es ist nicht die ganze Wahrheit.

Und so kommt es, dass sie hier am Rand des Beckens, das sie mittlerweile als eine Art von Heimat betrachtet, ihrer Schwester den Rest der Geschichte erzählt. Sie spricht von ihrer Zeit an der Uni und dem vernichtenden Gefühl der Unzulänglichkeit, das sie in Gegenwart ihrer Kommilitonen hatte. Sie erzählt Erin von den Mitbewohnern, die sie nicht kennt, und dass sie es trotz eines hübschen Zimmers in einer schönen Straße jeden Tag verabscheut, nach Hause zu kommen. Zum ersten Mal beschreibt sie ihre Panik: wie es damit angefangen hat, wie sie sich anfühlt und wie das Schwimmen dagegen zu helfen scheint. Dann erzählt sie vom Freibad – wie sie erstmals davon gehört hat und Rosemary begegnet ist, wie sie sich dafür engagiert, mehr als für alles, über das sie je geschrieben hat.

Und weil es dazu nicht viel zu sagen gibt, tut Erin etwas noch Großzügigeres. Sie hört einfach zu.

Nach einer Weile gehen Kate die Worte und die Tränen aus. Erin greift in ihre Handtasche und zieht eine Packung Papiertaschentücher heraus, die sie ihr stumm reicht. Als Kate sich das Gesicht abgewischt hat, beruhigt sich ihr Atem, und sie hört auf. Sie betrachtet das Licht auf dem Wasser und die Spiegelung der Wolken. Erin dreht sich zu ihr um, vergewissert sich, dass sie fertig ist, bevor sie das Wort ergreift.

»Ich habe vorhin mit Rosemary gesprochen«, sagt sie. Kate erinnert sich daran, dass sie Erin neben Rosemarys Stuhl stehen sah, als sie die Kisten auspackten. Sie brachte ihr frisch aufgefüllten Eistee aus dem Café. »Sie sagt, dass nichts von alledem ohne deine Hilfe passiert wäre – weder die Artikel noch die Petition noch die Demo.«

Während Erin spricht, sieht Kate in der Ecke des Beckens etwas Gelbes aufblitzen. Es ist eine Plastiktente – sie haben offenbar eine übersehen. Sie schaukelt auf dem Wasser, ein schimmernder gelber Fleck in einer blauen Fläche.

»Du machst das großartig«, sagt Erin. »Vielleicht fühlt es sich nicht immer so an, aber das ist in Ordnung. Du darfst dich einsam fühlen, du darfst Panik haben. Es macht dich nicht zu einem weniger wertvollen Menschen.«

Als Erin das ausspricht, begreift Kate, dass sie sich genauso gefühlt hat. In ihren dunkelsten Momenten kam sie sich zerstört vor, als würde sie darin versagen, einfach nur ein Mensch zu sein.

»Aber nächstes Mal redest du mit mir, okay?«, sagt Erin. »Wir reden miteinander.«

Als Erin die Hand ausstreckt, nimmt Kate sie dieses Mal. So sitzen sie eine Weile da, halten sich an der Hand und lassen die Füße im Wasser des Brockwell-Freibads baumeln. Hinter ihnen geht die Sonne unter, und die Lichter aus dem Café leuchten wie Suchscheinwerfer auf dem Wasser.

Kapitel 43

Ein paar Tage später ist das Freibad wegen einer Hochzeit geschlossen. Im Park ist wenig los; es hat den ganzen Morgen geregnet, ein unerwarteter Sommerschauer, der die Hitze der vergangenen Woche gebrochen hat. An die Bäume hinter dem Gebäude sind weiße Ballons gebunden, Wassertropfen fallen darauf und tropfen durch die Blätter. Ein Mitarbeiter des Cafés zerrt einen weißen Schirm vor den Eingang, der eine Tafel schützen soll, auf der in geschwungenen Buchstaben die Namen des Paars prangen. Neben der Tafel stehen silberne Kübel voller weißer Pfingstrosen, die wie die Schichten eines Ballerinatutus aussehen. Die Rampe, die zum Café hinaufführt, wird von kleinen Bäumchen in Blumentöpfen flankiert. Heute tragen sie alle ihre Hochzeitskleider aus blinkenden weißen Lichtern.

Rosemary und Kate gehen im Schutz des großen schwarzen Regenschirms, den Kate über ihre Köpfe hält, auf das Freibad zu. Rosemary hat gegen den Schirm Widerspruch eingelegt.

»Schwarz bringt auf einer Hochzeit Unglück!«, hat sie gesagt, als sie sich bereit machten, ihre Wohnung zu verlassen. Rosemary hat ihr einziges verbliebenes elegantes Kleid angezogen, dessen weiß und fliederfarben geblümter Stoff zwischen Knien und Knöcheln endet. Sie trägt passende fliederfarbene Schuhe: flach, aber spitz. Sie hat sogar Lippenstift aufgelegt und ihr Haar in dünne Wellen gekämmt.

»Aber es ist dein einziger Regenschirm«, hat Kate gesagt und die Schnalle am Knöchel ihrer himbeerroten Pumps geschlossen. »Und ich gehe in diesen Schuhen nicht ohne Schirm in den Regen raus.«

Ihr Kleid ist schmaler geschnitten und farbenfroher als alles, was sie sonst trägt, aber sie hat sich in das lebhafte Himbeerrot auf den ersten Blick verliebt. Das Kleid hat einen engen Halsausschnitt und angeschnittene Ärmel, auf dem Rücken fällt der Wasserfallausschnitt aber bis auf ihre Schulterblätter hinab.

Sie hat sich einen Morgen freigenommen, um shoppen zu gehen, solange noch nicht zu viel los war. Als sie an der Kasse ihre Kreditkarte zückte, grinste sie stolz. Sie hatte erfolgreich geplant und gefunden, wonach sie suchte, ohne sich überwältigen zu lassen. Beim Zahlen zählte sie im Stillen die Wochen, die seit ihrer letzten Panikattacke vergangen waren – es waren drei. Der Gedanke brachte sie zum Strahlen. Die Verkäuferin sah sie seltsam an, aber es war ihr gleichgültig.

Also kommt der schwarze Regenschirm mit, und er lässt sie einigermaßen trockenen Fußes den kurzen Weg von Rosemarys Wohnung zum Freibadcafé überwinden.

Als sie ankommen, öffnet ihnen Jay mit der Kamera um den Hals die Tür des Cafés. Er trägt eine elegante graue Hose, ein weißes Hemd mit einer hellgrauen Krawatte und darüber einen marineblauen Regenmantel. Sein Haar sieht aus, als wäre es sogar gekämmt worden. Kate hat ihn noch nie so schick gesehen.

»Ihr beide seid es«, sagt er und läuft beinahe in sie hinein, während er sich die Kapuze seines Regenmantels über den Kopf zieht. Er küsst Rosemary auf die Wange und sieht Kate eine Sekunde an, bevor er auch sie küsst. Ihr ist die Kurve ihrer Hüfte in dem himbeerroten Kleid sehr bewusst. Ausnahmsweise macht ihr das nichts aus.

»Ich geh raus und mache ein paar Fotos von den Blumen und der Tafel, bevor die Schrift völlig abgewaschen ist«, sagt er. »Tolles Wetter für eine Hochzeit!«

Als sie eintreten, werden sie von der schwanzwedelnden Sprout begrüßt, die eine weiße Schleife um den Hals trägt.

»Sieh dich nur an«, sagt Kate, kniet sich hin und streichelt den Hund, der an ihr entlangstreicht und auf dem himbeerfarbenen Stoff ihres Kleids blonde Haare hinterlässt.

»Schau dir das an«, sagt Rosemary und zieht an Kates Arm.

Das Café ist völlig verwandelt. Die kleinen Tische sind zu zwei langen Tafeln zusammengeschoben worden, auf denen Vasen mit weißen Pfingstrosen auf Stapeln alter Bücher stehen. Weiße Papierblumen hängen von der Decke wie Monde, und in Glaslaternen auf den Fenstersimsen flackern Kerzen. Dahinter erstreckt sich das Schwimmbecken, leer und grau in dem nun heftigen Regen. Der Raum ist voller Gäste, die sich unterhalten und aus Sektgläsern trinken, voller Gelächter.

Kate und Rosemary begrüßen Jermaine und Frank an der Bar. Jermaine trägt einen dunkelblauen Anzug. Der von Frank ist grau, und beide haben weiße Blumen im Knopfloch. Sprout hat sie in der Menge wiedergefunden und legt sich zu ihren Füßen auf den Boden, blickt mit ihren feuchten braunen Augen zu ihnen auf.

»Es ist alles wunderschön«, sagt Kate.

»Wir wollten unser Gelübde am Pool ablegen, aber wie es aussieht, ist das vom Tisch«, sagt Jermaine und sieht aus dem

Fenster. »Wir dachten, mit einer Sommerhochzeit würden wir dem Regen ein Schnippchen schlagen! Aber das ist eben England, schätze ich.«

»Hier drin ist es gemütlich, mir gefällt es«, sagt Frank, zieht Jermaine an sich und küsst ihn auf die Wange.

»Das Freibad hat noch nie so schön ausgesehen«, sagt Rosemary und blickt an den Blumen und den Kerzen vorbei auf den Regen, der auf die Wasseroberfläche prasselt. Frank reicht ihr ein Glas Champagner.

»Ach, ich weiß nicht«, sagt sie. »Ich weiß gar nicht mehr, wann ich zuletzt Champagner getrunken habe.«

»Wir bestehen darauf«, sagt Frank, drückt Rosemary das Glas in die Hand und umschließt ihre Hand mit seinen Händen.

»Na gut.«

Kate und Rosemary ziehen sich in den hinteren Bereich des Raums zurück, Rosemary setzt sich, um den Schmerz in ihren Knien zu lindern.

»Bist du sicher, dass es dir gut geht?«, fragt Kate. Rosemary beharrt darauf, und Kate lässt sich zurück zu den anderen treiben, ohne sich zu weit zu entfernen.

Rosemary beobachtet, wie Kate sich angeregt mit Frank und Jermaine unterhält, und denkt, wie anders sie aussieht, verglichen mit der unordentlichen, nervösen jungen Frau, mit der sie zum ersten Mal auf der Freibadterrasse gesprochen hat.

Unter den Hochzeitsgästen sind auch ein paar Kinder, und sie rennen zwischen den Erwachsenen hindurch, bevor sie unter die Tische kriechen in ihre Welt aus Knöcheln und Tischdecken. An den Fenstern des Cafés kondensiert Wasser, warme Körper werden durch den Champagner noch mehr erhitzt.

Kate steht in einer Runde mit Jermaines Freunden und

lacht auf. Das Geräusch und ihr Selbstvertrauen überraschen sie selbst. Sie wartet auf die Panik, die normalerweise kommt, wenn sie unter so vielen Fremden ist, aber sie kommt nicht, und die anderen fühlen sich nicht an wie Fremde. Hin und wieder blickt sie auf das Schwimmbecken hinaus und zu Rosemary hinüber – zwei Anblicke, die sie erden. Sie gestattet es sich, von dem Champagner ganz leicht und beschwingt zu werden.

Die Hochzeit ist klein und informell, und so ist es ein Angestellter des Cafés, der vorschlägt, dass Frank und Jermaine sich jetzt ihr Eheversprechen geben sollen. Das Essen ist nämlich gleich servierfertig. Die Gäste nehmen ihre Plätze an den langen Tafeln ein, und Frank und Jermaine stellen sich vor der Kaffeebar auf. Sprout scheint die Stimmungsveränderung wahrzunehmen und schießt unter einem Tisch hervor, um sich zu ihnen zu gesellen. Eltern ziehen ihre Kinder unter dem Tisch hervor und nehmen sie auf den Schoß. Alle verstummen.

»Ich nehme dich so, wie du bist. Ich liebe dich als der, der du jetzt bist, und als der, der du werden wirst«, sagt Jermaine, und seine Stimme bebt. Als er die Worte ausspricht, denkt er an seine inzwischen verstorbene Mutter und wie sie geweint hat, als ihr klar wurde, dass ihr Sohn niemals heiraten würde.

»Ich verspreche, dir zuzuhören und von dir zu lernen, dich zu unterstützen und deine Unterstützung anzunehmen.«

Er denkt an die Buchhandlung, daran, wie viel sie ihnen beiden bedeutet, trotz der vielen Arbeit und der schlaflosen Nächte, die sie ihnen oft beschert. Die Wände ihrer Beziehung bestehen aus Büchern.

»Ich werde deine Triumphe mit dir feiern und deine Niederlagen mit dir betrauern, als wären sie meine eigenen. Ich werde dich lieben und Vertrauen haben in deine Liebe zu mir, über all die Jahre, die das Leben für uns bereithalten mag.«

Rosemary beginnt zu weinen, still rinnen die Tränen über ihr Gesicht wie Regen über die Fensterscheiben. Sie weint um George, um all ihre gemeinsamen Jahre und das, was das Leben für sie bereitgehalten hat. Aber sie weint auch eine andere Sorte Tränen. Tränen, die einem Ort entspringen, an dem man froh ist, am Leben zu sein, die Kerzen und Blumen und das menschenleere Schwimmbecken im Regen zu sehen und die Gelübde zu hören, die das Leben eines anderen Paars lang halten werden.

»Was ich auf dieser Welt besitze, gebe ich dir«, sagt Frank. »Ich werde dich halten und trösten, dich schützen und für dich sorgen alle Tage meines Lebens.«

Es ist nicht nur Rosemary, die weint. Frank und Jermaine weinen beide ebenfalls, genauso wie die meisten Gäste. Sprout bellt laut auf, und die Stimmung löst sich in Gelächter auf.

Jermaine reibt sich über die Augen und küsst seinen Ehemann. Dabei denkt er, dass er es wohl nie leid werden wird, ihn so zu nennen.

Kapitel 44

Am Montag vermisst Kate Rosemary im Wasser. Sie schwimmt ihre Morgenbahnen schweigend, versinkt tiefer in ihren Gedanken, während sie im Wasser versunken langsam Bahn um Bahn zieht. Danach nickt sie einigen der Stammgäste zu, aber sie wechseln keine Worte, heute Morgen hängen alle ihren eigenen Gedanken nach. Der Sommer späht über die Mauern des Freibads herein. Die Bäume sind schwer von Grün, und das Morgenlicht ist golden und diffus.

Kate denkt daran, wie sie als Kind in den Sommerferien geschwommen ist. Bevor sie gelernt hatte, sich zu schämen, zog ihre Mutter ihr einen Minnie-Mouse-Badeanzug an, den sie auf dem ganzen Weg nach Bournemouth zu ihren Großeltern trug, wenn sie sie besuchten. Erin saß neben ihr auf dem Rücksitz, und ein blauer Bikini blitzte unter ihren Klamotten hervor. Sie verbrachte einen Großteil der Fahrt damit, zu lesen und Musik zu hören, aber sie wettete mit Kate darum, wer von ihnen zuerst das Wasser sehen würde.

»Ich sehe das Meer, ich sehe das Meer!«, kreischten sie bald beide und zeigten auf das silbrige Blau, das in der Sonne glitzerte. Oben auf der Klippe parkten sie und blickten hinunter.

Sie sahen Kinder, die wie bunte Kiesel im Sand ausschauten, Sandburgen bauten und ins Meer hüpften. Das Wasser war immer kalt, genau wie im Freibad. Aber die Kälte konnte so köstlich sein wie ein Eis an einem heißen Tag.

Kate und Erins Großeltern vergruben im Sand Münzen für sie beide, die sie finden mussten. Bei der Jagd nach Taschengeld vergaß Erin immer, dass sie ein Teenager war. Wenn sie danach gute Laune hatte, nahm sie Kate an der Hand, und sie rannten zusammen ins Meer, wobei Kate gelegentlich wegen ihrer viel kürzeren Beine stolperte.

Während sie schwammen, saßen ihre Mutter und ihre Großeltern hinter einem blau-gelb gestreiften Windschutz. Ihre Großmutter trug einen Anorak und reichte bei jedem Wetter eine Thermoskanne mit Tee herum.

Kate und Erin planschten im Wasser herum und sanken mit jeder Welle tiefer und tiefer in den Sand ein, bis sie ihre Füße nur noch mit Mühe und mit einem Schmatzen herausziehen konnten. Sie spritzten und tanzten in dem weißen Schaum, hüpften über Wellen oder warfen sich herausfordernd mitten hinein, schmeckten Salzwasser auf den Lippen, während die Gischt ihre Gesichter benetzte. Manchmal gesellte sich ihr Großvater zu ihnen und kraulte eine Strecke mit regelmäßigen Armschlägen parallel zum Strand. Die beiden Mädchen beobachteten ihn bewundernd, bis er nur noch ein brauner Punkt war, der auf den Wellen hüpfte.

Als sie ihre Großmutter vor sich sieht, die sie beobachtet, muss Kate an Rosemary denken. Kate bemerkt, dass ihr Beinschlag wieder viel zu schief ist, und sie vermisst die Gesellschaft ihrer Freundin. Als sie sich abgetrocknet hat, erkundigt sie sich an der Kasse nach Rosemary.

»Keine Rosemary heute?«, fragt sie Ahmed.

»Heute nicht«, antwortet er.

Kate fragt sich, ob Rosemary vielleicht auf der Hochzeit

zu viel Champagner getrunken hat. Sie ruft sie an und hinterlässt ihr eine Nachricht auf dem Anrufbeantworter, aber dann fährt sie zur Arbeit und vergisst es.

Doch am nächsten Tag schwimmt Kate abermals allein. Wieder fragt sie Ahmed an der Kasse, ob er Rosemary gesehen hat. Er schüttelt den Kopf.

»Nein, ich habe sie nicht gesehen. Sie ist noch nie zuvor zwei Tage in Folge nicht gekommen, nie. Und Ellis kam gestern Abend zum Schwimmen und sagte, sie sei auch nicht auf dem Markt gewesen, dabei ist Montag ihr Einkaufstag. Geht es ihr gut?«

Als Kate aus dem Schwimmbad tritt, ruft sie Phil an und sagt ihm, dass sie heute später zur Arbeit kommen und die Zeit dafür am Abend dranhängen wird. Sie überquert die Straße zu Rosemarys Wohnung, Angst beschleunigt ihren Schritt, und Panik erfüllt ihre Kehle wie dicker Teer. Sie kann nicht anders, als an ihren Großvater zu denken.

In dem Sommer, als Kate acht wurde, besuchte sie mit ihrer Familie ihre Großeltern. Ihre Großmutter war bei einem Gymnastikkurs, Erin las oben ein Buch, ihre Mutter führte im Flur ein langes berufliches Telefonat, das den ganzen Nachmittag zu dauern schien, Kates Großvater kümmerte sich im Garten um seine Fleißigen Lieschen.

Von ihrem Platz auf dem Sofa aus, wo sie zusammengerollt fernsah, konnte Kate den Kopf ihres Großvaters vor dem Fenster gerade so sehen. Manchmal tauchte er unter den Fensterrahmen ab, wenn er sich bückte, um die Pflanzen zu gießen. Sie sah sich *Tom und Jerry* an und hatte leichte Schuldgefühle, weil sie an einem so schönen Tag im Haus blieb, aber sie genoss den Luxus, in Frieden gelassen zu werden. In dem heißen Wohnzimmer nickte sie ein und träumte, sie wäre eine Maus, die eine Katze jagte.

Als sie aufwachte und aus dem Fenster sah, rechnete sie damit, dort den Kopf ihres Großvaters zu sehen. Aber er war nicht da.

Sie beschloss, ihm einen Besuch im Garten abzustatten, und ging schläfrig durch die Gartentür hinaus. Die Putzfrau in *Tom und Jerry* begann zu kreischen, und Kate hörte ihren Besen auf die Zeichentrickmaus niederdonnern, als sie ihren Großvater mit zum Himmel gewandtem Gesicht im Blumenbeet liegen sah. Seine Augen standen offen, und seine Schaufel lag neben ihm auf der Erde.

Die Haustür fiel mit einem Klicken ins Schloss, und Kate hörte, wie ihre Großmutter nach ihr und ihrer Schwester rief.

»Ich habe Battenbergkuchen für euch!«, rief sie und tauchte mit einem Pappteller in den Händen hinter Kate auf. Dann schrie sie auf und ließ den Teller ins Gras fallen, lief weinend auf das Blumenbeet zu. Da begann Kate zu verstehen und ebenfalls zu weinen. Sie hat seitdem nie mehr Battenbergkuchen essen können.

Jetzt beschirmt Kate ihre Augen gegen die Sonne und blickt zu dem Wohnblock auf, sucht nach Lebenszeichen auf Rosemarys Balkon. Die Wäscheleine ist leer, kein Badeanzug weht daran im Wind.

Kate tippt die Wohnungsnummer in das Zahlenfeld an der Tür ein und wartet. Eine junge Mutter gibt auf dem Spielplatz vor dem Wohnblock einem schreienden Kind auf der Schaukel Anschwung. Kate drückt noch einmal auf die Klingel und wartet.

Nach ein paar Minuten ertönt eine Stimme aus der Gegensprechanlage. Man versteht sie kaum durch das Kindergebrüll hindurch.

»Hallo?«, krächzt sie leise.

Kate atmet beim Klang von Rosemarys Stimme erleichtert aus.

»Rosemary, ich bin's, Kate. Kann ich hochkommen?«

Nach einer kurzen Pause öffnet sich die Tür mit einem Summen.

Die Tür zu Rosemarys Wohnung steht bereits offen, als Kate dort ankommt und eintritt. Die Vorhänge vor dem Balkon sind zugezogen, und das Wohnzimmer liegt im Dunkeln. Der Raum riecht leicht nach Urin, aber Kate tut so, als bemerkte sie es nicht.

»Mach nicht das Licht an«, sagt Rosemary vom Sofa.

Kate braucht einen Moment, um sich an die Dunkelheit zu gewöhnen. Berge von weißen Papiertaschentüchern bedecken den Boden, und sie kann den Umriss von Rosemarys Körper unter einer Decke zusammengerollt auf dem kleinen Sofa erkennen. Ihr Kopf ruht auf ihrem Arm. In dieser Position sieht sie aus wie ein neugeborenes Tier, dem noch kein Fell gewachsen ist.

»Was ist passiert, Rosemary?«, fragt Kate, schließt die Tür und geht zum Sofa hinüber.

»Nichts ist passiert«, sagt Rosemary. »Ich bin alt geworden.«

Kate kniet sich neben das Sofa und legt ihre Hand auf Rosemarys Stirn. Ihre Haut fühlt sich trocken und heiß an.

»Wann hast du zuletzt etwas gegessen? Oder Wasser getrunken?«

Rosemary schüttelt den Kopf, antwortet aber nicht.

»Hast du einen Arzt kommen lassen?«, ruft Kate auf dem Weg in die Küche über die Schulter. Dort füllt sie zwei Gläser voll mit Wasser. Sie öffnet den Kühlschrank – er ist leer, und ihr fällt ein, was Ahmed berichtet hat: Ellis habe gesagt, dass Rosemary in dieser Woche nicht auf dem Markt war. Im Wohnzimmer stellt Kate die Wassergläser nebeneinander auf einen kleinen Tisch. Sie hilft Rosemary auf und hält das Glas, während diese trinkt.

Rosemary weicht Kates Blick aus, während sie langsam schluckt. Sie beantwortet die Frage nach dem Arzt nicht. Kate wartet, bis Rosemary beide Wassergläser ausgetrunken hat, bevor sie zum Telefon geht und die nächste Arztpraxis anruft. Sie spricht leise, aber schnell.

»Der Arzt wird gleich da sein«, sagt sie und legt auf.

In der Dunkelheit sammelt sie die Papiertücher auf und stopft sie in den Mülleimer. Sie stellt den Wasserkocher an und macht Rosemary eine Tasse Tee mit zwei Zuckerstückchen. Während sie auf den Arzt warten, nimmt Kate Rosemarys Hausschlüssel aus ihrer Schwimmtasche und kauft kurz beim Laden an der Ecke ein. Rosemary bemerkt es nicht, sie ist eingeschlafen.

Kate kehrt mit Dosensuppe, einem Laib Toastbrot, Milch und ein paar Eiern zurück. Solange Rosemary auf dem Sofa schläft, kocht sie ihr ein Ei, macht etwas Suppe warm und schneidet den Toast in Viertel. Kate hilft ihr beim Essen, tunkt den Toast ins Eigelb und reicht Rosemary die Scheiben, die sie langsam und mit unsicheren Händen isst. Rosemary lässt ein Stück Brot auf die Decke fallen. Kate hebt es auf und legt es an den Tellerrand.

Sie möchte ihr gern etwas sagen, ihr versichern, dass alles gut wird, aber Rosemary ist eindeutig beschämt, also sagt sie nichts. Sie öffnet die Balkontür und zieht den Vorhang davor. Ein Windstoß bauscht den dünnen Stoff.

»Mir ist kalt«, sagt Rosemary und zieht die Decke enger um sich.

»Du bist heiß«, sagt Kate. »Und du brauchst ein bisschen frische Luft.«

Während Rosemary vor sich hin dämmert, räumt Kate um sie herum auf. Endlich klingelt es. Sie lässt den Arzt herein und folgt ihm zum Sofa.

»Ist das Ihre Großmutter?«, fragt der Mediziner.

»Nein«, antwortet sie. »Sie ist meine Freundin.«

»Und wie lange ist sie schon krank?«

»Ich kann Sie verstehen, wissen Sie?«, sagt Rosemary.

»Entschuldigen Sie, Mrs Peterson«, sagt der Arzt, kniet sich neben sie und öffnet seine Tasche. »Wie lange sind Sie schon krank?«

»Seit Sonntagabend. Ich dachte zuerst, es läge bloß am Champagner. Wir waren auf einer Hochzeit. Ich habe schon sehr lange keinen Champagner mehr getrunken.«

Er untersucht sie und steht dann auf.

»Es ist die Grippe«, sagt er zu Rosemary. Dann wendet er sich an Kate. »Es sollte ihr bald besser gehen, aber sie muss viel Flüssigkeit zu sich nehmen und viel ruhen. Man muss sie beobachten und sich um sie kümmern. Falls ihre Temperatur steigt, sollten Sie wieder in der Praxis anrufen. Haben Sie Kinder, Mrs Peterson?«

»Nein.«

»Ich kann mich um dich kümmern«, sagt Kate zu Rosemary und kniet sich vor das Sofa. Der Arzt packt seine Tasche.

»Ich möchte das nicht von dir verlangen«, sagt Rosemary.

»Ich kann mich um dich kümmern«, wiederholt Kate. Sie sieht Rosemary an, die nicht weiter protestiert.

Also lässt der Arzt sie allein, und Kate ruft Phil an, um ihm die Situation zu erläutern. Sie sagt ihm, sie müsse diese Woche von zu Hause aus arbeiten.

»Ich bin nur kurz weg und hole meine Sachen, ja?«, sagt sie zu Rosemary. Bevor sie die Wohnung verlässt, geht sie in die Küche und zieht vom Kühlschrank das schwarze Notizbuch herunter. Schnell läuft sie nach Hause, sammelt ihren Laptop, den Schlafsack, ein paar Klamotten und Toilettensachen zusammen, dann geht sie zum Markt, um Ellis um Hilfe zu bitten.

Kapitel 45

Solange Rosemary krank ist, kocht Kate sich durch Georges Kochbuch. Ellis hat ihr Tüten mit allem mitgegeben, was sie für eine Woche braucht, und hat sie nichts dafür bezahlen lassen.

»Pfleg sie gesund«, hat er gesagt.

Kate hat noch nie zuvor in ihrem Leben so viel gekocht. Sie geht mit dem Notizbuch vorsichtig um, schlägt behutsam Seite um Seite um und entscheidet, was Rosemary vielleicht gern essen würde. Da stehen Pies und Puddings, Schmorgerichte und Eintöpfe. Ein Rezept heißt »Rosemarys Lieblingssuppe«, also fängt Kate damit an. Sie liest jede Anweisung und befolgt sie minutiös. Immer wieder kann sie Georges Handschrift nicht lesen und konsultiert Rosemary, damit sie ihr ein bestimmtes Wort vorliest.

Rosemary isst kaum etwas, aber die Kochdüfte scheinen sie etwas zu beleben. Sie setzt sich auf dem Sofa auf und blickt hinaus auf den Balkon zu den Bienen auf den Lavendeltöpfchen. Als sie schlief, hat Kate die Töpfe näher zur Tür gezogen, damit sie sie leichter sehen kann. Sie lässt die Vorhänge offen und die Tür angelehnt, damit Luft in die Wohnung kommt. Kate isst ebenfalls und sitzt dabei neben dem Sofa auf einem Kissen auf dem Boden.

Rosemary spricht nicht, und Kate will sie nicht dazu zwingen, also liest sie oder tippt auf ihrem Laptop, während sie ihr Essen schweigend zu sich nehmen. Jeden Tag sieht Kate nach der Facebook-Seite und dem Stand der Petition. Sie hat inzwischen fünfhundert Unterschriften bekommen, und sie schreibt über diesen Meilenstein einen kleinen Artikel für die Zeitung. Sie hat außerdem mehrere E-Mails von umliegenden Geschäften erhalten, die ihre Kampagne unterstützen wollen, indem sie Plakate in ihre Schaufenster hängen. Jay hilft dabei, sie herzustellen und zu verteilen, solange Kate von Rosemarys Wohnung aus arbeitet.

Das gibt ihr Hoffnung, aber irgendetwas am Rande ihres Bewusstseins macht ihr Sorgen. Sie denkt an das Bild des Freibads, das in einen privaten Fitnessclub umgewandelt worden ist, und Furcht beschleicht sie, wie Kälte durch ein Fenster kommt.

Am Abend hilft Kate Rosemary in ihr Schlafzimmer. Während sie sich umzieht, wendet sie sich ab. Der nackte Körper der alten Frau sieht in dem gedämpften Licht ihres Schlafzimmers ganz anders aus als im Neonlicht der Umkleidekabine im Schwimmbad. Es ist zwar dunkler hier, aber sie wirkt trotzdem nackter.

Rosemary zieht einen gestreiften Männerpyjama mit geknöpftem Oberteil an. Die Ärmel sind am Handgelenk ordentlich aufgerollt. Kate hilft ihr ins Bett, deckt sie zu und stopft die Decke um sie fest. Rosemary dreht sich zur Seite und starrt an die Wand. Bevor sie leise die Tür schließt, vergewissert Kate sich, dass ein Glas Wasser und Georges Foto auf dem Nachttisch stehen.

Im Wohnzimmer rollt Kate ihren Schlafsack auf dem Sofa aus und steigt hinein. Sie überlegt, ob sie vor dem Einschlafen ein Buch aus dem Regal nehmen und durchblättern soll, aber sie will die Abfolge der Titel nicht zerstören – eine Abfolge, deren Sinn nur Rosemary kennt. Sie lässt den Vorhang offen, damit sie beim Einschlafen den Himmel und das Licht der Straßenlaternen sehen kann.

Hope ruft im Lauf der Woche mehrmals an. Sie hat keine Grippeimpfung, und so erlaubt ihr Rosemary nicht zu kommen. Wenn sie sprechen, nimmt Rosemary das Telefon mit in ihr Schlafzimmer und schließt die Tür. Kate kann ihre gedämpfte Stimme durch die Tür hören, während sie den Abwasch macht und eine neue Tasse Tee für Rosemary kocht. Während sie darauf wartet, dass Rosemary ihr Telefonat beendet, schreibt sie Erin, die ungeduldig auf Neuigkeiten über Rosemarys Zustand wartet.

Honig und Zitrone, schreibt Erin. Weißt du noch, wie Mum uns das immer gemacht hat, als wir klein waren? Hat geholfen. E. X

Kate rührt einen Löffel Honig und einen Spritzer Zitrone in Rosemarys Tee.

Mitte der Woche kommt Jay zu Besuch. Er bringt einen Kaffee für Kate und Blumen für Rosemary mit. Er zieht aus dem Regal Bücher, an die Kate nicht herankommt, damit Rosemary sie lesen kann, und stapelt sie um das Sofa auf, wo Rosemary tagsüber sitzt. Kates Schlafsack liegt ordentlich zusammengerollt unter der Fensterbank.

»Du machst das toll«, sagt er beim Gehen zu Kate, »die Blumen sind auch für dich.« Es sind weiße und rosa Stockrosen, die die Wohnung mit dem Geruch des Sommers erfüllen.

Nach einer Woche ist Rosemarys Fieber verschwunden, und sie isst wieder.

»Danke«, sagt sie. Sie sitzen zusammen lesend im Wohnzimmer, Rosemary auf dem Sofa, Kate mit dem Rücken dagegen gelehnt auf dem Boden. Rosemary legt ihr Buch nieder und berührt Kate an der Schulter.

»Danke«, sagt sie abermals. »Ich habe Glück, eine Freundin wie dich zu haben.«

»Gern geschehen«, sagt Kate. Rosemarys Hand auf ihrer Schulter löst eine Gefühlsaufwallung in ihr aus. »Ich bin froh, dass es dir besser geht.«

Rosemary schweigt einen Augenblick und schaut aus dem Balkonfenster.

»Ich glaube, uns läuft die Zeit davon«, sagt sie ganz leise. Kate blickt zu ihr hinüber. Sie hat in der Woche ein wenig abgenommen, aber ihr Gesicht hat wieder Farbe bekommen, und ihre Augen sehen wieder blau aus und nicht mehr so stumpf grau wie den größten Teil der Woche über.

»Was meinst du?«, fragt sie.

»Das Freibad«, sagt Rosemary und zeigt aus dem Fenster. »Du hast gesagt, die Petition hat jetzt mehr Unterschriften, aber seit der Demo sind zwei Wochen vergangen, und seit der Anhörung was, ein Monat? Und immer noch nichts. Ich glaube, es geht langsam zu Ende.«

Kate weiß nicht, was sie sagen soll. Sie ist erschöpft, aber das Bedürfnis, Rosemary und vielleicht auch sich selbst zu beruhigen, gewinnt die Oberhand.

»Mach dir keine Sorgen«, sagt sie aufgeräumt. »Es ist noch viel Zeit. Das Wichtigste ist jetzt, dass es dir besser geht.«

Bevor Kate am Abend geht, schlurft Rosemary in die Küche, um noch etwas zu holen.

»Ich möchte dir das schenken«, sagt sie. »Ich habe sie sowieso alle im Kopf. Du hast für mich gekocht, und jetzt möchte ich, dass du für dich selber kochst.«

Und sie überreicht Kate Georges schwarzes Rezeptbuch.

Kapitel 46

Im Büro versucht Kate Rosemarys Satz zu verdrängen, dass es mit dem Freibad zu Ende gehe. Übers Wochenende haben mehrere Vereine, Schulen, Jugendgruppen und sogar eine Band, die sich formiert hat, als ihre Mitglieder alle in Brixton lebten, die Petition unterschrieben. Sie haben nun die Marke von über tausend Unterschriften erreicht. Am Montag schreibt Kate über diesen Meilenstein in der Zeitung.

Eine Plastikente thront stolz auf Phils Schreibtisch. Kate hat sie ihm nach der Demo geschenkt, nachdem ein Foto des Schwimmbeckens voller Enten es auf die Titelseite geschafft hatte. Er war entzückt, taufte die Ente Debbie und schmunzelt jedes Mal, wenn sein Blick auf sie fällt.

Die Demo hat geholfen, weitere Unterstützer zu mobilisieren, aber sie haben noch immer keine Antwort von der Stadtverwaltung. Kate fragt sich, was man sich dort wohl gedacht hat, als die Lieferung Plastikenten im Rathaus eintraf. Sie stellt sich vor, wie der ältliche Stadtrat die Kiste öffnete und eine grinsende Plastikente herausholte. Der Gedanke bringt sie zum Lächeln.

»Guten Morgen!«, sagt Jay, der mit drei Bechern Kaffee

hereinkommt, einen für sich, einen für Kate und einen für Phil. Sie machen sich an die Arbeit, wobei Debbie ihnen von Phils Schreibtisch aus mit einem Grinsen auf ihrem Plastikgesicht zusieht.

Um eins bleibt Jay vor Kates Schreibtisch stehen und fragt, ob sie mit zum Mittagessen kommt.

»Du hast schon wieder meine Gedanken gelesen«, antwortet sie und nimmt ihre Tasche vom Tisch. Sie fragen Phil, ob sie ihm etwas mitbringen sollen, aber er ist am Telefon. Sein feistes Gesicht ist ärgerlich verzogen.

Kate und Jay gehen vom Büro in Richtung Hauptstraße. Die Sonne scheint warm auf Kates Schultern. Sie atmet tief ein. Zwar ist ihr klar, dass die Luft voller Busabgase ist, aber in der Sonne wirkt sie sauber und rein. Beim Gehen unterhalten sie sich über ihre Familien und ihre Heimatstädte und darüber, wie schön London im Sommer ist.

»Es kommt einem vor, als wären alle drei Kilo leichter«, sagt Jay. »Die Leute gehen nicht, sie hüpfen.« Er erzählt Kate, was Sommer in London für ihn bedeutet: Cider im Brockwell Park, im Gras auf dem Rücken liegen und die Flugzeuge beobachten und sich vorstellen, wohin sie fliegen. Sie nickt und sagt, dass sie die Abende liebt, an denen es lange hell ist, sodass man tatsächlich ausnahmsweise mal hinauswill und Dinge erleben und nicht alleine vor dem Laptop Fertiggerichte essen. Sie verstummt und fragt sich, ob sie ihm das nicht hätte erzählen sollen, aber er lächelt bloß. Eine Weile gehen sie schweigend weiter, mit ihm ist Schweigen genauso ungezwungen wie Sprechen. Sie denkt an die vielen Male, die sie aus dem Büro geschlichen ist, um irgendwo allein zu essen, und bereut sie.

Als sie ins Büro zurückkehren, starrt Phil auf seinen Computerbildschirm. Kate bemerkt, dass Debbie von seinem Schreibtisch verschwunden ist.

»Kate, komm in mein Büro, ich muss mit dir sprechen«, sagt er. Phil hat kein Büro, und so zieht sich Kate einfach einen Stuhl heran, möglichst nah an seinen Schreibtisch und an die Zeitungsstapel und Akten, die ihn wie eine hohe Wand umgeben. Jay sieht von seinem Schreibtisch auf der anderen Seite des Raums zu ihnen herüber.

Phil nimmt ein Buch und untersucht seinen Rücken.

»Du musst leider aufhören, über das Freibad zu berichten«, sagt er, blickt nicht von dem Buchrücken auf und fährt mit der Hand daran entlang.

»Was meinst du? Wer soll sonst darüber schreiben?«

»Niemand.«

»Niemand? Aber es ist eine unserer fortlaufenden Geschichten, wir können nicht einfach damit aufhören.«

»Es ist nicht mehr unsere Geschichte.«

»Aber ich habe für die Zeitung gerade einen Artikel über die Petition geschrieben, für deine Zeitung!«

Phil legt das Buch hin. »Das ist die Neuigkeit von heute, es wird nicht die von morgen sein.«

»Aber ich verstehe nicht. Ich dachte, du liebst die Story. Wo ist Debbie?«

Kate sucht den Schreibtisch nach einem gelben Farbfleck ab. Das Verrückte daran ist ihr nur halb bewusst, als sie an Phils Zeitungsstapeln hinauf- und hinabblickt und sich im Rest des Büros umsieht.

»Paradise Living hat uns extrem lukrative Werbung angeboten«, sagt Phil leise. »Es ist zu viel Geld, um abzulehnen. Es wäre diplomatisch, wenn wir die Berichterstattung einstellen.«

Kate spürt, wie sich ihr Magen zusammenkrampft und ihre Haut zu jucken beginnt. Sie hat Angst, in Tränen auszubrechen, und kommt sich deswegen albern vor.

»Diplomatisch? Wie kannst du nur! Nach all den Artikeln,

die wir über Paradise Living geschrieben haben und darüber, wie sie das Brixton zerstören, das wir kennen und lieben. Du hast mich doch beauftragt, diesen Artikel überhaupt zu schreiben! Das ist nicht diplomatisch, das ist Verrat.«

Ihr ist bewusst, dass ihre Stimme lauter als erwartet aus ihrem Körper strömt. Jay beobachtet sie, er hat sich halb aus seinem Stuhl erhoben, als wollte er gleich etwas sagen.

Phil nimmt erneut das Buch und donnert es auf den Tisch.

»Verrat? Das hier ist nicht deine Zeitung, Kate. Glaubst du, dass Lokalzeitungen Gewinne machen? Nein, das tun sie nicht. Du hast Glück, eine Stelle zu haben. Jay hat Glück, eine Stelle zu haben.« Er fuchtelt nun mit dem Arm herum, zeigt auf Kate und Jay und dann auf sich selbst. »Ich habe Glück, eine Stelle zu haben. Ich habe mein Möglichstes getan, aber so läuft es eben auf der Welt. Die Leute schalten Anzeigen, und davon bezahlt man unsere Gehälter. Hör auf, so verdammt naiv zu sein!«

Kate zuckt zusammen, heiße Tränen brennen in ihren Augen.

»Und ich meine auch, dass du dein Engagement in dieser Sache beenden solltest«, fährt Phil fort. »Es sieht in den Augen unserer Anzeigenkunden nicht gut aus, wenn eine meiner Journalistinnen da draußen mit einem Protestschild herumläuft. Ich finde, du steckst persönlich zu tief drin. Das hier ist dein Job, Kate.«

Sie steht auf, am ganzen Körper zitternd. Jay steht ebenfalls auf.

»Ich glaube, das reicht«, sagt Jay nachdrücklich.

»Das glaube ich auch«, antwortet Phil und dreht sich in seinem Drehstuhl um, sodass er dem Raum den Rücken zuwendet. »Nimm dir den Nachmittag frei, Kate! Wir sehen uns morgen.«

Kate verlässt das Büro unter heißen, wütenden Tränen, aber je länger sie geht, desto mehr werden daraus Tränen der Panik. Ihre Panik hängt mit Phils Worten zusammen, die sie im Kopf immer wieder durchgeht, aber es ist noch mehr, das Gefühl, die Kontrolle zu verlieren. Vor Sainsbury's schlägt die Panik zu, und sie sinkt zu Boden.

So sieht es aus, wenn ein Mensch zusammenbricht. Man denkt immer, dass Haut und Knochen einen Menschen hinreichend stützen, aber wenn ein Mensch zusammenbricht, sieht man, dass wir nicht stark genug gebaut sind. Ein Mensch zu sein kann bedeuten, dass man ein Spinnennetz im Sturm ist.

Kates Tränen sind keine zierlichen Tränen, die sie durch Atmen und Schnüffeln und schnelles Aufblicken beenden kann. Es sind wuchtige, jämmerliche Schluchzer, die ihren Körper schütteln. Ihr Hirn befiehlt ihr aufzuhören, aber ihr Herz quillt aus ihren Augen. Ihre Nase läuft, und Schweiß bedeckt ihre Haut. Sie ertrinkt in ihrem eigenen Entsetzen.

Menschen gehen an ihr vorüber, peinlich berührt von ihrem Schluchzen, während sie, unfähig, sich zu bewegen, auf dem Gehweg sitzt. Die Leute sehen Kate wie von einem Fernsehbildschirm herab an. Das echte Leben ist plötzlich eine komplizierte Sendung. Die Leute, die lachend mit ihren Freunden unterwegs sind oder die Treppe heruntergeschossen kommen, wirken auf einmal wie versierte Schauspieler. Sie meistern ihren Tag und spielen Leben mit einer Überzeugungskraft, die Kate einfach nicht mehr aufbringt.

Die Panikattacke ist kein Kampf, bei dem sie das Gefühl hat, dass sie ihn gewinnen kann. Stattdessen bleibt sie sitzen und wartet, bis die Einschläge vorüber sind.

Schließlich blickt eine Frau mit Kinderwagen auf sie herab und fragt, ob sie in Ordnung sei.

»Alles gut«, antwortet Kate. Denn was würde jemand machen, wenn sie »Nein« antwortete?

Sie sitzt auf dem Boden und weint.

»Kate.«

Sie wird der Stimme gewahr, als eine Hand sie sanft anstupst und daran erinnert, wo sie sich befindet. Sie blickt auf. Rosemary steht auf ihren Einkaufswagen gestützt vor ihr und sieht mit einem tief besorgten Blick auf sie herab. In diesem Augenblick gibt es niemanden auf der Welt, den Kate lieber sähe.

»Es ist okay«, sagt Rosemary. Als Kate sich vom Boden hochstemmt, umarmt die alte Frau sie fest, heftig. Und sie hält sie zusammen.

Kapitel 47

Kate zieht auf dem Sofa die Beine unter sich und nimmt die Tasse Tee, die Rosemary ihr reicht.

»Danke«, sagt sie leise und umschließt die Tasse wegen ihrer Wärme mit beiden Händen. Sie blickt zur Balkontür hinaus. Ein Schmetterling landet auf einem Lavendel, und Rosemarys Badeanzug tropft leise auf den Boden. Die Sonne steht hoch und warm am Himmel, und Kate stellt sich vor, wie sie auf dem Freibad glitzert. Schwere zieht ihren Körper nach unten, als wäre sie gerade aus einem langen Schlaf voller Albträume erwacht.

Rosemary sitzt im Sessel Kate gegenüber und betrachtet sie.

»Ich sollte vermutlich erklären, was passiert ist«, sagt Kate. Sie beginnt von dem Streit mit Phil über Paradise Living und die Artikel zu berichten, aber Rosemary unterbricht sie.

»Im Moment will ich nicht wissen, was mit dem Freibad los ist, ich will wissen, was mit dir los ist.«

Kate fragt sich, ob es da einen so großen Unterschied gibt. Sie denkt nicht zum ersten Mal, dass sie erst richtig zu leben begonnen hat, seit sie das Freibad gefunden hat – oder das

Freibad sie. Wenn sie in dem kalten Wasser treibt, ist es, als trieben auch ihr Selbstgefühl und die Ängste, die damit einhergehen, fort. Sie ist nicht Kate im Wasser, sie ist ein Körper, umgeben und beschützt von Wasser und Himmel. Das Wasser gibt ihr das Gefühl, zu allem in der Lage zu sein.

»Ich habe Panikattacken, seit ich nach London gezogen bin«, sagt sie und denkt daran, wie ihre Mutter und ihr Stiefvater sie von Bristol mit all ihren Habseligkeiten hergebracht haben. Kate war in ihre Bettdecke gewickelt, weil die Decke sonst keinen Platz mehr im Auto hatte. Ihre Aufregung wuchs, je näher sie der Stadt und ihrem neuen Zuhause kamen. Sogar der Stau erschien ihr spannend: Er sah mit seinen roten Bussen und schwarzen Taxis anders aus als ein Stau in Bristol.

»Ich war schon immer ängstlich, aber es ist viel schlimmer geworden, seit ich in London lebe«, sagt sie. »Es gefiel mir hier, und es gefällt mir immer noch. Aber ich hatte schnell das Gefühl, überwältigt zu sein.«

Nachdem Kates Eltern wieder gefahren waren, beschloss sie, spazieren zu gehen und später auszupacken. Sie wollte die neuen Gerüche riechen und den warmen Asphalt unter den Füßen spüren. In London gingen die Leute schneller, und sie beschleunigte ihre Schritte, um mit ihnen mitzuhalten. Sie mochte den Klangteppich aus Menschen, Autos und Bussen, sie liebte das Kino mit den Filmtiteln in großen schwarzen Buchstaben, sie genoss den Duft von Gewürzen und Kaffee im Brixton Village. Sie saugte alles in sich auf, bis sie davon troff, und sie konnte einfach nicht aufhören, noch mehr in sich aufzunehmen. Doch bald stellte sie fest, dass sie eher auf ihre Füße blickte als um sich, London wurde zu einem Durcheinander von Füßen und Gehwegen. Dann und wann blickte sie auf, nur um den Ausblick beängstigend zu finden.

»Ich kann nicht erklären, wann es passiert«, sagt sie. »Ich stelle mir meine Panik wie eine Kreatur vor, die mir auf den Fersen ist und mich urplötzlich in die Kniekehlen tritt. Aber es ist auch so, als lebte sie in mir drin, manchmal fühlt es sich an, als wollte sie mich zerreißen.«

Sie denkt an die Leute, mit denen sie zusammenlebt und die sie kein bisschen kennt. Sie denkt an die Leute, denen sie auf Facebook folgt, und fragt sich zum ersten Mal, ob sie wirklich so viel Spaß haben. Oder ob ihnen auch, wie ihr, die Unsicherheit wie ein kleines Kind auf den Schultern sitzt, das sich an ihrem Hals festkrallt.

Rosemary betrachtet sie.

»Es ist besser geworden. Es geht mir viel besser. Aber gelegentlich erwischt sie mich noch. Es tut mir leid. Ich schäme mich.«

»Kein Grund, dich zu schämen«, sagt Rosemary. »Du hast mich erlebt, als ich mich nicht um mich selbst kümmern konnte, als ich kaum in der Lage war aufzustehen. Und du hast dich um mich gekümmert. Es gibt absolut nichts, wofür du dich schämen müsstest.«

Kate weint lautlos, Tränen rinnen über ihr Gesicht, beinahe ohne dass sie sie richtig wahrnimmt.

»Hast du darüber mit deiner Familie gesprochen?«, fragt Rosemary.

»Ich habe mit meiner Schwester gesprochen, als sie zu Besuch hier war«, antwortet Kate und denkt an die Hand ihrer Schwester, die am Beckenrand nach ihr griff. »Es hat aber lange gedauert, bis ich das konnte. Meine Mum und meinem Stiefvater habe ich es immer noch nicht gesagt. Ich will nicht, dass sie sich Sorgen machen.«

Sie hat Erin und sich vor Augen, als sie klein waren und zusammen in Bristol lebten, und das Gefühl von Heimat erfüllt sie, wie Wasser, das in eine Kanalschleuse strömt. Manchmal möchte sie in diesem Gefühl baden und sofort zurückfliehen in die Vergangenheit. Sie fragt sich, ob es Rosemary manchmal auch so geht, und fasst nach ihrer Hand.

Rosemary drückt sie, ihre Haut ist trocken, aber warm. Sie lässt nicht los. So bleiben sie eine Weile sitzen und halten sich in der Stille von Rosemarys Wohnzimmer an der Hand. Beide Frauen verspüren Erleichterung, ihre Hände erinnern sie an etwas, das sie beinahe vergessen haben. Rosemary fühlt Kates Wärme durch ihre Finger und ihre Venen hinauffließen. Sie kommt sich vor wie das Stück Wolle, das die Fäustlinge eines Kindes zusammenhält, damit nicht einer verloren geht.

An der Tür klingelt es. Rosemary steht auf und geht langsam zu der Gegensprechanlage, horcht und drückt dann auf den Türöffner. Ein paar Minuten später klopft es an der Wohnungstür. Rosemary öffnet sie, und Jay folgt ihr ins Wohnzimmer.

»Ich habe es zuerst bei dir zu Hause probiert«, sagt er. »Das hier war mein zweiter Versuch. Als Nächstes hätte ich im Freibad nachgesehen.«

Kate sitzt auf dem Sofa, wischt sich über das Gesicht und ist sich der Ringe aus Wimperntusche unter ihren Augen bewusst.

»Jetzt hast du mich ja gefunden«, sagt sie leise.

»Ich mache dir eine Tasse Tee, Jay«, sagt Rosemary und verschwindet in der Küche, wo sie Schränke öffnet und schließt, lauter, als Kate es für nötig hält.

»Phil ist aus der Rolle gefallen«, sagt Jay, kommt zum Sofa und setzt sich neben Kate. Er sieht sie eindringlich an, während er spricht, seine Augen sind so klar wie die eines Kindes.

»Er sollte das Geld nicht nehmen, und er hätte nichts von alldem zu dir sagen dürfen. Aber scheiß auf ihn, ich muss dir was Wichtigeres sagen. Ich habe gerade einen Anruf vom

Guardian bekommen. Ein Journalist dort wohnt in Brixton und hat von der Demo gehört. Sie wollen eins meiner Fotos für ihre Zeitung kaufen. Die Geschichte gefällt ihnen – gegen Gentrifizierung, Gemeinschaftsgefühl in einer großen Stadt, Plastikenten …«

Er spricht schnell, und Kate kann spüren, wie sein Körper neben ihrem leicht vibriert.

»Der *Guardian*?«, fragt sie und versucht sich vorzustellen, wie es sich anfühlen muss, ihren Namen gedruckt in einer überregionalen Zeitung zu sehen. Was würden ihre Mum und Erin dazu sagen? Wie aufgeregt sie wären!

»Aber das ist noch nicht alles. Sie wollen dazu einen Gastbeitrag drucken. Einen Artikel über das Freibad und was es für die Menschen bedeutet und wie sie sich zusammengeschlossen haben und um seine Rettung kämpfen. Ich habe gesagt, ich wüsste dafür jemanden, müsse sie aber zuerst fragen. Du machst das, Kate, oder?«

Und dann küsst er sie. Er nimmt ihr Gesicht in die Hände. Sie ist so überrascht, dass ihre eigenen weiter in ihrem Schoß bleiben. Er lässt sie los und weicht zurück, sieht leicht benommen aus.

»Es tut mir leid«, sagt er. »Ich weiß nicht, warum ich das gemacht habe. Ich bin einfach aufgeregt, und ich bin auch ziemlich wütend.«

»Küsst du die Leute immer, wenn du wütend bist?«, fragt Kate.

»Nicht immer.«

Sie lachen beide. Hitze strömt durch Kates Körper, als hätte sie gerade einen großen Schluck Whiskey genommen. Sie weiß nicht, was sie über den Kuss denkt oder über Jay, aber es macht ihr nichts aus. Sie fühlt sich wohl und sicher, und die Wärme prickelt in ihrem ganzen Körper. Rosemary taucht mit einem Tablett auf.

»Lass mich das machen«, sagt Jay, steht auf und nimmt Rosemary das Tablett mit der Teekanne und Tasse ab.

»Du musst mir helfen, Kate davon zu überzeugen, dass sie brillant ist. Sie soll für den *Guardian* einen Artikel über das Freibad schreiben.«

»Kate, das ist ja großartig!«, sagt Rosemary und betrachtet sie stolz. »Dein Name unter einem Artikel in einer überregionalen Zeitung!«

Kate errötet.

»Ich bin nicht sicher, ob ich das kann«, sagt sie leise. »Ich schreibe nur über vermisste Katzen und Hunde.«

Sie denkt an den ersten Tag ihres Journalistik-Studiums und daran, wie selbstbewusst ihre Kommilitonen von ihren Errungenschaften berichteten und wie viele Errungenschaften es gab. Für die war die Welt etwas, das man erobern musste, und sie waren entschlossen, von ihr zu bekommen, was sie wollten, was sie verdienten. Sie waren alle überzeugt von ihrem eigenen Namen und ihrem Recht, ihn gedruckt zu sehen. Kate war von ihrem nie überzeugt gewesen. Sie denkt an die Seminare, in denen sie gegenseitig ihre Arbeiten kritisierten. Kommentare und Meinungen glitten an ihren Kommilitonen einfach ab, während sie dagegen ankämpfte, die Worte der anderen als Kommentar zu etwas zu verstehen, das sie außerhalb von sich selbst geschaffen hatte, und nicht als persönlichen Angriff. Für sie war es unmöglich, das, was sie schrieb, von dem zu trennen, was sie war.

»Oh nein, du schreibst über viel mehr, Kate«, widerspricht Rosemary. Sie geht langsam zum Bücherregal hinüber. »Und jetzt sag mir, dass das hier nur von Katzen und Hunden handelt«, sagt sie und gibt Kate ein Einklebebuch. Es hat einen einfachen roten Einband, und Kate sieht die Ecken von Zeitungsartikeln daraus hervorstehen. Sie schlägt es auf, und ihre Worte starren ihr entgegen: All ihre Artikel über das Freibad sind sorgfältig auf die Seiten geklebt worden. Und auch ihre anderen Artikel, all die Storys, die sie geschrieben hat, seit Phil ihr eine Chance gab und sie für die Zeitung über echte Themen zu schreiben begann. Sie stellt sich vor, wie Rosemary jeden von ihnen ausgeschnitten haben muss, die leicht gezackten Ränder der Ausschnitte verraten ihre zitternde Hand. Jays Fotos sind ebenfalls da. Kate blickt auf die Bilder von Rosemary und den anderen Schwimmern, die sie anlächeln oder trotzig in die Kamera starren.

»Du kannst das, Kate«, sagt Rosemary. »Erzähl unsere Geschichte!«

»Nur, wenn du mir hilfst«, antwortet Kate.

Jay räuspert sich. »Ich glaube, ich lasse euch dann mal besser loslegen.«

Er sieht Kate einen Augenblick an, als wollte er noch mehr sagen, doch stattdessen nickt er ihnen beiden zu. Ihm ist klar: Jetzt ist das Wichtigste, dass Kate den Artikel schreibt.

Als sich die Wohnungstür mit einem Klicken hinter ihm geschlossen hat, sitzen Kate und Rosemary nebeneinander auf dem Sofa, und Kate nimmt ihren Laptop aus der Tasche. Sie versucht, nicht an Jay oder den Kuss zu denken.

»Ich will nicht bloß darüber schreiben, warum ich das Freibad liebe«, sagt sie. »Deine Geschichte sollte auch vorkommen und die von George.«

Rosemary nickt und lächelt und wirft einen kurzen Blick auf das Foto von sich und George an ihrer Hochzeit. Ihre beiden Gesichter lächeln sie an.

Während Rosemary erzählt, schreibt Kate und spürt, wie sie sich dabei entspannt. Es ist, als würde sie eine stärkende Suppe trinken und Schluck für Schluck an Kraft gewinnen. Sie trinken Wein und sprechen über das Freibad und George und die Menschen, die ihnen dort begegnet sind. Als der

Artikel schließlich fertig ist, speichert ihn Kate unter dem Dateinamen »Das Freibad« ab und mailt ihn an Jay, bevor sie es sich anders überlegen kann.

Kapitel 48

Nachdem Kate nach Hause gegangen ist, wählt Rosemary eine Schallplatte aus und legt sie auf. Sie hört selten allein Musik, aber heute Abend lässt sie ihre Wohnung davon erfüllen. Sie stellt sich vor, wie ihre Nachbarn überrascht die Ohren aufstellen. Vielleicht fragen sie sich, ob ihre alte Nachbarin wohl gestorben und ein junges Paar eingezogen ist. Das scheint wie die einzige vernünftige Erklärung für die Klänge der Beatles, die durch ihre Wände dringen.

Sie legt die Hülle von *Please Please Me* auf den Tisch und sieht sich die Gesichter der vier jungen Männer an, die eine Treppe herunterschauen.

Georges Begeisterung für die Beatles hat ihn selbst überrascht. Er mochte den Trubel um sie nicht, er mochte es generell nicht, wenn man zu viel Aufhebens machte. Aber er mochte die Beatles. Eines Tages kaufte er die Platte auf dem Heimweg von seiner Obst- und Gemüsehandlung, hatte sie zusammen mit einer Tüte Karotten unter den Arm geklemmt. Sie hörten sie gemeinsam an und tanzten dazu.

Beim Zuhören erinnert sie sich an Brixton, wie es damals war. Sie denkt an die alten roten Doppeldeckerbusse, ganz anders als die Imitationen, die heute auf den Straßen herumfahren. Sie denkt an die Granville Arcades, eine Explosion von Farben und Geschmäckern, dort haben George und sie Süßkartoffeln und Okraschoten für sich entdeckt. George betrachtete die Standbesitzer – wie Ellis' Vater Ken – nicht als Konkurrenz. Er unterhielt sich mit ihnen wie mit alten Freunden, Geistesverwandten, die die Erde und ihre Früchte genauso liebten wie er. Er war aufgeregt wie ein Welpe, wenn er an der Haut von Mangos roch und das feste Fleisch runzeliger Kürbisse untersuchte. Wenn er sich über das Gemüse unterhielt, schlenderte sie zwischen den anderen Ständen herum und betrachtete die farbenfrohen Stoffe aus der Karibik, die wie gefalteter Sonnenschein dort hingen. Damals war sie von den Zeitungsschlagzeilen immer überrascht. Sie fragte sich, ob die Journalisten, die von dem »Problem westindische Inseln« schrieben, jemals Süßkartoffeln gekostet hatten.

Ungefähr zu dieser Zeit begann George im Freibad zu unterrichten. Am Sonntagmorgen machte er sich auf den Weg ins Bad, ein Handtuch um die Schultern und ein Liedchen auf den Lippen. Rosemary kam mit, schwamm in der freien Bahn, setzte sich dann auf die Terrasse und sah zu, wie George den Kindern Hundekraul oder Brustschwimmen oder Kopfsprung beibrachte, je nach Alter. Die kleineren bettelten, dass er ihnen einen Schwalbensprung zeigte. Er stellte sich dann an den Beckenrand, tat so, als würde er plötzlich stolpern, und verwandelte seinen Fall in einen eleganten Sprung. Die Kinder kreischten darüber vor Lachen.

Da war ein Mädchen, Molly, das sich vor dem Wasser fürchtete. Ihre Mutter wollte, dass sie schwimmen lernte, und so schickte sie sie jeden Sonntag mit ihrem älteren Bruder mit. Ihr Bruder sprang ins Becken und begann sofort spritzend loszuschwimmen, doch Molly blieb in ihrem geblümten Badeanzug neben der Leiter stehen und umklammerte mit finsterem Blick den Handlauf.

Aber eines Tages ging sie tatsächlich ins Wasser. George feuerte sie an und hielt sie fest, hielt sie über Wasser. Nach der Stunde fragte Rosemary sie, was heute anders gewesen sei.

»Ich habe immer noch ein bisschen Angst«, antwortete Molly. »Aber die anderen im Wasser hatten so viel Spaß. Und ich wollte nicht ausgeschlossen sein. Also habe ich der Angst gesagt, sie soll weggehen.«

Rosemary fragt sich, ob Kates Panik jemals aufhören wird, sie vor sich herzutreiben, oder ob sie lernen wird, ihr zu befehlen, sie in Ruhe zu lassen. Und wovor hat Rosemary Angst? Sie denkt an das Freibad und daran, wie George mit seinem Kopfsprung die Wasseroberfläche teilte. Sie hat furchtbare Angst davor, eines Tages aufzuwachen und sich verloren zu fühlen, weil all die Orte, die sie und George geliebt haben, verschwunden sind.

Kapitel 49

Ihren eigenen Namen, Kate Matthews, unter einem Artikel im *Guardian* zu lesen fühlt sich unwirklich und aufregend an. Sie sieht ihn wieder und wieder an, liest mehrmals ihre Worte über das Freibad, seine drohende Schließung und Rosemarys und Georges Liebesbeziehung zu ihm (und miteinander). Zweimal klingelt ihr Telefon, beide Male am frühen Morgen. Ihre Mum und Erin waren draußen und haben sich den *Guardian* gekauft, sobald die Kioske geöffnet hatten.

»Ich bin noch im Schlafanzug«, hat Erin am Telefon gesagt. »Der Verkäuferin habe ich gesagt, dass ich fünf Exemplare kaufe, weil meine talentierte Schwester darin einen Artikel hat! Ich habe ihr sogar die Seite gezeigt.«

An dem Morgen empfängt Rosemary Kate mit einer Ausgabe winkend im Schwimmbad. Sie hat Ahmed bereits gebeten, den Artikel auszuschneiden und an der Pinnwand auszuhängen, und sie selbst hat ihn an die Spiegel in den Umkleiden geklebt. Rosemarys Stolz und die aufgeregten morgendlichen Gespräche mit Erin und ihrer Mum geben Kate Auftrieb und lassen sie für einen Moment den Streit mit

Phil und ihre Furcht vor der Schließung des Freibads vergessen. Sie kann nicht aufhören zu lächeln.

Im Lauf der Woche lassen Kates Artikel und die Hitzewelle mehr Besucher ins Freibad strömen. Brixton schmachtet, und die Menschen kommen ins Schwimmbad, um sich unter freiem Himmel abzukühlen. Am Samstag erzählen Ahmed mehrere Leute, dass sie in der Zeitung von dem Freibad gelesen haben und extra hergekommen sind. Er teilt Flugblätter an jeden aus, der die Empfangshalle betritt. Geoff wird im Lokalradio interviewt und dann von Radio 5 Live. Bald hat die »Rettet das Brockwell-Freibad«-Facebook-Seite Hunderte von Likes, und die Petition ist von beinahe neuntausend Menschen unterschrieben worden.

Die Schlange steht bis hinaus in den Park.

»Wir warten schon seit Stunden«, jammert ein junges Mädchen, stößt mit der Schuhspitze auf den Gehweg und hält ihre Schwimmtasche mit beiden Armen vor der Brust fest.

»Warum sollte man etwas machen, was niemand gut genug findet, um dafür anzustehen?«, fragt ihr Vater. »Eine lange Schlange beweist dir, dass etwas gut sein muss. Man muss nur Geduld haben. Sieh es positiv!«

Einem Teenager zu sagen, er solle etwas positiv sehen, ist so, als würde man einer Pflanze empfehlen, sich selbst zu gießen. Sie würde es tun, wenn sie es könnte.

Das Mädchen wartet in der Schlange und verwendet ihre ganze Energie darauf, ihren Vater zu hassen. Später, wenn sie drinnen ist, wird sie sich anstrengen, um keinen Spaß zu haben. Hin und wieder entschlüpft ihr ein Lächeln, und dann sieht sie sich schuldbewusst um, ob jemand ihre Verfehlung bemerkt hat.

Für viele Kinder ist das Freibad der einzige Strand, den sie kennen. Sie liegen auf ihren Handtüchern auf dem Beton ausgestreckt und stellen sich vor, auf einem Bett aus Sand zu dösen. Sie wissen nicht, dass Salzwasser anders schmeckt als Chlor.

»Passt auf, dass sie euch nicht fangen«, sagt ein kleiner Junge. »Sonst fressen sie euch auf.«

Erwachsene sind Haie und Kinder Fische. Es ist so offensichtlich, dass die Kinder sich wundern, warum die Erwachsenen so verwirrt aussehen, wenn sie kreischend und spritzend vor ihnen davonlaufen. Ein kleines Mädchen heult. Es ist kleiner als der Junge, und er erinnert sich plötzlich an seine Pflichten als großer Bruder.

»Alles gut«, sagt er. »Du bist bloß ein Fisch, aber ich bin ein Delfin. Haie lassen Delfine in Ruhe, weil sie nicht gut schmecken, und außerdem ist ein Delfin genauso groß wie ein Hai. Wenn du dich auf meinem Rücken festhältst, bist du in Sicherheit.«

Die kleine Schwester umklammert fest den Hals ihres großen Bruders und ist der sicherste Mensch im Becken.

Ihre Mutter beobachtet sie und denkt über die zerbrechliche Welt nach, in der ihre Kinder leben. Wie sieht die Welt für sie aus? Sie hält ihr Buch aufgeschlagen in der Hand, aber sie kann sich keinen Deut an die Geschichte erinnern, sie ist zu gefesselt von ihren im Wasser spielenden Kindern. Werden sie sich daran erinnern, dass sie hier gespielt haben, wenn sie älter sind? Und wird es ihr gelingen, ihnen eine Kindheit zu ermöglichen, die für sie im Rückblick blaue und sonnige Himmel hatte?

Ein Mann liegt am Beckenrand und lässt einen Arm ins Wasser hängen. Auf seinem Gesicht balanciert er eine Sonnenbrille, durch die hindurch er in den sepiafarbenen Himmel blickt. Er zieht seinen Arm langsam durchs Wasser und spürt die kleinen Wellen, die seine Finger auf der Wasseroberfläche auslösen. Er träumt von Jamaika. Er war noch nie dort, erinnert sich aber an die Geschichten, die ihm sein Großvater aus seiner Kindheit erzählt hat. Wenn der Himmel über Brixton besonders blau ist, schaut er gerne hoch und stellt sich vor, dass es der gleiche Himmel ist, den sein Großvater als kleiner Junge gesehen hat.

Auf der Terrasse legt Rosemary in ihrem Plastikstuhl den Kopf in den Nacken und blickt in den Himmel. Die Sonne scheint warm auf ihr Gesicht und ihre Brust, und ihr entfährt ein kleiner Seufzer. Zwei Vögel jagen einander, und ein Flugzeug zieht einen Kondensstreifen hinter sich her wie ein Wimpelband. Sie fragt sich, wohin es wohl unterwegs ist. Vielleicht sitzen Frank und Jermaine auf dem Weg in ihre Flitterwochen darin. Sie haben einem Angestellten die Verantwortung für die Buchhandlung und für Sprout übertragen, und diese Woche sind im Schaufenster nur Liebesgeschichten ausgestellt.

Rosemary versucht sich vorzustellen, wie es ist, in einem Flugzeug zu reisen. Würde es in ihren Ohren knacken, wenn das Flugzeug abhebt, hätte sie Angst, den Boden unter sich zu lassen? Wie würde ihr Zuhause aus der Luft aussehen? Würde sie Brixton und das Blau des Schwimmbads überhaupt erkennen können? Sie umfasst die Arme ihres Stuhls und tappt mit ihren nackten Füßen auf den Beton, um sich zu versichern, wo sie ist. Ein Platschen kommt vom Becken herüber, eine Gruppe von Kindern springt gerade auf der flachen Seite ins Wasser.

»Würdest du mir bitte die Sonnencreme geben?«, fragt Rosemary, öffnet die Augen und wendet sich an Kate, die auf dem Stuhl neben ihr sitzt. Kate trägt einen Badeanzug, ein Handtuch um die Hüften, hat die Beine ausgestreckt und die Knöchel übergeschlagen. Eine Zeitschrift liegt auf ihrem Schoß. Ihr Gesicht ist der Inbegriff von Zufriedenheit.

Ausnahmsweise schwimmen sie nicht nur, sondern erlauben sich eine Ruhepause neben dem Becken. Es ist ein ungewöhnlich heißer Sonntag, und es hat den Anschein, als würde ganz Brixton am Wasser herumlungern. Kate hat Rosemary dasselbe vorgeschlagen, die an all die Sommer dachte, die sie im Freibad verbracht hat, und zustimmte. Kates Vorschlag, etwas so Faules zu tun, wie in der Sonne zu liegen, hat sie auch erstaunt, aber sie glaubt, dass es Kate sehr guttut.

Rosemary nimmt von Kate die Flasche mit Sonnencreme entgegen und reibt sich die Lotion auf das Gesicht und die Schultern. Sie liebt den Geruch. Im Sommer cremte sie George immer den Rücken ein und genoss es, wie sich sein fester Körper unter ihren Händen anfühlte. Wenn sie fertig war, küsste sie ihn immer auf die Schulterblätter und schmeckte seinen Schweiß, die Sonnencreme und einen Hauch von Chlor.

»Gib mir mal eine von denen«, sagt Rosemary und zeigt auf den Stapel Zeitschriften neben Kates Stuhl. Kate sieht auf den Boden und dann wieder Rosemary an.

»Wirklich? Sie sind echt trashig«, sagt sie.

»Ich brauch etwas Trashiges«, entgegnet Rosemary und greift nach der Zeitschrift, die Kate ihr reicht. »Für Shakespeare ist es zu heiß.«

Sie lässt sich in den Stuhl zurücksinken und schlägt das glänzende Cover auf. Für eine Weile sitzen die beiden Frauen da, bis Rosemary die Stille mit einem Schnauben unterbricht. Kate sieht zu ihr hinüber.

»Was ist?«, fragt sie.

»Nichts, nichts. Tut mir leid.«

Aber nach ein paar Minuten prustet Rosemary erneut, und dieses Mal wird daraus ein prustendes Lachen, das sie nicht mehr zurückhalten kann.

»Was ist so lustig?«, fragt Kate, rollt ihre Zeitschrift zusammen und schlägt damit leicht gegen Rosemarys Stuhl.

»Findet ihr jungen Leute so was interessant?«, fragt Rosemary und zeigt auf ihre Zeitschrift.

Sie nimmt sie hoch und liest laut: »Bist du selbstverliebt? Schlage Seite 34 auf. Acht Tipps für eine makellose Foundation, die jede Frau kennen MUSS. Diese drei Stars trugen auf einer Party exakt das gleiche Kleid. Irrtümer im Bett: Was du denkst, was er will. Die ›Superfoods‹, die in Wirklichkeit dick machen. Die Angst, etwas zu verpassen, kann dein Leben zerstören. Was dein Social-Media-Profil über dein Liebesleben aussagt ...«

Wie Rosemary all das mit ernster Stimme vorträgt, klingt es tatsächlich absurd.

»Hör auf, hör auf«, sagt Kate. »Verstanden.«

»Aber ehrlich«, sagt Rosemary, als Kate aufgehört hat zu lachen. »Ich würde vieles darum geben, um meine Knie zurückzubekommen, aber ich wäre jetzt nicht gern in deinem Alter.«

»Ich gehe schwimmen«, sagt Kate, steht auf und lässt ihre Zeitschrift und ihr Handtuch auf dem Stuhl liegen. »Soll ich dir was mitbringen?«

Rosemary schüttelt den Kopf und wedelt Kate zu, damit sie geht. Sie legt die Zeitschrift wieder auf den Boden und beobachtet Kate, die sich auf der flachen Seite ins Wasser lässt und einmal untertaucht, bevor sie mit ihren langsamen Brustzügen beginnt.

Als Rosemary Kate beobachtet, fragt sie sich, was sie die ganze Nacht wach hält und worüber sie sich beim Einschlafen den Kopf zerbricht. Und wie war sie selbst in Kates Alter? Sie war bereits verheiratet und lebte mit George zusammen in ihrer Wohnung. Aber sie erinnert sich an die Unsicherheit. Sie machte sich nur selten schick und ging aus, aber jedes

Mal, wenn sie auf eine Dinnerparty oder zum Weihnachtsessen mit den Angestellten der Bibliothek eingeladen war, stand sie vor dem Spiegel und fragte George, ob ihr Kleid zu kurz oder zu lang sei, ob ihr Make-up sitze oder ob ihr Haar zu aufgedonnert oder zu normal aussehe. Er lächelte immer und sagte ihr, sie sehe schön aus, aber sie glaubte ihm nicht. Jetzt würde sie ihm glauben – sie ist schön. Sie hofft, dass Kate das klar wird, bevor sie siebenundachtzig ist.

Sie schließt die Augen, hinter den Lidern sieht die Sonne rosa aus. Sie lauscht den vertrauten Planschgeräuschen und dem Zug auf der anderen Seite des Parks, bis der Lärm nicht mehr wie Lärm klingt.

Als sie aufwacht, steigt Kate gerade aus dem Becken.

»Wie war das Wasser?«, fragt Rosemary, hebt die Zeitschrift wieder auf und versucht so zu tun, als hätte sie nicht geschlafen. Sie hält die Zeitschrift verkehrt herum.

»Herrlich natürlich«, sagt Kate lächelnd. Sie betrachten eine Weile zusammen das Wasser.

»Du bekommst einen Sonnenbrand auf den Schultern, Rosemary. Lass mich das machen.«

Kate drückt sich Sonnencreme auf die Handflächen, bevor Rosemary widersprechen kann. Dann stellt sie sich hinter Rosemary, legt ihr die Hände auf die Schultern und reibt ihr die Sonnencreme sanft in die nackte Haut zwischen den Trägern ihres Badeanzugs, wo Rosemary nicht hinkommt.

Das Gefühl von Kates Händen auf ihrer Haut sorgt dafür, dass sich die Härchen auf Rosemarys Armen aufstellen. Sie fühlt, wie sich die Wärme ihren Hals hinauf und die Wirbelsäule hinab ausbreitet. Kates Finger massieren sanft, und Rosemary blinzelt ein paarmal. Das Gefühl von Händen auf ihrer nackten Haut macht ihr das Atmen schwer. Sie schließt die Augen. Kalte Wassertropfen aus Kates Haaren fallen auf Rosemarys Schultern und lassen ihre Haut prickeln. Ein warmer Windstoß kitzelt ihre Zehen, und die Sonne küsst ihr Gesicht. Ihr Körper fühlt sich an, als würde er gleichzeitig lächeln, singen und weinen.

»Ich nehme noch ein bisschen mehr, du sollst ja nicht verbrennen«, sagt Kate, drückt mehr Sonnencreme auf Rosemarys Schulterblätter und setzt ihre leichte Massage fort.

Rosemary hat sich in ihrem Stuhl entspannt. Es fällt ihr schwer, bei dem Gefühl, auf der nackten Haut berührt zu werden, nicht zu weinen.

»So, fertig«, sagt Kate und lässt ihre Hände einen Augenblick auf Rosemarys Schultern liegen, bevor sie sie wegzieht.

»Danke«, sagt Rosemary und holt tief Luft.

»Ich ziehe mir nur schnell was Trockenes an, ich bin gleich wieder da«, sagt Kate, nimmt ihre Tasche und geht in Richtung Umkleide. Rosemary blickt ihr nach und entdeckt einen verbrannten Fleck zwischen ihren Schulterblättern.

Kapitel 50

Als Kate erwacht, ist es draußen schon hell. Während sie sich fertig macht, öffnet sie das Fenster. Sie kann zwei Kinder im Garten nebenan spielen hören. Sie stellt sich vor, wie sie ihre Schuluniformen dabei schmutzig machen, oder vielleicht haben sie noch ihre Schlafanzüge an. Sie kichern und kreischen, bis ihre Mutter sie zum Frühstück hereinruft. Das Geräusch lässt sie an Jay denken, daran, wie sein Gesicht aufleuchtete, als er über seine Nichten und Neffen sprach. Sie haben nicht über den Kuss geredet. Seit es passiert ist, hat sie ihn gelegentlich dabei ertappt, wie er sie auf eine Weise ansah, die sie verlegen werden ließ, aber nicht auf unangenehme Weise. Als würde ein helles, warmes Licht auf sie gerichtet. Manchmal dachte sie, er würde gleich etwas sagen, doch er hat es nicht getan, also hat sie auch nichts gesagt. Sie hat darüber nachgedacht, Erin anzurufen und mit ihr über Jay zu reden, aber ihre eigene Unentschlossenheit hält sie davon ab. Sie muss es erst für sich selbst klären.

Ein Auspuff knallt auf der Straße, der Deckel einer Mülltonne klappert, und jemand ruft: »*Fuck you!*«

Schnell zieht Kate sich an, ihren Badeanzug zuerst. Es

fühlt sich inzwischen wie der normale Start in den Tag an: den engen Stoff über ihre nackte Haut zu ziehen und dann eine Unterhose und einen BH in ihre Tasche zu knüllen.

Sie zieht ein Kleid und eine schwarze Strickjacke an, ändert dann ihre Meinung und tauscht sie gegen eine gelbe.

Als sie aus der Haustür tritt, empfängt sie ein blauer Himmel, der einen guten Tag verspricht. Die Tür des Nachbarhauses öffnet sich, und zwei Kinder in Schuluniformen watscheln wie kleine Entenküken heraus, gefolgt von ihrer Mutter, die zwei Sporttaschen trägt und eine Umhängetasche über der Schulter hat. Sie nickt Kate zu, die zurücknickt und lächelt.

»Wir mögen Gelb«, sagt das ältere Kind und zeigt auf Kates Jacke. Kate wird plötzlich bewusst, dass man Kinder, die nicht Schuluniform tragen oder zu einer Beerdigung gehen, so gut wie nie Schwarz tragen sieht, und sie fragt sich, weshalb sie selbst es trägt. Schwarze Kleidung bringt einem von kleinen Kindern nie Komplimente ein. Sie denkt an die Outfits, die sie sich ausgesucht hat, als ihr Mutter anfing, ihr zu erlauben, sich ihre Kleider am Morgen selbst herauszulegen: Leggings mit Schottenkaro und geblümte T-Shirts, knallpinke Shorts und einen limettengrünen Pulli und ihre Frosch-Gummistiefel sogar im Sommer. Sie brauchte lange, bis sie begriff, dass ihre Klamotten nichts ergaben, was Sinn machte, oder dass man mit Kleidung sogar die richtigen Antworten geben konnte, wie bei einer Mathe-Arbeit.

Als Erin am College anfing, hatte sie plötzlich keine Schuluniform mehr, und ihre Morgenroutine verlängerte und verkomplizierte sich deutlich. Kate spürte den Stress unter Erins Zimmertür hervorkriechen wie den Lichtstreifen, nach dem sie immer Ausschau hielt, bevor sie ins Bett ging.

»Mum, wo ist meine Bluse?«, rief Erin in Jeans und BH die Treppe hinunter, wobei sie sich ein Handtuch gegen die Brust presste.

»Sie lag bei dir auf dem Boden, also habe ich sie gewaschen. Sie trocknet noch.«

»Aber ich brauche sie heute!«

»Kannst du nicht eine andere anziehen?«

»Nein, weil ich dann auch eine andere Jeans und andere Schuhe brauche.«

Manchmal sah Kate Erin morgens an ihrem Schreibtisch sitzen und ein Kleidungsstück trocken föhnen.

»Warum hast du ein nasses T-Shirt an, Erin?«, fragte Kate beim Frühstück.

»Es ist nicht nass, es ist fast trocken. Und Mum ist schuld.«

»Kannst du nicht ein anderes anziehen?«

»Fang bloß nicht auch damit an!«

Die Erinnerung bringt Kate zum Lächeln. Erin achtet immer noch sehr auf ihre Kleidung, aber sie ist auch deutlich entspannter dabei. Seit sie nach der Demo gesprochen haben, schreiben sich Kate und Erin beinahe jeden Tag Nachrichten. Am Vorabend hat Kate Erin angerufen, um ihr viel Glück in der Kinderwunschklinik zu wünschen, und Erin hat gefragt, ob es bei der Kampagne Fortschritte gibt. Es fühlt sich gut an, ehrlicher mit ihr zu reden, als hätte Kate endlich eine Freundin gefunden, die schon immer da war und die sie zuvor nur nie bemerkt hat.

Kate schließt die Haustür ab und macht sich auf den Weg ins Freibad. Vor ihr überquert ein Fuchs die Straße und wirft ihr einen kleinlauten Blick zu. Er kommt ihr vor wie jemand, der von einer Partynacht nach Hause kommt und auf der Straße Menschen trifft, die zur Arbeit gehen. Die Tonnen müssen geleert werden, es stinkt nach dem Müll, der auf den Gehwegen schwitzt. Vor einem Haus in ihrer Straße blüht der Sommerflieder und verbreitet einen himmlischen Duft. Als Kate daran vorübergeht, denkt sie, dass ihre Stadt genauso ist: Das Süße und das Saure existieren nebeneinander.

Als sie im Freibad ankommt, ist das Becken leer. In der Morgensonne sieht die Wasseroberfläche wie Alufolie aus. Über der Lehne des leeren Bademeisterstuhls hängt ein Fleecepulli.

Als Kate sich der Kasse nähert, fragt sie sich, ob Ahmed seine Prüfungen wohl bestanden hat. Er wird es erst in ein paar Monaten erfahren. Sie erinnert sich an das quälende Warten nach ihren eigenen A-Levels. Der Sommer war erwartungsschwanger, und ihre Freunde drifteten auseinander, weil sie nicht durch die anderen an ihre eigenen Sorgen erinnert werden wollten. Als es endlich August war, wollte sie den braunen Umschlag vor Nervosität nicht selbst öffnen. Erin tat es schließlich. Sie riss den Umschlag auf, als wäre sie ein Kind, das ein Weihnachtsgeschenk auspackt, war aber erstaunlich einfühlsam, als sie Kate ihr Ergebnis mitteilte (schlechter als erhofft, aber gut genug, um an der Uni angenommen zu werden). Kate fragt sich, wie Ahmed mit dem braunen Umschlag umgehen wird. Wird er ihn selbst öffnen? Wird er es noch im College tun oder den Umschlag eine Weile mit sich herumtragen, bis er seine Zimmertür fest hinter sich verschlossen hat, seine Familie auf der anderen Seite nur noch flach atmet, und dann vorsichtig an einer Ecke zupfen?

Sie möchte ihm sagen, dass sie weiß, wie er sich fühlt, aber er ist nicht an der Rezeption. Abgesehen von der Plastikente neben der Kasse ist der Tresen unbesetzt. Die Ente sitzt dort seit dem Demo-Fototermin, aber Kate bemerkt sie zum ersten Mal. Wenn keine Menschen da sind, wirkt es, als wäre die Ente die Wächterin des Freibads. Kate hätte sie beinahe gefragt, wo alle anderen sind, bevor ihr einfällt, dass sie aus Plastik ist.

In diesem Augenblick sieht sie Bewegung im Café und hört dort Stimmen. Das letzte Mal war sie zu Franks und Jermaines Hochzeit da drin. Als sie die Tür aufstößt, denkt sie an die Papierblumen und die Schleife an Sprouts Halsband.

Sprout springt aus Kates Gedanken und durch den Raum auf sie zu, reibt ihr blondes Fell gegen ihre Beine.

»Hallo, du Süße«, sagt Kate, nimmt die seidigen Ohren des Hundes in die Hände und streichelt sie. Sprouts Schwanz klopft schwer gegen ihre Waden. Kate spürt, dass sie beobachtet wird, bevor sie sieht, von wem. Sie blickt auf.

Alle haben sich um die Cafétische versammelt, manche sitzen, andere stehen oder lehnen an der Kaffeebar: Frank und Jermaine (frisch aus ihren Flitterwochen zurückgekehrt), Hope, Ellis, Jake, Ahmed, Geoff und die restlichen Angestellten des Freibads und des Cafés, zusammen mit anderen Gesichtern, die hier immer zu sehen sind. Der Teenager, der den Reißverschluss seines Pullovers bis zum Kinn hochgezogen hat, die junge Mutter mit dem auf ihrer Brust schlafenden Baby, das den Mund leicht geöffnet und einen Fleck auf die Bluse seiner Mutter gesabbert hat. Der Rückenschwimmer und die Wasser-Yogi, die Frau, die ihre Nacktheit in der Umkleide vorführt wie ein Ballkleid, die Freundinnen, die sich das Duschgel teilen und dabei plaudern, der Mann, der immer einen Neoprenanzug und einen Schnorchel trägt. Und mitten unter ihnen steht Rosemary.

»Ich habe mich schon gefragt, wann du endlich kommst«, sagt sie. Ihre Hände umschließen eine leere Teetasse. Ellis' Hand ruht auf ihrer Stuhllehne.

»Was ist passiert?«, fragt Kate und lässt Sprout los. Der Hund schlängelt sich zwischen Franks Füße und legt sich dort auf den Boden.

»Es ist vorbei«, sagt Rosemary. »Sie haben gewonnen.«

»Was meinst du?«, fragt Kate.

»Wir haben noch vier Wochen«, sagt Rosemary zu laut. Ihre Stimme zittert. »Vier Wochen.« Die letzten Worte schreit sie beinahe heraus, und das Baby beginnt zu weinen. Die junge Mutter steht auf, hält ihr Baby sanft und schaukelt leicht hin und her. Kate hat Rosemary noch nie zuvor schreien hören und ist erschrocken.

»Entschuldigung«, sagt Rosemary leise. Die Mutter schüttelt den Kopf und lächelt freundlich. Sie schuckelt ihr Baby leicht beim Gehen und macht »Schsch!«. Dann erreicht sie die andere Seite des Cafés, öffnet die Tür, und die Sonne taucht sie in Gold, als sie draußen am Becken auf und ab geht. Einen Moment lang stellt sich Kate vor, alles wäre in Ordnung. Das Freibad ist noch da und sieht so schön aus wie immer. Vielleicht ist ein Fehler passiert, vielleicht gibt es noch etwas, das sie tun können.

»Wer hat es euch gesagt?«, fragt Kate Rosemary und wendet sich wieder zu ihr um. Sie begegnet ihrem Blick und erkennt ihn kaum wieder, so voller Wut und Trauer sind ihre Augen.

»Ich habe einen Brief von der Stadtverwaltung bekommen«, sagt Rosemary. »Einen haben sie natürlich hierher geschickt, aber einen auch in meine Wohnung. Ich wünschte, das hätten sie nicht getan.«

»Das sind verdammte Mistkerle«, sagt Ellis, wendet sich von der Gruppe ab und lehnt sich an die Kaffeebar.

»Was machen wir?«, fragt Kate.

»Nichts«, sagt Rosemary. »Es ist vorbei.«

»Es darf nicht vorbei sein«, entgegnet Kate. Sie blickt sich im Raum um und sieht all die enttäuschten Gesichter. Dabei kriecht die Panik aus ihrer Kiste tief in ihr.

»Ich habe den Brief auch gelesen«, sagt Jermaine, »und ich fürchte, diesmal ist es wirklich vorbei. Der Stadtrat hat entschieden, das Angebot von Paradise Living anzunehmen. Sie behaupten, sie hätten nach Alternativen gesucht, aber am Ende habe es keine gegeben. Das Freibad hat noch vier Wochen, dann wird es geschlossen. Und sobald der Kauf abgeschlossen ist, wird Paradise Living der rechtmäßige Besitzer sein. Von dem Zeitpunkt an können sie damit tun, was sie wollen. Was, wie wir alle wissen, heißen wird, dass sie es für die Öffentlichkeit schließen und daraus einen privaten Club für ihre Mitglieder machen. Das Schwimmbecken auffüllen und Tennisplätze darauf bauen.«

Kate dreht sich der Magen um. Die Wolke, der sie für eine so lange Zeit entkommen war, setzt sich wieder über ihren Kopf, und ein Taubheitsgefühl durchströmt sie. Sie hasst sich dafür, dass sie Hilfe angeboten, sich Mühe gegeben hat und gescheitert ist.

Niemand weiß, was er sagen soll, also sagen sie nichts, blicken auf ihre Füße oder aufs Schwimmbad hinaus. Kate beobachtet Rosemary in ihrer Mitte, blass und die Augen auf den Tisch gerichtet. Nach einer Weile ergreift Rosemary wieder das Wort, mit weicherer, zitternder Stimme.

»Ich wollte nur sagen …« Ihre Stimme versagt, sie hustet diskret und beginnt von Neuem. »Ich wollte nur Danke sagen.«

Sie blickt zu Kate auf, fixiert sie mit ihren leuchtend blauen Augen, die voller Tränen stehen. Bei dem Anblick füllen sich auch Kates Augen. Sie legt sich die Hand ans Gesicht. Dann dreht sich Rosemary um und sieht auch die anderen an, die Ansammlung ungewöhnlicher Freunde, die sich gefunden haben, um ihr Freibad zu retten.

»Danke, dass ihr es versucht habt«, sagt Rosemary. »Es bedeutet mir viel, dass es euch so wichtig war. Und ich weiß, George würde es auch viel bedeuten.«

Kate hört Rosemarys Stimme brechen, als sie seinen Namen ausspricht, und ihre Augen schwimmen wieder in Tränen. Kate ruft sich das Hochzeitsfoto von Rosemary und George in Erinnerung, und auch Georges schwarzes Rezeptbuch, das nun stolz auf ihrem Regal thront. Sie denkt an das erste Bild des Freibads, das sie gesehen hat, vorne auf dem Flugblatt, das Rosemary erstellt hatte: das Bild eines Mannes, der ins Wasser springt.

Ihre Geschichte mit dem Freibad begann mit einem Auftrag, aber es ist so viel mehr daraus geworden. Sie hat wieder schwimmen gelernt und noch mehr, sie hat sich wieder daran erinnert, wie es ist zu leben. Rosemary Peterson bei der Rettung des Brockwell-Freibads zu helfen ist für sie ein Weg gewesen, sich selbst etwas zu beweisen. Aber nun ist all das vorbei. Sie hat versagt.

»Wir haben unser Bestes gegeben«, fährt Rosemary fort. »Und das weiß ich sehr zu schätzen. Aber manchmal ist unser Bestes nicht gut genug.«

Kate hört Rosemary zu und spürt, wie etwas in ihr zerbricht.

Um sie herum versuchen alle, Rosemary zu trösten. Hope zieht einen Stuhl zu ihr heran und legt ihr den Kopf auf die Schulter, aber Rosemary rührt sich nicht. Es ist, als wäre sie in ihrem Stuhl festgefroren, nach draußen auf das Wasser blickend.

Schließlich löst sich die Gruppe widerwillig auf. Die Schwimmer müssen zur Arbeit, zur Schule oder nach Hause. Sie verlassen leise das Café. Frank verabschiedet sich niedergeschlagen, hakt sich dann bei Jermaine unter und ruft nach Sprout. Ellis, Jake und Hope tun es ihnen nach, nähern sich noch einmal Rosemary und bemühen sich um tröstende Worte, bevor sie leise verschwinden. Rosemary ignoriert sie alle und schafft es nicht, ihre Blicke zu erwidern. Kate möchte Rosemary nicht allein lassen, aber sie ist jetzt schon zu spät.

»Bitte«, sagt Kate und kämpft die Tränen zurück, »kann ich dich wenigstens nach Hause bringen?«

Rosemary schüttelt den Kopf.

»Ich will einfach nur allein sein«, sagt sie.

Also tritt Kate hinaus in den Park. Der Tag sieht in ihren Augen nicht mehr so schön aus. Sie geht mit gesenktem Kopf.

...

Als sie allein ist, bleibt Rosemary am Tisch sitzen und blickt auf das Freibad. Sie betrachtet das Licht auf dem Wasser und die Uhr, die weitertickt, obwohl ihre Zeit abgelaufen ist. Der Bademeister geht zurück an seinen Platz, und das Becken füllt sich allmählich mit Menschen. Am späten Vormittag kommt eine Schülergruppe. Die Kinder kichern, stopfen ihre Schultaschen in die bunten Schließfächer und drängeln ins Wasser. Ein paar benutzen die Leiter, aber die meisten springen, lassen eine Explosion von Tropfen wie Springbrunnen in die Luft steigen. Die Lehrer stehen mit nass gespritzten Hosenbeinen daneben und sehen zu, die Arme voller Handtücher. Für den Augenblick ist im Freibad alles so, wie es immer gewesen ist. So, wie Rosemary dachte, dass es immer sein würde.

Während sie dasitzt, versucht sie sich an alles zu erinnern. An den Tag, als es eröffnet wurde, wie es sich anfühlte, während des Krieges dort zu schwimmen, und dann an George und alles, was passiert ist, nachdem sie einander am Rand des Lagerfeuers im Park gefunden hatten.

Um die Mittagszeit herum belebt sich das Café mit Kinderwagen und Gruppen von Frauen, die nach dem veganen Brunch fragen, und mit älteren Menschen, die sich dort hinsetzen und Zeitung lesen. Aber die Kellner fordern Rosemary nicht auf, den Platz frei zu machen. Stattdessen lassen sie sie an ihrem leeren Tisch vor ihrer leeren Tasse sitzen und arbeiten um sie herum, setzen Gruppen und bitten andere, draußen auf der Terrasse zu warten. Sie bemerkt kaum, was um sie herum vor sich geht. Sie hat sich ganz in der Vergangenheit verloren. Während sie auf das Becken blickt, sieht sie sich selbst nachts mit George über die Freibadmauer klettern, sieht ihn seinen Antrag in Badehose machen, sieht ihn beim Unterrichten der Schwimmklassen sonntagmorgens ins Wasser springen und sich, wie sie ihn vom Rand aus stolz beobachtet.

Als der Nachmittag in den Abend übergeht, fegen die Angestellten des Cafés den Boden, holen von draußen die Stühle herein und stellen sie umgekehrt auf die Tische. Der Barista baut die Kaffeemaschine auseinander und säubert sie, wischt sorgfältig die glänzenden Metallteile ab. Schließlich erhebt sich Rosemary langsam, streckt ihren steifen Rücken und ächzt bei dem Schmerz in den Knien. Dann macht sie sich auf den kurzen Weg in ihre Wohnung. *Das ist vielleicht der Ort, wo ich wohne*, denkt sie beim Gehen, *aber mein Zuhause liegt hinter diesen Backsteinmauern in diesem perfekten Rechteck aus blauem Wasser.*

Als Kate von der Arbeit nach Hause kommt und sich auf ihr Bett legt, erreicht Rosemary ihre Wohnung, dreht den Schlüssel im Schloss und schließt leise die Tür hinter sich. Sie lässt die Schlüssel auf den Stuhl fallen, geht auf ihr Schlafzimmer zu, schleudert die Schuhe von den Füßen und steigt ins Bett. Auf zwei entgegengesetzten Seiten von Brixton starren zwei Frauen an die Decke und weinen.

»Es tut mir leid, George«, schluchzt Rosemary.

»Es tut mir leid, Rosemary«, weint Kate.

Kapitel 51

Nachdem sie die Neuigkeit erfahren hat, dachte Kate, sie würde es zu schmerzhaft finden, weiterhin im Freibad zu schwimmen. Aber es stellt sich heraus, dass ihr morgendliches Schwimmen das Einzige ist, was sie morgens aufstehen lässt. Beim *Chronicle* vermeidet sie Blickkontakt mit Phil, arbeitet still an ihren herausragenden Artikeln und nimmt auch gelegentlich ihre Haustier-Berichte wieder auf, um weitere Unterhaltungen mit ihm über ihre Arbeit zu vermeiden. Sie lässt sich wieder auf die Arbeitsweise ein, die sie gut kennt, sie tippt auf dem Computer und hält ihren Blick auf den Bildschirm gerichtet. Gelegentlich schaut sie auf und ertappt Jay dabei, wie er sie beobachtet. Dann bekommt sie das Gefühl, dass er direkt in sie hineinblickt und genau sehen kann, wie sie sich fühlt. Sie überlegt, ob sie mit ihm sprechen soll, aber der Gedanke, er könnte ihren Schmerz sehen, ist nicht zu ertragen.

In seinen letzten vier Wochen ist das Freibad ihre Rettungsleine. Und Kate hält sich daran fest. Im Wasser tut sie so, als hätte sich nichts verändert. Wie kann es schlecht um sie stehen, wenn das Wasser so blau ist und die Sonne nun mit ihrer vollen sommerlichen Kraft scheint? Wenn sie mit ihren unsauberen, aber friedlichen Brustzügen schwimmt, fühlt sie sich beschützt, abgeschirmt von der Zukunft. Sie weiß, das Freibad wird schließen. Doch beim Schwimmen ist da nur die Empfindung des kalten Wassers um sie und der heißen Sonne über ihr.

Nicht nur Kate nutzt das Freibad den Juli hindurch – seinen letzten Monat. Es ist, als würden alle Schwimmer von Brixton kommen, um sich zu verabschieden.

Eines Morgens entdeckt sie Frank im Wasser, am nächsten Tag ist es Jermaine. Sie nicken sich zu, als sie aneinander vorbeischwimmen. An einem anderen Tag entdeckt Kate Hope in Flip-Flops, Badekappe und einem leuchtend gelben Badeanzug, der ihren rundlichen Körper umhüllt, am Beckenrand. Sie hält die Hand eines kleinen Mädchens, das Kate auf sieben Jahre schätzt. Das muss ihre Enkelin Aiesha sein.

»Achtung hier am Rand, Püppchen, da ist es rutschig«, sagt Hope. »Vergiss nicht, jetzt deine Schwimmbrille aufzusetzen. Komm, ich helfe dir auf der Leiter, Schätzchen. Halt dich gut an der Seite fest, und jetzt aufpassen, mein Engel!«

Kate beobachtet, wie Großmutter und Enkelin ins Wasser kommen. Aiesha schwimmt sofort weg, und Hope bleibt mit vollkommen verliebtem Gesichtsausdruck allein zurück. Als Aiesha anhält und sich auf die Füße stellt, blickt Hope auf und entdeckt Kate. Sie winken einander zu.

An einem Sonntag taucht Ellis mit Jake auf, der, wie Kate feststellt, ein deutlich besserer Schwimmer ist als sein Vater, der aber langsamer wird, um ihn nicht abzuhängen.

Neben den Stammgästen kommen auch andere. Kate hört ihre Gespräche in der Umkleide darüber, dass sie überhaupt nicht wussten, dass es das Freibad gab, bis sie darüber in der Zeitung lasen und hörten, es würde schließen. Als sie das sagen, spürt Kate ihre Brust eng werden. Genau wie sie haben sie das Freibad zu spät entdeckt.

Nur eine Person fehlt. Kate schwimmt allein, ohne ihre Freundin, die sie anleiten und ihren Beinschlag korrigieren könnte.

Als sie sich abgetrocknet und wieder angezogen hat, geht Kate den kurzen Weg über die Straße zu dem Wohnblock, in dem Rosemary wohnt. Sie blickt zu dem Balkon auf und erkennt ihn an den Lavendeltöpfchen. Die Wäscheleine hängt dort leer wie ein kahler Baum.

Als Kate den Eingang erreicht, drückt sie auf die Klingel, wählt die Nummer von Rosemarys Wohnung und wartet. Dabei erinnert sie sich, wie sie dort zusammen mit Rosemary gegessen hat, damals, als die Hoffnung noch etwas war, an dem man sich festhalten konnte. Die Sonne brennt auf Kates Schultern herab, aber ihr feuchtes Haar fühlt sich um den Hals angenehm kühl an. Einen Moment später hört sie die vertraute Stimme in der Gegensprechanlage.

»Hallo?«

»Rosemary, ich bin's. Kate.«

»Oh, hallo«, entgegnet Rosemary.

Das leise Brummen der Gegensprechanlage dringt an ihre Ohren.

»Kann ich hochkommen?«, fragt Kate schließlich.

Das Summen scheint lauter zu werden.

»Heute nicht, tut mir leid«, antwortet Rosemary.

Kate weiß nicht, was sie sagen soll. Bevor sie etwas sagen kann, fährt Rosemary fort:

»Es tut mir leid, aber ich habe zu tun.«

Kate möchte fragen, was genau sie tut, aber das Zögern in Rosemarys Stimme hält sie davon ab. Stattdessen sagt sie: »Ich habe dich heute im Freibad vermisst.«

Kate denkt an das erste Mal, als sie mit Rosemary geschwommen ist, wie alt die Frau auf sie wirkte, nur um dann im Wasser jung zu werden, und wie sie, Kate, sich als die Unsicherere erwies. Sie hatte damals den Eindruck, dass Rosemarys Stärke sich unter ihrer Kleidung versteckte, eine verborgene Macht, die nicht durch einen Umhang, sondern durch einen marineblauen Badeanzug entfesselt wurde.

»Ja, tja.« Rosemarys Stimme ist leise. Das leise Summen der Gegensprechanlage wird unterbrochen.

»Sehen wir uns morgen dort?«, fragt Kate.

»Nein, ich glaube nicht.«

Obwohl sie auf der anderen Straßenseite ist, kann Kate vor dem Hintergrundgeräusch der Gespräche, die in der Schlange vor dem Eingang geführt werden, über die Freibadmauern hinweg Lachen hören.

Kate hört Rosemary seufzen.

»Ich kann einfach nicht«, sagt sie.

Kate versucht sich etwas einfallen zu lassen, was ihre Freundin aus der Wohnung locken wird, aber sie stellt fest, dass es da nichts gibt.

»Na gut«, sagt sie nach einer Weile. »Aber ich hoffe, du änderst deine Meinung noch.«

Mit einem letzten Blick hoch zu Rosemarys Balkon überquert Kate die Straße und macht sich auf den Weg nach Hause. Wie sie da so geht, ihr Haar auf ihre Schultern tropft und der Gehweg unter den Sohlen ihrer Pumps heiß ist, hört sie in ihrem Kopf noch einmal Rosemarys Stimme: *Ich kann einfach nicht.*

Sie weiß, es muss schwer sein für Rosemary. Trotzdem sorgt sie sich, dass Rosemary es bereuen wird, in diesen letzten Wochen nicht gekommen zu sein. Und Kate vermisst sie. In den letzten Tagen im Freibad zu schwimmen war besser, als nicht zu schwimmen, aber es war schmerzhaft für sie, ohne ihre Freundin ins Wasser zu steigen. Wenn sie sich klarmacht, dass sie nie wieder mit Rosemary im Freibad schwimmen wird, durchströmt sie Traurigkeit. Ihr Magen dreht sich um, als sie begreift, dass das Ende ganz nah ist, so nah wie die Panik, die immer nur ein paar Schritte hinter ihr ist. Sie geht schneller die Straße hinunter, es wird langsam dunkel, und sie begreift, dass sie wieder allein ist.

Kapitel 52

Ein Platschen stört die Stille in Rosemarys Wohnung. Sie schließt die Balkontür und bringt das Freibad zum Schweigen. Der Raum ist wieder still.

Rosemary zieht die Vorhänge zu, und das Zimmer versinkt in kühlem blauem Schatten. Es herrscht Chaos: Kisten sind auf dem Boden verteilt, Bücher vor den Bücherregalen aufgestapelt, und in den Ecken stehen randvolle schwarze Mülltüten. Es ist das Chaos, das üblicherweise durch eine große Säuberungsaktion entsteht.

Sie hat mit den Bücherregalen angefangen, jedes Buch herausgenommen, abgestaubt und das Regal abgewischt. Es hat so lange gedauert, dass sie nach der Hälfte eine Pause einlegen musste. Die Hälfte der Bücher liegen auf dem Boden und warten darauf, wieder auf ihr sauberes Regal gestellt zu werden. Die Möbel sind verrückt. Es ist ihr gelungen, das Sofa vorzuziehen, sodass sie darunter saugen konnte, aber dann hat sie es nicht mehr geschafft, es wieder an seinen Platz zu schieben, und jetzt steht es einfach im Zimmer herum.

Beim Saubermachen hört sie die heutigen Mailbox-Nachrichten ab, die Stimmen ihrer Freunde erfüllen die Wohnung wie Parfüm.

»Ich habe Aiesha heute Morgen mit ins Freibad genommen«, sagt Hope, als Rosemary nach dem Staubwedel greift. »Sie schwimmt jetzt schon so gut. Sie braucht nicht mal mehr Schwimmflügel. Ich wünschte, du hättest sie gesehen.«

Hope räuspert sich, und Rosemary, die gerade den Wohnzimmertisch abgestaubt hat, dreht sich zum Anrufbeantworter um und wartet darauf, dass ihre Freundin weiterspricht.

»Ich schaue morgen wieder bei dir vorbei. Ich weiß, du hast gesagt, du kannst nicht, aber ich hoffe, ich kann dich davon überzeugen, zum Schwimmen zu kommen. Ich weiß, es ist schwer, aber wir haben nicht mehr lang. Ich hasse den Gedanken, dass du es verpasst. Wie auch immer, tschüss für heute, wir sehen uns morgen.«

Die Maschine klickt, und Hopes Stimme geht in eine tiefere Stimme über, die eines Mannes. Die Stimme hustet.

»Mrs P? Hier ist Ellis. Ich rufe nur an, um zu hören, wie es Ihnen geht. Hier wartet eine Tüte Tomaten und Erdbeeren, da steht Ihr Name drauf, für das nächste Mal, wenn Sie bei mir vorbeikommen. Das war es auch schon.«

Er hustet erneut.

»Tschüss, tschüss!«

»Tschüss«, antwortet Rosemary. Ihre Freunde haben alle ein Auge auf sie, das weiß sie. Es ist, als wechselten sie sich damit ab, sie anzurufen oder vorbeizukommen. Jedes Mal probieren sie eine neue Taktik aus, um sie dazu zu bewegen, die Wohnung zu verlassen und ins Freibad zu kommen. Aber es ist keinem von ihnen gelungen.

Sie stellt den Staubwedel ab und sieht sich im Zimmer um. Durch die vielen Kisten und Tüten und die verrückten Möbel sieht es so aus, als wollte sie ausziehen oder in Urlaub fahren. Aber wohin sollte sie reisen? Sie setzt sich auf den

Boden und lehnt sich gegen das Sofa, wobei sie sich daran erinnert, dass Kate dort gesessen und auf ihrem Laptop getippt hat, als Rosemary ihre Grippe ausschlief. Obwohl sich ihre Wohnung im vierten Stock befindet, gibt ihr das Sitzen auf dem Teppich das Gefühl, nah am Boden zu sein, und ihr Kopf dreht sich langsamer. Sie möchte sich hinlegen, also tut sie es, streckt sich auf dem Boden aus. Sie verschränkt die Hände über dem Bauch und liegt da und starrt an die Decke.

Ein feiner Riss verästelt sich von der Lampe in der Zimmermitte aus, und in der Ecke blättert die Farbe ab. Sie fragt sich, ob sie dort streichen könnte, aber ihr fällt nicht ein, wo die Malerpinsel sind. Vielleicht hat sie sie zusammen mit der Trittleiter und der Bohrmaschine weggeworfen.

Plötzlich ist sie erschöpft. *Das muss am Putzen liegen*, denkt sie. Sie hat zu viel zu schnell erledigt. Sie schließt die Augen. Noch mit geschlossenen Augen kann sie den feinen Riss und die abblätternde Farbe sehen, und so versucht sie sich stattdessen auf den blauen Himmel und die vorbeiziehenden Wolken zu konzentrieren, die sich in ihr Bewusstsein drängen. Vielleicht haben ihre Nachbarn Farbe. Sie wird sie gleich fragen.

Rosemary erwacht vom Klopfen an der Tür. Schnell setzt sie sich auf, dabei wird ihr schwindelig. Sie stützt sich auf der Sofakante ab, steht langsam auf und schlurft zur Tür.

»Ich komme, ich komme.«

Sie öffnet die Tür und sieht Jay im Flur stehen.

»Rosemary«, sagt er.

»Jay.«

Er füllt den Türrahmen beinahe aus, sein zerstrubbeltes Haar leuchtet um seinen Kopf, als stünde er vor einer hellen Lampe. Er hat ein freundliches Lächeln im Gesicht, aber Rosemary blickt ihn finster an.

»Wie bist du hier raufgekommen?«, fragt sie und blickt um ihn herum in den Flur.

»Jemand hat mich unten reingelassen. Kann ich reinkommen?«

»Tja, jetzt bist du ja schon mal hier, denke ich«, sagt sie und wendet sich um. Er folgt ihr in die Wohnung und schließt die Tür hinter sich. Dann blickt er sich im Zimmer um, registriert das Chaos, die verschobenen Möbel und die Müllsäcke in der Ecke.

»Ich putze«, sagt Rosemary und setzt sich aufs Sofa.

»Das sehe ich.«

Sie sitzt da und schaut ihn an, ohne etwas zu sagen.

»Soll ich eine Tasse Tee machen?«, fragt Jay nach einer Weile.

»Ich habe gerade eine gemacht«, sagt sie, nimmt ihre Tasse und trinkt einen Schluck. Der Tee ist kalt.

»Oh, ich muss länger geschlafen haben, als ich dachte«, sagt sie und reicht ihm den Becher.

»Tut mir leid, habe ich dich geweckt?«

Sie wedelt mit der Hand und schüttelt den Kopf. Sie wünschte, sie hätte nichts davon gesagt. Dass sie mitten am Tag eingeschlafen ist, beschämt sie. Wie viel Uhr ist es? Sie blickt auf ihre Armbanduhr: Viertel nach eins. Jay trägt den Becher in die Küche. Ein paar Minuten später kommt er mit zwei dampfenden Bechern zurück. Er reicht Rosemary einen davon und setzt sich neben sie. Sie nippen an ihrem Tee.

»Wie geht es Kate?«, fragt Rosemary nach ein paar Schlucken. »Sie hat versucht, mich zu besuchen. Und angerufen.«

»Sie ist still«, antwortet Jay. »Sehr still. Bei der Arbeit hebt sie nie den Kopf. Ich habe versucht, sie aufzumuntern, aber ich weiß nicht, was ich ihr sagen soll. Sie will nicht reden. Ich glaube, sie ist einfach wahnsinnig enttäuscht. Das seid ihr sicher beide.«

Er wendet sich ihr zu. Seinen Becher hält er mit beiden Händen umschlungen, und Rosemary denkt, er sieht aus wie ein besorgter kleiner Junge. Es macht sie traurig, und obwohl sie ihn nur widerwillig hereingelassen hat, ist es irgendwie schön, dass er neben ihr sitzt. Mit ihm zusammen zu sein gibt ihr das Gefühl, auf Kate zuzugehen und ihre Hand zu halten, aber ohne ihr Gesicht sehen zu müssen und die Spiegelung ihrer eigenen Traurigkeit in ihren Augen.

»Du fehlst ihr wirklich, Rosemary. Und ich weiß, ich habe kein Recht, dir das zu sagen, aber ich finde, du solltest ins Freibad gehen. Es sind nur noch ein paar Tage übrig, und du solltest da sein, nicht hier oben. Ich weiß, es ist schwer, aber ich habe Sorge, dass du es bereuen wirst, wenn du nicht hingehst. Du musst dich verabschieden.«

Er stößt den Atem aus, als hätte er die Rede auf dem Weg hierher im Kopf eingeübt (das hat er).

»Hast du gerade Mittagspause?«, fragt Rosemary.

Er sieht auf seine Uhr. »Ja, aber ich habe ein bisschen mehr Zeit heute.«

»Danke, dass du gekommen bist, ich weiß es zu schätzen, dass du deine Mittagspause dazu verwendest, mich zu besuchen. Aber wie du siehst, bin ich sehr beschäftigt. Ich hätte mit meinem Frühjahrsputz schon viel früher anfangen sollen. Es ist wirklich viel zu tun. Ich habe einfach keine Zeit, schwimmen zu gehen.«

Sie steht auf und setzt sich wieder, als hätte sie jemand zurück aufs Sofa gedrückt. Sie seufzt und sieht ihn an. Seine grünen Augen betrachten sie und warten auf die Wahrheit.

»Ich kann mich einfach nicht verabschieden«, sagt sie schließlich leise. Sie blickt von Jay auf ihre Hand und dreht ihren Ehering am Finger. Er sitzt jetzt lockerer als früher – ihr Körper ist fülliger geworden, aber ihre Finger dünner. Sie dreht und dreht ihn.

Als George vor zwei Jahren gestorben ist, kam sie nach seiner Beerdigung ins Freibad. Die Zeremonie fand morgens statt. Die Trauergäste bildeten eine kleine Gruppe: Menschen, die hier lebten und ein paar ihrer gemeinsamen Jugendfreunde, diejenigen, die noch lebten, mit ihren Familien.

»Danke, dass ihr gekommen seid. Es hätte ihn sehr gefreut«, sagte sie immer wieder zu ihnen. Insgeheim fragte sie sich, was sie da redete. *Es hätte ihn gefreut, dass sie zu seiner Beerdigung gekommen waren? Wie konnte er sich freuen, wo er tot war?* Aber sie sagte es trotzdem, sie wusste nicht, was sie sonst sagen sollte.

Sie trug ein schwarzes Kostüm, das sie sich von Hope geliehen hatte. Es war zu groß, und das Material versetzte ihr elektrostatische Schläge. Aber es war ihr egal, dass es so unangemessen aussah. Der einzige Mensch, für den sie gut aussehen wollte, lag in einer Holzkiste.

»Bitte, nehmt ein paar Sandwiches mit, sie werden sonst nur weggeworfen«, sagte sie immer wieder zu den Leuten, die die Trauerfeier verließen. Sie wickelte Sandwiches und Würstchen im Schlafrock in Alufolie und verteilte sie an die Leute wie Tüten auf einem Kindergeburtstag. Die Alufolienpakete glitzerten eigenartig vor den schwarzen Anzügen, als die Familien zu ihren Autos oder zum Bus oder einfach nach Hause gingen.

Als alle gegangen waren, setzte sie sich und aß ein paar fade Sandwiches mit Eiern und Kresse, wobei ihr klar wurde, dass sie den ganzen Tag noch nichts gegessen hatte. Dann ging sie zu dem Hühnchencurry und den Würstchen im Schlafrock über. Als sie das Essen beim Caterer bestellt hatte, war ihr völlig schleierhaft gewesen, wie viel sie bestellen sollte. Sie konnte sich nicht vorstellen, dass die Leute auf einer Trauerfeier ernsthaft essen würden. Aber sie erfuhr, dass

nicht stimmte, was man über den Tod erzählte: Die Leute
aßen und tranken. Sie war froh, dass sie in letzter Minute zusätzlich zu Tee und Kaffee noch Wein bestellt hatte.

Rosemary saß da und arbeitete sich durch das abge-
standene Buffet. Ein Angestellter des Caterers kam in den
Raum, um die Platten abzuräumen, und erwischte sie mit
Blätterteigkrümeln an den Fingern und auf dem Kragen. Sie
klopfte sie beschämt ab und gab ihm ein besonders groß-
zügiges Trinkgeld.

»Soll ich Ihnen beim Aufräumen helfen?«, fragte sie und
wischte Krümel vom Tischtuch in eine Serviette, die sie säu-
berlich faltete.

»Nein, wir haben alles im Griff. Sie sollten nach Hause
gehen, Mrs Peterson.«

Sie wischte noch ein paar mehr Krümel in Servietten,
holte langsam ihre Handtasche und verabschiedete sich von
den Servicekräften, wobei sie die Beileidsbezeugungen mit
einem Nicken und einem »Danke« entgegennahm.

Aber sie ging nicht nach Hause, jedenfalls nicht für lange.
Stattdessen nahm sie ihre Schwimmsachen und begab sich
zum Freibad. Als sie dort ankam, war es bereits später Nachmittag, und der Himmel sah aus wie ein Pfirsich mit Druck-
stellen. Im Becken wuselte es von Kindern, und die Trillerpfeife des Bademeisters schrillte in einer Endlosschleife,
als die Kinder ins Wasser sprangen und alle Umstehenden
nass spritzten, gescholten wurden und zu neuen Sprüngen
ansetzten.

In der Umkleide schälte sie sich aus ihren Kleidern und
ließ sie als schwarzen Haufen um ihre Füße fallen. In der
Seitentasche ihres Portemonnaies fand sie eine Fünfzig-
Pence-Münze, gleich neben dem Foto von George. Sie legte
ihr Beerdigungskostüm in das Schließfach, schloss es ab und
stieß die Tür der Umkleide auf.

Zuerst schlug ihr der Lärm entgegen, dann die Kälte. Spritzer, lachende Kinder, die Pfiffe des Bademeisters, der Wind. Sie ging langsam zur Leiter.

Als das Wasser sie in die Arme schloss, wurde ihr klar, welche Stärke und Konzentration es sie gekostet hatte, den ganzen Tag einfach nur stehen zu bleiben. Sie legte sich zurück und ließ sich tragen. Das kalte Wasser fühlte sich an wie Hände auf ihrer Haut und Finger in ihren Haaren.

Wasser schwappte in ihre Ohren und über ihr Gesicht, und zum ersten Mal an diesem Tag gestattete sie sich zu weinen. Sie trieb im Wasser und betrachtete den Himmel und einen Ball, der von spielenden Kindern über sie geworfen wurde. Sie entdeckte die große Uhr, die den größten Teil ihres Lebens über sie gewacht hatte.

Dann drehte sie sich auf den Bauch, begann mit langsamen Brustzügen zu schwimmen und dachte an George. George, wie er als junger Mann vom Sprungbrett sprang, die Arme ausgestreckt wie ein Vogel, der sich das Gefieder ausschüttelt. George, wie er unter Wasser unter ihren Beinen hindurchschwamm. George, der sie im Dunkeln am Schwimmbecken küsste. George, der wie eine Eidechse in der Sonne lag, während sie ihn ansah und liebte. Sie konnte nicht genügend Bahnen schwimmen, um ihn sich ganz in Erinnerung zu rufen, um sich ihr gemeinsames Leben ganz in Erinnerung zu rufen.

Um sie herum sprangen Kinder weiterhin auf Luftmatratzen und von den Schultern ihrer Freunde und ignorierten die alte Frau, die beim Schwimmen weinte. Sie sahen sie nicht einmal: Sie war unsichtbar. Der einzige Mensch, der sie immer gesehen hatte, lag begraben in der kalten Erde.

Sie blieb, bis das Freibad schloss. Als sie sich umzog, wischten Reinigungskräfte um sie herum den Boden. Sie ging durch die Rezeption und sah die Bademeister zusammen die Abdeckung über das Becken ziehen. Ihre Fingerspitzen waren gekräuselt, und die Brust schmerzte sie, weil sie zu lange im kalten Wasser geblieben war. Die Druckstelle hatte sich über den gesamten Himmel ausgebreitet, der nun beinahe dunkel war. Sie konnte nirgendwo hingehen außer zurück in ihre leere Wohnung.

Als sie zu Hause ankam, machte sie kein Licht an. Sie legte ihren nassen Badeanzug in das Spülbecken in der Küche und ging weiter ins Wohnzimmer, wo sie sich in seinen Sessel setzte. Über einer der Armlehnen hing eine Decke, und sie zog sie über sich, stopfte sie um ihren Schoß herum fest und zog sie sich bis ans Kinn. Sie saß die ganze Nacht in seinem Sessel im Dunkeln und starrte in das leere Wohnzimmer. Als die Sonne aufging, schlief sie ein.

Jetzt sieht Rosemary zu Jay auf und möchte sich hochziehen, hoch und weg von den Tränen, die in ihrer Kehle sitzen. Sie denkt an eine Schnur, die sie an den Schultern hochzieht, und rutscht herum und setzt sich aufrechter auf das Sofa.

»Ich habe mich schon einmal von ihm verabschiedet, ich kann es nicht noch mal tun.«

»Okay«, sagt Jay. Sie sitzen noch ein bisschen länger zusammen. Bevor er geht, hilft er ihr, die Bücher zurück in die Regale zu stellen und rückt das Sofa an seinen Platz. Er nimmt die Mülltüten aus der Ecke und hängt sie sich auf dem Weg aus der Tür über die Schulter.

»Sag ihr …«, sagt Rosemary und verstummt.

»Ich sag's ihr«, antwortet Jay. Sie schließt die Tür hinter ihm und lauscht dem Rascheln der Mülltüten, als er den Flur entlang zum Aufzug geht. Sie hört das Pling des Aufzugs und das Geratter, als sich die Türen öffnen und wieder schließen, und dann ist sie allein.

Kapitel 53

Es ist der letzte Tag des Freibads. Am Abend wird Geoff die Eingangstüren zum letzten Mal abschließen. In ein paar Tagen wird Paradise Living die Verträge unterzeichnen.

Im Büro des *Brixton Chronicle* ist es still, Kate ist die Erste. Phil kommt kurz nach ihr, geht aber direkt zu seinem Schreibtisch, ohne sie zu grüßen. Seit dem Streit hat er es vermieden, mit Kate zu sprechen oder ihr direkt in die Augen zu sehen. Kate hat sich angewöhnt, den ganzen Tag über ihre Kopfhörer zu tragen. Manchmal hört sie darauf Musik, aber meistens nicht.

Phil hat ihr in einer E-Mail ein paar Verwaltungsaufgaben übertragen, und sie beginnt schweigend damit und versucht, beim Tippen nicht allzu viel zu denken. Jay kommt, und sie sehen einander an und nicken, aber Kate hat keine Lust zu reden. Ihr Kuss scheint lange her zu sein. Sie konzentriert sich auf ihren Monitor.

Beim Arbeiten fragt sie sich, ob ihr Phil jemals wieder einen ernsthaften Artikel zu schreiben geben wird. Sie sollte sich nebenbei nach Freelance-Aufträgen umsehen. Das wird lange Abende bedeuten, aber jetzt hat sie nicht mehr die Kampagne, um die sie sich kümmern muss, und sie wird auch nicht mehr schwimmen, deshalb hat sie mehr freie Zeit.

Und da beginnt sie zu weinen. Zuerst kommen die Tränen leise, sie laufen über ihr Gesicht und fallen auf die Tastatur. Sie macht sich nicht die Mühe, sie wegzuwischen. Sie starrt weiter auf den Bildschirm, doch die Worte verschwimmen vor ihren Augen. Dann kann sie nicht mehr lautlos sein, und ein Schluchzen reißt sich aus ihrer Brust los und lässt ihren ganzen Körper erzittern.

Jay springt auf und ist neben ihr, legt ihr den Arm um die Schultern.

»Kate, Kate«, sagt er mit durch ihren Kopfhörer erstickter Stimme. Sie rührt sich nicht und nimmt auch nicht die Kopfhörer ab, also zieht er sie ihr vorsichtig von den Ohren und dreht ihren Stuhl herum, damit sie ihn ansieht.

Phil späht über seinen Bildschirm, als Jay in die Hocke geht und Kate in die Arme nimmt. Sie lässt sich halten, und er hält sie fest. Sie lehnt den Kopf an seine Brust und hört seinen Herzschlag durch die weiche Baumwolle seines T-Shirts hindurch und riecht diesen Geruch von Kaffee und Druckerschwärze.

Sie will etwas sagen, erklären, was da aus ihr hervorbricht, aber sie kann nicht. Sie ist erschöpft, als hätte man ihren Körper gedreht und gedrückt wie ein ausgewrungenes Handtuch. Schließlich legt sich ihr Schluchzen so weit, dass sie sprechen kann.

»Ich bin so eine Versagerin«, sagt sie, »und ich kann nicht glauben, dass ich schon wieder heule. Du denkst bestimmt, ich bin verrückt. Vielleicht bin ich verrückt. Aber ich bin einfach so müde. Ich wollte es gut machen. Ich kann nicht begreifen, dass es wirklich schließen wird, dass heute der letzte Tag ist.«

Kate denkt an Rosemary, und ihr wird zum ersten Mal bewusst, dass ihre Freundin eine siebenundachtzigjährige Frau ist, der sie nur wegen eines Artikels über ein Freibad begegnet ist, das gerettet werden sollte. Sie denkt an Rosemarys Badeanzug und wie er trotzig an ihrem Balkon flatterte wie eine Fahne.

»Es wird alles gut«, sagt Jay und hält sie weiter in den Armen. Sie wartet darauf, dass er etwas anderes sagt, aber er tut es nicht, und ihr wird klar, dass er vermutlich nicht weiß, was er sagen soll, nicht weiß, wie er sie und Rosemary wieder glücklich machen soll, nicht weiß, wie er die Dinge in Ordnung bringen soll, nicht weiß, was sie mit ihrem Leben anstellt. Vielleicht ist es in Wahrheit so, dass niemand irgendetwas weiß, alle machen nur ihren Job und tun so, als ob. Meistens.

»Es wird alles gut«, sagt Jay in ihr Haar.

Inzwischen hat sich Phil erhoben und steht vor Kates Schreibtisch. Sie sieht über Jays Schulter hinweg zu ihm auf und stellt überrascht fest, dass sein Gesicht von Sorge gezeichnet ist. Er streckt die Hand aus und tätschelt ihr die Schulter. Es ist ein verlegenes, unsicheres Tätscheln. Sie zuckt vor seiner Berührung zurück, so sehr wird sie davon überrascht.

Kate stellt sich vor, wie sie über dieser Szene schwebt und auf sich selbst herabsieht: weinend, einen Kollegen mitten im Büro fest umarmend, mit der Hand ihres Chefs auf der Schulter. Sie sind allein, umgeben von unordentlichen Stapeln von Akten und Papieren. An der Pinnwand hinter dem Computer hängt ein Foto von Rosemary im Freibad.

Draußen vor dem Büro dreht sich die Stadt. Bibliotheken schließen, und Cafés eröffnen, es werden Steine durch die Fensterscheiben von Immobilienmaklern geworfen, in Bussen stehen Leute auf, damit eine Schwangere sich setzen kann, wieder fährt ein Laster einen Fahrradfahrer an, eine

Hochzeitsgesellschaft drängt sich auf einem alten Doppeldeckerbus, und Menschen schwimmen zum letzten Mal in einem Becken unter freiem Himmel.

Phil räuspert sich, als wollte er sprechen. Aber es kommt nichts heraus. Er hustet und versucht es erneut.

»Es wird alles gut«, sagt er wie Jays Echo.

»Und was, wenn nicht?«, fragt Kate, wischt sich über die Augen und setzt sich ein wenig auf. Sie sieht die beiden an, und dann blickt sie sich in der Zeitungsredaktion um. Jay und Phil schweigen.

»Was, wenn nicht?«, wiederholt Kate ihre Frage. Irgendetwas in ihr rührt sich, wie eine sich regende Kreatur. »Ich weiß, es ist nur Schwimmen in einem Schwimmbecken, aber für Rosemary oder Hope oder Ellis oder Ahmed oder Frank oder Jermaine ist es nicht irgendein Schwimmbecken. All diese Namen kannte ich vor wenigen Monaten noch gar nicht.«

Sie sieht jetzt direkt Phil an und hält mit ihren Mascaraverschmierten Augen Blickkontakt.

»Es gibt so vieles, das nichts zu bedeuten scheint. Wir leben mit ihm, und wir gehen an ihm vorbei, und wir denken *Es wird alles gut* oder *Es macht nichts* oder *Das war es dann also*. Städte verändern sich, Immobilienfirmen finden Gemeinden ab und bauen Wohnungen, die mehrere Millionen Pfund kosten, und *es macht nichts*. Aber dann wacht man eines Tages auf und stellt fest, dass es sehr wohl etwas macht. Es gibt so vieles, was wirklich egal ist, wie zum Beispiel, ob ich Makkaroni mit Käse oder Spaghetti Bolognese zum Abendessen esse, oder ob ich im Badeanzug fett aussehe oder wie heute meine Frisur sitzt oder ob mein alter Uni-Dozent findet, dass ich mich im Leben gut geschlagen habe. Irgendwie habe ich mir über solche Sachen immer den Kopf zerbrochen und nicht über die anderen.«

Anfangs zittert ihre Stimme noch, aber dann gewinnt sie allmählich an Festigkeit. Jay hat sie losgelassen, lehnt an ihrem Schreibtisch und sieht sie an.

»Das Freibad ist kein Loch im Boden voller Wasser, in dem zufällig ein paar Leute hin und wieder schwimmen gehen. Es ist etwas Größeres, es ist so groß, dass du, wenn du das nicht wahrnimmst, deine Augen nicht richtig benutzt. Rosemary hat mir das beigebracht. Und wenn es nicht das Freibad ist, dann ist es die Bibliothek oder das Jugendzentrum oder dieser Wohnblock, aus dem der Mann hinausgeworfen und auf die Straße gesetzt wird, der dort sein ganzes Leben gewohnt hat. All die Dinge, über die diese Zeitung jeden Tag berichtet oder über die sie jedenfalls berichten sollte. Sie machen alle einen Unterschied. Und es ist nicht alles gut. Es ist verdammt noch mal nicht alles gut.«

Sie steht auf. Phil macht einen kleinen Satz rückwärts, als würde sie ihn schlagen wollen. Sie nimmt ihre Jacke von der Stuhllehne und ihren Rucksack vom Boden.

»Entschuldigt mich«, sagt sie, »aber ich muss jetzt gehen.« Und sie geht aus dem Büro und die Treppe hinunter, ohne sich einmal umzudrehen. Die Sonne empfängt sie mit offenen Armen.

Kapitel 54

Auf dem Weg ruft Kate Geoff an und erzählt ihm von ihrem Plan. Er hört still zu, während sie spricht.

»Okay«, sagt er schließlich. Als sie im Freibad ankommt, wartet er neben der Kasse mit den Schlüsseln auf sie. Ahmed arbeitet heute nicht. Das Becken hinter ihnen ist leer. Es hat seine letzten Schwimmer empfangen und ist geräumt worden, damit Geräte und Vorrichtungen abgebaut werden können.

»Ich weiß nicht, warum ich das mache«, sagt er und reicht Kate den Schlüsselbund. »Aber es ist einen Versuch wert.«

»Danke«, sagt sie, nimmt die Schlüssel und hält sie vorsichtig in den Händen wie etwas Zerbrechliches.

»Sagst du es den anderen?«, fragt sie.

»Ich sehe zu, was ich tun kann.«

Dann dreht er sich um und geht ein letztes Mal durch die Tür hinaus. Kate durchsucht den Bund voller Metallschlüssel nach dem richtigen. Da hört sie Schritte, jemand joggt auf sie zu. Sie blickt auf und sieht Jay mit der Kamera über der einen Schulter und einem Seesack über der anderen.

»Ich habe deine Nachricht bekommen«, sagt er und bleibt vor ihr stehen.

Seine Wangen sind vom Laufen erhitzt.

»Du musst nicht«, sagt sie. »Es ist im Grunde eine verrückte Idee, wir könnten dafür gefeuert werden. Oder verhaftet.«

Er setzt einen Fuß über die Schwelle.

»Ich will aber«, sagt er. Er macht noch einen Schritt, bis er in der Empfangshalle steht. Sie sieht ihn an, als würde sie etwas entscheiden, und tritt dann zurück, lässt ihn herein. Zusammen drücken sie die Tür zu, und Kate schließt ab. Sie möchte ihm sagen, dass es ihr leidtut, dass sie seit ihrem Kuss so distanziert gewesen ist und kaum mit ihm gesprochen hat. Aber der Gedanke an das Freibad lässt sie zielstrebig bleiben.

»Lass uns was suchen, womit wir die Tür versperren können«, sagt sie, und Jay folgt ihr den leeren Flur entlang. Zusammen tragen sie einen Tisch aus dem Aufenthaltsraum der Angestellten und klemmen ihn unter die Eingangstür. Dann suchen sie in den Übungsräumen nach Möbelstücken, die sie nach vorn tragen. Als sie fertig sind, haben sie eine Barrikade aus Tischen, Stühlen und Trimmrädern errichtet.

»Das sollte reichen«, sagt Kate.

Es gibt einen weiteren Zugang durch das Café, und so tun sie dort dasselbe, schließen die Tür ab und rücken Tische und Stühle davor. Der Raum sieht kahl aus. Die Baristas und Kellner haben bereits die Kaffeemaschine abgebaut, und ihre Schürzen hängen über dem Ende der Kaffeebar. Kate stellt sich vor, wie sie sich die Schürzen zum letzten Mal abgebunden haben.

Im Café sind ein paar Tische übrig, und Kate setzt sich an einen, nimmt ihren Laptop aus dem Rucksack und schaltet ihn an. Dann beginnt sie zu schreiben.

Während sie schreibt, erkundet Jay das leere Freibad und macht dabei Fotos. Das Wasser liegt still und blau da, der leere Bademeisterstuhl wacht über das menschenleere Becken. Er macht ein Foto von der Uhr und vom Kiosk neben der Kasse. Die Rollläden sind heruntergezogen und lassen ihn aussehen wie ein Strandhäuschen im Winter. Er geht durch die Korridore und fotografiert die Nachmittagssonne auf den schwebenden Staubkörnchen im leeren Yogaraum.

Als er auf die Terrasse hinaustritt, um wieder ins Café zurückzugehen, hört er den Klang von Stimmen über die Schwimmbadmauer.

»Zieht unserem Freibad nicht den Stöpsel!«, rufen sie.

Er geht über die Terrasse zum Café und macht ein Foto von Kate mit konzentriertem Gesicht am Laptop. Das Geräusch lässt sie aufblicken. Er knipst noch ein Foto.

»Sorry«, sagt er. »Ich konnte nicht anders. Sie sind da.«

Sie steht auf und sieht erwartungsvoll in Richtung Tür. Als sie zur Rezeption gehen, werden die Stimmen lauter. Sie fasst nach seinem Arm.

»Zieht unserem Freibad nicht den Stöpsel!«

Kate und Jay spähen durch das Fenster bei der Kasse. Draußen hat sich ein Menschenauflauf gebildet. Sie halten Plakate und große Banner hoch und stehen in einer langen Schlange vor der Freibadtür. Es ist so laut, dass Kate davon ausgeht, dass sie teilweise auch noch um das Schwimmbad herumstehen müssen, eine Wand aus Menschen bilden und den Eingang blockieren. Sie entdeckt Ellis – er dreht sich um und winkt ihnen zu. Jake ist auch da, genauso wie Hope, Jamila, Aiesha und Geoff. Neben ihnen stehen Frank und Jermaine. Um Sprouts Halsband ist ein Lätzchen gebunden, auf dem in Großbuchstaben *Rettet das Brockwell-Freibad!* steht. Kate entdeckt den Teenager und die junge Mutter mit dem Baby auf der Hüfte und ihrem Ehemann an ihrer Seite. Die Yogalehrerin ist da, genauso wie der Bademeister und die restlichen Angestellten des Freibads und des Cafés.

»Ich kann kaum glauben, dass sie alle gekommen sind«, sagt sie zu Jay.

»Ohne dich wären sie nicht hier«, antwortet er und erwidert ihren Blick. Sie lächelt unsicher und streicht sich die Haare aus dem Gesicht.

Am Ende der Schlange steht jemand, dessen Gesicht Kate nicht sehen kann. Er dreht sich um und lächelt – es ist Phil. Er hält ein Plakat in der Hand. Kate kann ihr Herz schnell gegen ihren Brustkorb schlagen hören.

Phil sieht sie durch das Fenster an. Er nickt ihr zu, und sie nickt zurück.

»Und jetzt?«, fragt Jay.

»Wir warten.«

Kapitel 55

Die Demonstranten bleiben den ganzen Nachmittag über. Ellis und Jake verteilen Bier, Frank bietet Kekse an. Anwohner gehen vorbei und machen Fotos, manche reihen sich in die Schlange ein und bekommen überzählige Plakate gereicht. Während sie in der Sonne stehen, sitzt Kate im Café und schreibt. Sie schickt einen neuen Artikel an ein paar überregionale Zeitungen und Blogger und teilt den Link zur Petition, wo immer sie kann. Im Laufe des Tages steigt die Zahl der Unterschriften stetig an. Jede neue Unterschrift versetzt ihr einen kurzen Glückskick. Wenn sie an die Menschen in ihrem Viertel denkt, die bis zum Ende mithelfen wollen, das Freibad zu retten, dann ist sie weniger verzagt. Es mag hoffnungslos sein, aber sie ist nicht allein. Sie wünschte nur, Rosemary wäre hier.

»Du solltest besser kommen und dir das ansehen«, sagt Jay am frühen Abend. Der Sonnenuntergang leuchtet durch die Caféfenster und erhellt Kates Haar. Sie blickt von ihrem Laptop auf.

»Ist die Polizei da?«

»Noch nicht, aber Vertreter von Paradise Living.«

Sie gehen zur Empfangshalle und sehen aus dem Fenster. Hope steht ein Stück abseits der Demonstranten und spricht mit einer Gruppe von Männern in Anzügen. Kate erkennt den Stadtrat aus der Anhörung, aber die anderen sagen ihr nichts. Hope hält sich ihr Plakat eng vor die Brust und gestikuliert mit dem anderen Arm. Ellis löst sich aus der Schlange und beteiligt sich an der Unterhaltung.

Einer der Männer zeigt auf das Freibad, ein anderer sieht auf seine Uhr. Kate kann das Gespräch nicht hören, sie verfolgt es nur durch die Glasscheibe hindurch und fragt sich, ob die Polizei schon unterwegs ist und wie lange ihre behelfsmäßige Barrikade standhalten wird. Jay stellt sich direkt neben sie, und sie spürt die Wärme seiner Schulter an ihrer. Nach einer Weile wirft die Männergruppe einen letzten Blick auf das Freibad und zieht von dannen. Hope und Ellis gesellen sich wieder zu den Demonstranten. Die Menge teilt sich, und Hope geht durch sie hindurch auf das Fenster zu, nähert sich dem Glas so weit, dass Kate sie hören kann.

»Wer war das?«, ruft Kate durch die Scheibe. »Und rufen sie die Polizei?«

Hope schüttelt den Kopf.

»Das war eine Abordnung von Paradise Living. Ich habe ihnen jedenfalls die Meinung gegeigt!«, sagt sie. »Aber sie unternehmen heute nichts – ich glaube, sie wollten zum Abendessen nach Hause. Aber morgen kommen sie wieder. Sie sagten, wir hätten die ganze Nacht Zeit, um ihr Gebäude zu räumen, dann werden sie Maßnahmen ergreifen. ›Ihr‹ Gebäude! So eine Anmaßung! Das Freibad ist ihnen doch ganz egal, und sie sagen zu hören, es sei ›ihr‹ Gebäude … Aber das ist es vermutlich oder wird es sein, sobald die Verträge von beiden Parteien unterschrieben sind.«

Jay sieht Kate an. Die Demonstranten draußen drehen sich um und sehen sie ebenfalls an. Kate denkt an die Aussicht, von der Polizei vom Gelände getrieben zu werden und die Schlüssel dann widerwillig an die Anzugträger von Paradise Living übergeben zu müssen. Beim Gedanken daran wird ihr schlecht, ihr Atem beschleunigt sich. Sie malt sich ihre Panik aus, wie sie sich anpirscht und versucht, sie umzuwerfen. Aber sie drängt sie zurück.

»Was willst du machen?«, fragt Jay. Hope ist noch da, auf der anderen Seite der Scheibe, und wartet auf Kates Antwort. Einen Augenblick wünscht sie sich, sie könnte Rosemary oder Erin fragen, was sie tun soll. Aber dann spürt sie, wie Stärke in ihr aufsteigt.

»Ich gehe hier nicht weg, bis sie mich rausschleifen«, sagt sie.

Hope lächelt und gibt ihre Antwort lautstark an die anderen weiter. Die Menge draußen jubelt.

»Bist du dir sicher?«, fragt Jay.

»Ja, ich bin mir sicher.«

Plötzlich fürchtet sie sich nicht mehr. Sie kann ihre Panik beinahe so klar vor sich sehen wie Jay, aber dieses Mal weigert sie sich, ihr in die Augen zu blicken, weigert sich, sie zur Kenntnis zu nehmen. Sie will hier bis zum bitteren Ende bleiben, etwas tun, auch wenn nichts dabei herauskommt. Es versuchen. Das Schwimmbad mag noch immer schließen müssen, aber sie will sicher sein, dass sie getan hat, was sie konnte.

»Dann bleibe ich bei dir«, sagt Jay.

»Das musst du nicht.«

»Ich weiß.«

Er sieht sie an und denkt, wie anders sie nun aussieht als die junge Frau, die ihm im Büro auf der Treppe begegnet ist oder ihm über die Straße hinweg zugewunken hat. Sie ist genauso hübsch, aber es ist, als wäre in ihr ein Licht angegangen. Sie leuchtet, und er steht in ihrem Schein.

Kapitel 56

Rosemarys Wohnung ist noch immer in Unordnung. Je mehr sie putzt, desto mehr scheint sich anzuhäufen. Im Laufe des Tages hört sie immer wieder die Rufe »Zieht unserem Freibad nicht den Stöpsel!« vom Park herüber. Gelegentlich sieht sie aus dem Fenster auf die Demonstranten hinunter, die einen Ring um die Freibadmauern bilden. Dabei tritt sie ein Stück vom Fenster zurück, damit man sie nicht sehen kann. Dann wendet sie sich wieder dem Putzen zu. Es ermüdet sie, und sie verbringt viel Zeit mit Nickerchen auf dem Sofa, wobei sie sich bemüht, nicht vom Freibad zu träumen.

Als sie aus einem langen Schlaf erwacht, begreift sie langsam, dass es schon Abend ist und die Balkontür noch offen steht. Die Demonstranten sind inzwischen verstummt. Die Vorhänge bauschen sich, und das Zimmer ist in das Halbdunkel der Dämmerung getaucht. Sie fröstelt und steht auf, um im Schlafzimmer eine Strickjacke zu holen. Das Schlafzimmer ist genauso unaufgeräumt wie das Wohnzimmer, Kisten sind wegen ihrer Putzaktion auf dem Boden verstreut. Sie schlängelt sich zwischen ihnen hindurch, öffnet die Tür ihres Kleiderschranks und sucht nach etwas Warmem. Sie fasst hoch, um einen der Pullover zu nehmen, die ordentlich gefaltet auf dem obersten Regalbrett liegen, und dabei zieht sie nicht nur den Pullover, sondern auch die Kiste herunter, die danebenstand. Im Fallen öffnet sich ihr Deckel, und Stapel glänzender schwarzer und weißer Bögen fallen heraus. Fotografien. Dutzende und Dutzende von Fotografien. Es regnet Lächeln.

Rosemary sieht zu und wartet darauf, dass der Regen aufhört. Sie steht vor dem Kleiderschrank, hält ihren Pullover im Arm und ist von einem Meer von Fotos umgeben. Überall ist George und lächelt sie an. Sie kniet sich hin und hebt die Fotos wahllos auf.

George grinst vom Sprungbrett, er wendet ihr das Gesicht kurz zu, um zu überprüfen, ob sie ihm zusieht, bevor er von der Kante springt. George liegt neben dem Schwimmbecken ausgestreckt da und hat ein Buch auf dem Gesicht, die Arme hinter dem Kopf verschränkt und die Fußknöchel übergeschlagen. George bringt einer Gruppe von Kindern Brustschwimmen bei: Er steht am Beckenrand und hat die Arme zu einem trockenen Brustzug ausgestreckt, und die Kinder sehen ihn an und lachen.

Sie nimmt ein anderes Foto, dieses Mal eines von sich selbst. Sie trägt einen gestreiften Badeanzug und hält zwei Eiswaffeln in der Hand. Auf dem Foto ist der Badeanzug schwarz-weiß, und sie erinnert sich, dass er rot und weiß war. Das Eis tropft über ihre Hände, und sie streckt sie mit weit geöffnetem Mund in Richtung Kamera aus. George wollte, dass sie sie hielt, während er ein Foto machte, aber sie begannen zu schmelzen, bis ihr schließlich das Eis von den Ellenbogen tropfte. Er lachte bloß und lachte.

Es gibt eines, auf dem sie beide zu sehen sind. Sie halten sich am Beckenrand fest und strampeln hinter sich mit den Beinen, sodass Wassertropfen in die Luft fliegen und in der

Sonne glitzern. Hope hat sie fotografiert, kurz bevor sie untergetaucht sind, sich unter Wasser geküsst haben und um Luft ringend wieder nach oben kamen.

Da ist das schneebedeckte Freibad und George mit Wollmütze, Schal und Badehose, der danebensteht und grinst. Hier machen Rosemary und George gleichzeitig einen Köpfer in die tiefe Seite. Sie sehen aus wie Schatten voneinander, so perfekt aufeinander abgestimmt sind sie.

Sie sammelt die Fotos in ihrem Schoß und streichelt auf jedem Georges Gesicht. Ihr Leben liegt um sie herum ausgebreitet, chaotisch und durcheinander. Manche der Fotos sind durch einen Daumen vor der Linse halb verdeckt oder durch Sonnenstrahlen so überbelichtet, dass man keine Gesichter mehr erkennen kann. Aber sie weiß, wie die Gesichter aussehen. Und auf den Fotos ist immer wieder das Freibad zu sehen, es ist ihr roter Faden, der Ort, an den sie immer wieder zurückgekehrt sind. Ihre Heimat. Sie muss etwas tun. Es kann nicht das Ende sein.

Kapitel 57

Die Menge bleibt, bis es dunkel wird. Kate sucht die Schlange immer wieder nach Rosemary ab, aber sie kommt nicht. Sie sieht nach, ob sie auf dem Telefon Nachrichten hat, aber es ist keine von ihr dabei. Kate ruft in Rosemarys Wohnung an, aber der Anrufbeantworter springt direkt an. Der Gedanke an sie dort allein in der Wohnung, unfähig, zu kommen und von ihrem Freibad Abschied zu nehmen, macht Kate schrecklich traurig. Sie hofft, dass Rosemary es nicht bereut, wenn das Freibad endgültig geschlossen ist. Dann wird es keine Gelegenheit mehr für Abschiede geben.

Sie schreibt an Erin, erzählt von ihrem Plan und ihrer Traurigkeit über Rosemarys Fernbleiben. Ihre Schwester antwortet sofort.

Du bist der Wahnsinn! Ich denke an dich. Und an Rosemary, vielleicht ringt sie sich noch durch. Es muss schwer für sie sein. Manchmal kann Hoffnung mehr wehtun als alles andere.

Kate liest den Text noch einmal und glaubt plötzlich zu verstehen, warum Rosemary sich nicht bei ihr gemeldet hat, nicht im Freibad war und niemanden getroffen hat. Vielleicht ist es einfacher, sich einzuschließen und nichts und niemandem – dem Licht auf dem Wasser genauso wenig wie den Trostworten einer Freundin – zu gestatten, dir Hoffnung einzuflößen.

Die Menge löst sich allmählich auf. Frank und Jermaine winken Kate durch die Glasscheibe zu und gehen Hand in Hand davon, ihre Plakate über der Schulter und Sprout im Schlepptau. Hope geht mit Jamila und Aiesha, und Ellis, Jake und Geoff tun es ihnen gleich.

»Wir sind morgen früh zurück, meine Liebe«, sagt Hope durch das Glas, bevor sie sich abwendet und geht. Da entdeckt Kate eine Gestalt, die auf den Eingang des Schwimmbads zugeht. Als die Gestalt näher kommt, erkennt sie Ahmed. In all der Aufregung heute hat sie gar nicht bemerkt, dass er als Einziger in der Protestschlange gefehlt hat.

»Tut mir leid, dass ich zu spät komme«, sagt er durch die Scheibe, als er am Fenster angelangt ist, und schiebt sein Gesicht dicht davor. »Geoff hat mir von deinem Plan erzählt, aber ich habe heute meine letzte Prüfung geschrieben. Ich wollte gleich danach kommen, aber mein Vater hat darauf bestanden, mich zum Abendessen auszuführen.«

Er errötet, und Kate muss lächeln.

»Gratuliere!«, sagt sie. »Jetzt bist du ein freier Mann!«

Ahmed lächelt und streckt die Arme weit aus, als wäre er ein Vogel und könnte jeden Augenblick abheben.

»Cool, Mann«, sagt Jay und hebt die Hand, als wollte er den Arm um Ahmed legen und ihm auf den Rücken klopfen, aber dann fällt ihm die Scheibe ein. Ahmed hebt ebenfalls den Arm, und sie vollführen eine Art pantomimischer Ehrenbezeugung und lachen.

»Ich wollte euch viel Glück für die Besetzung wünschen«, sagt Ahmed. »Aber ich wollte euch auch von einem Einfall

313

erzählen, den ich hatte, eine Möglichkeit, das Freibad vielleicht noch zu retten.«

Kate hebt die Augenbrauen und sieht Ahmed aufmerksam an, wobei sie versucht, ihren Herzschlag im Zaum zu halten. Hoffnung ist wirklich das Schmerzhafteste.

»Schieß los!«, sagt sie.

»Vielleicht ist es Quatsch«, sagt Ahmed und wird auf einmal nervös.

»Bitte«, sagt Kate. »Wir können Ideen brauchen.«

Und so erzählt ihnen Ahmed davon.

»Na ja, ich habe nach der Prüfung an das Freibad gedacht. Ich hatte ein schlechtes Gewissen, weil ich den letzten Tag verpasst hatte, auch wenn mir schon klar war, dass die Prüfung wichtig war. Und da ist mir plötzlich eine Unterhaltung mit deiner Schwester Erin eingefallen, Kate. Weißt du, an dem Tag der Plastikenten-Demo.«

Kate nickt, sie weiß noch, wie sich Erin und Ahmed am Beckenrand intensiv unterhalten haben. Ahmed hatte sich so gefreut, zu hören, dass Erin BWL studiert hat.

»Also, ich dachte daran, wie sie von einem Modul über die wachsende Anzahl von Dingen und Orten mit Markennamen gesprochen hat – ihr wisst schon, zum Beispiel die Barclays- und Santander-Fahrräder in London, das Emirates Stadion … und da habe ich gedacht – wenn es dort funktioniert, wieso könnte so was nicht auch eine Lösung für unser Freibad sein?«

Bei seinen Worten treibt die Hoffnung in Kates Brust Wurzeln aus. »Weiter«, sagt sie.

»Na ja, vielleicht finden wir ein Unternehmen, das Interesse daran hat, im Freibad für sich zu werben. Mit all der Presse, die es bekommen hat und die es jetzt bekommt, nachdem du dich hier eingeschlossen hast.« Er hält inne und lächelt. »Na ja, damit ist es vielleicht für Werbeleute interessant. Ich habe mir ein paar Unternehmen angesehen und eine Liste erstellt. Und wenn ein paar von denen interessiert sind, könnten wir damit das Freibad vielleicht offen halten.«

Er verstummt und steckt die Hände in die Taschen, sieht Kate und Jay abwartend an. Kate wünschte, sie könnte durch die Glasscheibe springen und diesen wunderbaren jungen Mann umarmen.

»Das ist brillant, Ahmed«, sagt sie. »Wirklich brillant. Und es ist bestimmt einen Versuch wert.«

In diesem Augenblick klingelt Kates Handy. Sie wirft einen Blick darauf und sieht zu ihrer Überraschung Rosemarys Namen auf dem Display. Sie hält es hoch, damit Jay und Ahmed sehen können, wer da anruft. Sie holt Luft und hebt ab.

»Rosemary«, sagt sie.

»Kate, es tut mir so leid. Ich habe einen riesigen Fehler gemacht.«

Ihre Stimme zittert.

»Rosemary, ist alles in Ordnung?«

Rosemary schnieft, und ihre Stimme wird ein wenig heiterer.

»Ja, ja, mir geht's gut. Bestens, genau genommen. Aber ich habe gerade begriffen, was für ein Dummkopf ich war. Ich hätte mutiger sein müssen. Es war reine Feigheit, die mich davon abgehalten hat, ins Freibad zu kommen, dich zu treffen, mit meinen Freunden zu sprechen.«

»Schon gut«, sagt Kate. »Ich verstehe, wie schwer es für dich gewesen sein muss. Immer noch ist. Es ist so schön, wieder deine Stimme zu hören.«

»Und deine, Kate. Hör zu, ich habe nachgedacht …« Sie spricht nun sogar noch schneller, und ihre Stimme klingt kraftvoller. »Es darf noch nicht vorbei sein. Es muss noch etwas geben, das wir tun können.«

Also berichtet ihr Kate, wo sie ist, und über ihre Pläne für die Besetzung.

Rosemary lacht, und das Geräusch gibt Kate all die Stärke, die sie braucht.

»Ich gebe zu, dass ich die Demonstranten gehört habe, aber ich hatte ja keine Ahnung, dass du dich eingeschlossen hast! Meine Güte. George hätte das großartig gefunden: eine echte Besetzung! Du, Kate Matthews, bist viel mutiger, als du denkst.«

Jetzt ist es an Kate zu erröten. Jay und Ahmed beobachten sie und hören ihrem Telefonat halb zu. Sie blickt von ihrem Handy auf und sieht sie an, und da fällt ihr plötzlich Ahmeds Idee wieder ein.

»Rosemary, Ahmed hatte einen großartigen Einfall, wie wir das Freibad vielleicht retten können. Ich glaube, er könnte jemanden brauchen, der ihm hilft, aber ich bin natürlich hier eingesperrt …«

Sie erklärt Rosemary die Idee.

»Ist Ahmed da?«, fragt diese. »Sag ihm, er ist ein sehr kluger Mann.«

Kate überbringt die Nachricht, und Ahmed errötet erneut. Dann konzentriert sie sich wieder auf das Telefonat.

»Also, meinst du, du könntest Ahmed helfen, Rosemary? Ihr beide könntet zusammen zu den Terminen mit den Firmen gehen, und du könntest dein Plädoyer für das Freibad halten, so, wie du es im Rathaus gemacht hast.«

»Ja«, sagt Rosemary, »ich tue, was nötig ist.«

Als Kate sich verabschiedet und aufgelegt hat, wendet sie sich wieder an Ahmed.

»Wie es aussieht, hast du eine Komplizin für deinen Plan.«

Kapitel 58

Schließlich sind Kate und Jay allein. Das leere Freibad ist still. Es fühlt sich jetzt größer an, eine leere Hülle oder ein Schloss, das sie zu zweit für eine Nacht bewachen. Sie erschauert leicht und fragt sich, ob sie einen Fehler macht. Aber sie möchte hier sein bis zum Ende. Das Freibad hat sie wie ein neues Zuhause empfangen, und sie will innerhalb seiner sicheren Mauern bleiben, solange es geht – bis man sie zwingt zu gehen. Und Rosemarys Stimme zu hören, zu wissen, dass sie noch nicht ganz aufgegeben hat, gibt ihr eine neue Zielstrebigkeit.

»Ich verhungere«, sagt Kate.

»Ich auch«, entgegnet Jay. »Wollen wir mal sehen, was wir haben?«

Sie gehen zurück ins Freibadcafé und packen ihre Rucksäcke auf einem der leeren Tische aus. Kate fördert eine Packung Hobnobs-Kekse zutage und eine Quiche in der Backform. Jay hat Sandwiches, KitKats und zwei Dosen Gin Tonic. Unten in ihren Taschen sind weitere Vorräte, die für eine Woche reichen sollen – für den Fall, dass sie sie brauchen.

»Was für ein Festmahl!«, sagt Kate.

»Hast du die selber gemacht?«, fragt Jay und zeigt auf die Quiche. Die Konsistenz ist ein bisschen wabbelig, und an einer Ecke ist die Kruste leicht verbrannt, aber sie sieht gut aus.

Kate strahlt. »Habe ich!«

Sie klingt unglaublich stolz auf sich, und Jay möchte sie in seine Arme ziehen.

Recht schnell wird es dunkel.

»Mist!«

Der Mond draußen wirft einen blassen Lichtschein, aber die von ihm abgewandte Seite des Zimmers ist stockdunkel. Jay tastet sich zu den Lichtschaltern vor und probiert sie alle aus.

»Sie haben vermutlich den Strom abgeschaltet«, sagt er.

Kate verschwindet hinter der Kaffeebar, kniet sich hin und sucht nach etwas. »Ich hoffe, sie sind noch da«, sagt sie dabei. Schließlich steht sie auf. »Da haben wir sie. Ich dachte mir schon, dass sie von Franks und Jermaines Hochzeit noch welche übrig haben.«

Sie kommt mit mehreren großen Laternen und einer Streichholzschachtel an den Tisch zurück. Das Kerzenlicht und ihre Gesichter spiegeln sich in den Fensterscheiben. Draußen liegt das Becken dunkel und still da.

»Perfekt«, sagt Jay und zieht für Kate den Stuhl unter dem Tisch hervor, damit sie sich setzen kann. Dann setzt er sich ebenfalls.

»Danke! Wollen wir essen?«

Sie holt ein Messer aus dem Küchenhandtuch, in das sie es eingewickelt hat, und schneidet ihnen beiden ein Stück Quiche heraus. Als sie die Gin Tonics öffnen, geben die Dosen ein befriedigendes Zischen von sich.

»Prost!«

»Das ist köstlich«, sagt Jay und steckt sich noch ein Stück Quiche in den Mund.

»Danke, ich bin keine große Köchin, aber ich lerne dazu. George hat mir vieles beigebracht.«

Jay sieht verwirrt aus, aber Kate erklärt ihm, dass sie sich durch Georges Rezeptbuch gearbeitet hat.

Sie stockt.

»Ich bin so froh, dass Rosemary sich bereit erklärt hat, Ahmed zu helfen. Aber glaubst du, es wird ihr einigermaßen gut gehen, wenn der Plan nicht aufgeht? Wenn das hier wirklich die letzten Tage sind? Ich weiß nicht, ob sie sich vom Verlust des Freibads erholen wird. Ihr ganzes Leben kreist darum.«

Beide schweigen und denken über Rosemary und ihr Freibad nach.

»Es muss so schwer für sie sein«, sagt er schließlich. »Das hier war ihr ganzes Leben.«

Sie blicken auf das Becken in der Dunkelheit hinaus und stellen sich all die Dinge vor, die Rosemary hier gesehen hat, die Menschen, denen sie begegnet ist. Wie oft muss sie hier geschwommen sein? Zu oft, um zu zählen. Sie essen den Rest ihres stillen Abendessens schweigend im Kerzenlicht. Die Sommernacht drückt ihr Gesicht an die Fensterscheibe, Sterne funkeln und spiegeln sich auf der Wasseroberfläche.

»Was, meinst du, passiert morgen?«, fragt Kate. Sie nippt an ihrem Gin Tonic und spürt Wärme in ihre Wangen fließen.

»Ich weiß nicht«, sagt er. »Wir werden vermutlich am Morgen rausgeschmissen. Vielleicht verhaftet wegen Hausfriedensbruch.«

Kate seufzt.

»Hm, ja.«

Sie blickt hinaus auf das dunkle Wasser und denkt an all die Male, die sie hier in den letzten Monaten geschwommen ist. Sie wohnt nur eine Viertelstunde von hier entfernt, aber bevor sie mit der Story beauftragt wurde, war sie nie hier. Sie wünschte, sie hätte früher hiervon erfahren.

»Ich schätze, ich sollte mich fürchten«, sagt sie. »Aber im Moment tue ich das nicht.«

Sie sieht sich selbst im Fenster, und ausnahmsweise schreckt sie vor ihrem eigenen Spiegelbild nicht zurück. Sie blickt sich fest in die Augen. *Hier bin ich*, denkt sie. *Hier bin ich.*

Sie wendet sich zurück zu Jay.

Wie viele der vergangenen Jahre hat sie in Angst verbracht. Die Panik hat ihr Leben so lange beherrscht. Bevor sie das Freibad gefunden hat, fühlte sie sich, als stünde sie an der Spitze eines Sprungbretts, die furchterregende Tiefe unter sich. Aber endlich hat sie keine Angst mehr. Sie ist bereit zu springen.

Also steht sie auf, streckt die Arme über den Tisch, nimmt Jays Gesicht fest in beide Hände und küsst ihn. Er blinzelt überrascht, dann küsst er sie zurück. Ohne seine Lippen von ihren zu lösen, schiebt er seinen Stuhl zurück und steht unbeholfen auf. Dann zieht er sie enger an sich, ihre Hüften berühren sich, und seine Arme legen sich um ihre Taille. Sein Mund ist warm, sein Bart rau unter ihren Fingern. Sie zieht ihn noch näher, bis sein Brustkorb gegen ihren gepresst ist. Ihre Herzen schlagen schnell im Takt wie klatschende Hände. Dieser Kuss ist anders als der erste, und sie begreift, warum. Dieses Mal ist sie bereit – bereit, sich lieben zu lassen.

Im Kerzenlicht küssen sie sich und erkunden das Gesicht des anderen. Sie lehnen sich ein Stück zurück und bedecken die Wangen, Ohren, das Kinn und den Hals des anderen mit kleinen, sanften Küssen. Er küsst ihre Augenlider, sie küsst seine Wangen. Aber es dauert nicht lange, bis sich ihre Münder wiederfinden.

Nach einer Weile entfernt sie sich ein wenig von ihm und

betrachtet sein Gesicht. Er blickt zurück, legt eine Hand an ihre Wange.

»Gott, das wünsche ich mir schon so lange«, sagt er.

»Ich mir auch.«

Es wird ihr erst klar, als sie es ausspricht. Zuvor hatte sie zu viel Angst, aber dies hier ist, was sie will. Er ist, was sie will. Sie küsst ihn erneut und löst sich, schöpft Atem.

»Wenn dies der letzte Abend des Freibads ist, sollten wir schwimmen«, sagt sie und zieht sich dabei ihr Kleid über den Kopf.

»Es wäre falsch, das nicht zu tun«, stimmt er zu und knöpft sein Hemd auf. Sie lassen auf dem Weg hinaus zum Becken eine Spur aus Kleidern hinter sich. Sie hat lange dafür gebraucht, aber endlich schämt sie sich ihrer Nacktheit nicht mehr. Der Mond wacht über sie, während sie in das kalte Wasser gleiten. Jay gibt ein lautes Ächzen von sich, als er ins Wasser sinkt, und das bringt sie zum Lachen.

»Ich bin nicht daran gewöhnt«, sagt er. Sie lacht erneut und taucht unter, wobei sich ihr Haar um sie ausbreitet wie Seegras. Sie streckt die Hände aus und öffnet die Augen, sieht ihre helle Haut an und den Umriss von Jays Körper, der ein Stück entfernt an ihr vorbeischwimmt. Sie ist sich nicht sicher, ob es an ihm liegt oder am kalten Wasser, dass ihr Herz so schnell schlägt. Sie kommt hoch, um nach Luft zu schnappen, und schwimmt zu ihm hinüber.

Zuerst lachen sie und bespritzen sich mit Wasser wie die Kinder. Dann hören sie auf, Unsinn zu machen, und schwimmen still nebeneinander ihre Bahnen. Er lässt sich auf dem Rücken treiben, und sie tut es ihm nach. Sie versucht die Sterne zu zählen, aber es sind zu viele.

Sie schwimmen, bis ihre Körper müde sind und zittern. Dann stemmen sie sich aus dem Wasser, ihre Haut ist kalt und prickelt.

»Handtücher?«, fragt Jay.

Sie nehmen je eine Laterne und den Haufen mit ihren Kleidern, und Kate geht voran zur Rezeption. Dabei tropfen sie den Boden nass. Sie sucht hinter dem Empfangstresen und zieht eine Kiste voller weißer Handtücher hervor, froh, dass die Angestellten alles an Ort und Stelle gelassen haben, bevor sie zum letzten Mal abschlossen. Sie hüllen sich gegenseitig darin ein und umarmen einander, um wieder warm zu werden, bevor sie einander wieder loslassen.

»Es ist bestimmt schon spät«, sagt sie. Plötzlich wird ihr das Verstreichen der Zeit bewusst, als wäre sie gerade erst wieder aufgetaucht, um Luft zu holen. Die Uhr über der Kasse sagt ihnen, dass es halb eins ist.

Sie spürt die Energie, die sie in den Tag gesteckt hat: um Artikel zu schreiben, die Petition herumzuschicken und sich so viele Gedanken zu machen. Sie ist erschöpft. Sogar die Erleichterung, Rosemarys Stimme zu hören und zu wissen, dass sie wieder auf ihrer Seite kämpft, fordert ihren emotionalen Tribut. Sie trägt die Handtuchkiste, ihren Kleiderhaufen und den großen Rucksack, und Jay folgt ihr ins Yogastudio. Er hält die Laterne hoch, und sie sehen sich suchend um, bis sie in einer Ecke die Yogamatten entdecken. Sie stellen ihre Sachen ab und ziehen die Matten in die Mitte des Zimmers, rollen sie aus und ordnen sie zu einem großen Rechteck. Die Handtücher legen sie wie weiche Bettlaken darüber.

»Perfekt«, sagt Kate.

Sie kniet sich hin, zieht einen Schlafsack aus ihrem Rucksack und entrollt ihn auf den Matten und Handtüchern. Sie hat nur einen, aber das wird reichen, denkt sie.

Kate blickt sich um. Der Raum ist von Kerzenlicht erleuchtet, und sie beide werden von den Spiegeln an der Längsseite des Raumes reflektiert. Auf der anderen Seite befindet sich ein großes Fenster. Draußen ist es vollkommen dunkel. Ihr

Haar tropft auf ihre Schultern, und sie zieht das Handtuch fröstelnd enger um sich.

»Komm her«, sagt er, schlingt seine Arme um sie und küsst sie. Erst küssen sie sich im Stehen, dann gehen sie zusammen in die Knie, dann liegen sie auf dem Stapel aus Matten und Handtüchern. Sie lehnt sich hinüber und bläst die Kerzen aus. Im Dunkeln liegt er hinter ihr und hält sie fest umschlungen, zieht sie an sich, bis ihre Körper zusammen ein S bilden. Während sie sich festhalten, fühlt sie seinen Herzschlag an ihrem Rücken.

»Es könnte sein, dass wir verhaftet werden«, sagt er leise, als sie gerade in den Schlaf driftet, »aber ich bin froh, dass ich hier bin.«

»Ich auch.«

Sie schlafen im blassen Mondlicht ein, das durch das Fenster leuchtet und auf die Spiegel fällt wie auf einen See.

Kapitel 59

Am nächsten Morgen trifft sich Rosemary mit Ahmed in einem Café in Brixton Village. Sie kommt etwas zu früh und ergattert einen Tisch in der Ecke, von dem aus man den Markt überblicken kann. Sie beobachtet, wie die Leute am Fenster vorbeigehen oder anhalten, um hereinzuspähen. Es tut gut, aus ihrer Wohnung heraus zu sein. Nach einer Woche Nichtstun spürt sie neue Energie durch ihre Adern fließen, die sie ganz zappelig macht und sie beinahe, wenn auch nicht ganz, von dem Schmerz in ihren Knien ablenkt. Während sie auf Ahmed wartet, klopft sie sich mit der Hand unruhig auf den Oberschenkel. Ihr Herzschlag passt sich dem Rhythmus des Klopfens an, und sie denkt an das Freibad und wie sehr sie sich wünscht, dass dieser Plan funktioniert. Als sie Ahmed mit seinem iPad unter dem Arm an der Tür erblickt, winkt sie ihm zu. Er fragt den Kellner nach dem WLAN-Passwort und kommt zu ihr an den Tisch.

»Du siehst aus wie ein ganz neuer Mann«, sagt Rosemary und schließt ihn in die Arme. Zuerst kommt ihm das etwas seltsam vor, aber dann ergibt er sich der festen Umarmung der alten Frau.

»Wie ich höre, hast du deine Prüfungen geschrieben«, sagt sie, tritt zurück und lässt die Hände lächelnd auf seinen Oberarmen liegen. »Gut gemacht.«

Sie denkt daran, wie oft sie ihn im Freibad zwischen seinen auf dem Tresen verteilten Post-its beim Lernen gesehen hat. Der Gedanke an das Freibad und dass davon bald nur noch eine Erinnerung bleiben könnte, lässt einen Schmerz in ihrer Brust entstehen, aber sie versucht ihr Lächeln nicht verblassen zu lassen.

»Ich weiß noch nicht, ob ich sie bestanden habe«, sagt Ahmed schüchtern.

»Oh, ich weiß, dass du bestanden hast. Mach dir keine Sorgen!«

Sie setzen sich, und Ahmed zählt Rosemary die verschiedenen Unternehmen auf, bei denen er es versuchen will, und was sie ihnen sagen sollten. Sie ist beeindruckt von der Tabelle, die er auf seinem iPad erstellt hat. Sie sieht sehr ordentlich aus, und das sagt sie ihm, woraufhin er erneut errötet.

Rosemary hätte nie gedacht, dass sie jemals die Worte »Guten Morgen, könnten Sie mich bitte mit Ihrer Marketing-Abteilung verbinden?« in den Mund nehmen würde, aber im Lauf des Vormittags sagt sie sie beinahe zwanzigmal. Abwechselnd telefonieren sie auf Ahmeds Telefon. Rosemary ruft eine Firma an, und Ahmed macht sich dazu Notizen auf dem iPad. Dann tätigt Ahmed den Anruf, und Rosemary schreibt.

Nach ein paar Stunden haben sie beinahe die gesamte Liste abgearbeitet, ohne einen einzigen Besprechungstermin vereinbart zu haben. Ahmed sackt in seinen Stuhl zurück, Enttäuschung macht sich auf seinem Gesicht breit. Rosemary würde am liebsten weinen, mitten in einem Café in Tränen ausbrechen und schluchzen wie ein Kind. Aber sie denkt an Ahmed, und sie denkt an George. Sie versucht zu überlegen, was George tun würde. George wäre freundlich zu diesem jungen Mann.

»Ich glaube, es wird Zeit für noch eine Tasse Tee«, sagt Rosemary und tätschelt Ahmeds Arm, bevor sie aufsteht und an den Tresen schlurft. Als sie weg ist, nimmt Ahmed sein Telefon und wählt die nächste Nummer.

Vor dem Tresen wartet eine kleine Schlange, und beim Warten entdeckt Rosemary einen Stapel des *Brixton Chronicle* neben der Kasse. Sie nimmt sich eine Zeitung und erkennt die Gesichter auf der Titelseite sofort.

Lokalreporterin besetzt das Brockwell-Freibad, um die Schließung zu verhindern, lautet die Schlagzeile. Das Foto zeigt Kate in dem leeren Café, dessen Türen offen stehen, und sie blickt hinaus zum Schwimmbecken. Jay muss das Foto gemacht und an die Zeitung geschickt haben, denkt Rosemary. Der Gedanke an die beiden, wie sie sich da im Freibad hinter einer Wand aus Stühlen und Sportgeräten verbarrikadiert haben, bringt sie zum Lächeln, und sie wächst ein kleines Stück.

Als sie ein paar Minuten später ein Tablett mit Tee zurück zum Tisch balanciert und sich sehr bemüht, nichts zu verschütten, sieht sie, dass Ahmed angeregt telefoniert. Er sieht zu ihr herüber und streckt einen Daumen hoch. Jetzt zittern ihre Hände noch mehr, und sie verschüttet Milch aus der kleinen Kanne auf das Tablett. Ein Kellner tritt hinter der Theke hervor und hilft ihr, nimmt ihr das Tablett ab, stellt es auf den Tisch und nickt ihr zu. Sie nickt zurück und bedankt sich.

Als sie endlich die verschüttete Milch aufgewischt und sich gesetzt hat, ist Ahmed mit seinem Telefonat fertig und strahlt.

»Wir haben morgen einen Termin!«, sagt Ahmed. Und dieses Mal ist er es, der sich nach vorn lehnt und Rosemary umarmt.

Kapitel 60

Beim Aufwachen braucht Kate einen Moment, bis sie sich daran erinnert, wo sie ist. Sie blickt an die Decke des Yogaraums und hört neben sich Jays schweren Atem. Sie will sich nicht rühren, also liegt sie so ruhig wie möglich da und lauscht den leisen Geräuschen des leeren Freibads. Rohre knacken, und von draußen hört sie Vögel, aber ansonsten ist es still. Jay ist warm neben ihr, und sie rückt noch näher an ihn heran und genießt es, seinen Körper zu spüren. Er ist stark und weich und gibt ihr das Gefühl, unverwundbar zu sein. Sie legt den Arm um ihn, und ihr Herzschlag beschleunigt sich, als sie seine Haut unter ihrer spürt. Das Gefühl erinnert sie an ihr erstes Bad im Schwimmbecken, wie ihr Herz bei dem Kälteschock zu rasen begann und ihr ganzer Körper zum Leben zu erwachen schien.

Sie starrt an die Decke und fragt sich, wie lange es wohl dauern wird, bis die Polizei kommt. Werden sie heute kommen? Oder morgen? Können sie sie verhaften? Und wie wird das sein? Sie hat bisher noch nicht einmal einen Strafzettel bekommen. Und was ist mit Rosemary? Was, wenn Ahmeds Plan nicht aufgeht? Was wird sie machen, wenn das Freibad für immer geschlossen bleibt und von Paradise Living in einen Tennisplatz für Reiche umgewandelt worden ist? Der Tag erstreckt sich vor ihr wie die Tiefen des Meeres, die in die Schwärze abfallen. Sie kann nicht sehen, was dort ist. Sie möchte nicht schauen. Stattdessen dreht sie sich und legt den Kopf auf Jays Brust, und er legt im Schlaf den Arm um sie.

Wenige Augenblicke später wacht er ebenfalls auf und küsst sie dabei auf die Stirn.

»Es war also nicht nur ein irrer Traum?«, sagt er schläfrig.

»Nein, ich fürchte, du sitzt hier mit mir fest.«

»Nein, ich fürchte, du sitzt mit mir fest.«

Er gähnt und zieht sie enger an sich.

»Wir sollten aufstehen«, sagt sie schließlich, nachdem sie überprüft hat, dass niemand draußen vor dem Fenster steht. Sie strecken sich, stehen von ihrem provisorischen Bett auf und reichen sich ihre Klamotten, die um sie herum verstreut liegen. Dann ziehen sie sich schnell, aber unbefangen an.

Sie kehren ins Café zurück, öffnen die Türen zum Schwimmbecken und setzen sich zu einem eigenartigen Frühstück aus Quicheresten und KitKats an einen Tisch.

»Seltsam, wie still es ist«, sagt Kate, als sie fertig sind und sich beide in ihren Stühlen zurücklehnen und das Wasser betrachten. »Als wäre alles in Ordnung.«

»Die Ruhe vor dem Sturm«, sagt Jay. »Gibt es Neuigkeiten von Rosemary oder Ahmed?«

Kate sieht auf ihr Handy und schüttelt den Kopf. Sie weiß, dass die beiden vermutlich ihren Plan verfolgen, aber im Moment hat Kate das Gefühl, als wären Jay und sie die einzigen Menschen auf der Welt, gefangen hinter den Mauern eines Freibads.

Das Wasser blitzt einladend in der Morgensonne. Natürlich hat sie es schon viele Male gesehen, aber sie staunt immer noch über seine blaue Farbe. Das Wasser glänzt, und

Kate steht auf und tritt an seinen Rand. Es ist einfach zu verlockend. Dieses Mal kommt Jay nicht mit. Er bleibt auf seinem Stuhl sitzen und beobachtet sie lächelnd.

»Ich kann nicht glauben, dass ich nicht daran gedacht habe, zu einer Freibad-Besetzung meinen Badeanzug mitzunehmen«, sagt Kate beim Ausziehen. »Das hier ist meine Gelegenheit, das Freibad als einziger Mensch ganz für mich allein zu haben.«

Als sie nackt am Beckenrand steht, weiß sie, dass Jay sie beobachtet. Die Kurven ihres unvollkommenen Körpers sind ihr bewusst. Aber es macht ihr nichts aus. Sie klettert die Leiter hinunter ins Wasser.

Einen Moment lässt sie sich unter die Wasseroberfläche sinken und öffnet die Augen. Zuerst ist alles verschwommen, aber dann gewöhnen sich ihre Augen an das Wasser, und das Becken erstreckt sich vor ihr, vollkommen leer bis auf ein paar Blätter, die sich langsam auf dem Wasser drehen. Es sieht ein wenig befremdlich aus, wie eine Bühne, bevor die Schauspieler da sind. Dann taucht sie nach Luft schnappend auf und beginnt mit ihren schiefen Zügen.

Wie ironisch, denkt sie, als sie allein durch die Kälte schwimmt, *diese Ruhe und diese Schönheit, wo die Dinge doch so schlecht stehen.* Ihr wird bewusst, dass dies das letzte Mal sein könnte, dass sie in diesem Becken schwimmt. Der Gedanke zerreißt sie fast, aber das Gefühl des Wassers, die Sonne auf der Wasseroberfläche und die einfache Freude, im Hier und Jetzt zu sein, hält sie zusammen.

Als sie müde ist, klettert sie hinaus, trocknet sich am Beckenrand ab und zieht ihre Kleider wieder an.

»Gott, du bist so schön«, sagt Jay, als sie zurückkommt und sich neben ihn an den Tisch setzt. Und dieses eine Mal hat sie das Gefühl, dass sie das wirklich sein könnte.

Der Vormittag vergeht langsam. Kate arbeitet weiter an ihrem Laptop, prüft die Petition und wartet einfach. Am Nachmittag hören sie über die Schwimmbadmauern hinweg Stimmen. Aufgeregt gehen sie zum Empfang und spähen durchs Fenster nach draußen.

Die Demonstranten sind mit ihren Plakaten wieder da, aber dieses Mal werden sie von Polizisten begleitet, die ihnen über den Rasen folgen. Kates Mut sinkt, und ihre Haut beginnt zu kribbeln. Das muss es sein, jetzt werden sie hinausgeworfen. Die Schlüssel werden der Polizei ausgehändigt, und – sobald der Verkauf des Freibads abgeschlossen ist – Paradise Living. Und dann wird alles vorbei sein.

Sie fasst nach Jays Hand und drückt sie fest.

Kate entdeckt Hope, die mit einem der Polizeibeamten redet und versucht, ihm ein Plakat zu geben. Schließlich kommt die ganze Gruppe vor den Türen des Freibads an.

Einer der Polizeibeamten ist ein Mann Mitte fünfzig mit den Streifen eines Sergeants an seiner Uniform, die anderen drei sind deutlich jünger, zwei Frauen und ein junger Mann mit Bart. Ihre Uniformen sehen nagelneu aus, und sie machen einen leicht nervösen Eindruck, als Hope abermals versucht, ihnen ein Plakat in die Hand zu drücken. Der älteste Polizist versucht sich durch die Menge zur Tür vorzuarbeiten, aber Hope, Frank, Jermaine, Geoff, Ellis und Jake bilden eine Schranke zwischen ihm und dem Eingang.

»Bitte treten Sie zur Seite, wir wollen keinen Ärger«, hört Kate den Polizisten sagen.

»Lieber nicht«, sagt Frank. Jermaine steht dicht neben ihm, sie haben sich untergehakt. Sprout bellt zu ihren Füßen.

»Wie wir gehört haben, sind zwei Menschen in dem Gebäude. Wir möchten mit ihnen sprechen.« Der Polizist spricht laut in Kates und Jays Richtung, die sich möglichst nah an die Scheibe drücken.

»Können Sie mich hören?«, ruft der Polizist.

Kate und Jay nicken. Jays Finger sind immer noch mit Kates verschränkt. Sie spürt, wie sich ihr Magen umdreht, ihr Herz losrast. Tränen kribbeln in ihren Augen, aber sie kämpft verzweifelt dagegen an, um ihren Schmerz über die Niederlage nicht zu zeigen.

»Also, ich schlage vor, dass Sie beide das Gebäude freiwillig verlassen«, sagt der Beamte. »Ansonsten werden wir Maßnahmen ergreifen, um Sie zu entfernen.«

»Ich hoffe, das ist nicht dein Ernst, Billy Hooper«, erklingt hinter der Menge der Demonstranten eine Stimme.

Der Polizeibeamte und die Demonstranten drehen sich um und machen den Platz frei für Rosemary, die nun mit Ahmed an ihrer Seite auf den Eingang des Freibads zuhält. Sie wirft Kate durch das Fenster einen Blick zu und nickt, schenkt ihr ein Lächeln, das Kates Herzschlag beruhigt.

»Mrs Peterson«, sagt der Beamte. Er blickt auf seine Hände und sieht plötzlich nicht mehr aus wie ein fünfzigjähriger Hüter des Gesetzes, sondern wie ein Junge in schmutziger Schulkleidung.

»Das da drinnen sind meine Freunde«, sagt Rosemary und starrt Sergeant Hooper in die Augen, als er sie schließlich ansieht. Sie blicken einander einen Moment lang an, dann fährt Rosemary fort: »So, und wie geht es deinen Kindern? Wie ich höre, bist du gerade Großvater geworden. Gratuliere.«

Nach einem kurzen Wortwechsel mit Rosemary wendet sich Sergeant Hooper wieder an Kate und Jay, und die Gruppe der Demonstranten schließt sich um ihn.

»Hören Sie«, sagt er, »ich will ehrlich zu Ihnen sein. Im Moment brechen Sie nicht das Gesetz, indem Sie da drin sind. Der Besitzer – also im Augenblick noch die Stadt – muss eine gerichtliche Anordnung erwirken, die verlangt, dass Sie das Gebäude räumen. Wenn Sie sich danach immer noch weigern zu gehen, wird man uns anweisen, wiederzukommen und Sie mit Gewalt zu entfernen.«

Kate und Jay sehen einander an.

»Das Gericht braucht manchmal mehrere Tage«, sagt der Sergeant, als er ihre betroffenen Gesichter sieht.

»Na dann«, fährt er fort und wendet sich dieses Mal an Rosemary, »lassen wir es für heute dabei, Mrs Peterson. Aber morgen sind wir wieder da und überprüfen, ob noch alles legal und friedlich ist. Falls Schäden entstehen, könnten Sie wirklich Ärger bekommen.«

Kate muss beinahe lachen. Wieso sollten sie den Ort beschädigen, den sie gerade zu schützen versuchen?

Als er mit den jüngeren Beamten schon auf dem Rückzug ist, wendet er sich noch einmal um.

»Unter uns, wir finden es alle sehr schade, dass das Freibad schließen muss«, sagt er. »Ich bin hier als Kind geschwommen – wir alle. Aber ich fürchte, Gesetz ist Gesetz, und ob es uns gefällt oder nicht, Paradise Living wird sich dieses Gebäude unter den Nagel reißen. Der Deal ist praktisch abgeschlossen.«

Er nickt Rosemary zu und geht mit seinen Kollegen über den Rasen in den Park. Als sie sieht, wie sie gehen, normalisiert sich Kates Atem endlich wieder, und sie lässt Jays Hand los.

»Was war das denn?«, ruft sie durchs Fenster. »Er hatte ja beinahe Angst vor dir, Rosemary.« Die anderen Demonstranten drängen sich um sie, um ebenfalls zu hören, warum Sergeant Hooper Rosemary gegenüber so zurückhaltend war.

»Oh, weißt du«, sagt Rosemary mit wegwerfender Handbewegung. »Er ist als Junge immer zu George in den Laden gekommen. Sein Dad war lange arbeitslos, und Billy hatte vier Brüder und Schwestern. Also hat George immer umsonst etwas mehr in die Tüten getan. Er hat versucht, es so zu tun, dass niemand es bemerkte, aber Billy war ein schlauer Junge.«

»Das war nett von George«, sagt Jermaine.

»Tja, er war ein netter Mann«, antwortet sie.

Die Demonstranten plaudern ein wenig und gratulieren sich zu dem kleinen Sieg.

»Ich schätze, jetzt warten wir einfach auf den Gerichtsbeschluss, oder?«, sagt Kate zu Jay.

Er nickt. »Das könnte ein paar Tage dauern. Haben wir genügend Essen, um so lange damit auszukommen?«, fragt er.

»Da bin ich mir nicht sicher«, entgegnet Kate. »Aber wir finden eine Lösung. Hoffe ich.«

Nachdem sie von dem ausstehenden Gerichtsbeschluss gehört haben, beschließen die Demonstranten, dass es sicher ist, Kate und Jay allein zu lassen. Sie wissen jetzt, dass noch niemand sie entfernen lassen kann.

»Bis morgen!«, rufen sie durch das Glas und winken.

Schließlich sind nur noch Rosemary und Ahmed übrig. Sie stehen dicht vor dem Fenster, durch das Kate und Jay von der anderen Seite aus hinausblicken. Rosemary erzählt ihnen von dem Termin, den sie am nächsten Tag haben.

»In Wirklichkeit war es Ahmed, der das hingekriegt hat«, sagt sie.

Kate bemerkt, wie viel selbstbewusster er aussieht, als hätten seine Prüfungen und sein Einfall ihn von einem Teenager in einen Mann verwandelt. Sie wünschte, sie könnte sie zu dem Treffen begleiten.

»Aber wer soll dann auf das Freibad aufpassen?«, antwortet Rosemary. »Nein, du und Jay, ihr bleibt da, wo ihr seid, und beschützt unser Bad.«

»Morgen ist also der Tag der Entscheidung«, sagt Kate und blickt die drei anderen nervös an.

»Ich denke, so ist es«, sagt Rosemary.

Danach verstummen sie alle und stellen sich vor, was der folgende Tag für sie bereithält. Der Abend senkt sich auf sie und das Freibad herab, an dem sich im Moment niemand erfreut, abgesehen von den Stockenten, die leise auf der Wasseroberfläche treiben.

Kapitel 61

Ahmed trifft sich mit Rosemary an der Bushaltestelle gegenüber von ihrer Wohnung. Er trägt einen Anzug, der ihm zu groß ist, und wirkt unbehaglich darin.

»Das hier tut mir leid«, sagt er und zeigt auf sein sackartiges Jackett, als er Rosemary erblickt. »Es gehört Dad. Meine Mum meinte, sie kauft mir einen eigenen Anzug, wenn ich meine Prüfungen bestanden habe. *Falls* ich meine Prüfungen bestanden habe.«

»Also, ich finde, du siehst sehr fesch aus«, sagt Rosemary. »Ich habe dich noch nie so elegant gesehen.«

Sie trägt ein blassblaues Kostüm. Als sie es am Morgen anzog, dachte sie, dass die Farbe sie an das Freibad erinnerte, und es fühlte sich passend an. Ahmed lächelt und bietet ihr seinen Arm.

»Bist du bereit?«, fragt er.

»Ich denke schon.«

»Ich bin ein bisschen nervös.«

»Ich auch.«

Ihr Bus fährt vor, und sie steigen untergehakt ein und setzen sich gleich vorn auf zwei Plätze. Als der Bus die Straße hinunter losfährt, sieht Rosemary vor dem Fenster Brixton vorbeiziehen. Sie umfahren den Park und wenden sich nach rechts den Brixton Hill hinunter, fahren an der Kirche vorbei, vor der die obdachlosen Männer sitzen und in Plastiktüten versteckten Special Brew trinken, vorbei am Kino und der Straße, die zu Franks und Jermaines Buchhandlung führt und am Bahnhof entlang, aus dem Menschen auf die Straße strömen. Sie blickt die Electric Avenue hinunter und versucht, Ellis zu erkennen, kann aber nur die Menschenmenge sehen, die sich zwischen den Ständen mit ihren gestreiften Plastikmarkisen hindurchwindet. Dann geht Brixton in den Rest der Stadt über, und sie erkennt keine Straßen oder Geschäfte mehr. Die Cafés und Parks werden zur Westentasche anderer Leute.

Sie fahren durch Kennington und am Imperial War Museum mit seinen Wache stehenden Kanonen vor dem Eingang vorbei. Sie passieren Lambeth Palace, dessen Türmchen in der Spätsommersonne golden schimmern. Als sie über die Lambeth Bridge fahren, sehen sowohl Rosemary als auch Ahmed den Fluss hinauf und hinab, auf das London Eye und die Houses of Parliament in der einen Richtung und in der anderen auf gläserne Hochhäuser, die das Licht blitzend reflektieren. Der Bus fährt weiter an der Westminster Abbey, Big Ben und Parliament Square vorbei, wo eine Gruppe von Demonstranten Plakate hochhält und Stoffbanner an die Geländer gebunden hat. Rosemary versucht die Schilder zu lesen, kann sie aber nicht recht erkennen. Sie fragt sich, wie lange sie da schon stehen und wofür sie kämpfen. Sie fragt sich, ob sie ihren Kampf gewinnen werden. Sie hofft es.

Am Trafalgar Square wird der Bus wegen des dichten Verkehrs langsamer, und Rosemary und Ahmed betrachten Lord Nelson auf seiner Säule und die Bronzelöwen, deren Mäuler leicht offen stehen, als wollten sie gleich etwas sagen.

Der Platz ist bevölkert von Touristen und Tauben, und lebende Statuen von Charlie Chaplin und Tin Man sammeln in Hüten auf dem Boden Münzen.

Schließlich hält der Bus in der Regent Street, seiner Endstation.

»Vielen Dank«, sagt Rosemary zum Fahrer, bevor Ahmed ihr hinaushilft.

Der Bus fährt ab und lässt sie auf dem Gehweg stehen. Die Haltestelle ist vor Hamley's, einem Spielwarenladen, und die Straße ist voller Kinder und Eltern, die hinaus- und hineinströmen. Angestellte von Hamley's stehen am Eingang, manche tragen rote Uniformen, andere sind als Figuren aus Kinderfilmen kostümiert. Eine Gruppe von chinesischen Studenten macht Fotos zusammen mit einem riesigen Bären.

Einen Augenblick stehen Rosemary und Ahmed wie erstarrt auf dem Gehweg und blicken auf das Menschengewühl um sich und hören die Busse und Taxis vorbeidröhnen. Ein Radfahrer schimpft laut auf einen Busfahrer, und ein Auto hupt Leute an, die über die Straße laufen. Über ihnen erheben sich pastellfarbene Reihenhäuser in den blauen Himmel, die mit den gleichen Säulen und schwarzen Geländern vor jedem der großen Fenster geschmückt sind.

»Komm«, sagt Ahmed schließlich, »gehen wir.«

Rosemary hält sich an seinem Arm fest, als er sie die Straße entlangführt. Menschen gehen an ihnen vorbei und streifen sie mit ihren Taschen oder rempeln sie beinahe an, weil sie auf ihre Telefone hinunterblicken. Sie biegen auf die Beak Street ab. Hier ist es weniger belebt, also hält Ahmed an, zieht sein Handy aus der Tasche und überprüft, ob sie in die richtige Richtung gehen. Rosemary wartet, während er auf sein Telefon sieht und sich in der Straße umblickt.

»Hm«, sagt er. »Könnte sein, dass wir ein Problem haben. Mein blauer Punkt sagt mir, dass wir hier sind, aber das ist nicht die Straße, auf der wir stehen. Deswegen weiß ich nicht, wo wir hinmüssen.«

Er starrt wieder auf den blauen Punkt und sieht sich verwirrt um.

»Es tut mir leid, ich will nicht, dass wir zu spät kommen.«

Rosemary greift in ihre Handtasche und fördert einen abgestoßenen A-Z-Stadtplan zutage.

»Könnte das helfen?«

Ahmed lacht und nimmt das Büchlein. Zusammen beugen sie sich über die Seiten, finden ihre Straße und den Weg.

»Okay, ich hab's«, sagt Ahmed.

»Manchmal ist so ein altes treues Stück nicht zu schlagen«, antwortet Rosemary und steckt den Plan wieder in ihre Tasche.

Sie kommen ein paar Minuten zu früh vor dem Gebäude an. Ein paar Stufen führen zu einer Front aus Glas, und sie können bis zur Rezeption hineinsehen, an der eine Frau mit rotem Lippenstift hinter einem Tresen sitzt und telefoniert. Sie hat graues Haar, sieht aber sehr jung aus. *Vielleicht benutzt sie richtig gute Feuchtigkeitscremes*, denkt Rosemary, während sie sie beobachtet.

An roten Kabeln hängen Glühbirnen von der Decke, und hinter dem Tresen befindet sich eine rohe Spanplattenwand. Die Decke sieht aus, als wäre sie aus hölzernen Packkisten gebaut. Vielleicht ist dieses Büro neu, und sie sind gerade erst eingezogen. Es sieht jedenfalls recht unmöbliert aus. Neben der Rezeption steht ein Glastisch, an dem sich Stühle in unterschiedlichen Höhen befinden. Es gibt einen Sitzsack, einen Barhocker, einen Esszimmerstuhl und einen Ledersessel. Jemand sitzt ungelenk auf dem Sitzsack und sieht auf seine Armbanduhr.

Ein junger Mann mit Pferdeschwanz geht an ihnen vorbei die Treppe hinauf ins Gebäude. Die Rezeptionistin winkt ihm grüßend zu. Er zieht eine Karte durch ein Drehkreuz zu seiner Linken und steigt eine weitere Treppe hoch.

Rosemary und Ahmed sehen einander an.

»Bereit?«, fragt Ahmed.

»Bereit«, nickt Rosemary.

Zusammen erklimmen sie die Treppe und öffnen die Eingangstür.

»Hallo!«, sagt die Empfangsdame freundlich, als sie den Tresen erreichen. »Wie kann ich Ihnen helfen?«

»Wir haben einen Termin«, sagt Ahmed und tastet in seiner Tasche nach dem Stück Papier, auf dem er alles aufgeschrieben hat, »mit Tory Miller, um zehn Uhr. Wir sind Rosemary Peterson und Ahmed Jones.«

Die junge Frau überprüft das in ihrem Computer und nickt ihnen zu.

»Ja! Ich lasse sie wissen, dass Sie hier sind.«

»Was ist das?«, fragt Rosemary und zeigt auf eine große Maschine aus Glas und Metall, die am Rand des Empfangstresens steht.

Die junge Frau lächelt und steht auf. Ihr Top endet kurz über ihrem Bauchnabel, als hätte man es mit einer Schere abgeschnitten.

»Das ist ein Smoothie-Maker«, sagt sie strahlend. »Möchten Sie einen Smoothie? Oder einen Kaffee? Ich kann unseren Barista bitten, Ihnen einen zu machen, wenn Sie wollen?«

»Oh nein, nein!« Rosemary schüttelt den Kopf. Eine Tasse Tee hätte sie nicht abgelehnt, aber sie ist sich nicht sicher, ob sie Kaffee mag und weiß nie, was all die Namen bedeuten. Cappuccino, Latte macchiato, Flat White … Die Worte erschließen sich ihr nicht.

»Gut, dann setzen Sie sich doch einen Augenblick«, sagt die junge Frau. »Ich hole Sie ab, wenn man bereit für Sie ist.«

Sie gehen hinüber zu dem Sitzbereich, und Ahmed setzt sich verlegen auf den Esszimmerstuhl. Rosemary sucht sich den Sessel aus und bereut das augenblicklich, denn sie sinkt in tiefe Kissen ein, als wollte der Sessel sie verschlingen. Während sie warten, legt Rosemary in ihrem Schoß die Hände übereinander und löst sie wieder. Sie streicht sich den Rock glatt und sieht auf ihre Uhr. Sie atmet tief ein und aus, versucht ruhig zu bleiben und nicht an die Bedeutung dieses Treffens zu denken. Aber sie kann nicht anders. Bilder des Freibads schießen ihr durch den Kopf. Doch die Ordnung ist durcheinandergeraten: Im einen Augenblick sieht sie das Freibad vor wenigen Monaten, als sie zum ersten Mal zusammen mit Kate darin schwamm, dann ist sie wieder zurück im Krieg und schwimmt dort als Teenager. Nun sieht sie George, der nach den Aufständen mit ihr schwimmen ging, weil sie beide Ruhe brauchten. Sie sieht, wie er sie anlächelt und ins Wasser springt. Und dann stellt sie sich das geschlossene Freibad vor, das in einen privaten Fitnessclub umgewandelt wurde, mit zuzementiertem Becken und dem verschwundenen Bademeisterstuhl.

»Man kann Sie jetzt empfangen«, sagt die Rezeptionistin. Rosemary öffnet die Augen und blickt auf, erinnert sich daran, wo sie sich befindet. Ahmed nickt ihr zu. Er hilft ihr aus dem Sessel, und gemeinsam folgen sie der jungen Frau durch die Sicherheitsschranke und einen langen Flur hinunter. Zuerst geht die Frau zügig, aber als sie bemerkt, dass Rosemary und Ahmed nicht mithalten, verlangsamt sie ihren Schritt und geht direkt vor ihnen her. Schließlich gelangen sie zu einer geschlossenen Tür am Ende des Flurs.

»Okay, hier sind wir«, sagt die Empfangsdame und öffnet die Tür zu einem großen Besprechungsraum. Ungefähr zehn Leute sitzen an einem langen Tisch. Rosemary spürt, wie ihre Hände zittern, also hält sie sie eng vor dem Körper.

»Ihre Gäste sind da.«

Die Leute um den Tisch nicken, und die Empfangsdame schließt die Tür. Ahmed und Rosemary stehen schweigend ganz vorn im Zimmer.

»Hallo, ich bin Ahmed Jones«, sagt Ahmed schließlich, nachdem er tief Luft geholt hat. »Wir haben miteinander telefoniert.«

Dann denkt er an den Rat seines Vaters und tritt vor, um allen am Tisch der Reihe nach die Hand zu schütteln. Er bemüht sich um einen festen und starken Händedruck. Die Menschen am Tisch nicken ihm zu.

»Schön, Sie kennenzulernen.«

»Und das hier ist Rosemary Peterson«, sagt Ahmed.

Rosemary steht wie erstarrt da und kann sich nicht rühren. Ahmed kommt zurück und stellt sich neben sie.

»Wir haben in der Zeitung von Ihnen gelesen«, sagt einer der Männer hinter dem Tisch. »Da war ein charmanter Artikel.«

»Das liegt an Kate«, sagt Rosemary. »Meine Freundin Kate hat den Artikel geschrieben.«

Die Menschen um den Tisch nicken.

»Wollen wir uns vorstellen?«, fragt eine junge Frau in der Mitte, Tory, die ihnen mitteilt, dass sie die Werbeabteilung leitet. Dann nennen die anderen reihum ihren Namen und ihre Stellenbezeichnung. Rosemary versucht sich die Namen zu merken, aber sie verschmelzen mit den Stellenbezeichnungen, bis sie schließlich überzeugt ist, dass jemand Head Brand Director Advertising Executive heißt.

Als sie fertig sind, lächelt Ahmed Rosemary und den Rest des Raums an.

»Wie Sie wissen, sind wir hier, um Ihnen die Idee zu präsentieren, im Brockwell-Freibad zu werben«, sagt er. »Im Sommer kommen jeden Tag Hunderte von Gästen ins

Schwimmbad. Wir hoffen, dass Ihr Engagement dort uns allen zugutekäme – wir können das Freibad vor der Schließung bewahren, und Sie hätten eine einzigartige Gelegenheit, für sich zu werben. Der Boden des Beckens könnte zum Beispiel ein ausgezeichneter Platz für Werbung sein. In den letzten Jahren gab es Dutzende von Fotos des Beckens aus der Vogelperspektive in Zeitungen und Zeitschriften. Doch um besser zu erklären, warum uns das Freibad so wichtig ist, möchte meine Freundin Rosemary gern ein paar Worte sagen.«

Er tritt zurück und nickt Rosemary zu. Die Gesichter wenden sich ihr erwartungsvoll zu.

»Haben Sie eine PowerPoint-Präsentation?«, fragt ein Mann am Tisch.

»Wie bitte?«, fragt Rosemary.

»Brauchen Sie einen Computer?«

»Oh nein!«

»Gut.«

Es folgt Stille, und Rosemary fühlt sich plötzlich unwohl in ihrem Kostüm inmitten so vieler Menschen, die so viel jünger sind als sie. Im Freibad spielt das nie eine Rolle. Wenn man sich seiner trockenen Kleider entledigt hat, sind alle gleich. Doch hier schüchtern sie diese frischen jungen Menschen mit ihren ähnlichen Haarschnitten und Outfits ein.

»Wollen Sie uns von dem Freibad erzählen?«, fragt Tory. Sie beugt sich vor und stützt die Unterarme auf den Tisch. Der Mann neben ihr lehnt sich mit dem Stift zwischen den Fingern in seinem Stuhl zurück. Die anderen drehen sich in ihren Stühlen, sodass sie Rosemary gut sehen können. Ahmed wendet sich ihr ebenfalls zu und lächelt sie aufmunternd an.

Die Angst, ihre letzte Hoffnung zunichtezumachen, einen Fehler zu begehen, lässt sie erstarren. Das hier ist ihre letzte Chance, und sie weiß es. Sie kann spüren, wie sie zittert, also schließt sie die Augen und stellt sich eine stille Wasserfläche vor. Das Wasser ist von Tauen gestreift, die die langsame, die mittelschnelle und die schnelle Bahn voneinander abgrenzen. Auf einer Seite tickt eine Uhr und beobachtet die Schwimmer im kühlen Wasser. Sie öffnet die Augen.

»In Brixton haben wir ein Schwimmbad«, sagt sie. »Und ich gehe dort seit achtzig Jahren schwimmen. Das Freibad ist mein Zuhause. Aber nicht nur meins, es bedeutet dem gesamten Viertel so viel.«

Zuerst bebt ihre Stimme, aber sie wird stärker, als sie ihre Geschichte erzählt. Die Menschen sehen sie an, und Ahmed steht dicht neben ihr.

»Das ist mir in den letzten Monaten noch bewusster geworden. Seltsam, dass etwas von Schließung bedroht sein muss, damit die Menschen seinen Wert zu schätzen lernen. Das Freibad ist wie kein zweiter Ort, den ich kenne. Draußen kann das Leben übervoll und stressig sein, aber sobald man das Freibad betritt, ist alles gut. Menschen, die zum ersten Mal kommen, können kaum glauben, wie friedlich es verglichen mit dem Rest von Brixton ist. Deswegen ist es etwas so Besonderes, es ist ein Ort, an den man entfliehen kann, ohne jemanden im Stich zu lassen. Manche nennen das Schwimmbad den Strand von Brixton, für manche Kinder ist es der einzige Strand, den sie kennen. Im Sommer wimmelt es dort von Menschen. Die Eltern liegen auf ihren Handtüchern und baden mit ihren Kindern. Man sieht Menschen jeden Alters – Teenager, die voreinander angeberisch ins Wasser springen, Kleine, die im Nichtschwimmerbereich schwimmen lernen, Geschäftsleute, die ihre Sorgen abschütteln. Und mich.«

Sie stellt sich das Freibad vor, wie es im Hochsommer war: das Kinderlachen, das spritzende Wasser und die warme Sonne auf ihrem Gesicht.

»Und was ist mit Ihnen?«, fragt jemand am Tisch. »Was

bedeutet Ihnen das Freibad? Es gibt andere Freibäder in London, warum kämpfen Sie für dieses eine?«

Rosemary schließt die Augen. Sie sieht kühles blaues Wasser.

»Es stimmt, dass es vielleicht wichtigere Dinge gibt, für die man kämpfen kann, und Bedeutenderes, was in der Welt vor sich geht«, sagt sie, als sie die Augen wieder aufschlägt. »Ich sage mir immer wieder: Rosemary, es macht nichts.«

Gestern Abend saß sie auf ihrem Bettrand und wiederholte das wieder und wieder, versuchte sich selbst davon zu überzeugen, dass es nichts ausmachte, damit sie nicht zu der Besprechung musste, sich vor Fremde hinstellen und riskieren musste, diese letzte Gelegenheit zu vermasseln. Sich selbst zu enttäuschen, George zu enttäuschen, das Freibad zu enttäuschen.

»Aber es macht etwas aus. Es macht etwas. Genauso wie es etwas ausgemacht hat, als die Bibliothek schloss.«

Ihre Stimme wird lauter, und sie zittert. Sie stützt sich mit einer Hand auf dem Tisch ab.

»Im Winter ist es in der Bibliothek immer voll gewesen. Es war ein Ort, wo Leute hinkamen, um der Kälte zu entfliehen. Wohin sind all diese Menschen gegangen, die bei Regen nirgendwo anders hinkonnten, nachdem die Bibliothek schloss? Ich habe nie herausgefunden, wohin sie gegangen sind, und ich hatte das Gefühl, es sei meine Schuld, weil ich nicht stärker gekämpft hatte.

Als mein Mann George starb, hatte ich das Gefühl, dass es jeden Tag regnete und ich keinen Ort hatte, an den ich gehen konnte. Er war mein trockener Platz gewesen, wenn draußen die Welt unterging. Er war fünfundachtzig, als er starb. Wir hatten es immer gut gehabt. Ich sollte mich nicht so aufspielen, an meiner Lage ist nichts ungewöhnlich. Wir hatten ein sehr glückliches Leben.«

Ihr Leben war durchsetzt mit seinem Lächeln, das sie auffing, wenn er aus dem Wasser auftauchte, und seinem beruhigenden Schnarchen. Nachts hielt es sie wach, und manchmal wurde sie deswegen ärgerlich. Sie vermisst es, ärgerlich zu werden wegen der Laute, die er beim Schlafen neben ihr von sich gab.

»Aber wissen Sie, die Wahrheit ist: Ich vermisse ihn.«

Sie holt tief Luft und fummelt an den Knöpfen ihres Jacketts herum, knöpft sie auf und wieder zu und dann wieder auf. Einer der Knöpfe ist schon lose. Er hängt von seinem Faden wie eine Blume an einem gebrochenen Stiel. Sie glättet ihren Rock, wischt sich über das Gesicht und blickt auf.

»Es mag andere Schwimmbäder geben, aber sie können nie dasselbe sein. Mein George ist nicht in diesen Schwimmbädern, er ist in unserem Freibad.«

Die anderen beobachten sie, aber sie nimmt sie nun kaum mehr wahr.

»Als er gestorben ist, habe ich mich in seinen Sessel gesetzt und versucht, ihn zu spüren. Es klingt jetzt albern, ich weiß, aber ich schäme mich nicht dafür. Aber na ja, es hat nicht richtig geklappt. Ich habe mich bemüht, aber es ging nicht. Er war einfach nicht mehr da. Aber wenn ich im Freibad bin, spüre ich ihn. Alles erinnert mich an ihn.«

George ist in dem Nebel, der morgens über dem Wasser hängt, er ist auf der nassen Terrasse und in den leuchtend bunten Schließfächern und in dem scharfen Atemzug, mit dem sie ins Wasser steigt und der sie daran erinnert, dass sie noch am Leben ist. Er erinnert sie daran, dass sie am Leben bleiben muss.

»Vielleicht stimmt es, dass Schwimmbäder kein Geld einbringen. Vielleicht bin ich eine alberne alte Frau. Aber ich kann das Freibad nicht loslassen. Ich kann meinen George nicht loslassen.«

Ahmed legt Rosemary seinen Arm um die Schultern und hält sie fest. Sie atmet tief aus, die Stärke ihrer Gefühle erschöpft sie. Eine Weile ist es still, dann steht ein Mann auf.

»Wir werden in Erwägung ziehen, im Freibad zu werben. Aber wir müssen uns zuerst besprechen. Wir rufen Sie heute noch an.« Die anderen erheben sich ebenfalls.

»Aber danke, dass Sie gekommen sind, Rosemary. Und Sie ebenfalls, Ahmed.«

Rosemary sieht sich die Gruppe ihr gegenüber zum ersten Mal, seit sie zu sprechen begonnen hat, genau an. Torys Gesicht ist rot. Andere blinzeln heftig, als hätten sie etwas in die Augen bekommen.

Ahmed schüttelt allen die Hand und verabschiedet sich. An der Tür wartet die Rezeptionistin und führt sie zurück zum Eingang.

»Sollen wir uns ein Taxi nehmen?«, fragt Ahmed. »Ich glaube, du hast es dir verdient.«

Sie nickt, und er winkt eines heran; sie ist zu erschöpft, um zu sprechen. *Sobald ich wieder in meiner Wohnung bin, lege ich mich hin*, denkt sie. Sie weiß, sie sollte ins Freibad gehen und Kate auf den neuesten Stand bringen, aber aus irgendeinem Grund spürt sie, dass sie zuerst nach Hause gehen und für sich allein sein muss. Sie fühlt sich völlig verausgabt und wünscht sich nichts mehr, als in ihrem Bett zu liegen, immer noch auf der Seite, auf der sie immer lag, als George noch am Leben war. Auf der Rückbank des Taxis betrachtet Ahmed wieder durch das Fenster das vorüberziehende London, während Rosemary den Kopf an seine Schulter lehnt und die Augen schließt. Als sie einnickt, wird ihr klar, dass sie alles getan haben, was sie tun können. Jetzt gibt es nichts mehr zu tun.

Kapitel 62

Am dritten Tag ihrer Besetzung erwarten Kate und Jay beklommen den Gerichtsbeschluss. Sie gehen zwischen dem Café, dem Beckenrand und dem Empfang hin und her und spähen nervös durch die Barrikade. Jedes Mal, wenn Kate vor dem Freibad neue Stimmen vernimmt, macht ihr Herz einen Satz, und sie fragt sich, ob jemand gekommen ist, um den Gerichtsbeschluss zuzustellen. Dann und wann blickt sie auf die Uhr über dem Becken und hat das Gefühl, dass sich die Zeiger langsamer bewegen als jemals zuvor.

Die Schlange der Demonstranten ist heute kürzer: Frank ist allein da, während sich Jermaine um die Buchhandlung kümmert. Ellis ist hier, aber nicht Jake, der für seinen Vater am Stand die Stellung hält. Sie hatten das Gefühl, sich dafür entschuldigen zu müssen, wollten sie doch bis zum bitteren Ende dabei sein, aber das Leben muss trotzdem weitergehen. Hope ist vermutlich die lauteste Demonstrantin von allen und ruft jedes Mal, wenn ein Fußgänger durch den Park vor dem Schwimmbad vorübergeht: »Zieht unserem Freibad nicht den Stöpsel!« Um die Mittagszeit versammelt sich eine kleine Menschenmenge. Anwohner, die gekommen sind, um die Besetzung zu sehen, von der sie in der Zeitung gelesen haben. Eine Weile ist es recht laut, als die Neuankömmlinge zu den anderen stoßen, und Kate beobachtet sie hinter der Eingangstür. Hope händigt Plakate aus, und Ellis macht mit seinem Handy Fotos. Später, als die neuen Demonstranten in ihre Büros zurückgekehrt sind, postet er die Fotos auf der »Rettet das Brockwell-Freibad«-Facebook-Seite.

Der Tag verstreicht, aber keine Spur von der Polizei, der Stadtverwaltung oder Paradise Living ist zu sehen. Wartend tigert Kate am Pool und in der Empfangshalle auf und ab. Sie überlegt, ob sie noch einmal schwimmen soll, aber der Gedanke, sie könne im Wasser sein, wenn sie kommen – nackt –, hält sie davon ab. Sie duscht in der leeren Umkleide und arbeitet dann auf ihrem Laptop, sieht nach dem Stand der Petition. Die Zahl der Unterschriften ist über Nacht noch weiter angewachsen und hört auch den ganzen Tag über nicht damit auf. Sie sieht auf Twitter nach, wo der Hashtag #RettetunserFreibad von Ortsansässigen und Vielschwimmern verwendet wird. Während sie arbeitet, sitzt Jay leise neben ihr oder geht zur Rezeption, um durch die Glasscheibe hindurch mit Hope und den anderen Demonstranten zu sprechen. Am Nachmittag scheren Hope und Jake kurz aus der Schlange aus und stellen sich vor die Schwimmbadmauer. Jake ruft Jay zu, er solle sich von innen auf die andere Mauerseite stellen.

Kate kommt mit, und sie stellen sich nebeneinander auf die Terrasse und blicken die Backsteinmauer hinauf. Einen Augenblick später sehen sie etwas durch die Luft fliegen. Jay lehnt sich mit gestreckten Armen vor und fängt ein Essenspaket in einer Plastiktüte auf.

»Ich hoffe, es hat die Reise überstanden!«, ruft Hope über die Mauer. Jay öffnet den Zip-Verschluss. Darin befindet sich ein in Alufolie gewickeltes Paket. Kate nimmt es heraus und bringt einen leicht zerquetschten Ingwerkuchen zum Vorschein.

»Ich dachte, ihr habt vielleicht Hunger!«, ruft Hope. »Ist selbst gebacken!«

Als sie den flachen Kuchen sieht, der eigens für sie und Jay gemacht wurde, steigen Kate Tränen in die Augen. Sie blinzelt sie weg und ruft »Danke!« über die Mauer. Die Geste rührt sie, und sie und Jay teilen sich das große Stück. Es schmeckt beinahe süßer als alles, was sie jemals in ihrem Leben gegessen hat.

»Ich frage mich, wie es bei Rosemary und Ahmed läuft«, sagt Kate beim Essen. »Ihr Gespräch sollte jetzt eigentlich schon vorbei sein.«

Der Gedanke lässt sie beide schweigen. Das Glück, das Kate beim Essen empfunden hat, ist schnell verschwunden, als sie sich klarmacht, dass sie wohl bald aus dem Freibad geworfen werden. Und was dann? Zurück in ihre Wohnung und zu ihren Mitbewohnern, die nicht von dieser Kampagne wissen und denen vermutlich nicht einmal aufgefallen ist, dass sie seit drei Tagen nicht mehr da war?

Als hätte er ihre Gedanken gehört, legt Jay einen Arm um Kate, zieht sie an sich und hält sie fest. In Kates Tasche summt ihr Telefon, und Kate muss sich ein Stück von Jay lösen, um es herauszuziehen und zu lesen.

Gibt es Neuigkeiten? E.

Noch nicht, antwortet Kate auf Erins Nachricht. Der Gerichtsbeschluss müsste hier jeden Augenblick ankommen. Kein Wort von Rosemary oder Ahmed. Ich glaube, es ist vermutlich fast zu Ende. K. X

Halt durch!, kommt die Antwort ihrer Schwester. Ich bin so stolz auf das, was du tust. E. XX

Erins Worte geben Kate ein wenig Kraft, aber sie fühlt sich trotzdem erschöpft, fällt zurück in Jays Arme und lässt sich festhalten.

»Alles wird gut«, sagt Jay leise, obwohl sie beide wissen, dass es vielleicht nicht stimmt.

Nach einer Weile lösen sie sich voneinander und gehen zur Rezeption, um zu sehen, was draußen los ist. Als sie auf die Eingangstür zugehen, sieht Kate, wie Ahmed sich nähert. Sie sucht nach Rosemary neben ihm, aber er kommt allein.

Die Demonstranten teilen sich, um Ahmed durchzulassen. Er trägt noch immer seinen schlecht sitzenden Anzug. Kate kommt nah an das Glas, und sie sprechen durch die Scheibe laut miteinander.

»Wie ist es gelaufen? Und wo ist Rosemary?«

»Ich glaube, es lief ganz gut«, antwortet er. »Sie ist nach Hause gegangen, um auf den Anruf zu warten – sie haben gesagt, sie würden uns ihre Entscheidung bis heute Abend mitteilen. Ich glaube, das alles hat sie ziemlich erschöpft. Sie hat den ganzen Weg nach Hause geschlafen.«

Kate versucht sich Rosemary in einem schicken Büro vor einer Gruppe von Werbeleuten vor Augen zu rufen, aber es fällt ihr schwer, sie sich in zu weiter Entfernung von diesem Freibad vorzustellen.

Den restlichen Tag über sieht sie alle paar Minuten auf ihr Telefon, doch abgesehen von ein paar weiteren Nachrichten von Erin ist da nichts. Ahmed schaut ebenfalls ständig auf seines, auch er hat keine Nachrichten oder verpassten Anrufe. Einmal klingelt sein Telefon, und er lässt es vor Aufregung beinahe fallen, aber es ist nur seine Mutter, die wissen möchte, ob er zum Abendessen nach Hause kommt.

Nach einer Weile hält Kate es nicht mehr aus und ruft in Rosemarys Wohnung an, um zu fragen, ob sie schon eine Nachricht von den potenziellen Werbekunden hat.

»Nichts«, sagt Rosemary. »Seit ich wieder hier bin, sitze ich neben dem Telefon. Ich habe zu viel Angst, mich wegzubewegen und aufs Klo zu gehen, damit ich sie nicht verpasse.«

»Ich glaube, du kannst aufs Klo gehen, wenn du musst, Rosemary«, sagt Kate.

»Na ja, man kann nie wissen … Ich will sie nicht verpassen.«

»Ruf mich an, wenn du von ihnen gehört hast, ja?«

»Okay.«

Kate wartet immer noch auf die Polizei oder die Stadtverwaltung oder Angestellte von Paradise Living, als sie am Nachmittag zu ihrer Überraschung stattdessen lautes Gelächter und Geschnatter hört. Sie folgt den Geräuschen aus dem Café, wo sie vor ihrer Petition und der Facebook-Seite gesessen hat, nach vorne. Zwei Reihen Mädchen in braungelben Uniformen halten sich an den Händen und schreiten angeführt von zwei Erwachsenen durch den Park. Neben ihnen geht Phil. Als sie näher kommen, sieht Kate, dass die Kinder alle große Papierbogen in den Händen halten, die beim Gehen im Wind flattern.

»Wir sind von den Brownies«, sagt die Jugendgruppenleiterin, als sie die Demonstranten erreicht haben. »Wir kommen zum Demonstrieren.« Ellis und Hope heißen sie in der Gruppe willkommen. Phil sieht ein bisschen verlegen aus, aber Ellis hält ihm seine Hand hin.

»Viele unserer Mädchen gehen auf die umliegenden Schulen und haben im Freibad Schwimmunterricht. Sie waren am Boden zerstört, als sie hörten, dass es geschlossen werden soll, genau wie wir«, sagt eine der Leiterinnen.

»Und ich dachte, das gibt eine gute Story für die Zeitung«, fügt Phil hinzu und linst nervös zu Kate hinter ihrer Glasscheibe hinüber. Sie sehen einander einen Moment lang an, dann wendet sich Phil ab, und seine blau-roten Wangen leuchten noch mehr.

»Ich habe eine Nachricht für euch«, fährt er fort und vermeidet Blickkontakt. »Wie ich höre, dauert es mit dem Gerichtsbeschluss länger, als sie dachten. Aber er sollte bald eintreffen. Ihr habt höchstens noch ein oder zwei Tage.«

Dankbar für Phils Ausführungen nickt Kate und fragt sich, woher er seine Information hat. Angst vor dem, was in den nächsten paar Tagen passieren könnte, flutet ihren Körper, aber sie bemüht sich sehr, ihre Aufmerksamkeit auf die Kinder zu richten, die Händchen haltend neben den Erwachsenen stehen und plaudern.

»Die Mädchen haben ihre eigenen Plakate gebastelt«, sagt eine der Gruppenleiterinnen der Brownies, und die Kinder lassen einander los und stellen sich in einer Reihe vor Kate auf. Sie halten ihre Papierbogen hoch, auf denen Zeichnungen und Gemälde des Freibads zu sehen sind. Jedes ist ein wenig anders, aber alle haben eines gemein: leuchtendes Blau und die lächelnden Gesichter der ein wenig krakeligen Menschen, die ins Wasser springen oder danebenstehen. Als sie diese Nachbildungen des Freibads in wackeligen, bunten Formen von Kinderhand sieht, möchte Kate wieder weinen.

Die Mädchen drehen sich um und zeigen auch dem Rest der Gruppe ihre Bilder.

Jay macht durch die Scheibe ein Foto, und Ellis knipst auf der anderen Seite.

»Rettet unser Freibad!«, ruft eine der Gruppenleiterinnen, und die Kinder stimmen ein, rufen es gemeinsam schneller und schneller, bis sie so schnell werden, dass sie in Gekicher ausbrechen und zu ihren Unterhaltungen zurückkehren.

Die Brownies bleiben eine Weile, und ihre fröhlichen Stimmen erinnern Kate an das Freibad an einem Sommertag, wenn das Wasser voller Menschen ist, die herumspritzen und sich amüsieren. Sie fragt sich, ob sie diese Geräusche jemals wieder hören wird. Schließlich kommen die Eltern und holen die Kinder eins nach dem anderen ab. In kleinen Grüppchen laufen sie durch den Park davon und nehmen ihre Bilder wieder mit, abgesehen von ein oder zwei, die fallen gelassen und vergessen wurden und nun vor dem Freibad auf dem Gehweg liegen.

Um sechs Uhr, als die Kinder fort sind und das Freibad wieder still daliegt, versucht Kate es noch einmal bei Rosemary.

»Sie haben gesagt, sie rufen bis zum Abend an«, sagt diese, sobald sie abgehoben hat. »Warum haben sie noch nicht angerufen? Es muss doch Nein bedeuten, wenn sie nicht angerufen haben? Sie hätten angerufen, falls es ein Ja wäre, oder?«

»Bestimmt heißt es das nicht«, antwortet Kate, aber ihr Mut verlässt sie, als ihr klar wird, dass es vermutlich genau das heißt.

»Ich wünschte, ich wäre da drüben bei euch«, sagt Rosemary.

»Ich auch«, antwortet Kate, obwohl sie sich plötzlich wünscht, anderswo zu sein. Nicht in ihrer Wohnung, aber in einem bequemen Bett in einen ruhigen und traumlosen Schlaf versunken. Sich so zu engagieren hat sie erschöpft, die scheinbar endlose Anspannung und das Warten.

In dieser Nacht schläft sie unruhig, wirft in der Hitze den Schlafsack von sich und liegt zusammengerollt auf den Handtüchern im Yogastudio. Jedes Mal, wenn sie sich dreht und aufgewühlt um sich tritt, weckt sie damit Jay, der sie sanft auf die Stirn küsst und ihrem schlafenden Körper sagt, dass alles gut werden wird. Er sagt es für sie, aber auch für sich selbst, während der Mond in das Studio herein und auf das schlummernde Schwimmbecken scheint.

Kapitel 63

Die Sonne steigt in einen blassblauen Himmel. Die Vögel sitzen scharenweise in den Bäumen und singen ihre Morgenlieder um die Wette, wie die Marktschreier, die sich gegenseitig mit Preisen übertrumpfen. Bienen summen über den Grasstreifen um das Freibad. Ein Mann geht mit seinem Hund spazieren und späht zum Freibadfenster hinein, sieht zwei unter Handtüchern zusammengerollte schlafende Körper im Yogastudio. Er lacht leise und setzt seinen Spaziergang fort, wobei sein Hund ihm durch den Park vorausspringt. Der Hund läuft auf eine Bank oben auf dem Hügel zu, auf der eine alte Frau sitzt und den Ausblick genießt.

»Hallo, du«, sagt Rosemary und beugt sich hinab, um die Ohren des Hundes zu kraulen. Er legt ihr eine Pfote aufs Knie und wedelt heftig mit dem Schwanz.

»Stella, runter mit dir!«, ruft der Besitzer. Der Hund springt hinunter und streift weiter, um an einem knorrigen Baumstamm am Wegesrand zu schnüffeln.

»Entschuldigen Sie«, sagt der Besitzer. Rosemary schüttelt lächelnd den Kopf. Der Mann und sein Hund gehen über den Hügel, und Rosemary ist wieder allein.

Sie ist schon den ganzen Morgen hier. Als sie im Park ankam, hing dort dicker Nebel, der sich um ihren Mantel ballte, als sie vom Weg trat und durch das Gras ging. Es war ein langsamer Anstieg auf den Hügel, und sie ließ sich schwer auf die Bank fallen, als sie dort endlich ankam.

Inzwischen ist die Sonne aufgegangen und scheint auf das Freibad am Fuß des Hügels. Rosemary sieht zu, wie sie die Backsteinmauern in goldenes Terrakotta verwandelt, und erinnert sich. Wenn sie die Augen schließt, kann sie das stille blaue Wasser hinter den Mauern sehen. Vor ihrem inneren Auge geht sie durch den Freibadeingang und sieht George auf der Terrasse stehen. Er blickt vom Beckenrand zu ihr auf und wartet auf sie, damit sie Hand in Hand hineinspringen können.

Sie öffnet die Augen und schaut auf das still daliegende Gebäude hinunter. An der einen Ecke steht noch immer der alte Baum ohne seinen fehlenden Ast. Er ist nie nachgewachsen, nachdem sie und George ihn beim Übersteigen der Mauer abgebrochen haben. Sie erinnert sich an das Splittern des Holzes und den Blätterregen und wie sehr sie darüber lachen mussten. Das Geräusch von Georges Lachen klirrt in ihrem Herzen.

Von ihrem Platz aus kann sie ihr gesamtes Leben vor sich ausgebreitet sehen. Da ist der Weg, den sie mit ihren Schulkameraden im strömenden Regen hinuntergelaufen ist, bevor sie in ihren Regenmänteln ins Wasser gesprungen sind. Sie blickt zur anderen Parkseite hinüber, wo am Tag der Befreiung ein Feuer brannte, wo Teenager ihre Freiheit fanden und sie selbst ihre Zukunft in Form eines schmutzigen Gesichts mit rosa Wangen und einer geraden Nase. Nicht weit entfernt von ihrer Bank ist der Platz, an dem George und sie Handstand geübt haben und sich wie die ersten Menschen vorkamen, die die Welt kopfstehen sahen und die nervenzerreißende Aufregung fühlten, sich zu verlieben. Es ist derselbe Baum, vor dem sie am Tag ihrer Hochzeit standen, er seinen Arm fest um sie legte und sie blinzelnd zu ihm und in die helle Sonne aufblickte.

Ein anderer Spaziergänger mit Hund kommt vorbei und nickt ihr zu. Sie bemerkt ihn kaum, denn sie starrt den Hügel hinunter zum Freibad. Sie denkt an das kühle Wasser und die beiden Stockenten, die kleine Wellen über die Wasseroberfläche schicken. Sie sieht die Uhr und den Kiosk, an dem George ihr bei ihrem ersten Date Tee ausgegeben hat. Sie sieht das alte Sprungbrett, das nun schon lange weg ist, und George, der wie ein Vogel eintaucht. Er bewegt kaum die Wasseroberfläche, bevor er darunter verschwindet. Als er wieder nach oben kommt, lächelt er so, wie er sie immer angelächelt hat.

»Es ist vorbei«, sagt sie laut.

Ein Jogger dreht sich um und schaut sie an. Rosemary sieht so aus, als würde sie weinen, aber vielleicht tränen ihr die Augen auch nur von der Sonne. Der Jogger holt tief Luft, läuft weiter den Hügel hinauf und auf der anderen Seite wieder hinunter und überlässt Rosemary ihrem Ausblick.

Kapitel 64

Als Kate an diesem Tag aufwacht, greift sie nach ihren Kleidern neben der Yogamatte und zieht sich schnell an. Das Freibad ist still, und Sonnenlicht strömt durch das Fenster herein. Sie sieht zu den Wildblumen auf der anderen Seite hinaus, den roten Blüten des Klatschmohns, die über den Kornblumen und dem hohen Gras schweben. Sie sieht an den Blumen vorbei in den Park, und in diesem Moment sieht sie Rosemary oben auf dem Hügel.

»Jay«, sagt sie und rüttelt sanft seinen schlafenden Körper. Er bewegt sich und setzt sich auf, reibt sich über das Gesicht und küsst sie auf die Wange.

»Ist es die Polizei? Ist der Gerichtsbeschluss da?«, fragt er und blickt sich um. Aber das Freibad liegt leer und still da.

»Nein, schau«, sagt Kate und zeigt aus dem Fenster den Hügel hinauf. Er entdeckt Rosemary auf der Bank.

»Was meinst du, was macht sie da?«, fragt er.

»Ich weiß nicht, aber es bedeutet nichts Gutes, glaube ich. Ich denke, es könnte vorbei sein.«

Die Worte laut auszusprechen verursacht einen reißenden Schmerz in ihrer Brust. Kate möchte weinen, sie wusste, das

Ende würde kommen, aber sie dachte nicht, dass es so weh-tun würde.

»Vielleicht wird es Zeit, hier zu verschwinden«, sagt Jay leise. »Warum gehst du nicht zu ihr hoch?«

Sie schüttelt den Kopf.

»Noch nicht. Ich kann hier noch nicht weg.«

»Okay. Soll ich gehen?«

Kate zögert und stimmt dann zu. Er zieht sich an, und zu-sammen ziehen sie die Tische und Stühle zur Seite, bis ein Weg zur Eingangstür frei ist. Kate holt die Schlüssel und schließt auf.

»Ich bin nicht lange weg«, sagt er und küsst sie.

»Okay.«

Kate öffnet die Tür. Jay drückt sich zwischen den Tischen und Stühlen hindurch und geht hinaus in den Park. Sie sieht ihm nach, dann schließt sie die Tür ab und zieht die Tische wieder davor. Im Yogastudio setzt sie sich ans Fenster und sieht zu, wie Jay den Hügel erklimmt. Als er bei Rosemary angekommen ist, setzt er sich neben sie auf die Bank.

Sie sind zu weit weg, als dass Kate ihre Gesichtsausdrücke erkennen könnte, aber sie bleiben lange sitzen, reden und blicken hinunter in den Park. Kate spürt die Panik in sich an-steigen, aber sie drückt sie zurück. Sie atmet tief durch, setzt sich auf den Boden und schlingt die Arme um sich. Um sich zu beruhigen, stellt sie sich vor zu schwimmen.

Abgesehen von Rosemary und Jay und einem Jogger, der sich nun um die weit entfernte Parkecke schlängelt und Herne Hill hinunterläuft, wirkt der Park leer. Schließlich sieht Kate Jay aufstehen und nach Rosemarys Hand greifen. Er hilft ihr auf, und dann gehen sie Seite an Seite durch das Gras hinunter auf das Freibad zu.

Kate steht ebenfalls auf und stürzt zum Fenster. Rosemary erblickt sie und geht langsam auf sie zu, kommt näher und näher, bis sie auf der anderen Seite der Scheibe ist. Jay bleibt auf der Vorderseite des Gebäudes stehen.

Rosemary legt ihre Hände an die Scheibe, und Kate tut es ihr nach, und so drücken sie durch das Glas ihre Handflächen aneinander.

»Es ist okay«, ruft Rosemary, »es ist vorbei.«

Sie beginnt zu weinen, und Kate weint ebenfalls. Weil sie Rosemarys Stimme entnimmt, dass »Es ist vorbei« bedeutet, dass es weitergeht.

Rosemary zieht eine Ausgabe des *Evening Standard* aus der Tasche. Sie faltet die Zeitung auf und hält sie vor die Scheibe. Kate blickt ihrem eigenen Foto ins Gesicht. *Londoner Journalistin besetzt das Brockwell-Freibad* lautet die Schlagzeile.

»Komm raus!«, ruft Rosemary.

»Die Polizei ist nicht da?«

Rosemary schüttelt den Kopf. »Bloß ich.«

Kate rennt den Flur zur Rezeption entlang und zerrt die Barrikade aus Tischen und Trainingsgeräten auseinander. Als ein Weg zur Tür frei ist, schließt sie auf und tritt in den Morgen hinaus.

Jay, der vor der Tür wartet, nickt ihr zu. Sie sieht ihn kurz an, dann rennt sie auf die alte Frau zu, die ihre Freundin geworden ist.

»Es ist vorbei«, sagt Rosemary, als Kate näher kommt. »Wir haben gewonnen.«

Beide Frauen breiten die Arme aus und umarmen sich heftig.

Kate weint, denn ihr wird klar, dass sie etwas geschafft hat, was sie sich selbst nie zugetraut hätte: Sie hat geholfen. Und Rosemary weint ebenfalls, denn sie denkt an George und all die Erinnerungen, die sie anfüllen wie Wasser den Pool. Solange sie ihr Freibad hat, wird er immer bei ihr sein.

»Erzähl mir, was sie gesagt haben«, sagt Kate schließlich,

wischt sich die Augen und lässt Rosemary los. Sie stehen eng beieinander, während Rosemary Kate berichtet, dass Tory am Morgen eine Nachricht auf ihrem Handy hinterlassen hat, um mitzuteilen, dass sie hier Werbung machen wollen. Sie möchten ihren Markennamen auf den Boden des Beckens schreiben, und der Preis, den sie dafür zahlen, reicht aus, damit das Freibad nicht schließen muss. Sie haben bereits mit der Stadtverwaltung gesprochen, die das Angebot angenommen hat.

Nachdem sie die Nachricht abgehört hatte, rief Rosemary sofort Ahmed an. Der hängt jetzt am Telefon und bespricht mit Tory die Details. Dann spielt Rosemary Kate Torys Nachricht vor:

»Es erscheint uns als eine gute Gelegenheit. All die Aufmerksamkeit in der Presse, die das Freibad in letzter Zeit bekommen hat, wird dafür sorgen, dass über das Schwimmbad und uns berichtet wird. Also ist es in geschäftlicher Hinsicht sinnvoll. Aber vor allem ist es grundsätzlich sinnvoll. Wir waren sehr bewegt von Ihnen, Rosemary. Danke, dass Sie Ihre Geschichte mit uns geteilt haben!«

»Du hast es geschafft«, sagt Kate und sieht Rosemary stolz an. Ihre Augen glänzen.

»Oh, ich habe es nicht allein geschafft. Ahmed war gestern großartig. Und als sie heute Morgen anriefen, haben sie gesagt, der Artikel über dich im *Evening Standard* gestern Abend hätte dazu beigetragen, dass sie diese Entscheidung getroffen haben. Sie möchten ›gute Absichten großschreiben‹, so haben sie es formuliert, glaube ich.«

»Aber was ist mit Paradise Living?«, fragt Kate. Ein Stirnrunzeln überschattet ihr Gesicht, als ihr der Haken an Ahmeds Plan einfällt: dass die Investoren bereits ein Kaufangebot für das Freibad abgegeben haben.

Rosemary schüttelt den Kopf.

»Heute ist der Tag, an dem die unterschriebenen Verträge hätten ausgetauscht werden sollen. Aber da hat die Stadtverwaltung das Werbeangebot bekommen, und sie haben sich dagegen entschieden. Anscheinend gibt es auch ein Problem mit Asbest, das in einem der neuen Wohnblocks von Paradise Living gefunden worden ist. Hast du die Story heute Morgen im *Brixton Chronicle* gelesen?«

Kate schüttelt den Kopf. »Wer hat den Artikel geschrieben?«, fragt sie.

Rosemary zieht eine Ausgabe der aktuellen Zeitung aus ihrer Tasche und zeigt Kate die Story. Unter dem Artikel steht »Phil Harris«.

»Also haben wir es geschafft?«, fragt Kate und sieht mit glücklichen blauen Augen wieder Rosemary an.

»Wir haben es geschafft«, antwortet Rosemary. Und dann schließt sie Kate wieder in die Arme.

»Danke«, sagt sie dabei. Kate hält sie ebenfalls umschlungen und lässt nicht los. So stehen die beiden in der Sonne und umarmen sich, als wären sie gerade nach Hause zurückgekehrt. Nach einer Weile kommt Jay zu ihnen herüber und zeigt hinter sich. »Schaut mal, wer da ist«, sagt er.

Frank und Jermaine kommen Arm in Arm auf sie zu und lachen. Sprout läuft voraus, springt an Kate und Rosemary hoch und wedelt mit dem Schwanz. Hope winkt ihnen zu, und Ellis und Jake grinsen und winken ebenfalls. Und Ahmed schwenkt die Arme und geht mit selbstbewussten Schritten, wirkt ein Stück gewachsen. Ausnahmsweise denkt er nicht an seine Prüfungen. Sie alle umringen sie, lächeln und lachen. Ahmed und Rosemary umarmen einander, und Frank und Jermaine nehmen Kate zwischen sich und drücken sie. Sprout springt hoch und versucht, bei der Umarmung mitzumachen. Als sie Kate wieder losgelassen haben, entdeckt sie Geoff und übergibt ihm die Schlüssel aus ihrer Tasche.

»Ich glaube, das sind deine«, sagt sie.

»Danke«, antwortet er und nimmt sie entgegen. »Ich bin wirklich froh, die wiederzuhaben. Danke! Ich meine es ernst, vielen, vielen Dank!«

»Ich glaube, es gibt noch eine letzte Sache zu tun«, sagt Rosemary, als die Gruppe sich wieder beruhigt hat. Sie wenden sich um und sehen sie an.

»Schwimmen!«

»Hervorragende Idee«, sagt Hope und hält ihre Schwimmtasche hoch.

Im Gänsemarsch betreten sie das Freibad, gehen an der abgebauten Barrikade aus Tischen und Stühlen vorbei und den Flur entlang. Beim Vorübergehen wirft Kate einen Blick in den Yogaraum auf die Matten und Handtücher, die noch auf dem Boden liegen und Beweis dafür sind, dass ihre an Jay gekuschelten Nächte dort Wirklichkeit waren. Sie greift nach seiner Hand und hält sie fest, als sie auf die Terrasse hinaustreten.

Kapitel 65

In den nächsten Monaten ist im Freibad viel Betrieb, an den meisten Wochenenden reicht die Schlange bis hinaus in den Park. Das Becken ist dann voll mit allen Sorten von Badegästen. Da gibt es den Sportler beim Schwimmtraining, der eine Flasche Wasser und eine Uhr am Beckenrand lässt und sorgfältig gestoppte Einheiten absolviert. Es gibt die Rückenschwimmerin, die anscheinend nur auf dem Rücken schwimmen kann und die exakte Anzahl der Armschläge bis zum anderen Ende zu kennen scheint, sodass sie sich nie den Kopf am Rand anschlägt. Da ist der spritzende Schwimmer, der eine ganze Bahn für sich hat (vielleicht macht er es mit Absicht). Es gibt die Unterwasser-Schwimmerin, die man nur selten sieht, weil sie ganze Bahnen am Boden des Beckens entlangschwimmt. Ein Mann ist ein Yoga-Schwimmer: Er steht im Nichtschwimmerbereich auf einem Bein und hat die Arme wie zum Gebet über den Kopf erhoben, bevor er sie vor sich ausstreckt, die Knie beugt und ins Wasser gleitet. Und dann ist da Kate mit ihren schiefen Beinschlägen.

Kate und Rosemary schwimmen durch den Rest des Sommers und in den Herbst hinein, ziehen ihre Arme durchs

Wasser, in dem gefallene Blätter wie Boote schwimmen. Jeden Tag schwimmen sie in dem kalten Wasser, und jeden Tag sitzen sie eine Weile auf der Bank neben dem Becken, warten darauf, dass ihre Haare trocknen und unterhalten sich.

»Morgen gleiche Zeit?«, fragt Kate, wenn sie aufsteht, um zu gehen.

»Morgen gleiche Zeit«, sagt Rosemary.

Kapitel 66

Der Fuchs streicht durch Brixton. Wenn er rennt, wippt sein Schwanz hinter ihm. Nicht einmal bei Tageslicht fürchtet er sich: Dies ist seine Heimat, und er weiß, dass er kommen und gehen kann, wie es ihm beliebt. Er läuft an einem Schulhof entlang: Der Spielplatz wimmelt von Kindern, die mit den Füßen Laub aufwirbeln oder es aufheben und aufeinander werfen. Am Nachmittag kehrt er zu dem verlassenen Platz zurück und mausert fallen gelassene Brotrinden und halb aufgegessene Kekse. Als er gefressen hat, folgt er den Kindern, die sich über Brixton verteilen und in Richtung Park laufen, um das warme Herbstwetter auszunutzen. Manche halten direkt auf die Spielgeräte zu, andere schwenken ihre Schwimmtaschen und rennen zum Freibad.

Am Abend läuft er an den Pubs vorbei, aus denen Musik dringt, wenn Leute die Türen öffnen und schließen, um draußen zu rauchen. Während sie um Heizpilze herumstehen, ergreift der Fuchs die Gelegenheit, die Mülleimer hinter dem Haus zu durchwühlen, bis ein Koch mit frischem Müll herauskommt und ihn verjagt.

Auf dem Markt kauern sich die Standbesitzer an den kalten Morgen in ihre Mäntel und ziehen Abdeckplanen über ihre Stände, um den Regen abzuhalten. Nachts rennt der Fuchs durch leere Straßen und beschnüffelt die Mülltonnen nach Fischköpfen oder angefaulten Früchten. In der Station Road um die Ecke sind die Rollläden der Geschäfte in den Brückenbögen heruntergezogen – manche für die Nacht, andere sind für immer geschlossen.

In den frühen Morgenstunden rennt er durch den Nebel in den Park und kommt an ein paar wenigen Joggern vorbei, die immer mehr Schichten anziehen, sie beginnen mit Jacken und gehen dann auch zu Schals und Handschuhen über. Ihr Atem ballt sich als Wolke vor ihnen, und beim Laufen setzt sich der Rauch eines Lagerfeuers auf ihre Kleider wie Tau auf Grashalme.

Der Fuchs dreht seine täglichen Runden durch den Brockwell Park, und die Bäume leuchten orange, dann rot, dann braun. Blätter fallen und sammeln sich zu braunen Pfützen am Fuß der Bäume, hinterlassen kahle Äste.

Im Freibad ziehen sich die Leute ihre Neoprenanzüge an, um sich vor der Kälte zu schützen. Die mutigeren bleiben in ihren Badeanzügen, holen tief Luft und springen.

Kapitel 67

Und dann kommt der Winter. Die Restaurants im Brixton Village verteilen Decken an ihre Gäste, die in ihren warmen Jacken draußen sitzen und sich mit Cocktails und Wein wärmen. Weiter oben an der Straße vor dem Kino gibt es einen Stand, an dem Mäntel und Nahrungsmittel für Menschen gesammelt werden, die nirgendwo hinkönnen, um der Kälte zu entfliehen.

Die Spaziergänger im Park gehen mit ihren Hunden schneller als im Sommer. Die Tennisplätze sind leer, und der Gemeinschaftsgarten schläft, er wartet auf den Frühling.

Im Freibad hat sich eine Menschenmenge versammelt, sie steht im Café und auf der Terrasse.

»Ich habe gehört, du hast einen neuen Job?«, sagt Hope zu Kate.

Kate lächelt. »Ja, ich fange nächste Woche an.«

»Man hat mir gesagt, du bist jetzt beim *Guardian*!«

»Es ist eine Stelle als Nachwuchsjournalistin«, sagt Kate und errötet. Aber dann lächelt sie.

»Das ist ja großartig«, sagt Frank, der sich zusammen mit Jermaine zu Hope und Kate gestellt hat.

»Gratuliere, Kate«, sagt Jermaine. »Wenn du für deine Recherchen mal ein Buch brauchst, weißt du ja, wohin du kommen kannst.«

»Natürlich«, sagt Kate. »In meine Lieblingsbuchhandlung.«

Hope fragt die beiden, wie das Geschäft läuft. Sie erzählen von ihren Plänen, auch ein paar neue Bücher von im Viertel lebenden Autoren zu verkaufen und im Laden Autorenlesungen zu veranstalten. Während sie plaudern, sieht Kate sich im Raum um. Erin und Mark sind da, auch ihre Eltern, und sie stehen gerade mit Jay zusammen. Unter Erins schwarzem Kleid ist ein beginnendes Bäuchlein zu erkennen. Vor einer Woche hat sie Kate angerufen, um ihr die Neuigkeit mitzuteilen, und sie haben am Telefon beide geweint. Kate kann es kaum erwarten, Tante zu werden.

Sie spürt, wie ihr heiß wird, als sie Jay mit ihrer Familie sprechen sieht. *Aber es ist okay*, denkt sie, *für ihn ist es okay.* Er bemerkt ihren Blick, dreht sich um und lächelt ihr zu. Sie blicken sich einen Moment in die Augen, dann wendet er sich wieder zu seinem Gespräch um. Sie stellt sich vor, wie sie heute Nachmittag mit ihm nach Hause gehen wird, in seine Wohnung, wo nun neben seinen Klamotten ihre im Schrank hängen. Sie weiß, es ist schnell gegangen, aber als Jays Mitbewohner Nick mitteilte, dass er ausziehen wolle, war es einfach ein naheliegender Schritt. Die Tür ihrer alten Wohnung zu schließen und ein lautes, unbeantwortetes »Auf Wiedersehen!« in den Flur zu rufen gab ihr das allerbeste Gefühl. Als sie die Tür abschloss und die Schlüssel für den nächsten Mieter durch den Briefschlitz warf, hatte sie das Gefühl, auch ihre Panik eingeschlossen zu haben. Sie ging fort und blickte sich nicht mehr um.

Ellis, Jake, Ahmed und Geoff stehen zusammen an der Kaffeebar und unterhalten sich. Ahmed hat schon die Hälfte seines ersten Semesters an der Uni hinter sich. Er trägt einen neuen Anzug, der perfekt sitzt.

Beim ersten Mal hört sie nicht, was Hope sagt, sie ist zu versunken in die Betrachtung der Menschen um sich.

»Ich glaube, es ist Zeit, rauszugehen«, sagt Hope. Sie legt ihre Hand sanft unter Kates Ellenbogen.

»Ja, natürlich«, sagt Kate.

Hope führt Kate am Ellenbogen durch die Tür in die kalte Luft hinaus. Dort warten Jay und ihre Familie auf sie, und Hope tritt zurück, damit Kate sich zu ihnen gesellen kann. Jay küsst sie auf die Wange. Erin streckt ihr die Hand hin, und Kate nimmt und drückt sie. Es erinnert sie daran, wie sie mit ihrer Schwester am Beckenrand saß und ebenfalls ihre Hand hielt.

Die Menge versammelt sich vor dem Schwimmbecken. Das Wasser ist leer und still, der Himmel darüber grau und voller Wolken. Der Teenager steht mit dem Rücken zum Pool. Sein Hemd ist ihm zu groß, man sieht auf seiner Brust und am Bauch noch, wo es vor Kurzem in der Verpackung gefaltet war. Seine schwarze Krawatte ist ebenfalls neu.

Er hält einen Zettel in der Hand. Er blickt auf ihn hinab und dann zu der Menschentraube auf. Seine Eltern stehen am Rand und beobachten ihn. Seine Mutter lächelt ihn an und wünscht, sie könnte einen Schritt nach vorn machen und ihn umarmen, aber sie weiß, dass er das hier allein tun muss. Als sich die Gruppe dem Becken gegenüber zu einem Halbkreis um ihn formiert hat, beginnt er zu sprechen.

»Ich habe Mrs Peterson, Rosemary Peterson, getroffen, als ich zum ersten Mal ins Freibad gekommen bin. Das war vor ein paar Jahren. Sie hat mich für meinen Schwimmstil gelobt, sie hat mir gesagt, ich sei stark.«

Er ist erst seit Kurzem aus dem Stimmbruch und muss sich noch an den neuen Klang gewöhnen. Wie er da allein steht und sich das Wasserbecken hinter ihm erstreckt, sieht er klein aus, doch seine Stimme hat Kraft.

»Zuerst habe ich ihr nicht geglaubt, aber sie hat es jedes Mal wieder gesagt, wenn ich sie getroffen habe. ›Du bist so stark‹, hat sie zu mir gesagt. Anfangs war ich das vielleicht nicht, aber ich bin immer wiedergekommen und habe geübt, und sie hat es mir immer wieder gesagt, und schließlich wurde mir klar, dass sie recht hatte. Ich war stark geworden.«

Er blickt zum ersten Mal von seinem Zettel auf. Die schwarz gekleideten Gestalten auf der Freibadterrasse blicken zurück.

»Das ist es, was sie für mich getan hat, sie hat mir gezeigt, wie man stark ist. Und ich weiß, dass sie für viele von Ihnen dasselbe getan hat. Deswegen sind wir hier.«

Der Junge faltet seinen Zettel zusammen und steckt ihn sich in die Hosentasche. Er geht zurück zu seinen Eltern, und seine Mutter macht einen Schritt nach vorn und zieht ihn an sich. Er lässt sich in ihre Arme sinken und legt seinen Kopf an ihre Schulter. Sie hält seinen Kopf in den Händen. Nach kurzem Zögern tritt auch sein Vater vor und legt seine Arme um die beiden.

Hope sagt ein paar Worte und bringt die Gäste mit der Geschichte zum Lachen, in der Rosemary mit ihren Schulkameraden in Mänteln ins Becken sprang. Sie erzählt, wie Rosemary sie unter ihre Fittiche nahm, als sie frisch nach Brixton gekommen war und mit ihr zusammen in der Bibliothek zu arbeiten begann. Wie reizend sie mit den Schulkindern war, die kamen, um sich ihre Ferienlektüre auszusuchen, wie sie bei einem ungewöhnlichen Liebesroman oder Ratgeber nie mit der Wimper zuckte.

Sie nicken und lächeln. Selbst wenn sie sie nur einen kleinen Teil ihres Lebens lang kannten, denken sie: *Ja, das ist meine Rosemary.* Zu hören, wie sie sich in einem früheren

Stadium ihres Lebens verhalten hat, bestätigt nur ihre eigenen Erinnerungen an sie. Sie haben das Gefühl, als hätten sie sie damals auch schon gekannt. Am Ende versagt Hopes Stimme, als sie sich an ihre älteste Freundin erinnert und sich wünscht, sie wäre noch da. Sie fragt sich, mit wem sie sich jetzt jede Woche zu einem Stück Kuchen und einem Gespräch treffen soll, und gesteht, dass sie bei dem Gedanken ins Bett kriechen und nie wieder aufstehen möchte. Stattdessen holt sie tief Luft und tritt wieder zurück in den Halbkreis, wo Jamila die Arme ausbreitet und ihre Mutter in eine feste Umarmung schließt.

Als Kate an der Reihe ist zu sprechen, sieht sie erst Erin an, dann Jay. Sie nicken ihr beide zu, und das gibt ihr Kraft. Sie stellt sich allein an den Beckenrand, mit dem Rücken zum Wasser, das Gesicht der Gruppe zugewandt. Sie sieht die Gesichter, die sich auf der Terrasse versammelt haben. Ihre Familie steht bei Jay, und alle lächeln sie ermutigend an.

Um sie herum sind die Menschen von Brixton, die gekommen sind, um sich zu verabschieden. Die junge Mutter hält ihr Baby im Arm und erinnert sich daran, wie sie hochschwanger im Wasser schwamm und an Rosemary vorbeikam, die immer anhielt und mit ihr sprach. Der Teenager steht mit seinen Eltern neben den Angestellten des Secondhandladens und der Besitzerin von Rosemarys und Hopes Lieblingscafé. Viele der Gesichter kann Kate nicht zuordnen. Sie sieht sie alle an – Rosemarys Freunde, ihre Gemeinschaft, ihr Zuhause – und spürt eine Aufwallung von Dankbarkeit. Vor einem Jahr ist ihr Leben so klein gewesen. Jetzt ist es so viel größer geworden.

Über ihnen fliegt ein Vogel über den grauen Himmel, landet auf einem der Bäume. Er gibt ein lautes Krächzen von sich. Sie blickt auf und sieht etwas grün und gelb aufblitzen. Es ist ein Halsbandsittich. Sie blickt ihn einen Moment an und sieht dann wieder zu der Gruppe, die sich unter den Caféschirmen zusammengeschart hat. Und dann beginnt sie zu sprechen.

»Als ich Rosemary begegnet bin, fühlte ich mich ganz allein in einer viel zu großen Welt. Ich habe mich die ganze Zeit über gefürchtet, ich hatte einfach Angst. Jetzt ist mir klar, dass ich in der Klemme steckte. Ich brauchte jemanden, der mir half.«

Sie holt tief Luft, denkt daran, wie sie in ihrem Zimmer geweint hat und das Gefühl hatte, die Dunkelheit würde sie komplett verschlingen und nach unten an einen Ort ziehen, von dem sie nicht zurückklettern konnte.

»Zum ersten Mal bin ich Rosemary im Rahmen meiner Arbeit begegnet, aber es fühlte sich mit ihr nie wirklich wie Arbeit an. Ich kam, um ihre Geschichte aufzuschreiben, aber sie hat mich nach meiner gefragt. Sie hat mir geholfen, meinen Weg zu finden. Ohne Rosemary hätte ich das Freibad vermutlich nicht für mich entdeckt. Ohne Rosemary hätte ich euch alle nie getroffen oder meinen Platz in dieser Stadt gefunden. Ohne sie wäre ich immer noch verloren.«

Sie spricht diese Worte zum ersten Mal laut aus, und als sie es tut, lässt sie los.

»Rosemary hat mich gerettet. Ich weiß, dass man sich an sie erinnern wird dafür, wie sie für dieses Freibad gekämpft und gewonnen hat. Aber sie hat auch mich gerettet. Und sie hat dem Alleinsein die Einsamkeit genommen. Sie war meine Freundin. Und ich vermisse sie.«

Eine Brise verfängt sich in ihrem schwarzen Schal und lässt ihn im Wind tanzen. Sie spürt den Wind im Gesicht. Alle schweigen.

»Wir alle vermissen sie«, sagt sie nach einer Weile. »Und deswegen möchte ich euch dazu auffordern, dass wir uns alle auf besondere Weise an sie erinnern, an unsere Rosemary.«

Sie dreht sich um und geht hinüber auf die andere Seite des Beckens. Die anderen setzen sich ebenfalls in Bewegung, einige folgen ihr auf die gegenüberliegende Seite, andere bleiben an der Ecke beim Café stehen. Kate steht Jay gegenüber, und sie sehen einander über das Wasser hinweg an. Er lächelt. Erin, Mark und Kates Eltern sind ebenfalls auf der gegenüberliegenden Seite, neben Jay. Brian klappt seine Brille zusammen und legt sie hinter sich auf den Boden. Mark hält Erins Hand. Ahmed steht neben Geoff, der ihm einen Arm um die Schultern gelegt hat. Kate sieht nach rechts und links: Hope und Jamila stehen mit Ellis und Jake auf der einen Seite neben ihr, Frank und Jermaine auf der anderen. Der Teenager steht flankiert von seinen Eltern an der tiefen Schmalseite. Die drei halten sich an den Händen. Alle anderen sind ebenfalls da, stehen mit den Füßen auf dem Rand um das Schwimmbecken herum.

Kate knöpft ihren Mantel auf und legt ihn neben sich auf den Boden. Sie hebt sich das schwarze Kleid über den Kopf, bis sie in ihrem Badeanzug am Beckenrand steht.

Alle anderen beginnen ebenfalls, ihre schwarze Trauerkleidung auszuziehen und entblößen bunte Badeanzüge und -hosen. Als sie die ungewöhnliche Bitte in ihren Einladungen vorfanden, lächelten sie, denn sie wussten, dass es das Richtige war. Beim Ausziehen ihrer Beerdigungssachen beginnen sie zu reden und zu lachen und auf und ab zu springen, um sich warm zu halten. Kate denkt plötzlich an Rosemarys Geschichte – diejenige, die Hope soeben erzählt hat – und greift nach ihrem Mantel auf dem Boden. Sie hebt ihn auf und zieht ihn wieder an, knöpft ihn über ihrem Badeanzug zu. Die anderen sehen sie und lachen, greifen ebenfalls nach ihren Mänteln und Jacken.

Schließlich stehen sie alle in ihren Schwimmsachen und Mänteln am Beckenrand.

Kate macht einen kleinen Schritt nach vorne und sieht hinunter ins Wasser. Sie denkt an Rosemary und George, wie sie zusammen hier in diesem Freibad durch ihr ganzes Leben geschwommen sind.

»Eins, zwei, drei …«, ruft sie.

Und dann springen sie.

Kapitel 68

Im Frühling kehren die Wildblumen in den Brockwell Park zurück. Eine Weile hat es so ausgesehen, als kämen sie nie mehr wieder; die Erde war gefroren und brüchig, und das Gras knackte beim Gehen unter den Füßen. Aber sie kehren immer zurück. Wenn Frost auf dem Gras liegt und die Bäume kahl sind, kann man leicht vergessen, dass sie jemals da waren. Aber wenn die neue Jahreszeit anbricht und sich ausdehnt, bohren sich die grünen Sprösslinge durch die Erde. Feste Knospen beginnen sich zu entfalten wie sich öffnende Fäuste. Und plötzlich sind die Blumen da. Leuchtend gelbe Studentenblumen, kriechender Hahnenfuß und Schmetterlinge tummeln sich auf den Böschungen. Hinter dem Park liegt Brixton und der Lärm der Stadt, aber hier ist es friedlich und grün.

Der Park belebt sich, ist voller Familien, die sich in den ersten Sonnenstrahlen ausstrecken. Paare schlafen im Gras ein, der Kopf der einen auf dem Bauch des anderen. Jogger arbeiten sich langsam den Hügel hinauf. Ein Mann, der den Hang hinuntergeht, hält an und sagt zu einer aufwärts laufenden Frau: »Sie schaffen das!«

Oben auf dem Hügel steht eine Bank. Sie überblickt den Park, sieht die Leute diesen neuen Sonnenschein genießen. Am Fuß des Hügels gehen Menschen den Weg zum Freibad entlang, tragen ihre Schwimmtaschen und Handtücher und machen sich bereit, sich auszubreiten und ihr eigenes Plätzchen an diesem Strand in der Stadt zu belegen.

In dem frischen Holz der Bank ist eine Inschrift zu lesen: »Für George, der diesen Ausblick geliebt hat. Und für Rosemary, die ihn gerettet hat«.

Nachwort der Autorin

Dieses Buch ist eine fiktive Geschichte, inspiriert von meiner Zeit in Brixton, wo ich als Studentin gelebt habe. Das Gemeinschaftsgefühl in dem Viertel hat mich verblüfft, aber mir sind auch die vielen Veränderungen aufgefallen, die sich dort vollzogen haben. Veränderungen, wie sie in vielen Vierteln in London und anderen Städten stattfinden.

Zwar ist diese Geschichte ausgedacht, doch das Brockwell-Freibad gibt es wirklich. Das Außenschwimmbecken in South London wurde 1937 eröffnet. Das echte Freibad hat eine lange und komplexe Geschichte, und es wurde eine Zeit lang in den Neunzigerjahren tatsächlich geschlossen. Die Kampagne seiner Schwimmer vor Ort hat dazu beigetragen, dass es wieder eröffnet werden konnte. In meiner Geschichte habe ich mich jedoch für Fiktion entschieden: Ich habe mir vorgestellt, was passieren würde, wenn das Freibad heute von Schließung bedroht wäre.

Mit anderen Orten in Brixton war ich ebenfalls kreativ; ich habe mich von echten Orten inspirieren lassen, habe sie aber mit meiner Vorstellungskraft zum Zweck dieser Geschichte ausgeschmückt.

Als Londonerin habe ich das große Glück, in einer Stadt mit einigen schönen Freibädern zu leben: Tooting Bec, Parliament Hill, London Fields und das Serpentine-Freibad sind ein paar meiner Favoriten. Freibäder gibt es in ganz Großbritannien und auch im Ausland. Viele sind in den letzten Jahren geschlossen worden, aber es haben auch manche wieder eröffnet – und oft hatte das mit dem entschlossenen Einsatz der Menschen vor Ort zu tun. Falls Sie noch nie in einem Freibad geschwommen sind, bitte ich Sie dringend, sich eines auszusuchen und den Sprung zu wagen. Wenn Sie das tun, halten Sie im Wasser vielleicht die Augen nach einer Kate oder einer Rosemary auf. Es ist sehr gut möglich, dass ich auch da bin. Frohes Schwimmen!

Danksagung

Dieses Buch mag meinen Namen auf dem Umschlag tragen, aber so viele Menschen haben dabei geholfen, es zu ermöglichen, und ich möchte ihnen aus tiefstem Herzen danken.

Vielen Dank zuerst an meine Familie für eure lebenslange Unterstützung meines Schreibens und den Zuspruch. Dafür, dass ihr mich zu Schreibcamps und Literaturfestivals gefahren habt, bis zu der Tatsache, dass ihr alles gelesen habt, was ich euch vor die Nase gehalten habe. Besonders danke ich meiner Schwester Alex, dafür, dass sie die erste Leserin der ersten Fassung dieses Buchs war, aber auch dafür, dass sie mir das Schwimmen beigebracht hat. Deine Geduld und Anregungen haben mein Leben verändert. Danke, Bruno, für den Wein, den Tee, die Abendessen und allgemein dafür, dass du mich so liebst, wie du es tust. Auch an meine lieben Freunde (zu viele, um einzelne zu nennen). Dank dafür, dass ihr immer im Team Libby wart – ich habe solches Glück, von euch unterstützt zu werden. Eine besondere Erwähnung verdient Hannah Friend, eine frühere Kollegin, die mich angespornt hat, ins Wasser zu gehen, und die meine Schwimmgenossin war, als ich eine brauchte. Ein kleines Kapitel in unser beider Leben – mit anhaltenden Auswirkungen auf meins.

Ein dickes Dankeschön an meinen wunderbaren Agenten Robert Caskie dafür, dass er an mich und *Im Freibad* geglaubt und mich mit solcher Liebenswürdigkeit durch diesen Prozess begleitet hat. Ich könnte mir niemand Besseren an meiner Seite vorstellen. Danke auch an Nathalie Hallam dafür, dass sie *Im Freibad* in die Welt hinausgetragen hat!

Danke an meine herausragende Lektorin Clare Hey bei Orion: Ich habe so viel von dir gelernt, und deine Begeisterung von Tag eins an für diese Geschichte war unglaublich. Danke an alle bei Orion, insbesondere Sarah Benton, Rebecca Grey, Cait Davies, Jo Carpenter, Hannah Methuen, Andrew Taylor, Paul Stark, Rabab Adams, Rachael Hum, Sally Partington und Katie Espiner.

Schließlich möchte ich noch den Schwimmern von heute und von früher danken, die mich zu diesem Buch inspiriert haben. In den letzten paar Jahren habe ich Schwimmer aus allen Gesellschaftsschichten beobachtet und kennengelernt, die ihre Freibäder lieben, genauso wie ihre Pools, Seen, Flüsse und Meere. Ein Charakterzug, der sie alle verbindet, ist Lebensfreude und eine große Fähigkeit zur Begeisterung. Dieses Buch ist auch euch allen gewidmet, mit meiner Bewunderung.

Martina Sahler

Die englische Gärtnerin

Blaue Astern

Roman.
Taschenbuch.
Auch als E-Book erhältlich.
www.ullstein-buchverlage.de

*Ein verwildertes Anwesen in England und eine Frau
zwischen alten Wünschen und neuer Liebe*

England, Juni 1920. Charlottes großer Traum ist eine
Anstellung in Kew Gardens. Dort könnte sie sogar ihrer
großen heimlichen Liebe Dennis nahe sein. Doch ein
furchtbarer Unfall zerstört alle ihre Hoffnungen.

ullstein

Corina Bomann

Sophias Hoffnung

Die Farben der
Schönheit

Roman.
Auch als E-Book erhältlich.
www.ullstein-buchverlage.de

Ein unerwarteter Aufbruch

Berlin, 1926. Sophia Krohn verliert in jungen Jahren alles: ihr Elternhaus, ihre Heimat, den Glauben an die Liebe. Sie kämpft sich durch harte Lehrjahre in Paris, wo
sie der berühmten Schönheits-Unternehmerin Helena
Rubinstein begegnet. Die bietet ihr an, für sie zu arbeiten, doch die Bedingungen sind hart. Sophia folgt ihr
nach New York, voller Hoffnung auf ein neues Glück.

ullstein

Karin Baldvinsson

Das Versprechen der Island-schwestern

Roman.
Taschenbuch.
Auch als E-Book erhältlich.
www.ullstein-buchverlage.de

Die raue und unwiderstehliche Natur Islands und zwei Frauen auf der Suche nach dem Glück

2017: Pia macht sich mit ihrer Großmutter Margarete auf die Reise nach Island zum 90sten Geburtstag von Omas Schwester Helga. Seit Jahrzehnten haben die Schwestern nicht miteinander gesprochen. Zwischen ihnen steht ein unausgesprochenes Geheimnis ...

1949: Die Schwestern Margarete und Helga machen sich aus dem kriegszerstörten Deutschland auf den Weg nach Island. Sie wollen sich auf der rauen, ursprünglichen Insel ein neues Leben aufbauen. Während Margarete sich in den Isländer Théo verliebt, zehrt das Heimweh an Helga. Ist das Glück der einen Schwester das Unglück der anderen?

ullstein